W0326227

LAURA DORN

Ein Herzerl macht noch keine Liebe

ROMAN

emons:

Bibliografische Information der Deutschen Nationalbibliothek
Die Deutsche Nationalbibliothek verzeichnet diese Publikation in der Deutschen Nationalbibliografie; detaillierte bibliografische Daten sind im Internet über http://dnb.d-nb.de abrufbar.

MIX
Papier | Fördert gute Waldnutzung
FSC® C083411
FSC
www.fsc.org

Umschlaggestaltung: Nina Schäfer, unter Verwendung eines Motivs von shutterstock.com/Milan Kment
Gestaltung Innenteil: DÜDE Satz und Grafik, Odenthal, nach einem Layout von Nina Schäfer
Lektorat: Uta Rupprecht
Druck und Bindung: CPI – Clausen & Bosse, Leck
Printed in Germany 2024
ISBN 978-3-7408-2209-5
Roman
Originalausgabe

Unser Newsletter informiert Sie regelmäßig über Neues von emons:
Kostenlos bestellen unter
www.emons-verlag.de

Dieser Roman wurde vermittelt durch die Verlagsagentur Lianne Kolf, München.

Gewidmet meinen Kindern Lisa und Lorenz

Verpasste Gelegenheiten

Ich liebe das zarte Klirren edler Sektgläser, wenn sie, auf einem Tablett balanciert, diskret aneinanderschlagen. Es löst so ein feierliches Hochgefühl in mir aus. Verspricht prickelnde, überschäumende Freude. Erzählt mir vom Glück, nicht allein zu sein. Umso erhebender das Gefühl, wenn die Aufmerksamkeit der Runde auch noch mir ganz persönlich gilt, mir und meinem gelungenen Schaffen. Wie an jenem schicksalhaften Nachmittag.

Bloß dass der Zeitpunkt für ausgelassenes Feiern vielleicht doch ein wenig zu früh gewählt war.

»Was feiern wir denn Schönes, Mädels? Hab ich einen Geburtstag übersehen?« Nick stellte die Flasche Prosecco und die Gläser vor uns ab und zog sich einen Stuhl vom Nebentisch heran.

»Die Geburtsstunde eines literarischen Meisterwerks«, verkündete Caro und verteilte schon mal die Gläser.

»Charlie hat eine neue Romanidee«, erklärte Julika, weil Nick fragend eine Augenbraue hob – und ich bescheiden Löcher in den Boden starrte. Sie schob ihren Kuchenteller kurz zur Seite und zog sich meinen offenen Laptop heran. »Lass dir das auf der Zunge zergehen, Nick.« Sie schnalzte mit der ihren, bevor sie lustvoll loslegte. »*Es ist eine anerkannte feministische Wahrheit, dass eine Frau im Vollbesitz ihrer geistigen Kräfte nichts weniger dringend braucht als einen Mann. Eine Grundwahrheit, die sich auf alle Lebensbereiche ausdehnen lässt – auch jenseits der Verpartnerung. Eine Wahrheit, die sich durch mein vierzigjähriges Leben zieht wie geschmolzener Käse in einem Tasty-Kochvideo.* Klingt doch vielversprechend, was?« Julika klappte schmunzelnd meinen Laptop zu.

»Aha«, sagte Nick. »Ist das heutzutage nicht eh klar, dass eine Frau keinen Mann braucht?«

Ich fand meine Zeilen gleich nicht mehr so großartig wie noch vor wenigen Minuten, als ich sie den Freundinnen voll Stolz präsentiert – und damit den Anlass für fröhliches Feiern gegeben hatte. Männer überschätzten ihre Bedeutsamkeit maßlos, hatte ich erklärt. Und Mr. Right sei ein patriarchalischer Mythos. Reine Männerpropaganda. Und mit diesem Irrglauben wolle ich nun endgültig literarisch aufräumen.

»Worum soll's denn gehen in deinem neuen Roman, Charlie?«, hakte Nick nach.

»Kein Mann. Kein Problem«, kam Julika mir mit der Antwort zuvor. Ich hätte es schöner nicht sagen können.

»Na hör mal!«, entrüstete sich Nick.

Ups, der war ja auch ein Mann. Das vergaßen wir manchmal. Nicht bloß, weil er schwul war oder der Chef vom NaUnd, unserem absoluten Lieblingscafé. Er war einfach so ein positiver Kerl, der in jedem und allem das Gute sah.

»Ausnahmen bestätigen die Regel.« Caro klopfte ihm beschwichtigend auf die Schulter.

»Irgendwie kommt mir das außerdem bekannt vor.« Nick fuhr sich nachdenklich über seine Glatze. »Als ob ich das schon mal wo gelesen hätte.«

»Was? Einen Roman, der die Entbehrlichkeit von Männern thematisiert? Den müsste ich kennen.« Julika zog sich ihren Teller wieder heran und brach sich ein Stück vom Schokogugelhupf ab. »Köstlich!«, sagte sie und schleckte sich die Finger.

»Nein. Die anerkannte Wahrheit«, sagte Nick.

Scheiße! Ertappt! Ich hatte tatsächlich eine winzige Anleihe aus der Literatur genommen.

»Jane Austen. ›Stolz und Vorurteil‹«, gab ich kleinlaut zu. »Ich hab den Anfang ein wenig adaptiert.«

»Kennt sowieso niemand.«

»Sag das nicht, Caro. Frauenliteratur aus dem 19. Jahrhundert ist gerade aus feministischer Sicht wieder topaktuell.«

»Und wennschon. Hast du halt von der Alten gemopst, die kann sich sowieso nicht mehr wehren. Kupfern doch eh alle voneinander ab, oder?«

Sie stibitzte ein Stückchen Kuchen von Julikas Teller und grinste. Die klopfte ihr prompt auf die Finger. »Bestell dir gefälligst selber einen! Und das mit dem Abkupfern. Das gilt vielleicht für Kochbuchautor:innen, aber doch nicht für Literatur.«

Tja. Was Kochbücher anging, brauchte man Julika nichts vorzumachen. Über zweihundert Exemplare standen bei ihr zu Hause im Regal. Böse Zungen behaupteten ja, sie hätte alle Rezepte daraus auch probiert, ihre neunzig Kilo Lebendgewicht seien der sichtbare Beweis dafür.

»Nur Kochbuchautor:innen? Dass ich nicht lache. Und was ist mit den ganzen Politiker:innen, hm? Die erschwindeln sich doch reihenweise ihre Doktortitel. Copy and paste. Zackzack. Oder wer sich's leisten kann, lässt schreiben, nicht wahr, Charlie?«

Wum! Das saß. Caros provokante Anspielung traf mich an einer wunden Stelle. Ich fand es ja selbst nicht gerade prickelnd, meinen Unterhalt mit Ghostwriting zu bestreiten. Sobald ich vom literarischen Schreiben leben konnte, wollte ich diesen Job sowieso an den Nagel hängen. Eigentlich lieber früher als später. Es klappte nur einfach nicht so schnell, wie ich mir das erhofft hatte.

»Lass sie in Frieden«, knurrte Julika. Sie machte sich immer noch Gewissensbisse, weil sie es war, die mir diesen Job bei der Agentur »Ich schreib deinen Text« vermittelt hatte. Nicht ahnend, dass ich dort vorwiegend wissenschaftliche Arbeiten für angehende oder bereits Studierende schreiben musste und nicht bloß harmlose Texte, wie zum Beispiel private Reden für andere Leute.

»Wollen wir trotzdem anstoßen?«, sagte Nick, der miese Stimmung hasste.

»Klar. Auf Charlies neuen literarischen Wurf über die

Bedeutungslosigkeit des Mannes. Ich bin sicher, der wird ein Hit.« Julika nahm die Flasche und schenkte die Gläser voll.

»Arbeitest du da etwa deine letzte Beziehung auf?« Nick hielt mir sein Glas zum Zuprosten hin und schaute mich mitfühlend an.

»Den entbehrlichen WhatsApp-Man?« Caro leckte genüsslich den Schaum von ihrem übersprudelnden Glas.

Grundgütiger! Die beiden ließen auch wirklich kein Fettnäpfchen aus. Die Erinnerung an diese blamable Affäre trieb mir erneut die Schamesröte ins Gesicht. Bernd, dieser peinliche Fehltritt, hatte mich – eine vierzigjährige, emanzipierte Frau – per WhatsApp-Nachricht abserviert. In einem Anfall von Torschlusspanik hatte ich es probiert, über eine Internetplattform doch noch einen Partner mit Niveau für gemeinsame Stunden zu finden. Und Bernd schien mir die richtige Wahl. Er hatte gute Manieren und ein akzeptables Maß an Bildung. Seine Wohnung, in der ich auch das eine oder andere Mal übernachten durfte, war aufgeräumt. Er rauchte nicht, pinkelte im Sitzen und knirschte nachts nicht mit den Zähnen. Ich hatte den Eindruck, dass wir ein kongeniales Paar werden könnten. Doch von einem Tag auf den anderen blieben seine Einladungen zum Tête-à-Tête aus. Er ging nicht ans Telefon, wenn ich ihn anrief. Und schließlich kam diese finale Nachricht per WhatsApp:

Sorry, Charlotte, das wird nichts mit uns beiden. Du bist mir zu kopflastig und auch ein wenig zu anstrengend. Ich wünsche dir viel Glück für die Zukunft. Bernd.

Nicht dass die Botschaft an sich mir so an die Nieren gegangen wäre, obwohl ich mir echt nicht vorstellen konnte, warum er mich anstrengend fand. Egal. Es war vor allem die Art der Abfertigung, an der ich noch immer kiefelte.

»Ach, komm schon«, hatte mich Caro damals getröstet.

»Ein Typ hat dich ungut abserviert, okay. Aber das heißt doch noch lange nicht, dass alle Arschlöcher sind. Du solltest nicht gleich nach dem ersten Match aufgeben.«

Ich winkte entschieden ab. Und betrachtete die missglückte Affäre als Bestätigung meiner langjährigen Überzeugung, dass ich ohne Mann besser dran war. An die große Liebe glaubte ich seit der schmerzlichsten Enttäuschung meines Lebens sowieso nicht mehr. Mit gerade mal zweiundzwanzig Jahren hatte sie mich in die Knie gezwungen. Kein Wiederholungsbedarf, danke! Nur: Von meiner traumatischen Jugendliebe wussten selbst meine besten Freundinnen und Freunde nichts. Und das sollte auch so bleiben.

»Bernd? Zu flach für eine Romanfigur«, stieß ich hervor, vielleicht einen Deut zu aufgebracht. Julika warf mir einen prüfenden Blick zu. Verdammt! Wie kam ich da bloß ungeschoren wieder raus?

»Sorry. Ich wollte dir nicht zu nahe treten«, sagte Nick, der Einfühlsame. »Es wird sicher toll, dein neues Werk. Egal, worum es geht.« Er strich mir aufmunternd über den Arm. »Was ist eigentlich mit deinem schönen Liebesroman? Gibt es schon Neuigkeiten vom Verlag? Da wartest du doch schon eine Ewigkeit darauf.«

Ach, Nick! Das Ablenkungsmanöver war sicher gut gemeint, führte aber so was von in die falsche Richtung! Mein Liebesroman war von einem Erscheinungstermin so weit entfernt wie eine Genderdebatte in den sozialen Medien von einem wertschätzenden Diskurs.

»Mindestens ein halbes Jahr«, schätzte Julika.

»Sieben Monate«, korrigierte Caro. »Das war Ende Juli, das weiß ich genau. Da hab ich gerade mit Hannes Schluss gemacht.«

Keine Ahnung, wie Caro es schaffte, ihre gescheiterten Liebschaften so unaufgeregt wegzustecken. Das war im Sommer zwanzig-irgendwas … Abgehakt. Ich versagte schon im ganz normalen Alltag kläglich, wenn es darum ging, Rückschläge hinzunehmen. Dazu zählte auch die Sache mit meinem von Nick erwähnten Liebesroman.

»Abgelehnt«, piepste ich und schüttete meinen Prosecco ex hinunter, ohne mit den anderen angestoßen zu haben.

»Was? Seit wann weißt du das?« Nick stellte enttäuscht sein Sektglas ab.

»Seit zwei Wochen«, stammelte ich.

»Und das schleppst du so mit dir rum, ohne was zu sagen? Hallo? Wofür sind Freund:innen denn da?«

»Es war mir so peinlich, Nick ... Ich meine, so eine Niederlage muss ja erst mal verdaut werden ...«

»Peinlich? Du spinnst. Alle namhaften Autor:innen kriegen zunächst Absagen. Das gehört praktisch zum guten Ton. Und beweist genau gar nichts.« Er führte erneut sein Glas zum Mund. Diesmal nahm er einen kräftigen Schluck. »J. K. Rowling ...«

»Ja, ja«, unterbrach ich ihn. »Wissen wir eh. Aber dieser Lektor, der hat die Absage ausführlich begründet. Es ist die genderneutrale Perspektive. Die funktioniert nicht, schreibt er. Das sei weder Fisch noch Fleisch. Es war eine Schnapsidee, Nick. Im wahrsten Sinne des Wortes.«

Bei der Erinnerung an die Geburtsstunde dieser Schnapsidee musste ich wider Willen lächeln. Wir hatten uns in der Runde maßlos über eine Fernsehdiskussion aufgeregt, in der es um die Sichtbarkeit von Frauen in der Literatur ging. Vor allem, als ein männlicher Kritiker behauptete, er könne es einem Text ansehen, ob der Verfasser (sic!) ein Mann oder eine Frau gewesen sei. Da rasteten wir gemeinschaftlich aus.

»Das schau ich mir an!«, rief ich. Wir hatten schon ordentlich getankt, daher war ich ein wenig übermütig. »Ich schreib dir deinen Männerroman, du patriarchalisches Arschloch! Nie und nimmer wirst du eine weibliche Feder hinter meinem Werk vermuten! Es wird von Autos, Fußball und vom Onanieren handeln!«

»Auf Charlie, die schreibt wie ein Mann!«, hatten sie mir

zugeprostet. Es war der Startschuss für ein böses Besäufnis gewesen, aber auch für meinen ersten seriösen Romanversuch. Bis dahin hatte ich zwar schon einige Kurzgeschichten verkauft, an die Königsdisziplin aber hatte ich mich noch nicht gewagt.

Zu Recherchezwecken quälte ich mich durch einige explizit als Männerroman deklarierte Wälzer und stellte fest, dass es zwar kein Problem für mich gewesen wäre, Ähnliches zu produzieren, aber es machte mir schlichtweg keinen Spaß, ekelhafte Machosprüche in die Welt zu setzen. So überlegte ich fieberhaft, wie ich verlässlich neutral formulieren könnte, ohne Rückschlüsse auf eine männliche oder weibliche Autorschaft zuzulassen. Da kam mir die Idee, das biologische Geschlecht meiner Erzählerfigur zu verschleiern. Sie schildert ihre Geschichte in der Ich-Form. Die Figur verliebt sich in einen Mann. Aber bis zum Schluss sollte es nicht klar sein, ob es sich um eine heterosexuelle oder homosexuelle Beziehung handelt. Selbst eine queere Liebe schloss ich nicht aus.

Ich fand diesen Einfall – zumindest damals – genial. Damit würde ich nicht nur nachweisen, dass Unterschiede zwischen weiblichem und männlichem Schreiben nicht existierten, sondern obendrein, dass die Liebe selbst universell war. Weibliches und männliches Lieben? Was sollte das sein? Emotionen kannten kein Geschlecht.

Von da an hatte ich wie im Rausch geschrieben. Es war ein erhebendes Gefühl, als ich einer kleinen Gruppe von Testleserinnen – und einigen Lesern – mcin Manuskript vorlegte. Ohne vorherige Erklärung der geschlechtsneutralen Leseweise. Das Ergebnis war verblüffend. Die Leserinnen und Leser, die eine weibliche Erzählfigur vermuteten, sahen auch eine Frau als Autorin dahinter und umgekehrt. Das Konzept war voll aufgegangen. Es gab kein typisch männliches oder weibliches Schreiben. Es gab keine genderspezifische Liebe. Alles nur Einbildung. Ich war euphorisch. Der Roman würde nicht nur revolutionär werden, sondern auch eine Hommage an die Diversität. Der von mir auserwählte Verlag würde mit Freuden zuschlagen.

Welch naive Fehleinschätzung!

»Was soll das bitte heißen – weder Fisch noch Fleisch?« Julika fuchtelte wild mit den Händen. »Das war doch das Geniale an der Geschichte, dieses nicht Eindeutige. Wetten, der Typ hat das nicht verstanden? Wir haben die Geschichte getestet. Sie funktioniert.«

»Vielleicht war es nur Zufall. Unsere Testleser:innen waren keine Profis, der Lektor hingegen ist einer.«

»Was genau schreibt er denn, dieser angebliche Profi?«

»Ach … Am besten, ihr lest es selbst«, sagte ich und schob ihnen den Laptop hin. Obwohl ich beim Lesen der E-Mail vor zwei Wochen am liebsten gleich den Rechner an die Wand geknallt hätte, hatte ich es nicht übers Herz gebracht, das Absageschreiben zu löschen. Neugierig beugten die drei ihre Köpfe über den Bildschirm und keilten mich zwischen sich ein. Wohl oder übel musste ich mitlesen. Mit jeder Zeile kochte der Zorn wieder in mir hoch.

Liebe Frau Schwarz!

Herzlichen Dank für die Zusendung Ihres Manuskripts, ich habe es mit großer Aufmerksamkeit gelesen. Leider – und ich muss gestehen, ich hatte schon bei Ihrem Exposé gewisse Zweifel – passt es doch nicht in unser Literaturprogramm.

Es war diese Idee des geschlechtsneutralen Erzählers, die mein Interesse geweckt hatte, aber die Umsetzung im Roman entspricht letztlich nicht unseren Standards.

Der Text wirkt an manchen Stellen sehr gekünstelt. Ich führe das zurück auf Ihr krampfhaftes Bemühen, sich einer genderneutralen Sprache zu bedienen. Außerdem zweifelte ich an keiner Stelle im Text am biologischen Geschlecht Ihrer Erzählerfigur. Speziell in der völlig überzogenen Sexszene gelingt es Ihnen nicht, Ihre weibliche Sicht zu verbergen. So etwas würde ein Mann garantiert nicht schreiben. Weibliche Gefühlsduselei vom Schlimmsten! Alles in allem: weder Fisch noch Fleisch.

Liebe Frau Schwarz, es tut mir leid, Ihnen das so klar sagen zu müssen, und ich sehe förmlich die Tränen in Ihren Augen, aber ich tue das bewusst und zu Ihrem Besten. Immerhin schreiben Sie ja recht gefällig, ein gewisses Talent will ich damit gar nicht in Abrede stellen.

Hören Sie auf den Rat eines erfahrenen Lektors: Halten Sie sich an einfachere Vorbilder und bilden Sie sich nicht ein, dass aus Ihnen ein weiblicher Kerouac oder Hemingway wird. Ich bin mir sicher, wenn Sie auf literarische Experimente verzichten und sich auf Frauen als Zielpublikum konzentrieren, dann werden Sie ein Plätzchen in der Belletristik finden, durchaus auch in einem größeren Publikumsverlag. Wie ich Ihrer Biografie entnehmen konnte, waren Sie eine Weile als Englischlehrerin tätig. In der angloamerikanischen Romangeschichte finden Sie ausreichend weibliche Vorbilder. Garnieren Sie Ihre Geschichten mit schönen Landschaften und belohnen Sie Ihre Figuren mit einem klassischen Happy End. Wenn Ihnen das gelingt, werden Sie sicher treue Leser – Pardon: Leser:innen – finden, denen Sie auch gerne ein paar feministische Bröckchen vor die hübsch beschuhten Füße werfen können. Getreu dem Motto: Schuster, bleib bei deinem Leisten.
Mit wohlwollenden Grüßen

Ihr Roderich Reich. Verlagsleiter Pilz-Verlag, Hamburg

»Frechheit!«, rief Caro. »Aus jeder Zeile spricht der alte weiße Mann. Das nimmst du doch nicht ernst, hallo?«

»Na ja«, stotterte ich. »Der Mann vertritt einen der angesehensten Verlage Deutschlands. Er versteht was von Literatur, sonst säße er nicht dort.«

»Quatsch«, schnaufte Caro. »Der klammert sich mit aller Macht an überholte patriarchalische Strukturen. Der gebildete Mann bestimmt, was publiziert werden darf. Er muss die alten Werte verteidigen – was immer das sein mag.«

»Er verteidigt literarische Qualität«, widersprach ich. »Das ist sein Job. Ich hab mich eben maßlos überschätzt.«

»Jetzt zerfließt du in Selbstmitleid. Der Typ ist ein Arschloch, Charlie. Was nimmst du ihn in Schutz?«

»Immerhin hat er sich die Mühe gemacht, seine Ablehnung zu begründen. Er gibt mir sogar einen wohlwollenden Rat. Und ich werde mich daran halten und deshalb jetzt eben einen Frauenroman probieren. Es ist keine Schande, sich in die Tradition einer Jane Austen oder Charlotte Brontë zu stellen. Die haben ja schon damals feministisch geschrieben. Und waren damit ihrer Zeit voraus.«

»Gemeint hat er aber Pilcher«, warf Julika trocken ein. »Auf seinen Macho-Rat würd ich pfeifen. Von wegen wohlwollend! Wenn du ein Mann wärst, hätte er dich völlig anders bewertet.«

»Selbst wenn ihr alle recht habt«, erwiderte ich seufzend. »Ich bin nun mal kein Mann.«

»Dann machen wir einen aus dir!«, rief Nick. »Weil, dass deine Liebesszenen weibliche Gefühlsduselei sein sollen, das, bitte schön, ist Schwachsinn. Ich frage mich, ob der das überhaupt gelesen hat. Ich fand speziell die Sexszene wahnsinnig … dings. Ich hab gleich … ähm, ich wollte sagen … Du gehst auch als männlicher Autor durch. Jede Wette.«

»Aha! Und wie stellst du dir das vor?«

»Pseudonym?«

»Geh bitte! Dann wären wir wieder im 19. Jahrhundert

gelandet. Bei den Brontë-Schwestern. Die mussten sich auch hinter einem männlichen Pseudonym verstecken. Will ich das?«

»Brauchst du auch gar nicht«, rief Julika. Ihre wuchtigen Oberarme wackelten gefährlich, als sie mit dem Zeigefinger in die Luft fuhr. »Du reichst dein Werk schlicht als Charlie Schwarz ein. Nicht als Charlotte. Wir nennen dich ja auch so. Das Geschlecht liegt im Auge des Betrachters. Darum geht es doch auch in deinem Buch.«

»Darauf trinken wir, bevor die Kohlensäure komplett verpufft!«, rief Caro enthusiastisch.

Ergeben stieß ich mit ihnen an. »Bleibt nur noch das klitzekleine Problem, wie ich an einen Verlag komme, der bei dem Spiel mitmacht.«

»Agentur! Du brauchst eine Agentur«, stellte Julika fest. »Buchagent:innen wissen genau, welche Verlage für dich in Frage kommen. Wo keine Roderichs am Hebel sitzen, zum Beispiel. Dann ersparst du dir weiteren Frust durch ›wohlmeinende‹ Ratschläge.«

»Dann krieg ich die Absagen eben von den Agenturen«, murmelte ich frustriert.

Julika packte mich bei den Schultern. »Der Roman ist genial. Vergiss diese E-Mail. Der Pilz-Verlag wird seinen Verlagschef feuern, wenn dein Buch monatelang die Bestsellerlisten anführt. Du wirst Roderich – und allen anderen – beweisen, dass es kein genderspezifisches Schreiben gibt! Punkt. Also. Erst mal brauchen wir eine Agentur«, sagte sie und schnappte sich meinen Laptop. »Und dann bewerben wir uns.«

»Wir? Was? Jetzt gleich?« Ein Blick auf die Uhr machte mich nervös. Ich hatte noch ein paar dringende Aufträge zu erledigen.

»Ja sicher, wo ist dein Problem? Ist doch alles auf dem Laptop gespeichert, was du brauchst, oder? Jetzt machen wir Nägel mit Köpfen.«

Ich ergab mich in mein Schicksal. Würde ich eben wieder einmal eine Nachtschicht einlegen müssen. Wäre nicht das erste Mal.

Nick räumte den Tisch leer, und Julika startete die Google-Suche. Caro drückte sich eng neben sie. Nick und ich positionierten uns dahinter, um ihr über die Schulter zu blicken.

Während wir eifrig in den Computer starrten und versuchten, von Julikas wildem Herumscrollen nicht seekrank zu werden, räusperte sich jemand hinter uns.

»Wo willst du die Pakete hinhaben, Chef?«

Ungehalten drehten Nick und ich gleichzeitig die Köpfe zu der Störquelle um.

Meine Kinnlade klappte nach unten und blieb dort eine Weile. Da stand Adonis leibhaftig. Oder besser gesagt, Hermes. Wie einem klassizistischen Bildband entsprungen. Schwarze Locken, die unter einer Kappe mit dem Firmenlogo des Paketdienstes hervorlugten. Noch schwärzere Augen. Griechische Nase. Kleiner, perfekt geschnittener Schmollmund mit leicht verwegenem Zug, Grübchen am Kinn. Das blaue Hermes-T-Shirt ließ keine Zweifel aufkommen, dass sein Körper der Schönheit seines Gesichts um nichts nachstand. Gut trainierte Muskeln, wie und wo sie sein sollten. Gleichzeitig war seine Gestalt nicht bullig, es haftete ihr auch eine sanfte Zartheit an. Was für ein Bild von einem Mann!

»Chef?«, räusperte sich die Erscheinung. »Entschuldige die Störung. Isch bin neu beim Paketdienst. Wohin willst du die Päckschen haben?«

Wie es schien, war nicht nur ich wie vom Blitz getroffen. Nicks Mund stand definitiv offen, obwohl nichts herauskommen wollte. Sein Gesicht war rot angelaufen. Wortlos begleitete er den Jüngling in die Ecke, wo er seine Sackrodel abladen sollte. Unterschrieb die Papiere, die ihm der Bote hinhielt, bevor er wieder zum Ausgang marschierte. Auch von hinten war augenfällig, dass der Mann sein Geld nicht mit einer sitzenden Tätigkeit verdiente.

»Was war das denn? Mr. Universe light?«, flüsterte Caro ehrfürchtig. »Hast du seine Zahnspalte gesehen?«

Wir Mädels kicherten, und Nick kratzte sich am Hals. Noch im Hinsetzen schnappte er sich das Sektglas und trank es in einem Schluck leer.

»Wir hätten ihn auf einen Prosecco einladen sollen«, sagte er beinahe weinerlich. Als ob er die Chance seines Lebens verpasst hätte.

»Er kommt sicherlich wieder, Schatzi!«, sagte Caro und tätschelte seinen Arm. »Aber wer sagt dir, dass er schwul ist?«

»Mein Gefühl.« Nick seufzte.

»Oder dein Wunschdenken?« Julika zwinkerte ihm zu.

»Vielleicht ist er ja bi«, sagte Caro. »Dann können wir ihn uns teilen.«

Niemand außer ihr lachte.

»Ihr benehmt euch wie die kleinen Kinder«, stoppte Julika den Blödsinn. »Wollen wir nicht lieber weitermachen mit der Agentursuche? Ich hab da einen interessanten Artikel gefunden.

Renommierte deutsch-österreichische Literaturagentur an Sohn übergeben. Das österreichische Büro von Wort-Weber im 12. Wiener Gemeindebezirk wird als Außenstelle weitergeführt.

Das ist gar nicht weit weg von hier. Da könntest du sogar persönlich vorsprechen.«

So schnell konnte ich gar nicht schauen, wie Julika die Homepage der Agentur angeklickt hatte.

»Du brauchst ein aussagekräftiges Exposé über den Inhalt von maximal drei Normseiten und die ersten zwanzig bis dreißig Seiten deines Romans. Und eine Kurzbiografie.«

»Exposé und Romananfang sind kein Problem. Das hab ich sofort parat. Aber die Kurzbio. Die legt mein Geschlecht ja eindeutig offen, oder? Wie soll ich das verschleiern?«

Ich hatte es geahnt. Der Plan war von Beginn an zum Scheitern verurteilt. Aber da hatte ich nicht mit Julikas Dickkopf gerechnet.

»Quatsch. Wir schreiben dir einen Lebenslauf in Stichworten.«

Und schon hämmerte sie in den Computer. »So. Da haben wir eine brauchbare Tabelle. Korrigier mich, wenn was nicht stimmt. Name: Charlie Schwarz, geboren am 15. März 1983 in Mistelbach an der Zaya. Lehramtsstudium für Germanistik und Anglistik an der Uni Wien. Beruf: freier Texter.«

»Ich bin Texter*in*«, murrte ich.

»Sorry, geht in dem Fall nicht anders«, sagte Julika und schob mir den Laptop hin.

Den Rest – Staatsangehörigkeit, Adresse, Telefonnummer und E-Mail-Adresse – durfte ich selbst ausfüllen. Unter Aufsicht der Clique musste ich noch mein E-Mail-Programm öffnen, die Anhänge hochladen, ein kurzes Anschreiben einfügen. Fertig.

»Noch ein Mausklick, und deine Karriere als Bestsellerautorin läuft an«, sagte Nick voller Überzeugung. »Vergiss den dämlichen Roderich.« Er legte seine Hand auf meine Schulter, wo sie verharrte, bis ich auf den Send-Button gedrückt hatte. Mit einem windigen Geräusch verließ die E-Mail meinen Laptop.

Zu Hause

»Ich fahr dich heim«, sagte Julika. Mein panischer Blick auf die Uhr war ihr nicht entgangen.

»Hast du Stress?«, fragte sie, sobald wir uns in den Abendverkehr eingereiht hatten.

»Geht so«, brummte ich. »Heute müssen auf jeden Fall noch zwei Texte raus.«

»Heißt das, du hast wieder mehr Aufträge?«

»Nicht wirklich«, seufzte ich. »Den Stress hab ich mir eher selber zuzuschreiben. In den letzten Tagen hab ich meinem neuen Romanprojekt wohl ein bisschen zu viel Zeit eingeräumt.«

»Warum ich frage«, sagte Julika. »Weil, du weißt ja, wie die Lage an den Schulen derzeit ist. Akuter Lehrermangel und so. Bei uns sind gleich zwei Stellen ausgeschrieben. Wie für dich gemacht. Deutsch und Englisch.«

»Ach du meine Güte!«, rief ich entsetzt. »Kein Bedarf.«

»Ist es wegen Schröder?«

»Das … das auch. Aber … ich hab mit der Schule abgeschlossen. Ich vermisse nichts davon.«

Außer das fixe Gehalt. Aber das sagte ich nicht dazu. Julika schaute mich ohnehin schon so besorgt von der Seite an. Unerfreulicherweise musste ich vor Kurzem den Freund:innen gegenüber meine prekäre finanzielle Lage eingestehen, als sie einen gemeinsamen Urlaub vorschlugen. So peinlich, ehrlich!

»Im Gegenteil«, setzte ich stattdessen noch einen drauf. »Ich versteh überhaupt nicht, wie du den Macho immer noch aushältst.«

Julika lachte. »Erstens. Wenn ich mir einen neuen, ähnlich gut bezahlten Job suchen wollte, da müsst ich vorher abnehmen. Hast du gewusst, dass uns Frauen, wenn wir auf Jobsuche sind, eine Diät mehr bringt als ein Uniabschluss?

Nicht? Ist aber so. Wenn du als Frau dick bist, hast du kaum Chancen. Ein Männerbauch war hingegen noch nie hinderlich auf der Karriereleiter. Abgesehen davon, mein Chef braucht mich, Charlie. Ohne mich ist Schröderchen aufgeschmissen.«

»Der hat dich überhaupt nicht verdient!«, rief ich. Julika war nicht bloß seine Sekretärin. Sie war seine rechte Hand. Dabei bekam er als Schuldirektor sicherlich doppelt so viel bezahlt wie sie.

»Ach was«, wehrte sie bescheiden ab. »Dafür schieb ich zu Hause eine ruhige Kugel. Die Verantwortung liegt ja letztendlich doch bei ihm. Um vier ist Schluss für mich. Ich nehme keine Probleme mit nach Hause.«

»Auch was wert«, sagte ich und schnappte meinen Rucksack vom Rücksitz. Wir waren bei meinem Wohnhaus angelangt.

»Frohes Schaffen«, rief sie und setzte den Blinker.

»Danke für deine Freundschaft, Julika«, murmelte ich, aber da hatte sie sich bereits wieder in den Fließverkehr eingeordnet.

Im Flur roch es chinesisch. Knoblauch, Kraut und Garnelen, mein Tipp. Das war nicht weiter beunruhigend, die Familie in der Parterrewohnung gleich rechts neben mir hatte schon dort gewohnt, als ich hier eingezogen war. Teigtascherl wurden bei meinen Nachbarn tatsächlich nur für den Eigenbedarf produziert.

Ich kramte meinen Schlüssel hervor und schloss auf. Stickige Luft schlug mir entgegen. Ich hasste diese Wohnung. Jedes Mal, wenn ich die Tür öffnete, wurde mir bewusst, dass mir diese Bleibe kein Gefühl des Nachhausekommens gab. Ich vermisste meine freundliche Neubauwohnung, die ich in meiner Zeit als Lehrerin gemietet hatte. Vor allem den Balkon mit Blick ins Grüne.

Die tägliche Portion Natur fehlte mir am meisten. Ich war auf dem Land aufgewachsen, und es hatte ohnehin lange gedauert, bis ich mich in Wien eingelebt hatte. Die helle Wohnung im vierten Stock mit Blick auf den Park hatte mich zeitweise vergessen lassen, dass ich mich im Großstadtdschungel befand und nicht im lieblichen Weinviertel mit seinen sanften Hügeln und paradiesischen Weingärten. Die Parterrewohnung war definitiv ein Abstieg, aber mit meinem unsicheren Gehalt als freie Mitarbeiterin in der Schreibagentur war die schöne Garçonnière leider nicht zu halten gewesen. Die Miete drohte meine gesamten Ersparnisse aufzufressen. Die stylischen IKEA-Möbel hatte ich mir – bis auf den Schreibtisch – ablösen lassen. Dafür übernahm ich in der neuen Wohnung die komplette Einrichtung meiner Vormieterin. Abgewohnte furnierte Einbaumöblage aus den achtziger Jahren, aber wenigstens praktisch zusammengestellt und mit ordentlich Stauraum für die siebenunddreißig Komma fünf Quadratmeter Wohnfläche. Meinen Schreibtisch quetschte ich ans Fußende des Doppelbettes, das Highlight meines Domizils. Ein Bett zum Hochklappen, das mein Schlafzimmer bei Bedarf zu einem Wohnzimmer umfunktionierte. Diesen Bedarf gab es allerdings nicht, Besuch empfing ich nie.

Ich schleuderte die Stiefel in die Ecke, zwängte mich zwischen Schreibtisch und Bett durch und hastete zum Fenster. Das Quäntchen Hoffnung auf Frischluft musste ich umgehend begraben. Meine Fenster gingen alle in den Innenhof hinaus, wo die Abfalltonnen standen. Ein Garant für olfaktorische Störfälle multikultureller Art, selbst im Winter. Oft hätte ich liebend gerne mit einem angeblich stinkenden U-Bahnabteil getauscht, in dem *frischer* Kebab oder Leberkäse gekaut wurde. Einmal mehr ein Beweis, dass eben alles relativ ist. Die türkischstämmige Nachbarin von vis-à-vis hing gerade mit einer Zigarette aus dem Fenster. Ich winkte ihr freundlich zu. Sie grinste, drückte ihre Kippe aus und warf sie in den Hof. Zeitgleich schlossen wir die Fenster.

Zurück im Vorraum stellte ich meine Stiefel ordentlich an ihren Platz und tapste in meine fensterlose Küche, um den Wasserhahn aufzudrehen. Bis es da halbwegs klar durch die rostigen Leitungen floss, konnte ich in aller Ruhe aufs Klo gehen. Das erste Glas schüttete ich ex hinunter. Dann füllte ich eine Karaffe und stellte sie in den Kühlschrank, um jederzeit rostfreies Wasser zur Verfügung zu haben. Der Kühlschrank lief ohnehin im Dauermodus, obwohl er außer Margarine, ein paar Eiern, Milch und einem Glas Gurkerl nichts frisch halten musste. Wenigstens heizte er die Küche, und ich konnte ein wenig Gas sparen.

Sparen. Auch so ein Triggerwort. Bei mir ging es nicht darum, ob ich den echt englischen Stilton oder die Trüffelbutter mit Aktionspickerl um fünfundzwanzig Prozent günstiger bekam. Ich war froh, wenn ich mir einen ordentlichen Streichkäse leisten konnte. Meine Rücklagen aus dem Schuldienst waren aufgebraucht. Das Ghostwritinggeschäft ging in dieser Jahreszeit grundsätzlich mäßig. Maturaarbeiten waren im Kasten, Seminararbeiten standen erst Ende des Sommersemesters wieder an. Die Weihnachts- und Faschingssaison war vorüber, und für Hochzeiten war es zu früh. Man konnte praktisch nur auf Todesfälle hoffen. Rein geschäftlich gesehen natürlich.

Julikas Erwähnung der ausgeschriebenen Stellen hatte mich ein wenig aufgewühlt. Sollte ich nicht doch wieder in den Lehrberuf einsteigen? Ich wurstelte immerhin schon seit sieben Jahren am Rande des Existenzminimums dahin. Das könnte ich mit einem Schlag ändern.

Aber sicher nicht unter Schröder.

Ich ließ mich erschöpft auf meinen Küchenhocker fallen. Schröder! In Sekundenschnelle formierte sich sein Bild so lebhaft vor meinem inneren Auge, als säße er mir direkt gegenüber. Wie er mit dem Finger auf seinem Mahagonischreibtisch herumklopfte wie ein Specht. Mein Ex-Chef. Direktor des Gymnasiums, an dem ich zehn Jahre lang Deutsch und Englisch unterrichtet hatte. Selbst meine damaligen Gedanken ploppten filmreif einer nach dem anderen in meiner Erinnerung auf. Wie Popcorn, wenn es die richtige Temperatur erreicht. Plopp, plopp, plopp.

»Sie gehören ja therapiert, Frau Schwarz!«, stöhnte er und lockerte sich dabei theatralisch seinen Krawattenknopf. Das Papier in seinen Händen zitterte. Seine Smartwatch piepste panisch.

»Da sind wir dann ja schon zwei, Herr Direktor«, hörte ich mich sagen.

Was soll das jetzt wieder?, dachte ich im selben Augenblick. Als ob ich durch meine unkontrollierten Wortmeldungen nicht schon genug Probleme am Hals hätte. Er hatte ja recht. Ich gehörte auf die Couch. Anstatt mich für mein unprofessionelles Verhalten einem Schüler und in der Folge dessen Vater gegenüber zu entschuldigen, lag ich jetzt auch noch mit meinem Boss im Clinch. Andererseits widerstrebte es mir geradezu körperlich, wegen dieser Idioten zu Kreuze zu kriechen.

Es hatte ganz harmlos begonnen, als ich am Tag davor einem hochgradig unbegabten Schüler vorsichtig, pädagogisch und einfühlsam angedeutet hatte, dass für ihn auch andere Schulen als das Gymnasium als Alternative in Frage kämen. »Schau, Tibor«, sagte ich. »Du bist ein wertvoller Mensch, auch wenn du kein Deutsch kannst. Selbst in dir schlummert gewiss ein verborgenes Talent, du musst es nur finden.«

Dass dies ein schwieriges Unterfangen gewesen wäre, behielt ich wohlweislich für mich. Trotzdem fiel er respektlos über mich her. Warf mir in unschönen Worten pädagogisches Versagen vor und unterstellte mir, ich würde ihn nur deswegen negativ beurteilen, weil ich ihn nicht mochte. Das alles steckte ich professionell weg. Eindeutiger Fall von Täter-Opfer-Umkehr. Doch dann ließ er diese Bemerkung vom Stapel, die meinen Hormonhaushalt aus der Harmonie und mein Blut ins Wallen brachte.

»Mein Vater sagt sowieso, dass Krüppel wie Sie in einer Privatschule nichts verloren haben, Frau Lehrer Klumpfuß.«

Ganz automatisch hatte ich noch »Lehrer*in*« gemurmelt, bevor mir die Tragweite dieser Aussage bewusst wurde.

Klumpfuß! Er hatte mich Frau Lehrer Klumpfuß genannt! Das war also mein Spitzname in der Klasse? Vielleicht in der ganzen Schule? Weil ich seit dem Unfall ein kürzeres Bein hatte und leicht hinkte? Diese Behinderung hebelte in den Köpfen der Eltern tatsächlich meine Qualitäten als Pädagogin aus?

In der Klasse war es mucksmäuschenstill geworden. Beinahe gespenstisch. Und dann war es aus mir herausgebrochen wie aus einem Vulkan. Wie in meiner Kindheit, wenn sich die Ungerechtigkeiten des Lebens schon länger in mir aufgestaut hatten und irgendwann doch unkontrolliert hochkochten.

Er sei ein Rohrkrepierer, hatte ich ihm an den Kopf geworfen. Auch wenn er weder wisse, was das sei, noch, wie man es buchstabierte. Aus ihm würde nie etwas werden, höchstens ein Politiker.

Zu meiner großen Überraschung hatte die Klasse lauthals gelacht, obwohl sie sich sonst für meinen ironischen Witz kaum empfänglich zeigte. Warum diesmal doch, wurde mir später klar. Sie wussten – im Gegensatz zu mir –, dass Tibors Vater tatsächlich Politiker war. Zwar nur eine Lokalgröße, aber umso besser vernetzt. Sein Griff zum Telefon war vorprogrammiert. Und meine Dienstverletzung der Grund, warum Direktor Schröder seinen Mahagonitisch malträtierte.

Mittlerweile hatte er das Klopfen eingestellt und rang nach Luft, als ob er zu lange unter Wasser gelegen hätte. Eine Ewigkeit starrten wir einander sprachlos an, bis er seine Atemprobleme wieder im Griff hatte.

»Ein letztes Mal, Frau Schwarz«, keuchte er. »Sie werden sich bei Herrn Damisch entschuldigen. Und als Zeichen Ihrer Reue dem Tibor notenmäßig entgegenkommen. Schließlich geht es auch um den Ruf der Schule.«

»Der Ruf der Schule geht mir im Moment am A... vorbei«, schrie ich jetzt. »Tibor hat mich beleidigt. Er hat mich einen Krüppel genannt, Herr Direktor!«

Schröders Blutdruck nahm wieder bedenklich an Fahrt auf. »Das war im Affekt«, grollte er.

»Meine Retourkutsche auch.«

»Frau Schwarz. Sie unterschätzen den Einfluss seines Vaters. Sie werden sich entschuldigen *müssen*. Sonst ...«

»Sonst was?«

»Sonst sehe ich für das nächste Schuljahr keinen Platz mehr für Sie in meinem Team.«

»Wenn das so ist«, sagte ich, erhob mich würdevoll und schob den Stuhl gewissenhaft an den Schreibtisch zurück, bevor ich meinem Ex-Chef in spe mutig ins Angesicht blickte. »Dann lasse ich mich eben versetzen. In eine Schule, die dem Lehrpersonal eine gerechte Notengebung zutraut.«

»Ich glaube, Sie haben noch immer nicht verstanden!« Schröders Stimme bebte. »Sie werden in ganz Wien keine Stelle mehr finden. Dafür werden Herr Damisch und ich sorgen.« Auch er hievte sich aus seinem Stuhl empor, um seiner angehenden Ex-Kollegin auf Augenhöhe zu begegnen.

»Gut«, hörte ich mich sagen. »Dann kündige ich eben sofort, bevor Sie mir noch irgendetwas anhängen können.« Immerhin verließ ich stolz erhobenen Hauptes die Direktion. Dass ich dabei die Tür hinter mir zuknallte, sollte einfach nur den Schlusspunkt markieren.

Ende des Films – und meiner Karriere als Lehrerin.

Und mit meiner zweiten Karriere, der Schriftstellerei, steckte ich offenbar auch in der Sackgasse.

Ich wischte mir ein paar Schweißtropfen von der Stirn. Selbstmitleid war etwas für Privilegierte, ich hatte Arbeit zu erledigen. Entschlossen nahm ich mir ein weiteres Glas Wasser und ging in mein Wohn-Schlaf-Arbeitszimmer. Räumte das leere Kaffeehäferl vom Vormittag weg und setzte mich an den Schreibtisch. Befreite den Laptop aus meinem Rucksack und steckte ihn an. Der Akku war schon wieder leer, das bisschen Googeln im Kaffeehaus hatte ihm bereits den Garaus gemacht. Außerdem schaltete sich nach wenigen Minuten das nervige Gebläse ein, das nicht viel leiser war als die Klimaanlage des Nachbarn über mir. Da blieben wir uns nichts schuldig, der Herr Dolezal und ich. Wenn wir im Sommer das Hoffenster kippten, spendeten wir uns gegenseitig unsere Propellergeräusche. Wenn ich nachts in die Tasten schlug, rauschte es um mich herum wie an den Klippen von Moher.

Okay. Es war Ende Februar. Meine Fenster waren zu, und Herrn Dolezals Klimagerät im Winterschlaf. Aber mein Laptop kannte keine Jahreszeiten. Dem war dauerhaft heiß. Vielleicht war er auch schon in den Wechseljahren.

»Tut mir leid«, bedauerte ich ihn. »Ich kann dich nicht in Frührente schicken, deine Dienste sind noch gefragt.« Er fügte sich in sein Schicksal.

Als Erstes checkte ich routinemäßig meine E-Mails. Ein neuer Eingang der Agentur. Die Geburtstagsrede, die ich im Entwurf schon fertig hatte und gerade vollenden wollte, konnte ich vergessen. Die Party – und damit die zugehörige Rede – war wegen Erkrankung des Geburtstagskinds gecancelt worden. Na wunderbar! Wenn die keinen neuen Termin fanden, hatte ich die bisherige Arbeit umsonst getan. Die Agentur verlangte wohl eine Stornogebühr, aber für mich schaute dabei nichts raus. Das Los der freien Mitarbeiterin.

Positiv denken, sagte ich mir. Dafür hast du dadurch Zeit gewonnen und kannst dich endlich mal so richtig ausschlafen. Ran an den letzten Auftrag für heute! Es war eine Trauerrede für einen Mops namens Guntram. Der konnte wenigstens nicht absagen. Der war schon tot.

Ich lud mir mein selbst verfasstes Template für Tier-Trauerreden auf den Computer und füllte die Eckdaten für Guntram ein. Ich wollte gerade mit den liebevollen Details anfangen, als das Telefon klingelte.

Oma! Verdammt! Auf die hatte ich in all der Aufregung komplett vergessen. Donnerstag war unser Telefoniertag.

»Hallo, Oma! Ich wollte gerade zum Hörer greifen«, log ich, bevor sie sich beschweren konnte.

»Was musst du schleifen?«

»Oma! Hast du dein Hörgerät drinnen?«

»Kannst du ein wenig lauter sprechen, Kind? Mein Hörgerät ist kaputt.«

»Du hast nicht zufällig auf die Batterien vergessen?«

»Ja, ja. Ich hab schon gegessen. Ist ja schon halb acht Uhr. Ein Schmalzbrot mit Zwiebeln. Muss ja nicht mehr küssen, so wie du.«

Oma lachte, bis sie kutzen musste. Ich konnte vor meinem geistigen Auge sehen, wie sie ihr Stofftaschentuch nahm und die falschen Zähne hineingleiten ließ. Ich wartete, bis sie ausgehustet hatte und wieder zu Atem kam.

»Die Batterien, Oma«, versuchte ich es erneut. »Hast du neue Batterien in deinem Hörgerät?«

»Kind«, sagte sie. »Ich versteh dich so schlecht. Mein Hörgerät ist kaputt. Es ist mir auf den Boden gefallen. Ich wollt's aufklauben. Hab mich runtergebückt und bin mit dem Stuhl nach hinten. Dabei muss ich einen Haxen draufgestellt haben, oder ich bin nachher draufgelatscht mit meinem orthopädischen Schuh, was weiß ich. Gehört hab ich ja nichts. Aber jetzt ist es hin«, seufzte sie.

»Ich komm morgen raus zu dir«, schrie ich ins Telefon. »Dann schauen wir, ob da noch was zu retten ist.«

»Kannst du in den nächsten Tagen einmal herkommen? Mit mir zum Hörmenschen fahren?«

»Ja, Oma. Mach ich. Gleich morgen!«, brüllte ich in mein armes Handy, dass die ganze Nachbarschaft es hören konnte.

»Borgen? Von wem, Kind?«

»M-O-R-G-E-N, Oma! MMMOR-GEN! Ich komm dich morgen besuchen!«

»Das ist nett, Kind. Bis morgen!«

Erschöpft legte ich das Handy ab und ließ mich in den Bürostuhl zurückfallen. Mit dem geplanten Schreibwochenende würde es nun nichts werden. Was soll's. Die Lust, an meinem Frauenroman weiterzuarbeiten, war mir nach den heutigen

Diskussionen ohnehin vergangen. Ein Wochenende bei Oma im Weinviertel mit viel Kuchen und frischer Luft würde mir guttun.

Nach ein paar Schlucken Wasser versuchte ich mich erneut auf den lieben verblichenen Guntram zu konzentrieren. Gebannt starrte ich auf das Bildchen, das auf seiner Parte abgebildet war. Was für ein hässliches Tier! Faltig. Schlechte Haltung. Grantiger Gesichtsausdruck. Die Zunge hing ihm raus. Sicher hatte er zu Lebzeiten einen schrecklichen Mundgeruch gehabt. Und dennoch wurde er heiß geliebt! Warum konnten wir unsere Mitmenschen nicht genauso bedingungslos lieben? Aber nein. Wir erwarteten das Unmögliche vom anderen und machten uns gegenseitig unglücklich. Kein Wunder, dass viele Menschen Tiere als Partner vorzogen.

Dieser Gedanke versetzte mich in eine ausreichend depressive Stimmung, dass die Worte der Trauer nur so aus mir herausflossen. Nach einer Stunde las ich mir das Ergebnis laut vor. Das machte ich immer, bevor ich die letzten Korrekturen setzte. Zufrieden schickte ich das Dokument an die Agentur. Das würde ein tränenreicher Abschied werden für den lieben Guntram. Viel Herz. Viel Schmerz. Die Kundschaft würde uns weiterempfehlen, davon war ich überzeugt.

Ich streckte mich einmal durch. Ein Gläschen Wein wäre mir jetzt gut angestanden. Leider hatte ich die letzte Flasche in der gestrigen Nachtsitzung aufgebraucht. In der Hausbar, das wusste ich auswendig, war nichts mehr Brauchbares drin. Der Rest eines uralten Metaxa. Ein Eierlikör aus dem vorigen Jahrtausend und etliche Flaschen Cointreau von Oma. Jedes Jahr bekam ich eine zu Weihnachten von ihr. Nachdem ich jahrelang vergeblich versucht hatte, ihr zu erklären, dass ich den nicht mochte, hatte ich es irgendwann aufgegeben. Im Konferenzzimmer in der Schule hatte sich immer jemand erbarmt. Aber diese Quelle war seit Längerem sowohl für den unbekannten Genießer als auch für mich versiegt. Seit meiner Kündigung sammelte ich die Flaschen in meiner Hausbar. So konnte ich jederzeit nachzählen, wie viele Weihnachten das schon her war.

Ich startete einen zweiten Lüftversuch. Ein eisiger Wind wehte ins Zimmer. Es roch zwar immer noch nicht nach Veilchen, aber nicht mehr ganz so penetrant wie noch vor zwei Stunden. Vielleicht hatte sich auch meine Nase in der Zwischenzeit an den Gestank gewöhnt. Gerade als ich den Gedanken weiterspinnen wollte, ob sich vielleicht auch Geschmacksnerven langsam an etwas gewöhnen konnten, wie zum Beispiel an Cointreau, blinkte eine Nachricht auf dem Laptop auf.

Eine E-Mail von WortWeber! Betreff: *Ihr Exposé.*

Mein Herzschlag setzte kurz aus. Mein Schädel wurde heiß, als hätte ich bereits eine ganze Flasche Cointreau intus. Gleichzeitig schaltete sich wie durch Telepathie das Gebläse des Laptops ein. Warum hatte der liebe Gott so eine Funktion nicht auch für uns vorgesehen? Vielleicht in einer lautlosen Variante. Ich holte mir ein weiteres Glas kaltes Wasser aus dem Kühlschrank und trank es leer, bevor ich es wagte, die E-Mail zu öffnen.

Sehr geehrter Herr Schwarz,

Ha! Cool! Die Charlie-Strategie hatte tatsächlich geklappt!

ich will erst gar nicht um den heißen Brei herumschreiben. Ihr Exposé hat mich in jeder Hinsicht überzeugt. Der Plot klingt spannend. Ihre Sprache, diese schnörkellose Ausdrucksweise, könnte schöner nicht sein. Und so viele originelle Metaphern bereits im ersten Kapitel, Chapeau! Ganz besonders neugierig macht mich diese exzentrische Idee mit dem geschlechtsneutralen Touch. Sehr vielversprechend. Bin gespannt, wie Sie das umsetzen.

Schicken Sie mir doch das ganze Manuskript und eine

etwas aussagekräftigere Kurzbiografie. Ihre akademische Ausbildung in Ehren, aber so etwas interessiert die Leser nicht wirklich. Schön wäre es, wenn Sie vielleicht ein ausgefallenes Hobby hätten oder exotische Länder gesehen haben, so etwas in der Art.
Wir freuen uns auf Ihr Manuskript!

MfG
C. Kross

Wie in Trance tippte ich sofort eine Antwort. Eine bewusst männliche. Kurz. Bündig. Selbstbewusst.

Sehr geehrter Herr Kross,

es freut mich, dass Sie Gefallen an meiner Idee gefunden haben und von ihrer Umsetzbarkeit genauso überzeugt sind wie ich.
Anbei das Manuskript. Die Kurzbio wird nachgeliefert.

MfG
Charlie Schwarz

Offene Baustellen

Nach einem späten Frühstück brach ich ins Weinviertel auf, um mich um Oma und ihr Hörgerät zu kümmern.

Die Schnellbahnverbindungen in die Bezirkshauptstadt waren passabel, aber mein Heimatdorf war für Nichtautobesitzer nur mit dem Bus erreichbar. Es blieb mir nichts anderes übrig, als mich mit zig lärmenden Kids in einen Schulbus zu zwängen und mir ihre Konflikte mit garstigen, ungerechten Lehrkräften anzuhören. Obwohl das Umfeld kein Problem mehr für mich darstellte, landete manch abschätzige Bemerkung über meinen ehemaligen Berufsstand punktgenau in meiner Amygdala und reizte meine Aggressionshormone. (Ich hatte vor Kurzem eine vorwissenschaftliche Arbeit zum Thema Aggressionen geschrieben, deshalb wusste ich, warum es in meinem Kopf heiß wurde.) Ich atmete bewusst in den Bauch und blickte starr aus dem Fenster. Als ich endlich im Dorf angelangt war, seufzte ich erleichtert auf.

Omas Bauernhof lag am anderen Ende des Dorfes, ich musste durch die gesamte Häuserzeile der gepflasterten Hauptstraße marschieren. Das asynchrone Klackern meiner Stiefel hallte von den Hauswänden wider und entlarvte schmerzlich mein Humpeln. Unwillkürlich triggerte der rhythmische Sound dieses Unwort »Klumpfuß« in meinem Bewusstsein. Nicht dass mich hier je ein Mensch so genannt hätte, aber mein Hinken war doch immer wieder eine Quelle des Spotts gewesen. Davor hatten mich auch meine berüchtigten Verbalattacken nicht schützen können. In der Anonymität der liberalen Großstadt war mein Gebrechen scheinbar untergegangen. Dass es dennoch, zumindest indirekt, an meinem unrühmlichen Abgang aus der Schule schuld war, schmerzte mehr als das Humpeln oder der Abschied selbst.

Verdammt. Ich musste diese ewig gestrigen Gedanken loswerden und positiv in die Zukunft schauen. Zunächst einmal die unmittelbare: Oma hatte sicher schon Mittagessen gekocht. Ich legte einen Gang zu.

Über einen asphaltierten Feldweg erreichte ich nach rekordverdächtigen siebzehn Minuten das Haus. Der alte Gebäudekomplex inmitten von Bäumen und Sträuchern wäre auch heute noch eine Augenweide gewesen, hätte man ihn vor fünfzig Jahren einmal ordentlich renoviert. Stattdessen hatte mein Vater lieber in einen »modernen« Anbau investiert – ein zweistöckiges Einfamilienhaus mit dem Charme einer Nacktschnecke. Leider hatte sich meine Mutter nicht gegen ihn durchsetzen können. Sie hätte laut Oma lieber die Stallungen umfunktioniert, die ja nicht mehr gebraucht wurden. Als sie vorzeitig schwanger wurde, war mehr Platz für die junge Familie dringend gefragt, aber die Umbauarbeiten wären angeblich zu teuer und zu langwierig gewesen. Innerhalb weniger Tage wurde ein Rohbau hochgezogen, Helfer aus dem bäuerlichen Umfeld gab es immer genug. Richtige Männer arbeiteten an den Wochenenden am Bau, bevor sie sich am Abend im Wirtshaus oder beim Heurigen auf ein paar Krügerl Bier oder Vierterl Wein trafen. Nachbarschaftshilfe zählte damals halt noch was!

Zugegeben. Als Kind empfand ich unser Haus nicht als hässlich. Welches Kind macht sich darüber schon Gedanken? Es war, wie es war. Aber heute tat es mir in der Seele weh, dass diese wohlproportionierten alten Wirtschaftsgebäude dem Verfall preisgegeben waren, während das protzige Wohnhaus die ganze Anlage optisch erschlug. Dass es seit Jahren leer stand, unterstrich die Tristesse nur noch, anstatt Zukunftshoffnungen aufkommen zu lassen. Und meine Erinnerungen konnten erst recht nichts daran ändern.

Die Tür des kleinen Häuschens, das Oma bewohnte, war wie immer unversperrt. Ich drückte sie auf und fuhr zurück. Ein scharfer, brandiger Geruch stieg mir in die Nase.

»Oma?«, rief ich beunruhigt. Hätte ich mir sparen können.

Natürlich konnte sie mich nicht hören. Das Hörgerät war ja kaputt!

Ich rannte den Flur hinunter und riss die Tür zur Stube auf. Eine Dampfwolke schlug mir entgegen. Der Raum war komplett eingenebelt. Und es stank eindeutig nach Verbranntem! Ich schlug mir mit den Händen eine Schneise durch den Qualm bis zur vermuteten Quelle. Am Herd stand ein Emailletopf, dessen Inhalt bereits verkohlt war. Ich griff mir ein Geschirrtuch, warf das angekokelte Geschirr in die Abwasch und ließ das Wasser laufen, womit ich gleich noch eine zischende Dampfwolke erzeugte. Dann schaltete ich die Herdplatte aus und öffnete das Fenster.

Ich erschrak heftig, als der Nebel den Blick auf Oma freigab. Sie saß reglos vornübergebeugt am Tisch, den Kopf hatte sie auf ihre Arme gebettet. Erleichtert stellte ich fest, dass sie deutliche Lebenszeichen von sich gab: Sie schnarchte. Neben ihr lagen Gebiss und Hörgerät beziehungsweise, was davon übrig geblieben war. Ich rüttelte sie an der Schulter.

»Hallo, Kindchen«, sagte sie. »Warum zieht's denn da so?«

Das Malheur mit dem Topf erschütterte sie nicht. »Hab noch genug G'schirr, auf das eine Trum kommt's mir nicht an«, meinte sie. Mein Einwand, dass nicht der kaputte Häfen ihr Problem sei, sondern die Tatsache, dass sie beinahe ihre Bude abgefackelt hätte und jetzt tot sein könnte, ließ sie kalt. Genauso wie mein Entsetzen, das mich bei der Kontrolle ihres Pillenbestands befiel. »Oma! Du hast ja die Hälfte deiner Medikamente nicht genommen!«

»Ich leb aber trotzdem noch, wie du siehst«, sagte sie. »Und jetzt gibt's halt Palatschinken. Die Erdäpfel wirst ja nicht mehr wollen.« Dabei deutete sie auf den Topf in der Abwasch und lachte.

Nach dem Genuss von ein paar Marmeladepalatschinken und einer riesigen Tasse Milchkaffee sah die Welt gleich freundlicher aus. Oma nahm brav ihre Pillen, die ich ihr neu in die Medikamentenbox für eine Woche eingeordnet hatte. »Du brauchst wen, der das für dich macht, Oma«, sagte ich.

»Ja, ja. Die Betti hilft mir eh dabei. Aber manchmal fliegen mir welche runter, und dann weiß ich nimmer, wo sie reingehören.«

Betti war Omas nächste Nachbarin, die ein paarmal die Woche nach ihr schaute. Sie war verwitwet und leistete ihr gerne Gesellschaft, denn Tratschen war ihre Passion. Und sie hatte ein großes Plus: Sie besaß ein Auto und einen Führerschein. Sie war auch sofort bereit, uns am Nachmittag zum Hörakustiker zu fahren. Dafür musste ich in Kauf nehmen, dass sie mich bereits im Auto ausquetschte wie eine Zitrone. Ob ich denn endlich einen Mann gefunden hätte. Wie es in der Schule mit den Wiener Wohlstandskindern so lief, und … und … und. Ich hatte Oma nichts über meinen Berufswechsel erzählt. Warum hätte ich die alte Frau mit meinen Problemen belästigen sollen? Also log ich Betti gegenüber das Blaue vom Himmel herab und erzählte alte Anekdoten aus meinem Schulalltag, als ob sie taufrisch wären.

Beim Hörakustiker musste ich ordentlich auf den Tisch hauen, dass wir einen Termin eingeschoben bekamen, weil wir uns ja nicht angemeldet hatten.

»Tut mir leid. Da könnte ja jeder x-Beliebige daherkommen«, motzte er. Frustrierter Mensch, analysierte ich mit meinem literarisch trainierten Figurenblick. Alter circa fünfundvierzig bis fünfzig. Ein Meter achtzig. Hundert Kilo. Fettige Haare. T-Shirt unter dem Ärmel ein Loch. Schweißflecken. Kein Ring am Finger. Hotel Mama, sagte meine Intuition. Er war gerade damit beschäftigt gewesen, etwas aus seiner Schreibtischlade zu kramen, als wir an seine Tür klopften. Eine Wurstsemmel dem Geruch nach! Oder Leberkäse.

»Meine Klientenliste ist lang«, erklärte er und schob die Lade wieder zu. »Sie können ja bis zum Schluss warten, aber ich kann Ihnen nicht garantieren, dass Sie dann noch drankommen.«

»Und jetzt gleich?« Ich lächelte ihn lieb an. »Ist ja niemand da. Die Wartebank ist leer!«

»Ich erwarte meine nächste Klientin in ...« Er blickte auf seine Uhr. »Genau sieben Minuten.«

»Und was machen Sie in diesen sieben Minuten?«, fragte ich betont höflich, als ob ich die Wurstsemmel nicht gerochen hätte.

»Gute Frau, ich bereite mich auf die Klientin vor. Außerdem ... Ich weiß ja nicht, wie lange ich mit Ihrer Frau Mutter brauchen würde. Dann müsste die Dame mit dem Termin womöglich warten. Das kann ich nicht zulassen.«

»Großmutter. Egal. Herr ...« Ich lugte auf sein Namensschildchen. »Herr Schillinger. Hören Sie. Das ist ein absoluter Notfall. Wir würden uns auch mit einer entsprechenden Sternebewertung auf Ihrer Firmenhomepage erkenntlich zeigen. Ich bin überzeugt, die Firmenleitung freut sich über jedes zusätzliche Geschäft.«

Kurz musterte er mich von oben bis unten, dann deutete er seufzend auf die beiden Stühle vor sich. Er fand im Nu alle Daten für Oma im Computer. »Das Gerät war praktisch neu«, sagte er. »Da brauchen wir gar nichts untersuchen. Wir bestellen dasselbe Modell noch einmal, wenn Ihnen das recht ist.«

Ich nickte ergeben. Als er mir die Rechnung unter die Nase hielt, hätte ich beinahe zum Defibrillator gegriffen, der hinter ihm an der Wand hing. Zweitausend Euro! Und diesmal würde die Krankenkasse nichts beisteuern, weil Oma ja erst vor Kurzem ein neues Gerät bekommen hatte.

»Soweit ich mich erinnern kann, hatte ich Ihrer Mutter eine günstige Versicherung angeboten. Die hätte die Kosten bis auf einen kleinen Selbstbehalt übernommen«, sagte der Techniker. Sein unappetitlicher Mund verzog sich. »Ist ja nicht das erste Gerät, das sie zur Strecke bringt. Das Letzte war ihr in die Toilette gefallen, wenn ich mich nicht täusche.«

Aha! Plötzlich erinnerte er sich. Ich schluckte meinen

Ärger hinunter. »Können Sie uns wenigstens mit dem Preis fürs Gerät ein bisschen entgegenkommen? Oma ist schließlich eine Stammkundin bei Ihnen.« Oh, wie ich dieses Feilschen hasste!

»Tut mir leid. Unsere Geräte sind alle preisgebunden. Die heutige Dienstleistung ist ohnehin gratis. Obwohl Sie keinen Termin hatten.« Sein suchendes Auge schweifte in Richtung Uhr. Die Finger tasteten nach der Jausenlade.

»Nicht einmal einen klitzekleinen Rabatt? Meine Oma bezieht eine kärgliche Mindestpension. Am Ende des Monats weiß sie nicht, ob sie sich eine Wurstsemmel leisten kann.«

Seine Finger zuckten von der Lade weg. Seine Miene blieb unbeweglich. Immerhin bekamen wir ein Set Batterien gratis zum Gerät.

Die Anzahlung von fünfhundert Euro leistete ich über meine Bankomatkarte, weil wir natürlich nicht so viel Bares dabeihatten. Ich hoffte, dass bei Oma zu Hause noch irgendwo ein Geldstrumpf hing, mein Konto war damit für diesen Monat mehr als leer gefegt.

Die Wartezone war noch immer unbesetzt, als wir das Studio verließen. Ein »Mahlzeit, Herr Schillinger!«, das mir auf der Zunge lag, verbiss ich mir. Womöglich würde er uns sonst die Gratisbatterien wieder wegnehmen.

Mit Betti waren wir im Kaffeehaus verabredet, wo ich selbstredend die gesamte Rechnung beglich. Der Kaffee war auf dem Lande zwar deutlich billiger als in Wien, aber Betti hatte es sich gut gehen lassen. Einen Eisbecher mit Eierlikör (im Februar!) nebst einer Melange mit Malakofftorte. Zucker war wohl nicht ihr Problembereich. Meiner auch nicht, der offenbarte sich eher in der gähnend leeren Börse. Anschließend fuhren wir noch in den Supermarkt, wo Oma gottlob ihr eigenes Portemonnaie hervorkramte.

An der Haustür nahm Betti mich zur Seite. Sie hätte nicht zu flüstern brauchen. Erstens konnte Oma sowieso nichts hören, das neue Hörgerät konnten wir erst in zwei Wochen abholen. Außerdem war meine Großmutter nicht doof und schnallte sicher, worum es ging.

»Die Hella braucht eine Pflege. Das geht nicht mehr lange gut so. Aber ich kann das nicht machen«, raunte sie. »Letztens wollt ich sie am Vormittag abholen zum Einkaufen. In der Badewanne hab ich sie gefunden. Beim Versuch, rauszusteigen, ist sie ausgerutscht und hat sich den Kopf angehaut. Die war garantiert eine Zeit bewusstlos. Wenigstens war nicht viel Wasser drinnen. Also, abgesoffen wär's nicht. Aber eine Lungenentzündung hätt sie sich holen können, wenn ich sie nicht rechtzeitig g'funden hätt.«

Ich bedankte mich überschwänglich für ihre Fürsorge, eine Lösung des Problems hatte ich leider keine parat.

»Oma will von einer Pflege nichts wissen. Sie will in kein Heim, und eine fremde Person will sie schon gar nicht den ganzen Tag um sich haben.«

»Sie will keine *fremde* Person im Haus«, betonte Betti und schaute mich vorwurfsvoll an. »Früher, da haben sich halt die Kinder um ihre Alten gekümmert, aber jetzt müssen sie ja alle in der Großstadt leben.«

Ich verzog meinen Mund zu einem Lächeln und schloss die Tür hinter mir.

Zur Erholung von den Strapazen wollte sich Oma eine Folge »Rosenheim-Cops« anschauen und machte sich in der Küche den Fernseher an. Auf höchste Lautstärke, dass die Gläser in der Kredenz klirrten.

Ich bedeutete Oma, dass ich ein wenig spazieren gehen würde. Sie kriegte es nicht mehr mit, sie war trotz des ohrenbetäubenden Lärms in ihrem Fernsehstuhl eingeschlafen.

Ich durchquerte den Hof, schlüpfte durch eine Hintertür in der Scheune nach draußen und landete mitten in einem Feld. Noch lag es karg vor mir, aber in wenigen Wochen würden hier Tausende von Sonnenblumen ihre Köpfe der Sonne entgegenstrecken. Über einen schmalen Trampelpfad gelangte ich in ein Wäldchen. Mit jedem Schritt bekam ich wieder mehr Luft. Wie oft war ich hier als Kind – als Jugendliche – entlanggelaufen? Hatte den harzigen Duft der Nadelbäume aufgesaugt, dem Flüstern der Blätter im Unterholz gelauscht, Tierstimmen zu erraten versucht?

Als ich auf die Lichtung hinaustrat, erfüllte mich eine wundersam friedliche Stimmung. Der Ausblick von hier überwältigte mich immer wieder aufs Neue. In der Ferne schlug die Kirchturmuhr. Das Haus Gottes thronte auf einem Hügel und wachte über das Dorf. Die Weingärten schmiegten sich harmonisch aneinander. Falken umkreisten die vereinzelt in den Hängen stehenden Nussbäume. In den Sträuchern der Windschutzgürtel herrschte noch Ruhe. Aber in einem Monat würde hier ein stetiges Rascheln und Vogelgezwitscher den Frühling loben. In einem Brachfeld graste ein Sprung Rehe.

Wie in Trance zog es mich zu einer alten Eiche am Wegesrand. Vorsichtig schob ich die Äste des wilden Rosenstrauchs zur Seite, der den Stamm verdeckte. Es waren jede Menge Hagebutten dran. Niemand hatte sich die Mühe gemacht, sie zu ernten. Früher hatte Oma köstliche Marmelade daraus gekocht.

Es war noch da, das Herz. Zärtlich strich ich darüber.

C&A.

Ich grinste, wie so oft, über die Buchstabenkombination. Adam hatte damals, als er die Lettern in die Rinde ritzte, garantiert keine Bekleidungskette im Kopf gehabt. Ganz im Gegenteil!

Wie lange war das nun her? Bald zwanzig Jahre, meine Güte! Mein Unterleib zog sich dennoch verlässlich zusammen, wenn ich daran dachte. Es hätte alles so schön sein können, wenn nicht …

Zornig zog ich meine Hand weg und ließ die Dornen wieder zurückschnellen. Was bist du doch für eine sentimentale Gurke, Charlie. Mit deinen vierzig Jahren könntest du wirklich schon etwas realistischer denken. Dann säßest du jetzt womöglich hier im Dorf fest mit einem Schippel Kindern. Doppelbelastung mit Beruf und Haushalt. Keine Chance, dich deiner wahren Bestimmung – dem Schreiben – zu widmen.

Ich zuckte zusammen, als es plötzlich im Gebüsch raschelte. Niemand zu sehen. Sicherlich ein Hase oder ein Fasan, den ich erschreckt hatte. Zeit, umzukehren und diesen Ort zu verlassen, bevor er mich nervös machte.

Der Fernseher plärrte mir schon entgegen, als ich die Haustür öffnete. In der Küche war das Gebrüll noch ohrenbetäubender. Oma stand an der Abwasch und putzte einen großen Radi zurecht. Ich drehte den Ton leiser. Nachdem sie es nicht mitbekam, schaltete ich das Gerät ganz aus. Jetzt hob sie den Kopf.

»Zeit für eine Jause, was?«, sagte sie und schob mir ein Messer und ein Brett hin. Ich setzte mich an den Tisch und hackte Zwiebel, Gurkerl, Kapern und frischen Schnittlauch klein.

»Für den Liptauer«, sagte Oma. Dafür rührte sie Topfen, Butter und Sauerrahm in einer Schüssel glatt, würzte die Creme mit süßem Paprika, Salz und Pfeffer. Voilà. Ein paar Scheiben köstliches Bauernbrot dazu. Ein königliches Abendmahl.

»Wennst magst, kannst uns noch eine Flasche Wein aus dem Keller holen. Und aus der Gefriertruhe nimmst gleich noch ein Packerl Schweinsschnitzel mit. Für morgen.«

Ich stieg in den Keller hinab, registrierte dabei, dass hier erstens mal jemand mit dem Staubwedel durchmusste und zweitens ein ordentliches Stiegengeländer fehlte. Von dem alten Handlauf aus Gusseisen, an den ich mich erinnern konnte, waren nur noch die Löcher in der Ziegelmauer geblieben.

Auch die Gefriertruhe stimmte mich nicht fröhlich. Sie war geschätzt in meinem Alter. Was nicht das größte Problem war. Ich musste tief nach unten graben, um an die Schnitzel zu kommen. Einhängekorb gab es nur noch einen funktionstüchtigen, darin lagerte hauptsächlich Brot und Gebäck. Die anderen Drahtgestelle lagen verrostet und mit abgebrochenen Bügeln neben dem Gerät. Die restlichen Pakete, Fleisch, Fisch, Obst und Gemüse, hatte Oma wahllos in die Truhe hineingeworfen. Von Ordnung keine Spur. Wie hätte sie das auch bewerkstelligen sollen? Dafür war sie weder groß noch fit genug. Nicht auszudenken, wenn sie da kopfüber hineinfiel und von allein nicht mehr rauskam. Bis Betti sie hier fand, wäre sie erfroren. Es musste dringend ein neuer Tiefkühlschrank her.

Den Wein hingegen hatte Oma tipptopp in Flaschenregale geschlichtet, auf die sie gut Zugriff hatte. Eine Stellage für Weißwein, eine für den Roten. Die Ordnung stammte sicherlich noch von meinem Vater. Ich entschied mich für einen reschen Grünen Veltliner.

»Hast du denn noch Rücklagen?«, fragte ich Oma, als wir gemütlich beim Kartenspielen saßen. Schnapsen. Omas Lieblingsspiel.

»Hab ich was?«, schrie sie.

»RÜCKLAGEN! GELD! SPARBUCH?«, brüllte ich zurück.

»Im Moment nicht«, sagte sie ungerührt. »Ich hab mir vor drei Jahren sogar einen Kredit aufnehmen müssen. Das erste Mal in meinem Leben. Fürs Dach. Weißt schon. Das hab ich ja generalsanieren lassen müssen. Sonst wär's mir womöglich auf den Kopf gefallen.« Sie lachte. »Das hätt nicht einmal mein Dickschädel ausgehalten. Was sagst zu dem?« Triumphierend warf sie das Atout-Ass auf den Tisch. Ich schmiss ihr einen Buben hin und nippte an meinem Wein, der ausgezeichnet schmeckte.

»Den Kredit«, sagte sie, während sie eine Karte vom Stapel abhob, »den hab ich schon zurückbezahlt. Und ein Sparbuch mit dreitausend Euro hab ich fürs Begräbnis auf die Seite gelegt. Aber warum fragst? Brauchst du Geld?«

»Fürs BADEZIMMER vielleicht, Oma! Und einen neuen

TIEFKÜHLSCHRANK«, plärrte ich und hob meinerseits eine Karte vom Stapel. »FÜR DICH, mein ich natürlich.«

»Ach so, das! Die Betti. Musst nicht alles glauben, was die von sich gibt. Die übertreibt immer maßlos. Ich war einmal ungeschickt im Badezimmer. Jetzt pass ich besser auf. Und überhaupt: Lenk nicht ab vom Spiel. Ich hab einen Vierziger!« Sie warf die Karten auf den Tisch und malte ein Bummerl auf den Zeitungsrand, wo sie unsere Punkte notierte.

Die nächsten Partien spielten wir stumm. Ich war vom Schreien heiser und versuchte, mich aufs Spiel zu konzentrieren. Trotzdem hatte ich keine Chance gegen sie. Nach dem dritten Bummerl, das ich kassierte, warf sie die Karten auf den Tisch. »Mir reicht's. Ich geh ins Bett.«

Ich schloss mich ihr an. Einmal früher in die Kiste mit einem guten Buch. Was für ein Luxus. Während ich mir die Zähne putzte, ließ ich meinen Blick schweifen, ob Betti wirklich maßlos übertrieben hatte oder das Badezimmer doch eine tödliche Gefahr für Oma barg. Übertrieben hatte sie vielleicht, aber nicht maßlos.

Optisch war nichts auszusetzen. Die alten blauen Kacheln schauten immer noch gut aus. Sie waren handgemacht. Jede Fliese war ein wenig anders gefärbt, das ergab schöne Schattierungen im einfarbigen Blau. Ein paar Reihen weißer Bordürenfliesen am oberen und unteren Rand lockerten das Ganze zusätzlich auf. Die Wände gehörten gründlich entkalkt, waren aber grundsätzlich in Ordnung. Das Problem lag eindeutig beim altweißen Fliesenboden, der farblich zwar perfekt mit der Wand harmonierte, aber einfach rutschig war, wenn er nass wurde.

Rutschfester Badezimmerteppich, notierte ich mir im Geiste.

Ich setzte mich an den Badewannenrand, um zu googeln, was so etwas kosten könnte. Das Laderädchen drehte sich unendlich langsam und an meiner Geduldsschraube. Ich steckte das Handy wieder weg. Die Recherche musste vertagt werden. Oma hatte hier draußen einen miserablen Internetempfang. Haltegriffe und eine weitere rutschsichere Matte für die Wanne ergänzte ich auf meiner geistigen Liste.

Zurück in der Stube schrieb ich alles, was ich für Oma in naher Zukunft besorgen sollte, fein säuberlich auf einen Zettel: einen Rauchmelder, einen Tiefkühlschrank, einen rutschfesten Badezimmerteppich und eine Matte für die Wanne. Einen Haltegriff. Ach ja. Und einen Bluetoothkopfhörer für den Fernseher. Zufrieden legte ich den Stift zur Seite und klappte das Feldbett auf. Ich wollte mich schon in die Decke kuscheln, da leuchtete mein Handy auf. Das Internet hatte ein nächtliches Lebenszeichen von sich gegeben. Ich checkte kurz, ob es was Wichtiges war.

Eine E-Mail von WortWeber!

Blitzschnell war ich wieder in der Höhe. Beinahe wär ich aus dem Klappbett gekippt.

Lieber Herr Schwarz,

ich habe seit gestern praktisch durchgelesen. Habe Ihr Manuskript vor ein paar Minuten beglückt weggelegt. Ich konnte einfach nicht aufhören. Und das passiert mir selten, das können Sie mir glauben.
Ist es Ihnen möglich, persönlich bei uns vorbeizuschauen, dass wir uns über einen Vertrag unterhalten können?
Rufen Sie doch bitte am Montag in meinem Büro an, damit wir einen Termin vereinbaren können.
Ich würde mich sehr freuen, Sie persönlich kennenzulernen, um den Grundstein für eine garantiert fruchtbare Zusammenarbeit zu legen.
In freudiger Erwartung

C. Kross

Die Agentur

Das Gebäude war unauffällig. Typisch Gründerzeit, wie es so viele gab in Wien. Mit Dachausbau und Terrasse. Messingschilder an der Tür. Im Erdgeschoss eine Anwaltskanzlei. Literaturagentur WortWeber im dritten. Ich drückte die Klingel. Erschrak über den unmittelbar folgenden Sound des Buzzers. Während ich extra langsam die Treppe hochstieg, versuchte ich, mich zu sammeln. Ich musste selbstsicher und professionell rüberkommen, nicht wie ein dummes Küken. Meine literarische Karriere hing von meiner heutigen Performance ab.

Die Tür zum Büro war nur angelehnt.

»Bitte? Was kann ich für Sie tun?«, fragte eine angenehme Stimme. Die zugehörige Dame drehte ihren Bildschirm zur Seite, sodass ich ihr Gesicht sehen konnte. Circa sechzig, sorgfältig geföhnt. Schmissige Frisur für ihr Alter. Rot gefärbter Bob, der auf einer Seite länger übers Kinn hing. Freundliche Augen, stellte mein erster Scan erleichtert fest. Ich trat näher an die Plexiglaswand, die den Anmeldebereich vom restlichen Raum trennte.

»Charlie Schwarz. Ich habe einen Termin bei Herrn …«

Verdammt! Jetzt hatte ich in der Hektik glatt den Namen des Agenten vergessen. Wie peinlich war das denn! Panisch kramte ich in der Tasche nach meinem Handy.

»Ich nehme an, Sie meinen Herrn Kross? Frau Schwarz, sagten Sie? Hab ich richtig gehört?«

»Ja. Charlie – Charlotte Schwarz.«

Frau Rosemarie Salm – ich hatte in der Zwischenzeit ihren Namen vom Brustschildchen ablesen können – lächelte. Mit keiner Miene verriet sie, ob sie die Tatsache, dass ich eine Frau war, überrascht hatte.

»Er ist in einer Besprechung, wird aber gleich für Sie da

sein«, sagte sie. »Wenn Sie einstweilen dort drüben Platz nehmen wollen?« Sie deutete auf eine kleine Sitzgruppe mit einem roten Sofa, zwei Sesseln im selben Design und einem Couchtisch, auf dem ein paar Zeitungen lagen. Daneben stand eine Anrichte mit einer Espressomaschine und Tassen in verschiedenen Größen darauf.

»Kaffee vielleicht? Oder ein Zuckerl?« Sie hielt mir ein offenes Glas mit Wiener Zuckerln hin.

»Gerne!«, sagte ich, fischte ein Bonbon aus dem Behälter und wickelte es aus. Frau Salm nahm mir das Einwickelpapier ab und warf es in den Papierkorb. Dann stellte sie mir einen Kaffee und ein Glas Wasser hin. »Milch und Zucker sind am Tisch«, sagte sie. »Bedienen Sie sich bitte selber.«

»Danke. Sind das alles Autor:innen, die Sie vertreten?«, fragte ich neugierig. Ich hatte mich in der Zwischenzeit im Raum umgesehen. Die vielen Porträts an den Wänden waren mir gleich aufgefallen.

»Ja. Der alte Herr Weber hat alle verewigt, für die er je die Vertretung übernommen hat. Die meisten Bilder sind signiert. Im Chefbüro stehen die dazugehörigen Bücher. Ganz schön was zusammengekommen in dreißig Jahren, das können Sie mir glauben«, sagte sie. Der Stolz in ihrer Stimme war nicht zu überhören. »Dabei ging das Geschäft in Wien am Anfang sehr schleppend. Äußerst skeptisches Volk!« Sie zwinkerte mir zu. »Aber derzeit können wir uns kaum erwehren vor lauter Anfragen«, seufzte sie. »Heute muss ja jeder Journalist oder Lehrer ein Buch schreiben.«

Ich muss sie erschrocken angesehen haben, denn sie legte mir beruhigend die Hand auf den Arm. »Sie brauchen keine Angst zu haben, Frau Schwarz. Wenn Sie einmal in die heiligen Hallen vorgelassen werden, dann taugt Ihr Manuskript was, davon können Sie ausgehen. Sonst wären Sie nicht hier, glauben Sie mir das.«

Ich nickte dankbar und nahm einen Schluck aus meiner Tasse. Neugierig schritt ich die Bildergalerie ab. Bei ein paar

Namen, über die ich schon in meiner Studienzeit gestolpert war, erblasste ich vor Ehrfurcht. Und ich sollte mich hier einreihen dürfen?

Die Schale schepperte auf der Untertasse, als ich sie zur Anrichte zurücktrug, wo ich mir noch ein Wiener Zuckerl nahm. Zur Beruhigung. Denn in Anbetracht der literarischen Elite, die WortWeber vertrat, war ich erst recht nervös geworden.

In dem Moment, als ich das Bonbon in den Mund steckte, ging die Tür zum Chefbüro auf, und heraus trat ein Mann. Auf den ersten Blick wirkte er sympathisch. Weder so ein durchtrainierter Selbstoptimierer im modischen Slim-Fit-Design mit gegeltem Haar und protzigem Tattoo noch ein traditioneller Anzugträger mit steifem Hemdkragen und Schlips. Er passte gar nicht so recht in die ehrwürdige Umgebung des Büros. Ausgewaschene Jeans, ungebügeltes rotes T-Shirt und ebenso leicht zerknittertes Jeanshemd als Jacke darüber. Mitte vierzig geschätzt. Ganz taufrisch sah er jedenfalls nicht mehr aus. Familienstand? Ich spähte unauffällig auf seine Hände. Kein Ring. Vermutlich geschieden. Die dunkle Brille sorgte für den intellektuellen Anstrich. Er starrte nervös auf seine Armbanduhr, eine Swatch dem Anschein nach, also weder Rolex noch eine schrödersche Angeber-Smartwatch. Er schaute an mir vorbei, als ob ich Luft wäre, und lenkte seine Schritte zu Frau Salm.

»Frau Schwarz wartet schon drüben, Chris«, sagte sie und deutete mit dem Kopf in meine Richtung. Verwirrt drehte er sich um. Mit wackeligen Knien ging ich ihm entgegen und streckte ihm meine Hand hin.

»Schwartsch. Scharlie Schwartsch«, zischte ich an meinem Zuckerl vorbei. Es hätte selbstbewusst klingen sollen, Mensch! War aber ohnehin egal, wie es klang. Das Entsetzen war Herrn Kross schon vorher ins Gesicht geschrieben gewesen.

»Aber … Sie sind ja eine Frau!«, entfuhr es ihm.

Die Stunde der Wahrheit hatte geschlagen. Auch Frau Salm

spitzte sichtlich gespannt die Ohren. Hing es tatsächlich von meinem Geschlecht ab, ob mich die Agentur vertreten würde? Die Porträts an den Wänden zeigten mehrheitlich männliche Autoren. War das historisch bedingt oder ein Indiz dafür, dass Frauen hier immer noch diskriminiert wurden? Ich holte tief Luft. »Ischt dasch für Schie ein Problem, dasch isch eine Frau bin?«, sagte ich.

Scheißzuckerl! Ich hörte mich an wie Mireille Mathieu! Betreten wandte ich mich ab und spuckte es in das Papier, das ich gottlob noch in der Hand hatte.

»Nein. Natürlich nicht. Ich meine … Vielleicht doch«, stotterte Kross. »Kommen Sie doch bitte weiter in mein Büro.«

Ich war überrascht, dass er mich nicht in das Zimmer manövrierte, aus dem er gekommen war, sondern in die hinterste Ecke des Raums, wo eine Tapetentür versteckt war. Ich hatte gedacht, dass es sich dabei um eine Abstellkammer handelte.

»Keine Telefonate durchstellen, Rosi!«, rief er Frau Salm zu, bevor er die Tür hinter sich schloss.

Das Büro war auffallend schlicht. Der unspektakuläre Schreibtisch etwas chaotisch, überhäuft mit Mappen und Blättern. Kross schob den Papierkram zur Seite und setzte sich. »Nehmen Sie bitte Platz«, sagte er knapp und deutete auf den Stuhl gegenüber.

Verstohlen ließ ich das Zuckerl aus meiner Hand in seinen Abfalleimer gleiten.

»Ich wollte nicht unhöflich sein, Frau Schwarz. Aber Sie haben mich auf dem falschen Fuß erwischt. Ich bin immer noch ein wenig fassungslos. Ich hätte geschworen, dass ein Mann diesen Roman geschrieben hat.«

»Aha?« Ich bemühte mich, einen neutralen Ton anzuschlagen, was mir, das musste ich zugeben, nicht überzeugend gelang. »Woran würden Sie denn diese Männlichkeit festmachen? An der Wortwahl? Den Charakteren? Der Qualität des Textes?«

Kalt erwischt! Er rang sichtlich um Worte.

Nachdem ewig nichts von ihm kam, wollte ich ihm die Antwort erleichtern. Auch im eigenen Interesse.

»Männlich hin oder her. Mein Manuskript hat Ihnen doch gefallen, oder?« Ich hoffte, er würde meine Unsicherheit nicht bemerken. Anscheinend war er aber ohnehin mehr mit sich selbst beschäftigt.

»Ja. Sehr sogar. Das hab ich Ihnen ja geschrieben. Aber … Es ist nun mal … ähm … wahrscheinlicher, dass Ihr Roman weit höhere Marktchancen hätte, wenn Sie ein Mann wären.«

Also doch! Meine Nervosität kippte endgültig in Richtung Zorn.

»Das ist hochgradig sexistisch, was Sie da von sich geben, ist Ihnen das bewusst?«, fuhr ich ihn an. »Es muss doch egal sein, welches Geschlecht der oder die Verfasserin eines Textes hat. Insbesondere, wenn das Buch geschlechtsneutral gelesen werden kann.«

Ich pflügte mit der Hand durch mein Haar. Großer Fehler! Meine klebrigen Finger blieben beinahe stecken. Kross schaute mir fasziniert zu, wie ich sie vorsichtig rauszog und zurück in den Schoß legte. Sein Blick irritierte mich. Noch mehr, dass er nichts sagte. War das Kalkül? Oder wusste er wirklich nicht, was er mir darauf erwidern sollte? Schließlich setzte ich zu einem letzten, verzweifelten Versuch an, um die Sache zu kitten.

»Wir könnten den Namen Charlie ja unisex vermarkten, wenn Sie wollen. Als zusätzliches geschlechtsneutrales Branding quasi.« Wenn sich das nicht professionell anhörte!

»Das wäre eine Möglichkeit, ja.« Er kratzte sich am Kopf. Griff zum Telefonhörer auf seinem Schreibtisch und hob ihn ans Ohr. Legte ihn unverrichteter Dinge wieder auf die Anlage zurück.

»Schauen Sie«, seufzte er. »Der Literaturbetrieb hat in den letzten Jahren eine starke … ähm … Verweiblichung erfahren. Das war auch gut so.« Er tupfte sich mit einem Taschentuch ein paar Schweißperlen von der Stirn. »Aber wie wir wissen, folgt jedem Trend ein Gegentrend. Und im Moment …«

»… geht er in Richtung Mittelalter? Wunderbar!« Alle Vorsätze, meine Gefühle im Zaum zu halten, waren verpufft. Ich schnaubte vor Wut. Auch mit seiner Selbstbeherrschung war es längst vorbei.

»Es tut mir leid, Frau Schwarz. Diese Spielregeln sind nicht auf meinem Mist gewachsen. Gerade eben hab ich mit meinem Chef verhandelt, der sehr marktorientiert ist. Es sind schon lange nicht mehr allein die Lektoren, die über das Programm eines Verlags bestimmen, sondern überwiegend die Vertriebsleiter. Und die entscheiden in der Regel nach Zahlen. Wenn Ihnen diese Regeln nicht passen, steht es Ihnen ja frei, sich unter die Selbstverleger zu mischen.« Er stand auf und trat ans Fenster.

Ich packte die Gelegenheit beim Schopf und zog meine Tasche auf den Schoß, nestelte ein Feuchttuch hervor und wischte mir endlich die klebrigen Finger ab. Einen nach dem anderen. Sorgfältig. Eine beinahe meditative Tätigkeit.

»Das heißt im Klartext, Sie werden mich nicht vertreten, weil ich eine Frau bin?« Ich warf das zerknitterte Feuchttuch in den Papierkorb und erhob mich.

»Das hab ich nicht gesagt.« Kross kehrte mit raschen Schritten an seinen Platz zurück. »Ich bin nach wie vor von der Qualität Ihrer Arbeit überzeugt, sonst säßen Sie nicht … äh. Nehmen Sie doch bitte wieder Platz, Frau Schwarz.«

Ich setzte mich auf die äußerste Kante des Stuhls, meine Hände krampften sich um die Bügel meiner Tasche auf den Knien.

»Sie haben das Manuskript hoffentlich niemand anderem angeboten?« Seine rechte Augenbraue wanderte nach oben wie bei Mr. Spock.

»Nur dem Pilz-Verlag. Aber von da kam eine Absage«, murrte ich. Auch diese Erinnerung trug nicht gerade zu meiner Aufheiterung bei.

»Gut«, knurrte Kross. »Steht sowieso nicht auf meiner Liste, dieses Haus. Dafür ist Ihr Buch zu progressiv.« Auch er kämpfte tapfer mit sich, um höflich zu bleiben.

Eine Weile saßen wir uns schweigend gegenüber. Belauerten uns wie Hund und Katze. Keiner wollte den ersten Sprung tun und sich verwundbar zeigen. Endlich richtete Kross sich in seinem Stuhl auf. »Ich werde mir was einfallen lassen«, seufzte er.

Na, immerhin war er kompromissbereit. Ich wagte es, an Entspannung zu denken.

»Könnten wir wenigstens in der Zwischenzeit ein wenig an Ihrer Bio feilen?«, schlug er vor. »Gibt es da gar nichts Interessantes?«

Aha! Entspannung war gestern. Ich war nicht nur unpraktischerweise eine weibliche Person, sondern darüber hinaus auch eine todlangweilige.

»Was stellen Sie sich darunter konkret vor?«

Na ja, das kam ein wenig patzig rüber. Entsprechend gereizt reagierte er.

»Was schon! Spannende Hobbys? Malen, Wandern, Kochen? Berühmte Menschen im Freundes- oder Verwandtenkreis. Einen charmanten Spleen?«

»Ob ich zuerst die untere oder obere Hälfte einer Semmel esse, weil … weil die falsche Reihenfolge Unglück bringt?«

»Was?«

»Sie wollten einen Spleen. Da haben Sie ihn.«

»Nicht Ihr Ernst, oder?«

»Herrgott noch mal. Die Leute sollen sich doch für mein Buch interessieren, nicht für meine Neurosen.«

»Frau Schwarz! Haben Sie wirklich so wenig Ahnung vom Buchgeschäft?« Er wischte sich entnervt mit dem Handrücken eine Haarsträhne aus dem Gesicht.

»Wenn den Lesern Ihr Buch gefällt, werden sie sich auch für den Menschen hinter der Geschichte interessieren«, sagte er.

Ja, genau. Die Les*er.* Einem Literaturagenten sollte eigentlich die Tatsache geläufig sein, dass bis zu achtzig Prozent der Leserschaft weiblich waren.

»Werden sich nur die Les*er* für mich interessieren oder doch auch die Leser*innen*?« Ich schickte ihm einen finsteren Blick. »Damit ich die privaten Enthüllungen entsprechend steuern kann. Sie wissen schon. Schuhe oder Autos.«

Er schaute mich an, als wäre ich eine Außerirdische. Hob sich mühsam aus seinem Stuhl empor und ging um seinen Schreibtisch herum, wo er sich direkt vor mir aufbaute.

»Ich habe Sie lediglich gebeten, ob wir ein paar ...«

Abrupt drehte er sich wieder weg und schlurfte an seinen Platz zurück. »Sinnlos!«, zischte er und knallte sein leeres Wasserglas auf den Tisch. »Mit Ihnen kann man einfach nicht reden!«

Sein Gesichtsausdruck erinnerte mich frappant an Schröder. Verdammt! Auch wenn sein Schreibtisch eigentlich okay war und er ihn nicht mit den Fingern penetrierte. Der Kerl hatte es geschafft, das Schlimmste aus mir herauszukitzeln. Das hier, das wurde nichts mehr. Er fand es sinnlos, mit mir zu reden. Zeit für einen Abgang. Am besten mit beherrschtem Drama.

»Sagen Sie es doch frei heraus, Herr Kross«, keifte ich zurück. »Die Leute kaufen heute ein Buch nur, wenn es von einem jungen Mann geschrieben wurde, der nicht nur hervorragend aussieht, sondern auch mehrere Jahre in der Wüste verschollen war. Der sieben Sprachen spricht und dessen Stiefmutter ihm das Stricken beigebracht hat, womit er seine psychischen Probleme bekämpft. Tut mir leid. Damit kann ich nicht dienen.«

Ich stand scheinbar seelenruhig auf, nahm meine Tasche und verließ das Büro. Ließ die Tür offen, um ja keinen falschen Eindruck zu hinterlassen, sollte sie mir unabsichtlich aus der Hand fallen. Der freundlichen Frau Salm warf ich noch einen kurzen Gruß hin. Erst im Stiegenhaus erlaubte ich mir Emotion. Lehnte mich an die Wand. Mein Atem begann gefährlich zu stolpern. Luft! Raus hier! Ich drückte mich von der Mauer ab und rannte die Treppen hinunter. Mit jeder Stufe wurde es mir klarer. Ich hatte es mal wieder geschafft, meine Karriere zu beenden. In dem Fall, noch bevor sie richtig begonnen hatte.

Ich kämpfte mit den Tränen. Blind vor Wut – auf mich, den Agenten, den Buchmarkt, im Prinzip auf die ganze Welt – riss ich die Tür auf.

Und landete ungebremst an der Brust eines Kerls, der den Eingang blockierte.

»Entschuldigung«, murmelte ich automatisch und trat einen Schritt zur Seite, wobei ich mit dem Fuß irgendwo einhakte, das Gleichgewicht verlor und rücklings über die Gehsteigkante fiel. Auch der Typ taumelte mit einem Fluch zurück und versuchte, die Sackrodel, die mich zu Fall gebracht hatte, zu stabilisieren.

Wie bescheuert musste man sein, um seine Karre ausgerechnet vor einer Haustür zu parken? Gerne hätte ich dem Idioten das ins Gesicht geschrien. Leider bekam ich Letzteres nicht zu sehen und darüber hinaus keine Luft. Ich zappelte am Boden wie ein hilfloser Käfer. Und dieser Mistkerl sorgte sich nicht um mich arme Frau, die ich vielleicht schwer verletzt auf der Straße lag. Nein, er kümmerte sich erst mal um seine Pakete! Damit die nicht auch noch fielen. Erst als er alles wieder ordentlich geschlichtet hatte, wandte er sich zu mir um.

»Das kommt davon, wenn man es so eilisch hat«, sagte er und streckte mir seine Hand entgegen. Widerwillig packte ich sie und ließ mich von ihm hochziehen, bis wir auf Tuchfühlung gegenüberstanden und sich unsere Blicke trafen.

Ich hielt den erst kürzlich wiedergewonnenen Atem an. Plötzlich stand die Welt still. Und Charlie Schwarz sah nur noch schwarz. Diese Augen!

Mein Zorn verpuffte in Sekundenschnelle. Mit ähnlicher

Geschwindigkeit lösten sich die bösen Worte, die sich während meiner Zeit als strampelnder Käfer in meinem Kopf aufgestaut hatten, in Luft auf. Es war Gott Hermes, dem ich hautnah gegenüberstand. Sein Odem kitzelte meine Nase.

»Alles okay mit dir?«, fragte er.

Ich nickte stumm. Putzte den Dreck von meinem schönen Hosenanzug, den ich extra für den Anlass hatte reinigen lassen. Er hob meine Tasche auf. Der Verschluss war aufgesprungen.

»Guck du mal, ob alles drinnen ist.«

Ich checkte den Tascheninhalt und die Umgebung. Ein Tampon war unter ein Auto gerollt. Den ignorierte ich mit rotem Schädel. Labello und Geldbörse klaubte ich ein. Meinen Notizblock hob der Götterbote auf. Er war auf der Seite mit dem Bändchen aufgesprungen.

»Die Mär, dass Frauen zu ihrem Glück Männer brauchen, ist ein patriarchalischer Mythos«, las Hermes vor – mehr schlecht als recht.

»Isch hab gedacht, Meer schreibt sisch mit zwei e. Und was ist ein Mitos?«

Ich riss ihm das Büchlein aus der Hand und steckte es in meine Tasche.

»Ein Mythos ist … eine Fantasygeschichte. So was in der Art.«

»Aha«, sagte Hermes. »Wenn du alles hast … Isch muss weiter!« Er drückte auf einen Klingelknopf. Der Buzzer ertönte, und er hievte seine Sackrodel rücklings ins Haus. Seine Augen lächelten. Mit dem Fuß schob er die Tür zu, bevor ich noch irgendwas sagen konnte.

Zweite Chance

Einige Tage später klingelte mein Handy. Unbekannte Nummer. Normalerweise ging ich da nicht ran, aber Caro und Julika stritten gerade über die Sinnhaftigkeit von Klimakleberaktionen, da packte ich lieber die Gelegenheit beim Schopf, einer Stellungnahme meinerseits zu entkommen.

»Frau Schwarz?«, sagte eine männliche Stimme. Sie klang ruhig und angenehm. Deswegen war ich sofort auf der Hut. Der Typ wollte mir garantiert etwas andrehen. Ein Interview für eine zweifelhafte Umfrage, wo ich als Dankeschön bestenfalls ein verbilligtes Abo, schlimmstenfalls einen Vertreter am Hals hätte, der mir zu Hause was vorbügeln wollte.

»Es tut mir leid, dass unser Gespräch letzte Woche so schlecht gelaufen ist.«

Was für ein Gespräch? In meinem Gehirn ratterte es.

»Wenn ich Sie gekränkt habe«, hörte ich ihn sagen, »bedauere ich das zutiefst. Ich hatte ziemlichen Stress an dem Tag.«

Holy Shit! Das war der Agent, Chris Kross!

Ich war so überrumpelt, dass mir absolut nichts einfiel, was ich darauf eloquent erwidern könnte. Mich auch entschuldigen? Oder lieber Härte zeigen? Sicherheitshalber hielt ich den Mund. Ich traute mir ja mittlerweile selbst nicht mehr über den Weg.

»Ich möchte das gerne wiedergutmachen, Frau Schwarz«, sagte Kross, nachdem ich beharrlich schwieg. »Würden Sie … Darf ich Sie zu einem Essen einladen? Vielleicht finden wir ja doch noch einen Weg, wie wir Ihren wunderbaren Roman veröffentlichen können.«

Ich schloss die Augen. Unterdrückte einen ersten Impuls, ihm ein »Ja! Ja! Ja! Natürlich möchte ich, du Idiot« entgegenzuschleudern.

»Ich … ich weiß nicht«, murmelte ich stattdessen.

»Sie haben doch hoffentlich noch keine andere Agentur beauftragt?«

Das hörte sich einwandfrei ängstlich an. Kross fürchtete, jemand anders hätte ein Geschäft mit mir gemacht? Ihm mein Meisterwerk weggeschnappt?

Jjjjja! Meine rechte Hand formte sich zur Faust. Jjjaaha! Ich drehte mich auf einem Bein um die eigene Achse. Gebärdete mich wie ein Fußballer, der gerade ein Tor geschossen hat. Bloß mein T-Shirt behielt ich an, und ich rutschte auch nicht auf Knien in Richtung Publikum. Caro und Julika beäugten mein Tun skeptisch.

»*Noch* nicht«, sagte ich, bemüht gelassen. Sollte er doch glauben, dass ich schon ein Alternativangebot gefunden hatte.

»Gott sei Dank!«, rief er ins Telefon. »Morgen neunzehn Uhr?« Jetzt nagelte er mich fest, damit ich es mir nicht mehr anders überlegen konnte.

»Moment. Ich check mal, ob ich da kann«, sagte ich. Nach einer kurzen Atempause, in der ich bis zehn zählte – den Terminkalender abrufen brauchte ich nicht, ich hatte nie Termine! –, sagte ich zu.

»Ich schicke Ihnen die Adresse des Lokals über WhatsApp, passt Ihnen das?«

Noch bevor ich etwas erwidern konnte, trudelte die Nachricht bei mir ein.

»Gerne. Passt«, stotterte ich.

»Bis morgen. Freu mich!«

Weg war er.

Die Clique hatte postwendend jede Menge Ratschläge parat, wie ich mich bei diesem Dinner verhalten sollte.

»Trink ja keinen Champagner!«, sagte Caro. »Der Typ will dich nur einlullen, damit du willenlos den Vertrag unterschreibst.«

Ich lachte. »Ich mag Champagner – wenn ihn wer anderer bezahlt. Und unterschreiben will ich sowieso.«

»Aber allzu leicht darfst du es ihm auch wieder nicht machen«, meinte Nick. »Er ist ein Mann. Und wenn es für einen Mann zu einfach ist, dich rumzukriegen, verliert er das Interesse an dir.«

»Ich will ihn doch nicht heiraten, Nick!«

»Na ja. Aber eine Art Partnerschaft soll es doch werden, oder?«

Ich hörte nur noch mit halbem Ohr hin, als Caro und Nick über meine optimalen Wege zum Erfolg zu streiten begannen. Bald unterhielten sie sich über mich, als säße ich gar nicht mit am Tisch.

»Der Typ will sie doch nur ausnutzen!«

»Sie muss ihn trotzdem beeindrucken!«

Als es ums Outfit ging, waren sie sich plötzlich wieder einig.

»Sie braucht was Neues zum Anziehen. Was Flottes. Modisches.«

Aha! Ich war also eine unattraktive, unscheinbare alte Jungfer? Verstohlen warf ich einen Blick auf meine Garderobe. Die Jeans hatte ich mir bei Hofer gekauft. Wozu so viel Geld für Markenjeans ausgeben, die genauso in Bangladesch genäht wurden wie die Billigkonkurrenz? Ich hatte eine gängige Größe und brauchte keine Ankleidekabine. Die Industrieware passte auch so einwandfrei. Und die Hose war laut Label aus bio-zertifizierter Baumwolle. Mein T-Shirt war zugegebenermaßen ausgeblichen und labberte untenrum. Dass sich Nähte verziehen, ist bei Baumwolle nach mehrmaligem Waschen eben so. Vielleicht sollte ich mir wirklich wieder mal einen Schwung T-Shirts in frischen Farben zulegen? Die bestellte ich mir grundsätzlich im Internet, am besten in Mehrfachpackungen, weil sie da günstiger waren. Möglichst unifarben ohne viel Schnickschnack. Den brauchte ich nicht, wenn ich zu Hause vor dem Laptop saß.

Gut. Morgen Abend war das anders. In Gedanken ging ich den Inhalt meines Kleiderschranks durch. Den einzig passablen Hosenanzug aus meiner Zeit als Lehrerin hatte ich schon bei meinem ersten Besuch bei WortWeber getragen. Zweimal hintereinander in so kurzer Zeit dasselbe anziehen, das ging gar nicht. Außerdem hätte ich ihn erneut reinigen lassen müssen. Die Kollision mit Hermes und der darauffolgende Sturz hatten unschöne Spuren hinterlassen.

»Ich kenn da einen phantastischen Friseur«, sagte Nick gerade. Langsam stieg Panik in mir hoch. Ein Friseurbesuch war budgetär in diesem Monat absolut nicht mehr drin.

»Quatsch«, sagte Julika. »Ihre Haare sind wunderschön. Wichtig ist, dass sie weder over- noch underdressed ist!«

»Wisst ihr was«, platzte ich heraus. »Es ist halb fünf, ich fahr am besten gleich shoppen.«

Hastig raffte ich meine Sachen zusammen und stopfte sie in den Rucksack, bevor einer auf die Idee käme, mich zwecks modischer Beratung zu begleiten. Nick würde zielsicher zu den teuersten Klamotten greifen und Caro zu den ausgeflipptesten. Dann hätte ich ihnen klarmachen müssen, dass ich mir genau genommen nicht einmal ein Schnäppchen aus dem Ausverkauf leisten konnte. Diese Peinlichkeit wollte ich uns allen ersparen.

»Denk dran, deine grünen Augen zu betonen!«, rief Caro mir nach.

»Und eine Handtasche, Charlie. Lass ja diesen hässlichen Rucksack zu Hause«, drang Nicks Stimme noch an mein Ohr, bevor ich die Tür hinter mir zuschlug.

Sie wären stolz auf mich gewesen. So wie Kross mich anschaute, sah ich gut aus. Ich hatte mir in einem Secondhandladen einen hellen Hosenanzug aus Leinen ausgesucht. Die Verkäuferin hatte mir eine Seidenbluse mit in die Umkleidekabine gelegt. »Probieren Sie die dazu«, sagte sie. »Ganz unverbindlich.«

»Die *müssen* Sie nehmen«, rief sie begeistert, als ich unschlüssig vor dem Spiegel stand. Es gefiel mir ja auch, was ich da sah, aber ich hatte schließlich auf das Preisschildchen gelinst.

»Wie schön das satte Grün Ihre wundervollen Augen zum Leuchten bringt«, schwärmte sie. »Und das leicht rötlich schimmernde Haar dazu. Sie sehen einfach umwerfend aus!«

Wer würde bei so einer Lobeshymne nicht schwach werden? Die grünen Augen mochte ich ja an mir selbst am meisten. Sie waren ein Erbe meiner Mutter, wie auch der Rotschimmer in meinem Haar. Nur dass ich meines seit vielen Jahren kurz trug.

»Das können Sie immer und überall tragen«, bekräftigte die Verkäuferin meine Wahl, als ich ihr seufzend das Geld hinblätterte.

Auch Kross hatte sich in Schale geworfen. Schwarze Chino und knitterfreies weißes Hemd. Ob ihn wohl auch jemand modisch beraten hatte? Oder verfügte er selbst über guten Geschmack? In der Wahl des Lokals hatte er auf jeden Fall meinen getroffen. Unprätentiöses Mittelklasserestaurant. Weder extrem schickimicki noch Proletenbeisel. Die Menükarte gestaltete sich vernünftig, sowohl vom Umfang der angebotenen Speisenpalette als auch vom Preisniveau. Ein bisschen k.u.k, ein wenig mediterran angehaucht. Alle Arten von Vegetarismus waren abgedeckt, und für Allergiker würde der Maître alles extra frisch ohne die bösen Buchstaben zubereiten. Trotzdem brachte ich den Mund nicht auf, als die Kellnerin die Bestellung aufnehmen wollte. Ich hatte vor lauter Nervosität den ganzen Tag kaum etwas gegessen. Mein Magen regte sich in freudiger Erwartung, als ich die Speisekarte aufklappte. Die Vorverdauung setzte in der Sekunde ein, in der ich das Studium der Speisen aufnahm. Sturzbäche von Speichel fluteten meinen Mund. Das hätte für die Aufspaltung von drei kompletten Mahlzeiten gereicht. Ich hatte die berechtigte Sorge, dass mir der Sabber runterlaufen könnte, sobald ich den Mund aufmachte. Hässlicher Mops Guntram, Gott hab ihn selig, ließ grüßen!

»Ich nehme das vegetarische Antipasti-Carpaccio als Vorspeise«, sagte Kross, dem die lange Pause des Ungesagten offenbar peinlich wurde. »Danach die Süßkartoffelgnocchi mit Blattspinat. Oder … warten Sie. Ist da Obers dran?«

»Wir können gerne auch Sojacreme nehmen, wenn Sie wünschen«, sagte die Kellnerin.

»Aber nur sehr wenig bitte«, hauchte Kross, als ob es niemand hören sollte.

Die willkommene Pause hatte ich genützt, um meinen Speichel mit dem Aperitif, einem Aperol Spritz, den ich mir zur Auflockerung geordert hatte, hinunterzuschlucken. Kross nippte indes an seinem stillen Mineralwasser.

»Für mich die Forellenmousse-Nockerln auf Radicchio-Gurken-Salat und … ja, auch die Gnocchi. Aber mit echtem Schlagobers und nicht gespart«, gab ich meine Wünsche kund. Die Kellnerin lächelte.

»Allergisch?«, fragte ich Kross, als sie wieder außer Reichweite war.

»Wie? Was?«

»Milchprodukte. Wegen des Obers …«

»Ach so, das. Nein«, stotterte er.

»Vegan?«

»Vegetarisch. Aber … na ja. Es ist wegen der Kalorien. Bin gerade dabei, etwas Winterspeck abzubauen.« Er lächelte gequält. Rote Birne, aber wie!

»Oh. Verstehe«, sagte ich, obwohl ich keinerlei praktische Erfahrung mit Diäten hatte. Das Schicksal der Menschen, die angeblich vom bloßen Hinsehen dick wurden, war mir bis dato erspart geblieben.

Verstohlen scannte ich seinen Körper ab, während die Kellnerin ihm die Weinkarte erklärte. Stimmt. Er hatte einen leichten Bauchansatz. Aber welcher Mann in seinem Alter hatte den nicht? Ich fand sogar, dass er ihm stand. Er war kein sportlicher Typ, da passte das ganz gut ins Gesamtbild. Schreibtischtäter halt. Buch statt Hantel.

Kross räusperte sich. »Ein trockener Riesling aus der Wachau zum Fisch, ist Ihnen das recht?« Er wirkte verlegen.

Shit. Hatte ich ihn zu lange angestarrt? Oder war das noch eine Nachwirkung seines Diät-Outings?

»Ähm. Ja, gerne«, sagte ich. Dann fiel mir nichts mehr ein.

Wenigstens war Kross im Small Talk geübter als ich. Trotzdem gestaltete sich die Konversation zäh. Der Herr Agent war sichtlich bedacht, die heiklen Themen auszusparen und erst nach dem Essen anzusprechen. Wenn ich abgefüttert und bei guter Laune wäre. Clever! Sicherlich hatte er mir deswegen auch diesen hervorragenden Wein aufgedrängt, während er konsequent beim Wasser blieb.

Ich flunkerte, was das Zeug hielt, als er wissen wollte, was ich denn neben dem Schreiben so triebe. Erklärte ihm, dass ich den Lehrerinnenjob für die Schriftstellerei aufgegeben hatte, weil er so zeitintensiv war, mit all den Vorbereitungen und Korrekturen. Letzteres war ja keineswegs übertrieben. Es war der von mir angegebene Grund, warum ich diesen gut bezahlten Job gegen eine unverlässliche Einnahmequelle wie die einer freien Texterin getauscht hatte, der nicht ganz der Wahrheit entsprach. Die peinliche Kündigungsgeschichte durfte er auf keinen Fall erfahren. Womöglich wollte er damit meine fade Bio aufmotzen.

Nach zehn Jahren Unterricht wurde Charlie Schwarz unehrenhaft aus dem Staatsdienst entlassen.

Herzlichen Dank! Das würde dann alle Welt erfahren. Also, zumindest der Teil, der mein Buch las.

Wenigstens zeigte Kross Humor. Er lachte, als ich ihm von meinem letzten Auftrag, der Grabrede für Guntram, erzählte. Auch an meiner Hauptbeschäftigung – den moralisch bedenklichen wissenschaftlichen Aufträgen – stieß er sich nicht. Ich wollte ihn zunächst auch darüber nicht aufklären. Zu heikel. Aber da war er zu sehr Profi, um nicht zu durchschauen, dass ich vom Redenschreiben allein nicht leben konnte.

»Na gut. Wenn Sie versprechen, es nicht weiterzuerzählen«, seufzte ich und gestand ihm mein moralisch verwerfliches Tun. Was sich gegen meine anfänglichen Befürchtungen nicht als Fehler herausstellte, weil er meiner Arbeit mit Respekt begegnete und die Moral außen vorließ.

»Das heißt im Klartext, Sie haben schon ein paar Bachelorarbeiten zu ganz verschiedenen Themen geschrieben?« In seiner Stimme lag ehrliche Bewunderung.

»Also mehrheitlich waren es Arbeiten für die Matura«, schwächte ich ab. »Aber ja, drei Bachelor- und zwei Masterarbeiten hab ich in der Zwischenzeit abgeliefert.«

»Haben Sie denn auch kreativere Sachen geschrieben? Viele Promis lassen sich ja ihre Bios schreiben.«

»Bios nicht. Aber eine Familienchronik hab ich einmal romantifiziert.«

»Wie darf ich mir das vorstellen?«

»Na ja. Ich hab eine Affäre zwischen einer jungen Gräfin und ihrem Untergebenen erfunden, von dem sie ein Kind kriegt. Den offiziellen gräflichen Nachwuchs. Laut der mir vorliegenden Chronik war der Kindsvater ein Vorfahre der Familie. Ich hab ihnen also einen adeligen Verwandten beschafft.«

»Ist das nicht ein wenig gefährlich? Ich meine, wenn die gräfliche Familie das in die Hand kriegt, dann können die doch sofort klagen.«

Ich schmunzelte. »Die Gräfin hab ich ja erfunden. Das Adelsgeschlecht, dessen Namen sie trägt, ist in der Zwischenzeit ausgestorben. Von daher droht also kaum Gefahr. Und die Liebesbriefe, die sie diesem Vorfahren angeblich geschrieben hat, sind gänzlich auf meinem Mist gewachsen. Abgesehen davon … das Rechtliche, das geht mich nichts an. Ich bekomme von der Agentur Aufträge. Was die dann mit meinen Texten machen, ist deren Angelegenheit.«

Langsam wurde mir das Thema unangenehm. Ganz so einfach war es nämlich nicht. Ein neues Gesetz nahm auch die Ghostwriter in die Pflicht. Aber darüber konnte und wollte ich hier gewiss nicht diskutieren.

»Und nebenbei haben Sie noch diesen hervorragenden Roman geschrieben? Alle Achtung!«, sagte Kross.

Ich war froh, als endlich die Vorspeisen serviert wurden. Zu viel Lob vertrage ich gar nicht. Dahinter vermute ich sofort Berechnung. Was im Fall von Kross sicher auch der Fall war. Er wollte mich unter Vertrag nehmen und die Scharte auswetzen, die er beim ersten Treffen an mir hinterlassen hatte.

»Und Sie?«, fragte ich, nachdem ich die köstliche Mousse verschlungen hatte. »Sie haben erst vor Kurzem die Agentur übernommen?«

»Übernommen ist nicht der richtige Ausdruck«, sagte er. »Ich manage den Betrieb in Wien schon seit Jahren. Und seit der alte Herr in Pension gegangen ist, bin ich auch offiziell Geschäftsführer der Wiener Filiale. Wenn auch nur auf dem Papier. De facto hatte ich vorher mehr Freiraum. Das Sagen hat jetzt der Juniorchef, und der … Aber das interessiert Sie sicher nicht.«

Danach herrschte wieder Funkstille, bis gottlob endlich die Gnocchi kamen und wir beide unsere Zähne in fluffigen Teigwaren und cremigen Saucen vergraben konnten. Seine Nockerl schwammen zwar in veganer Alternative, von weniger Sauce konnte beileibe nicht die Rede sein. Glücklich seufzend machte er sich darüber her. Ich lächelte in mich hinein. Von wegen weniger Kalorien, Herr Krisskross!

Ich hatte meine Serviette schon lange zur Seite gelegt, als er endlich genüsslich seinen letzten Bissen schluckte. Langsamesser. Dreißigmal kauen, jede Wette. Bei Gnocchi eine ziemliche Herausforderung. Vielleicht hatte er das Mahl auch künstlich in die Länge gezogen, weil er danach endlich zum Thema kommen musste?

»Frau Schwarz«, sagte er. Tupfte sich einen Tropfen Sauce aus dem Mundwinkel und warf die Serviette auf den Teller. Jetzt wurde es tatsächlich ernst. Sein tragender Tonfall und die steife Haltung, die er einnahm, alarmierten mich. Charlie, sei auf der Hut!

»Reden wir noch einmal über den Vertrag.«

Noch einmal? Meines Wissens hatten wir es bisher nicht

geschafft, über einen Vertrag zu sprechen. Wir hatten uns bloß um mein Geschlecht gestritten, das nun mal nicht zu ändern war. Nicht auf freiwilliger Basis zumindest. Meine Miene verfinsterte sich.

»Bitte werden Sie nicht gleich wieder böse, bevor Sie den ganzen Vorschlag gehört haben, ja?«, bettelte er. Wie ein Kind, das was zu beichten hatte. Der Braten roch nach Haken. Warum sonst würde er Gefahr laufen, mich böse zu machen?

»Na, dann schießen Sie mal los«, sagte ich matt. Die Kampfeslust hatte mich verlassen. Mit vollem Bauch streitet es sich nicht gerne.

»Der Grund, warum ich das letzte Mal … scheinbar so sexistisch reagiert habe: Ich hab mich überrannt gefühlt«, begann er. »Es war natürlich mein Fehler. Aber, die Sache ist die …« Er wetzte nervös auf seinem Stuhl hin und her.

»Ich hatte Ihr Exposé bereits *vor* unserer Unterredung an einige Verlage geschickt, weil ich so überzeugt war davon. Das war voreilig von mir und nicht ganz korrekt. Dafür möchte ich mich entschuldigen. Aber, ich war so, ja … euphorisch. Dieses Buch, ich sah es schon in den Bestsellerlisten. Und da dachte ich, ich könnte Sie gleich überraschen mit einem Ergebnis, wenn Sie bei mir vorstellig werden. Laufzettel hab ich mit.« Er kramte in seiner Tasche und legte mir die Fotokopie einer handschriftlichen Liste vor, bei welchen Verlagen er mein Manuskript angepriesen hatte.

Ich erstarrte vor Ehrfurcht. Alle namhaften Verlagshäuser waren darauf.

»Das Problem«, seufzte er, »ich habe Sie als *Der Autor Charlie Schwarz* beworben. Das heißt, die Verlage sind der Meinung, dass sie es mit einem männlichen Schriftsteller zu tun bekommen.« Er schüttete sein Mineralwasser in einem Zug hinunter und deutete der Kellnerin, dass er ein neues wollte. Auf seiner Stirn poppten Schweißperlen auf, als hätte er eine Chilischote mit rekordverdächtigen Scoville-Graden gegessen. Ich bekam auch langsam Angst um seinen Hosenboden, der das Hin- und Hergewetze vielleicht nicht aushielt. Was machte den Kerl so hibbelig? Ständig blickte er auf die Uhr.

»Das könnten Sie recht einfach richtigstellen, indem Sie eine korrigierte Version dieses Zettels in Umlauf bringen.« Meine Stimme war ruhig. Kein versteckter Vorwurf. Ich wollte eine Partnerschaft auf Augenhöhe. Für unser gemeinsames Projekt. Dennoch strapazierte mein sachlich vorgetragener Einwand seinen Hosenboden aufs Neue.

»Jein«, sagte er. Seinem unwilligen Blick nach zu schließen meinte er eindeutig Nein.

»Es ist nämlich etwas eingetreten, mit dem nicht zu rechnen war. Ist mir in meiner ganzen Laufbahn als Agent nicht passiert.« Er stierte in sein leeres Glas. Drehte es in der Hand. Schaute an mir vorbei in Richtung Ausgang.

»Ja?«

»Wie ja?«

»Sie wollten mir doch erzählen, was Ihnen noch nie passiert ist. Bisher.«

Er stellte das Glas wieder auf den Tisch. »Gleich fünf namhafte Verlage haben sich in der folgenden Woche bei mir gemeldet und nach dem Manuskript verlangt.«

»Das ist doch prima!«, rief ich. »Hat sich womöglich auch schon einer dazu geäußert?«

»Was heißt einer! Die Verleger haben sofort eine irrwitzige Versteigerung angefacht. Wahnsinn!« Er fuchtelte aufgeregt mit den Armen.

»Was meinen Sie mit Versteigerung?«

»Schauen Sie. Ich biete den Verlagen ein Manuskript an. Wenn mehrere Verlage sich interessieren, schlagen die einzelnen Häuser vor, wie viel Vorschuss sie dem Autor gewähren würden und wie hoch die Marge pro Buch sein könnte. Dann schreibe ich den Verlagen, die weniger geboten haben, dass es ein besseres Angebot gibt. Wenn sich finanzkräftige Häuser um das Werk streiten, können die Angebote schon mal ganz rasch in ungeahnte Höhen schnellen. Die Agentur beschließt am Ende mit dem Autor … oder der Autorin, welcher Verlag das Rennen macht.«

Ich war platt. Vor wenigen Minuten hatte ich noch mit einer Hiobsbotschaft gerechnet, so nervös, wie dieser Krisskross sich benahm. Und jetzt erwartete mich gar ein Vertrag für einen Spitzentitel mit hohem Vorschuss?

»Wo ist Ihr Problem?«, fragte ich gut gelaunt. »Suchen wir eben einen Verlag aus und informieren ihn über das Missverständnis mit dem Autorengeschlecht. Meinetwegen können die gerne bestimmen, ob ich unter einem Pseudonym, als Charlie oder Charlotte Schwarz veröffentlichen soll.«

Kross schüttelte verzweifelt den Kopf. »Es tut mir leid, so einfach ist das nicht. Der Ruf der Agentur steht auf dem Spiel. Und … Es sind ja nicht nur die Verlage, die ich überzeugen muss. Die Muttergesellschaft in Deutschland rechnet fix mit einem männlichen Bestsellerautor … Ich hab es denen *versprochen* … Bitte glauben Sie mir. Sie *müssen* ein Mann bleiben!«

Er schaute erst mich verzweifelt an, dann lenkte er seinen Blick schon wieder zum Ausgang.

»Erwarten Sie noch jemanden?«, fragte ich irritiert.

»Ja«, sagte er und checkte seine Uhr. »Sollte eigentlich schon längst hier sein.«

»Und wer ist der oder die geheimnisvolle Unbekannte? Unsere mutmaßliche Geldgeber:in?«

»Nein. Ihr Mann!«, seufzte er.

»Wie – Mann? Der Mann der Geldgeberin?«

»Nein. *Ihr* Mann, Frau Schwarz.«

»Ich hab keinen Mann, verflixt. Und ich will auch keinen. Was soll das?« Dieses Gespräch wurde immer skurriler.

»Aber Sie *brauchen* einen Mann. Einen, als der Sie verkauft werden sollen. Ohne den wird es nicht gehen. Das ist meine unverhandelbare Voraussetzung.«

Ich tupfte meine Lippen mit der Stoffserviette ab. In Filmen machten die vornehmen Leute das ja so, bevor sie ihr Glas zum Mund führten. Das hier war nicht mein Kino. Ich musste meinen Abgang machen, auch wenn es schmerzte.

»Verraten Sie mir wenigstens, was die Verlage geboten hätten? Für das Manuskript von *Herrn* Schwarz.«

Erschrocken packte mich Kross an der Hand. »Lassen Sie mich zumindest meinen Plan darlegen, bevor Sie wieder rausrennen wie von der Tarantel gestochen! Möchten Sie noch einen Wein?«

Er wartete meine Antwort nicht ab und winkte die Kellnerin zum Tisch, die mein Glas wieder befüllte.

»Also, wie haben Sie sich meine Geschlechtsumwandlung vorgestellt? Oder sollte ich etwa heiraten? Und mein Gemahl wäre der Schriftsteller, den Sie statt meiner Wenigkeit berühmt machen werden? Klingt nach einer originellen Romanidee.« Entspannt lehnte ich mich im Stuhl zurück. Was hatte ich schon zu verlieren? Den teuren Wein würde ich nicht stehen lassen.

Kross lächelte gequält, wagte dennoch einen längeren Augenkontakt. Was war das jetzt wieder? Genrewechsel? Diesen verständnisvollen Dackelblick hatte er unter Garantie lange vor dem Spiegel geübt. Also doch Verkaufsprofi!

»Gleich nachdem Sie das letzte Mal so erregt abgedampft sind«, hob er an, »da hat sich für mich … für uns eine Alternative aufgetan, wie wir es doch noch schaffen könnten, alles unter einen Hut zu bringen.« Er nahm einen Schluck Wasser und fixierte mich erneut.

»Ja?«

»Ich hätte da einen Mann gefunden, der quasi als Ihr Avatar auftreten könnte«, sagte er. Jetzt kippte sein Blick ins Ängstliche. Die Schweißtröpfchen auf seiner Stirn vermehrten sich wieder.

»Sie werden mir das sicher gleich erläutern, was genau Sie sich darunter vorstellen«, sagte ich. »Aber einfach, bitte. Für die weibliche Intelligenz. Ich hab keinen Schimmer, was Sie sich darunter vorstellen.«

Ich wusste, was ein Avatar war – vom Film und von Computerspielen. Ein künstliches Substitut für eine reale Person in der virtuellen Welt. Aber was eine solche Identität für mein Buchprojekt bedeuten sollte, war jenseits meiner Vorstellungskraft.

»Bitte keinen Sarkasmus, Frau Schwarz. Die Sache ist durchaus ernst. Und machbar. Unser Mann …«

»Der Avatar?«

»Genau. Er wird in der Öffentlichkeit als Autor Ihres Buches auftreten. Das heißt, bei Lesungen und Interviews. Dafür kriegen wir Ihr Buch unter phantastischen Bedingungen auf den Markt. Ich meine, das ist quasi ein erweitertes Pseudonym. Oder … wie Playback bei Popkonzerten.«

»Na, hören Sie mal!«, rief ich entrüstet. »Ich mach die Arbeit, und ein anderer fährt Geld und Ruhm ein? Beim Playback singen die Stars wenigstens selber. Ich nehme an, mein Avatar spricht live? Oder nehme ich die Lesestellen vorher auf, und er bewegt nur die Lippen synchron dazu? So wie ABBA?«

Kross atmete schwer. »Okay. Der Vergleich mit dem Playback war Unsinn. Aber das Geld, da kann ich Sie beruhigen. Das wird redlich geteilt. Beim Ruhm stimmt es, fürchte ich, dass Sie auf den werden verzichten müssen. Aber, sind Sie das nicht ohnehin gewohnt? Als Ghostwriterin?«

Ich schüttelte den Kopf und schenkte ihm einen verächtlichen Blick. So hoffte ich jedenfalls, dass er rüberkam. Sein Gelaber, dass die neue Situation für mich definitiv besser wäre als reines Ghostwriting, war Schwachsinn. Bloß weil ich mich an keine Textvorgaben hatte halten müssen und der Lohn deutlich höher sein würde? Der Kerl hatte ja nicht alle Tassen im Schrank! Er nippte an seinem Wasserglas und starrte, wie ich mir einbildete, sehnsüchtig auf meinen Wein.

Ich trank ihn schnell aus, bevor er ihn mir wegnahm. Für mich war dieses Gespräch beendet. Sein Problem, wie er mit den Verlagen wieder klarkam. Ich würde einen nach dem anderen persönlich anschreiben und die Situation erklären. Es konnte doch im 21. Jahrhundert nicht wahr sein, dass Spitzentitel nur für Männer reserviert waren. Ich war bloß an die falsche Agentur geraten.

Der Mann konnte Gedanken lesen.

»Und wenn Sie glauben, ohne meine Agentur zu Verlagsverträgen zu kommen, sind Sie leider auch auf dem Holzweg«, sagte er. Seine Stimme hatte einen bedrohlichen Ton angenommen.

»Das werden wir sehen!«, rief ich. Jetzt war meine Kampfbereitschaft wieder geweckt. Was bildete sich der Mensch eigentlich ein? Ich hatte gottlob keinen Vertrag unterschrieben. WortWeber durfte nicht über mein Manuskript verfügen. Noch gehörte es ausschließlich mir. Das sagte ich ihm auch klar ins Gesicht.

»Da muss ich Ihnen leider widersprechen«, triumphierte er. »Nachdem die Verlage meinen Laufzettel bekommen haben, werden sie vermuten, dass Sie bei uns unter Vertrag stehen. Sie setzen automatisch eine Übereinkunft zwischen dem Autor und der Agentur voraus. Ist auch – zugegebenermaßen – der übliche Weg. Die Verleger werden sich hüten, das Manuskript von Ihnen direkt anzunehmen. Wer will schon eine Klage am Hals haben?«

»*Sie* werden demnächst eine Klage am Hals haben!«, rief ich zornig. Jetzt hielt ich es auf meinem Platz nicht mehr aus und sprang erbost auf.

»Bitte! Setzen Sie sich wieder hin. Wir sind hier nicht alleine«, flehte Kross. Die Leute am Nebentisch begannen bereits zu tuscheln. Wohlerzogen, wie ich nun mal war, setzte ich mich wieder hin.

»Ich hoffe, Sie haben eine gute Rechtsschutzversicherung«, flüsterte er, nicht hörbar für die Zaunspechte, aber deutlich genug für mich. »Wir von der Agentur werden behaupten, es läge ein mündliches Abkommen vor. Ich hätte den Laufzettel nur deswegen hinausgegeben, weil Sie zugestimmt hätten, um das Prozedere zu beschleunigen. Eine durchaus übliche Vorgehensweise.«

Ich schloss ermattet die Augen. Der Mann hatte mich völlig in der Hand. Natürlich wusste er, dass ich mir keinen Anwalt leisten konnte.

»Ich muss mich mal frisch machen gehen«, sagte ich und stand wieder auf. Diesmal etwas gesitteter. Er schnappte sich meine Handtasche. »Sie werden doch nicht wieder davonlaufen?«

»Keine Angst. Es wäre im Übrigen trotzdem angebracht, wenn Sie mir meine Handtasche reichen könnten. Ich muss mir die Lippen nachziehen«, zischte ich und riss sie wieder an mich. Klemmte sie unter meinen Arm wie eine Maschinenpistole und stürmte aufs Klo. Wo ich mir tonnenweise kaltes Wasser ins Gesicht spritzte. Ich brauchte einen klaren Kopf, um mir ein vernünftiges Ausstiegsszenario zu überlegen. Dafür ließ ich mir mächtig Zeit. Auch, um diesen Krisskross zappeln zu lassen. Sollte er doch glauben, ich sei getürmt.

Nach gründlicher Überlegung eröffnete sich für mich eine Möglichkeit, die mir zwar vermutlich weit weniger Geld einbringen würde, mich aber vor einem teuren Prozess mit WortWeber bewahrte. Es stand ja außer Zweifel, dass das Manuskript was taugte, sonst hätte es diese irre Versteigerung nicht gegeben. Ich würde mir einen kleinen, unabhängigen Verlag suchen, einen, der nicht auf Krisskross' Liste stand. WortWeber hatte keine Verfügungsgewalt über mein Manuskript. Ohne meine Unterschrift durfte es keiner dieser mächtigen Verlage publizieren, egal, wie viel sie der Agentur dafür geboten hatten.

Erfrischt und mit neuem Mut ging ich ins Lokal zurück.

Auf meinem Platz saß ein Mann.

Mein Avatar!

Der Avatar

Ich wusste sofort, wen ich da vor mir hatte, obwohl dieser Gott von einem Mann diesmal inkognito auftrat, ohne seine blaue Hermes-Kluft.

»Hallo«, sagte er. »Da bist du ja endlisch.« Er zeigte keinerlei Anstalten, sich von meinem Platz zu erheben.

Seine pechschwarzen Haupthaarlöckchen kamen ohne diese hässliche Schirmkappe noch besser zur Geltung. Im Nacken kurz, was seinen schön geformten Hinterkopf betonte, und oben füllig und weich wie bei einem Schäfchen. Am liebsten hätte ich meine Finger darüber gleiten lassen. Vielleicht auch noch ein wenig über die dicken Augenbrauen gestrichen, die, leicht nach unten gezogen, das Melancholische seiner Augen unterstrichen. Wie von Michelangelo gemeißelt. Als er auch noch seine Zähne entblößte und diese niedliche Zahnlücke aufblitzen ließ, war es um mich geschehen. Wie bei Madonna! Ich konnte den Blick nicht von ihm lassen.

Auch er erinnerte sich an mich. »Disch kenn isch«, sagte er. »Du hast meine Pakete umgeschmissen.« Er stand auf und schüttelte mir jetzt doch die Hand. Öffnete den Mund zu einem Lächeln.

Mein Gott! Diese Lücke! Diese entsetzlich reizende Lücke!

»Herr Can. Frau Schwarz«, stellte Kross uns formvollendet vor. »Sie kennen sich?«

»Vom Paketaustragen«, kam Can mir mit der Erklärung zuvor. »Nur vom Sehen.«

»Und er – er ist der Avatar?«, stammelte ich.

Kross nickte. »Wollen Sie sich nicht wieder setzen?«

Entgegen meiner ursprünglichen Absicht stellte ich die Tasche wieder ab und setzte mich auf den freien Stuhl an der Stirnseite, wo ich beide Männer im Visier hatte.

»Herr Can hat sich freundlicherweise bereit erklärt, die Öffentlichkeitsarbeit für Sie zu übernehmen. Weil Sie … ähm … unter extremer Logophobie leiden.«

»Was ist das noch mal, Chef?«, fragte Can, noch bevor ich Einspruch erheben konnte.

»Logophobie. Frau Schwarz hat große Angst, vor einer größeren Menschenmenge zu sprechen.«

Ich schluckte. Diese Ansage machte mich kurzfristig mundtot. Kurzfristig wohlgemerkt! Ich wollte schon zur Verteidigung ansetzen, da packte Kross meine Hand und quetschte sie wie Raimund Harmstorf seine rohe Kartoffel. Autsch!

Ja, ja! Ich hatte schon verstanden, dass ich den Mund halten sollte. Aber musste er mir gleich die Knochen brechen?

»Escht jetzt? So sieht sie gar nüscht aus, Chef.« Er zeigte mir erneut seine sexy Zahnspalte. »Aber schreiben tut sie super?«

»Ja, das tut sie!«

Jetzt lächelte auch Kross. Trotzdem hätte ich zur Abwechslung liebend gerne ihm was gequetscht. War es wirklich notwendig, mir als Ausrede, warum ich nicht selbst lesen würde, einen veritablen Dachschaden zu bescheren? Charlie Schwarz, die hinkende Lehrerin mit der Sprechphobie. Was musste ich mir noch alles gefallen lassen von dem Kerl?

»Hat er dir auch gesagt, was sie zahlen wollen für uns?« Can schnappte sich sein alkoholfreies Bier vom Tablett, bevor die Kellnerin es abstellen konnte. »Das XXL-Lammsteak mit Pommes«, sagte er. »Chef hier bezahlt.« Zahnlücken-Grins!

Die Kellnerin strahlte zurück.

Hallo? Das war *mein* Avatar!

Hatte ich das jetzt tatsächlich gedacht? *Mein* Avatar? Bist du noch ganz dicht, Charlie Schwarz?

»Übers Geld haben wir noch nicht gesprochen«, bemerkte ich spitz in Richtung Kross. Meinem Ersatzmann gegenüber war er offenbar nicht so zugeknöpft gewesen.

»Geld ist doch wischtisch, Mann.«

»Gleich. Wir reden gleich darüber«, unterbrach ihn Kross. Er wandte sich an mich. »Wir hätten uns das so vorgestellt, Frau Schwarz. Sie kriegen selbstverständlich den gesamten Vorschuss und die Einnahmen über den Buchverkauf. Alles, was über den Verlag abgewickelt wird. Herr Can kriegt die Gagen für die Lesungen und Interviews. Er tritt ja auch offiziell als Autor auf.«

»Fünfhundert Euro für ein bischschen Lesen, wenn isch Glück habe«, fiel Can ihm ins Wort.

Kross lächelte. »Das werden wir mit den Veranstaltern schon ordentlich ausverhandeln, wenn es so weit ist. Aber das ist natürlich nicht alles. Von uns, der Agentur, bekommt Herr Can ein Fixum plus einen kleinen Prozentsatz von unserer Marge aus dem Buchverkauf. Er muss seinen Job als Hermes-Bote ja aufgeben oder zumindest ruhen lassen, spätestens wenn die Lesereise ansteht.«

»Von welcher Marge sprechen wir da?«

»Die Agentur behält sich in der Regel zwanzig Prozent von allen Einnahmen über das Buch ein. Sprich: vom Vorschuss plus den Buchverkäufen.«

»Das heißt, Sie bekommen zwanzig Prozent meiner Einnahmen?«

»Genau. Das ist branchenüblich. Wir handeln ja auch die Verträge aus und machen Ihre Abrechnung. Kümmern uns darum, dass der Verlag gute Werbung macht et cetera.«

»Verstehe. Und was haben Sie ausverhandelt?«

Kross richtete sich in seinem Stuhl auf. »Zwölf Prozent vom Nettoverkaufspreis. Das ist für einen Newcomer enorm hoch.«

War es in der Tat. Fünf bis zehn Prozent waren üblich, darüber hatte ich mich im Vorfeld schon schlaugemacht.

»Hardcover, versteht sich.«

Wow! Auch noch echte Literatur! Das Buch würde im Feuilleton besprochen – und doppelt so teuer verkauft werden wie herkömmliche Belletristik im Taschenbuchformat.

»Und der Vorschuss?«, stammelte ich.

»Halten Sie sich besser an«, sagte Kross stolz. »Fünfzigtausend!«

»Euro?«

»Euro. Keine türkische Lira.«

Der Avatar neben mir prustete laut los. Kross schmunzelte. »Fünfzigtausend bei Vertragsabschluss. Und noch mal fünfzigtausend nach Erscheinen des Buchs.«

Jetzt pfiff Can durch seine charmante Zahnlücke. »Scheiße, Mann!«, sagte er. »Für das muss isch mindestens ... Warte mal ...« Er nahm kurz die Finger zur Hand. »... drei oder vier Jahre Pakete austragen.«

»Ein weiteres Honorar wird natürlich erst ausbezahlt, wenn der Vorschuss eingespielt ist«, fügte Kross sicherheitshalber hinzu, damit ich keine falschen Vorstellungen bekam.

»Aber zurückzahlen müsste ich nichts ... falls das Buch nicht so viel einbringt, oder?«

Kross schüttelte beschwichtigend den Kopf. »Keine Angst. Der Vorschuss bleibt Ihnen sicher. Abzüglich unserer Honorarforderung natürlich.«

»Das heißt, Sie schöpfen jeweils zehntausend Euro ab?«

Ich musste schnell mal Luft holen. Kein Wunder, dass mich dieser Mensch unter allen Umständen unter Vertrag nehmen wollte.

»Von denen wir Herrn Can bezahlen. Und die Miete für unser Büro und die Heizkosten. Gas! Wenn Sie wissen, was ich meine. Und unsere Gehälter, die von Frau Salm und mir und ... und den Steuerberater. Wir haben auch Auslagen, Frau Schwarz.« Kross hatte gewaltig an Gesichtsfarbe aufgezogen.

»Schon gut, schon gut. Ich bin bloß erstaunt, um welche Summen es hier geht«, versuchte ich zu beschwichtigen.

Er hatte sich auch gleich wieder im Griff.

»Sie sind tatsächlich eine Ausnahme, Frau Schwarz«, sagte er betont ruhig. »In der Regel bewegen wir uns so zwischen tausend und zehntausend Euro, was den Vorschuss betrifft.«

Na gut. Da hatte ich anscheinend wirklich einen Haupttreffer gelandet. Egal, wie viel sich die Agentur davon einbehielt, es war auch für meine Einkommensverhältnisse mindestens ein Dreijahresbetrag. Was konnte ich in diesen drei Jahren ohne Finanzängste nicht alles schreiben …

»Und was wäre mein Teil des Vertrags konkret? Das Manuskript haben Sie ja bereits. Müsste ich da noch was nacharbeiten?«

»Das geht direkt ins Lektorat vom höchstbietenden Verlag, wenn Sie einverstanden sind. Normalerweise würde sich dann ein Lektor oder eine Lektorin mit Ihnen direkt in Verbindung setzen, um an Ihrem Text zu feilen. In unserem speziellen Fall werde ich aber darauf bestehen, dass die Kommunikation ausschließlich schriftlich und über die Agentur läuft. Herr Can, der ja offiziell die Ansprechperson wäre, ist ja nicht … ähm … vom Fach. Und er kennt auch Ihren Text noch zu wenig, um darüber Auskunft geben zu können. Schon gar nicht am Telefon. Deshalb …«

Jetzt wurde er wieder ein wenig zögerlich. Ich hob sicherheitshalber mal meine Augenbraue.

»Da wäre noch … Na ja. In unserem außergewöhnlichen Fall käme da noch eine Aufgabe auf Sie zu, die nichts mit der Arbeit an Ihrem Text an sich zu tun hat.«

Aha! Da war also noch ein Pferdefuß?

»Und zwar?«

»Sie müssten Herrn Can einschulen.«

»Chef, bitte«, unterbrach Hermes. »Isch bin kein Herr. Sagst du einfach Dilo zu mir.«

»Dillo?«, entfuhr es mir.

Autsch! Wie peinlich.

Er reagierte prompt irritiert. »Dilo. Mit langem i. Wieso fragst du? Wie heißt du mit Vornamen?«

»Charlie.«

»Wieso fragst du, Scharlie?«

»Ach«, stotterte ich. »Dillo. Das … das ist kein offizieller Name. Eher so ein … österreichischer Ausdruck. Kommt zum Beispiel in einem Wienerlied vor. Drum hat es mich gewundert. Weil, du kommst ja offensichtlich aus Deutschland.«

»Berlin, sischer.«

»Eben. Ein Dillo ist … ein urwienerischer Typ«, flunkerte ich. Ich konnte ihm nicht gut erklären, dass man damit in Wahrheit einen Depp bezeichnete.

»Ach so.«

Puh! Er gab sich damit zufrieden.

»Also genau genommen heiße isch Dilan«, sagte er. »Das bedeutet ›mein Herz‹. Aber das ist ein Name, den auch Mädschen tragen, weißt du? So wie dein Name, Scharlie. Da hätte isch auch eher geglaubt, du bist ein Mann. Wie König Scharls von England. Oder Scharly Schaplin. Hast du nie Probleme gehabt in der Schule deswegen? Dass man gesagt hat, du bist ein Junge?«

»Och«, sagte ich. »In der Schule weniger. Da nannten sie mich ja noch Charlotte. Später, da gab es schon mal Verwechslungen.« Mein Blick fiel kurz auf Kross. Bildete ich mir das ein, dass der seinen Mund leicht verzog? Zu einem Schmunzeln gar?

»Bei mir war das in der Schule die Hölle!«, rief Dilo aufgebracht. »In meiner Grundschulklasse war ein Mädschen, das Dilan hieß. Das war escht total doof. Kannst du dir vorstellen, dass die misch gehänselt haben dafür, Mann? ›Dilan ist ein Mädschen, Dilan ist ein Mädschen …‹ Aber in der alten Heimat meiner Eltern wird der Name hauptsäschlisch für Jungen vergeben, ischwöre. Darum hab isch dann später überall gesagt, isch heiße Dilo. Das ist eindeutig ein Männername und bedeutet dasselbe. Von da an hatte isch meine Ruhe.« Er ergriff seufzend sein Bierglas und nahm einen großen Schluck. Wischte sich mit der Hand den Schaum von der Oberlippe.

»Um wieder auf unser Thema zurückzukommen«, sagte Kross. »Unser lieber Diiilo hier …« Er zog das i sehr lang. »Er ist ja – wie erwähnt – kein Literat.« In seinen Augen blitzte es schelmisch.

Schau, schau. Herr Kross hatte einen feinen ironischen Humor. Ich konnte gar nicht anders, als dieses Lächeln zu erwidern.

»Sprachlicher Schliff wäre das eine, was man ihm beibringen müsste. Übungen für Atmung und Aussprachetraining, Auftreten vor Publikum et cetera.«

Aha! Die Sprechtrainerin mit der Sprechphobie. Interessant. Das Lächeln wich aus meinem Gesicht.

»Dafür könnten Sie aber auch eine ausgebildete Sprechtrainerin für ihn engagieren. Mit der Marge für meinen Vorschuss sollte das doch drinnen sein.«

Auch er stellte das Grinsen ein. Mit Lächelstimmung war es also jetzt allgemein wieder Sense.

»Ich dachte mir halt, das ginge so nebenbei. Die Inhalte Ihres Romans, die müssen Sie ihm ja ohnehin vermitteln. Jemand muss ihm die passenden Stellen für Lesungen raussuchen und erklären. Ihn generell auf Figuren, Themen, Recherche et cetera briefen. Er wird Fragen zu Ihrem Werk beantworten müssen. Sowohl vom Lesepublikum als auch von professionellen Journalisten werden welche kommen. Das kann niemand anderer tun als Sie, die Autorin. Niemand kennt Ihr Buch so gut wie Sie. Und außerdem … Je weniger Personen von unserem Deal wissen, desto besser.«

Okay. Das war ein Argument. Ich ließ meine Augenbraue wieder sinken.

»Wenn er gut liest«, führte Kross weiter aus, »dann kommt das ja auch Ihnen zugute, Frau Schwarz. Bei gut besuchten Lesungen werden ja auch viele Bücher verkauft. Und die Buchhandlungen legen in der Folge vermehrt Exemplare des Buchs aus und bewerben es bei der Kundschaft. Und so weiter.«

»Ja sicher, das verstehe ich schon … Und wo sollte dieses Training Ihrer Meinung nach stattfinden?« Ich konnte Dilo unmöglich zu mir nach Hause einladen. Und so wie es aussah, wohnte auch er nicht in einem Loft im ersten Bezirk.

»Ach. Das ist kein Problem. Sie können das gerne in der

Agentur erledigen. Unser Besprechungszimmer ist praktisch immer frei. Unterlagen stellen wir Ihnen gerne auf Kosten des Hauses zur Verfügung. Oder wenn Sie sonstige Ausgaben haben ... Können wir alles intern als Spesen abrechnen.« Er hüstelte und schaute mich erwartungsvoll an.

»Und was haben ... hätten wir für ein Zeitfenster?«

»Frau Schwarz. So perfekt, wie Ihr Manuskript uns schon vorliegt, schätze ich, dass wir in einem halben Jahr damit rauskommen können. Schaffen Sie das?«

Mein Blutdruck schnellte in die Höhe. Erstens wegen des Lobs. Mein Manuskript war perfekt. Wow! Aber mehr noch wegen des Zeitdrucks. Wie schnell ließ sich aus diesem Dilo wohl ein überzeugender Autor machen?

Kross kramte in seiner Aktentasche. Dann legte er jedem von uns einen Vertragsentwurf hin. »Lesen Sie sich das bitte in Ruhe durch. Wenn Sie noch kleinere Änderungsvorschläge haben, werden wir das nach Möglichkeit berücksichtigen.«

Das Konvolut hatte mindestens zehn Seiten. Das konnte – und wollte – ich unter Garantie jetzt nicht so schnell überfliegen. »Ich nehm mir das mit nach Hause«, sagte ich, betont professionell.

»Selbstverständlich. Rufen Sie mich einfach an, wenn Sie Fragen haben, ja?« Kross steckte mir sein Kärtchen zu.

»Was muss isch da noch überlegen«, sagte Dilo. »Bischschen Lesen. Und Scharlie ist sischer eine super Trainerin. Und Kassa stimmt, was, Scharlie?«

Er signierte den Vertrag, ohne eine Zeile davon gelesen zu haben, und drückte ihn Kross in die Hand.

Der Rest lag jetzt an mir. Was tun?

Die zwei Männer hatten ja nichts zu verlieren. Mit Wahrhaftigkeit hatten beide nicht viel am Hut. Oder Moral. Hehre Ziele? So was kannten die nicht. Für genug Geld würden die ihre Mütter verkaufen. Einfach skrupellos.

Manchmal möchte man wirklich ein Mann sein!

Heiße Debatte

»Was will er? Dich durch einen Mann ersetzen? Du wirst doch darauf nicht eingehen, Charlie!« Caros zahlreiche Armklunker ratterten vom Handgelenk hinunter bis in die Armbeuge, als sie wild mit dem Finger in die Luft stach. Es schepperte wie eine ganze Sambaband.

»Wir finden eine andere Agentur für sie, haben wir doch schon besprochen.« Nick kannte Caros Wutausbrüche und wollte sie beruhigen, obwohl er sich mir gegenüber auch ehrlich entrüstet gezeigt hatte.

»Brauchst du diesen Zick-Zack überhaupt?«, warf Julika ein.

»Du meinst Chris Kross? Na ja, brauchen …«

»Du weißt ja, welche Verlage sich für dein Manuskript interessieren. Warum schreibst du die nicht selber an?«

»Geht nicht. Die Verlage sind der festen Meinung, dass ich bei der Agentur unter Vertrag stehe. Und damit sind sie gebunden.«

»Aber der Typ hat doch gar nichts Schriftliches in der Hand.«

»Das nicht. Aber Kross wird behaupten, dass ich mündlich zugesagt habe. Das Gegenteil kann ich nicht beweisen. Und klagen – das kann ich mir nicht leisten.«

»Bringt ja auch nichts, weil dann hast du einen Haufen Scherereien, und das Manuskript bringst du erst recht nicht an.«

»Eben.« Ich seufzte.

»Und wenn wir andere Verlage anschreiben?«

»An Indie-Verlage hab ich ja auch schon gedacht. Aber die haben halt ein kleines Budget, davon werd ich nicht leben können.«

»Wie viel hat man dir denn geboten?«

»Sorry, das darf ich nicht sagen. Ich kann euch aber versichern, dass es sehr viel Geld ist.«

»Und du würdest allen Ernstes für dieses viele Geld deine Prinzipien über den Haufen werfen?« Natürlich war es Caro, die den Ethik-Stachel ausfuhr.

»Ein männlicher Avatar, Charlie. Wie geht das mit Feminismus zusammen?«

Ich war echt sauer. Eigentlich hatte ich gehofft, die Clique würde mir gut zureden, dass ich mir diese einmalige Chance doch gar nicht entgehen lassen könne. Und jetzt warf mir Caro mangelndes Rückgrat vor! Das konnte ich nicht auf mir sitzen lassen.

»Natürlich geht das nicht zusammen, liebe Caro. Aber nicht jeder Mensch kann sich Moral leisten. Nicht jeder hat einen zahlungskräftigen Papa hinter sich, falls es mal eng wird. Oder jemanden, der dir eine Wohnung kauft.«

Das war böse von mir, zugegeben. Es war ihr neuralgischer Punkt. Sie hasste es, auf ihren reichen Machovater angesprochen zu werden. Nichtsdestotrotz zapfte sie die Quelle im Notfall schon mal an. Entsprechend beleidigt schnaubte sie zurück. »Papa! Eh klar, dass das jetzt wieder kommt! Was kann ich dafür, dass er Geld scheffelt wie Heu? Und die Wohnung – die ist mir einfach zugestanden.«

»Hört auf zu streiten!«, rief Nick. »Ich geb eine Runde Piña colada aus. Kokosnuss beruhigt die Nerven.« Er verschwand hinter die Bar. Kurz darauf standen die köstlichen Longdrinks vor uns, und der Piña-colada-Song schallte durchs Kaffeehaus. Wie auf Kommando fielen wir zusammen in den Refrain ein:

If you like piña coladas
And gettin' caught in the rain
If you're not into yoga
If you have half a brain
If you like makin' love at midnight

In the dunes on the cape
Then I'm the love that you've looked for
Write to me and escape …

Was immer es war im Piña oder im Lied, es beruhigte und beschwingte zugleich. Als der Sänger bei der Zeile *»And though I'm nobody's poet«* angelangt war und alle in den Startlöchern scharrten für den nächsten Refrain, tippte mich jemand energisch auf die Schulter.

»Feierst du schon den Vertrag, Scharlie?«

»Hermes!«, rief Nick erfreut. »Magst du auch einen Piña colada?« Diesmal würde er ihn nicht so schnell wieder gehen lassen.

»Ich heiße Dilo, Chef«, sagte er irritiert. »Mit langem i. Aber Piña colada ist gut. Hast du auch einen ohne Alkohol?«

»Aber klar!« Nick sprang auf und hastete an die Bar.

»Halt dich an, Nick. Dilo ist der Avatar!«, rief ihm Julika entgegen, als er mit dem Cocktail zurückkam.

»Ist nicht wahr! Warum hast du das nicht gleich gesagt, Charlie?«

»Weil es egal sein sollte, wer der Mann ist, der mich ersetzen soll, oder? Es geht ja ums Prinzip. Darüber wollte ich eure Meinung hören. Nicht, ob die Wahl des Avatars eine gute ist.«

Nick schüttelte entgeistert den Kopf. Es war offensichtlich, dass es für ihn eine entscheidende Rolle spielte, wer als mein Avatar vorgesehen war.

»Du hast noch nüscht unterschrieben, escht jetzt, Scharlie? Was überlegst du noch? He! Wir machen das zusammen, Alter!«

»Alt*e*«, sagte ich. Julika lachte laut auf. »Und … entschuldige, Dilo, wenn ich das jetzt so sage: Du willst anstelle von Charlie *lesen*?«

»Sischer, Mann. Wo ist dein Problem? Wird sie mir schon alles beibringen in die paar Monate, bis das Buch fertisch ist, was?« Er klopfte mir voller Zuversicht auf die Schulter.

»Werd isch ihm beibringen, wie ein Schriftsteller liest. Wo ist dein Problem, Alte?« Ich zwinkerte Julika zu und schlürfte meinen Cocktail lautstark durch das recycelbare Bambusröhrchen.

»Du kannst gerne hier im Café mit ihm üben«, bot Nick an. Leider machte Dilo seine Hoffnungen wieder zunichte.

»Chef hat schon gesagt, im Büro, weil er hat genug Platz da. Wir sind dort ungestört, was, Scharlie?« Er ließ gekonnt seine Zahnlücke aufblitzen.

Ich muss gestehen, der Ausblick auf die vielen Stunden, die wir beide ungestört miteinander verbringen würden, gefiel mir.

Dilo schlürfte seinen Drink aus und erhob sich. »Die Pakete! Isch muss. Danke für den Drink, Chef.« Er schnappte seine Sackrodel und lief davon. Kurz vor der Tür drehte er sich noch einmal nach mir um. »Und du, Scharlie, mach bitte Vertrag fertisch. So schön ist der Paketjob nüscht, wirklisch. Und denk dran: hunderttausend!«

»Hunderttausend? In echt?« Die drei starrten mich ungläubig an.

»In zwei Raten, ja«, bestätigte ich. »Abzüglich der Provision für die Agentur. Aber bitte nicht an die große Glocke hängen. Ist ja außerdem noch nicht fix.«

»Aber du wirst doch unterschreiben?«, sagte Julika. Für sie war die Entscheidung mittlerweile alternativlos.

Caro schlürfte mit lautem Geräusch ihren Piña aus.

»Und wie will sie dann beweisen, dass es kein geschlechtsspezifisches Schreiben gibt?« Mit dem Handrücken wischte sie sich die Lippen sauber. »Das war doch der Grund, warum du dieses Buch geschrieben hast, oder erinnere ich mich da falsch?« Sie schaute mich provokant an.

Aua. Das war die Retourkutsche für den zahlungskräftigen Papa.

»Sie kann sich ja später outen, oder?«, meinte Julika. »Schaut her! Das hat gar kein Mann geschrieben. Ich war's. Eine Frau. Und ihr seid alle darauf reingefallen.«

Nick schüttelte energisch den Kopf. »Sicher nicht. Dann stellt sie ja auch Dilo bloß. Und überhaupt. Dann klagt der Verlag wegen schlechter Publicity. Oder gar Betrug. Und das Geld müssten sie womöglich zurückzahlen. Und Charlie kriegt nie wieder irgendwo einen Buchvertrag und …«

Einer nach dem anderen schlürften wir wortlos unsere Cocktails aus. Stierten lustlos in unsere leeren Gläser. Rührten mit dem Halm die letzten Bröckchen Eis im Kreis.

»Was geschieht eigentlich mit deinem Frauenroman? Der mit den entbehrlichen Männern? Wird Dilo den auch präsentieren?«, fragte Julika.

Ich horchte auf. »Nein. Was nachher kommt, haben wir gar nicht besprochen. Aber …« Meine Ganglien kamen langsam wieder auf Touren. »Hm«, überlegte ich. »Wenn ich Krisskross einen Folgevertrag abluchse? Er kriegt meinen Genderroman, dafür vertritt er danach meine feministische Geschichte? Und zwar für mich? Charlotte Schwarz?«

»Hört sich gut an, Charlie.« Nick war sofort begeistert. »Prima Idee. Einmal ist keinmal. Mit dem männlichen Avatar bringst du deine Karriere in die Gänge. Sammelst wertvolle Erfahrung. Danach geht's erst richtig zur Sache.«

»Finde ich nicht gut«, sagte Caro. »Die Idee mit dem Indie-Verlag ist besser. Du prostituierst dich und deine Ideale für Geld, Charlie. Danke für den Piña, Nick.« Sie schwang ihren Rucksack über die Schulter und stolzierte davon.

»Ich geh dann mal wieder an die Arbeit«, sagte Nick.

»Ich fahr zum Interspar. Wochenendeinkauf. Willst du mit?«, fragte Julika halbherzig.

Ich lehnte dankend ab. »Hab noch zu arbeiten«, murmelte ich. Ich verspürte keine Lust, mich in meinem Gefühlszustand im Supermarkt mit grantigen Wienern um die Poleposition an der neu aufgemachten Kasse zu duellieren. Da fuhr ich doch lieber heim.

Kapitale Entscheidung

Gleich beim Eintritt ins Haus empfing mich eine wilde Geruchskomposition. Kohlgemüse, frittierter Fisch, Erdäpfel und Zwiebel. In der Wohnung selbst roch es seltsam säuerlich. Der Versuch, dem Mief durch das Öffnen des Fensters entgegenzuwirken, scheiterte kläglich. Im Innenhof stank es, als ob jemand eine Leiche im Müll entsorgt hätte. Ich drückte angewidert das Fenster wieder zu und machte mich daran, erst mal der Ursache des Fremdgeruchs innerhalb meiner eigenen vier Wände nachzugehen.

Das Rätsel war schnell gelöst. Vor dem Kühlschrank breitete sich eine Wasserlache aus. Der alte Herr hatte den Geist aufgegeben. Und mit ihm die Milch, sie war mindestens so sauer wie ich. Ich schob den Kasten etwas zur Seite und zog den Stecker. Angewidert über den Dreck, der da zum Vorschein kam, wuchtete ich das kaputte Gerät wieder an seinen Platz zurück und wischte nur auf, was sichtbar war. Danach räumte ich die paar Sachen aus dem Kühlschrank, die noch nicht hinüber waren: ein Glas Essiggurkerl, ein paar Eier, Margarine, Ketchup und Senf. Eine magere Ausbeute fürs Wochenende. Den Rest, ein paar Blatt Schinken, einen welken Salat und einen angebrochenen Becher Fruchtjoghurt, entsorgte ich gleich draußen im Hof, wo die Leiche versteckt war.

Seufzend schaute ich meine Post durch. Die üblichen Werbeprospekte. Kein Angebot für einen Unterbaukühlschrank, leider. Wenigstens waren keine unvorhergesehenen Rechnungen dabei. Aber da war auch eine Nachricht, dass ein Paket auf mich wartete. Das war garantiert der Rauchmelder, den ich für Oma im Internet bestellt hatte.

Oma! Das war sie, die Wochenendlösung. Spontan griff ich zum Telefon und kündigte ihr meinen Besuch an.

Sie freute sich riesig. »Da mach ich uns Fleischknödel mit Sauerkraut. Für eine Person zahlt sich das eh nicht aus.«

Na bitte! Mir lief schon jetzt das Wasser im Mund zusammen. Gleich zwei Fliegen auf einen Schlag. Ich konnte ihre Welt ein ganz klein wenig aufhellen und musste mir nicht den Kopf zerbrechen, wie ich nahrungsmäßig übers Wochenende kam.

Gleich in aller Früh machte ich mich auf den Weg nach Mistelbach. Ich wollte noch im ansässigen Baumarkt vorbeischauen, um ein paar Sachen für Omas Badezimmer zu besorgen.

Badvorleger gab es in jeder Größe und Preiskategorie. Nach längerem Suchen fand ich ein Stück, das wahrscheinlich wegen seiner gräulichen Farbe um nur zwanzig Euro neunundneunzig abverkauft wurde. Aber es war flauschig und rutschfest, das testete ich gewissenhaft, als gerade niemand herschaute. Die Wanneneinlage kostete neunzehn Euro achtundneunzig, das war für ein Plastikteil auch kein Pappenstiel. Bei den Haltegriffen entschied ich mich seufzend für die sicherere Variante in Chrom um stolze sechsundvierzig Euro neunundneunzig. Dafür waren Schrauben und Dübel im Paket inkludiert. Blieb noch die Recherche in der Elektroabteilung. Ein mittelgroßer Tiefkühlschrank sprang mir sogleich ins Auge. Um gerade mal dreihundertneunundzwanzig Euro neunundneunzig im Angebot. Wenn ich ihn selbst abholte. Okay. Vielleicht konnte Betti da was organisieren. Ich fotografierte das Teil, damit ich es ihr zeigen konnte. Kühlschränke hatten sie leider auch hier keine im Angebot. Für ein kleines Unterbaumodell mit Tiefkühlfach hätte ich zweihundertfünfzig Euro hinlegen müssen. Die hatte ich einfach nicht. Ich schob den deprimierenden Gedanken zur Seite. Darum würde ich mich kümmern, wenn ich wieder zu Hause war. Vielleicht war ja auf »Willhaben« was Günstiges zu bekommen. Omas Bedürfnisse hatten Priorität.

Es war bereits zwölf Uhr, als ich mich an der Kasse anstellte. Viel Zeit durfte ich nicht mehr verplempern, wenn ich den nächsten Bus erreichen wollte.

»Mit der Karte«, sagte ich zur Kassierin, noch bevor sie mir den Betrag nannte. Ich wusste, dass meine Börse das nicht mehr hergeben würde. Ohne mich eines Blickes zu würdigen, drehte sie mir den Bankomaten hin. Ich hielt meine Karte über den Scanner. Es piepste.

Karte nicht angenommen.

Noch einmal.

Wieder nichts.

Also schob ich das widerborstige Plastikding in den Schlitz. Tippte meine Kennzahl ein.

Selbes Ergebnis.

Sch…eibenkleister! Ich hatte offenbar mein Limit überzogen.

»Die Karte muss was haben«, murmelte ich. Rieb ein wenig an ihr herum und versuchte es alibimäßig ein weiteres Mal. Mein Kopf war mittlerweile in eine Glühbirne mutiert.

»Haben Sie es vielleicht in bar?«, fragte die Kassierin mit Blick auf die Schlange hinter mir. Ungeduldig schob sie ihren Kaugummi im Mund hin und her.

Ich kramte nervös nach meiner Brieftasche. Im Fach für Scheine steckte eine Fünfzig-Euro-Note. Bedauernd schüttelte ich den Kopf. »Geht sich nicht aus«, wisperte ich.

»Wie viel haben Sie denn?« Die Kassierin stand auf, beugte sich über meine Börse und steckte nicht nur ihre Nase, sondern auch die Finger hinein! In meine Geldbörse! Hallo, geht's noch?

»Entweder die Matten oder den Griff«, sagte sie, immer noch stehend. Und kaugummikauend. Jetzt aber bei offenem Mund.

»Die Matten«, krächzte ich.

Sie nahm den Griff vom Laufband und warf ihn achtlos unter ihren Sitz. Stornierte die vorige Eingabe mit rollenden Augen. Wenigstens langte sie nicht wieder in mein Portemonnaie, ich durfte den Fünfziger eigenhändig hinblättern.

Rechnung und Restgeld quetschte ich in Windeseile in meine Börse, schnappte die Matten vom Band und rannte zum Bahnhof, wo ich mit knapper Not den Bus erreichte.

Sitzplatz bekam ich keinen mehr, alles voll mit lärmenden Fahrschülern. Ich drängelte mich, über mehrere Rucksäcke stolpernd, in die Mitte des Wagens, rollte die beiden Matten zusammen und hievte sie in die Gepäckaufbewahrung über mir. Nach ein paar Stationen wurde es lichter in den Reihen, und hinten war sogar ein Sitzplatz frei, auf den ich mich ermattet fallen ließ. Dafür musste ich das Wummern fetziger Hip-Hop-Klänge aus den Ohrstöpseln des jungen Mannes neben mir ertragen, der hingebungsvoll seinen Oberkörper im Rhythmus der Musik hin und her schwang. Leider hatte ich nichts mit, was ich mir in die Ohren stecken konnte, also starrte ich aus dem Fenster, wo die Felder vorbeizogen wie im Film.

Ein Ruck ging durch mich hindurch, als der Bus mit einem solchen zum Stehen kam. Entsetzt sprang ich auf. Das war meine Station! Ich war wohl eine Weile eingenickt. Panisch stieg ich über diverse Taschen auf dem Gang und fiel prompt über einen Rucksack. Verärgert trat ich ihn zur Seite und erntete einen bösen Blick seines Besitzers.

Gott sei Dank stiegen eine Menge Kids vor mir aus, und so schaffte ich es noch rechtzeitig nach draußen. Ich atmete tief durch und schulterte meinen Rucksack. Reiner Sauerstoff drang in meine Poren und belebte meine Sinne. Auch der Magen meldete sich knurrend zu Wort. Ich hatte bloß schwarzen Kaffee zum Frühstück gehabt. Oma würde mir Fleischknödel machen, fiel mir ein. Ich seufzte in freudiger Erwartung. Ach Oma!

Im selben Moment wurde mein Seufzen hysterisch. Die Matten! Ich hatte Omas Matten im Bus liegen lassen! Der war natürlich längst über alle Berge. Was war das für ein beschissener Tag! Am liebsten wäre ich auf der Stelle umgekehrt. Aber Oma wartete auf mich. Und die Knödel!

Im Flur roch es herrlich nach Sauerkraut. Was für ein Kontrastprogramm zu meiner Wohnung.

»Hallo, Oma!«, rief ich in die Stube.

Sie stand am Herd und lächelte. Voller Stolz deutete sie auf ihre Ohren.

»Brauchst nicht mehr schreien heute. Die Dinger sind wieder drinnen und funktionieren auch viel besser als vorher.«

»Ist es nicht dasselbe Modell?«

»Das schon. Aber die haben eine Neue dort. Und die hat mir alles frisch eingestellt.«

Plötzlich schaute sie mich durchdringend an. »Was ist los mit dir? Bist du krank?«

»Ich? Wieso?«

»Du schaust so … fertig aus. Ist was passiert?«

»Die Matten …«, stammelte ich. Tränen traten in meine Augen beim Gedanken an meine Schmach im Baumarkt. Und mein Missgeschick im Bus.

»Was für Matten, Kind?«

»Ich hab dir einen trittsicheren Badezimmerteppich gekauft. Und eine Einlage für die Wanne. Damit du nicht ausrutschst. Aber ich hab sie im Bus liegen lassen.« Jetzt liefen mir die Tränen in Sturzbächen übers Gesicht. Ich stand vor ihr wie die zwölfjährige Charlotte am Grab ihrer Mutter.

Oma schob mich zur Eckbank und drückte mich nieder. Reichte mir ein paar Taschentücher, bis ich mich wieder halbwegs beruhigt hatte.

»Und deswegen musst du gleich heulen? Wir rufen beim Busunternehmen an. Die heben die Fundstücke doch sicher länger auf. Und jetzt sagst du mir, was dich wirklich plagt. Probleme in der Schule? Ein Mann?«

Ihr Mitgefühl ließ mich erneut in Tränen ausbrechen. Oma ließ mir Zeit. Sie schob die Knödel vom Herd und setzte sich zu mir.

»Also, was ist los?«

Ich hatte nicht mehr die Kraft, ihr eine Lügengeschichte

aufzutischen, also gestand ich. Vollumfänglich, wie es im Fachjargon heißt. Dass ich gerade in einer finanziellen Krise steckte, gab ich zu. Weil ich die letzten Jahre nicht mehr als Lehrerin, sondern als freie Texterin gearbeitet hatte. Natürlich konnte sie sich darunter nichts vorstellen, also erklärte ich ihr meinen Ghostwriting-Job. Erzählte von meinen Freund:innen und dem Café NaUnd, weil sie sich sorgte, dass ich ohne Kolleginnen in Einsamkeit versank. Auch meine Ambitionen, als Schriftstellerin mein Leben zu bestreiten, gestand ich. Sie hörte sich alles geduldig an.

Als ich mit meiner Beichte fertig war, sagte sie: »Jetzt essen wir, bevor die Knödel kalt sind. Dann überlegen wir, wie es mit dir weitergehen soll.«

Ich hatte eigentlich geglaubt, vor lauter Kummer nichts hinunterzubringen, aber genau das Gegenteil war der Fall. Ich schaufelte Omas Köstlichkeiten in mich hinein, als ob es kein Morgen gäbe.

»Hast du denn nicht einmal mehr genug Geld zum Essen?«, fragte sie besorgt. Darüber konnte ich schon wieder lachen.

»So schlimm ist es auch wieder nicht. Bis jetzt zumindest. Aber mein Kühlschrank ist eingegangen, und deswegen hab ich heute nichts gefrühstückt.«

Sie schüttelte bedauernd den Kopf. »Du weißt, dass das ganze Haus drüben leer steht. Und im Weinviertel gibt es doch auch jede Menge Schulen. Vielleicht kannst du ja einmal wo anrufen?«

»Vielleicht sollte ich das wirklich«, sagte ich seufzend.

»Aber du bist nicht glücklich bei dem Gedanken.« Das war keine Frage, sondern eine Feststellung, die sie nach einem prüfenden Blick auf mich traf.

Ich zuckte mit den Schultern.

»Hm«, sagte Oma. »Du wolltest schon als Kind Schriftstellerin werden. Wenn du lieber schreibst als unterrichtest, dann wird sich eine Lösung finden. Man kann nicht alles haben im Leben, aber man muss auf das Richtige verzichten.« Sie stand auf und stellte ihren Teller in die Spüle. »Ich leg mich jetzt ein bisserl hin. Und du grübel nicht so viel.«

Ich umarmte sie und drückte sie fest an mich. »Oma. Du bist die Beste!«

»Ach was«, sagte sie und schob mich beiseite. Verstohlen wischte sie sich mit dem Handrücken über die Augen und verschwand im Schlafzimmer.

Ich ergriff die Gelegenheit, um gleich einmal den Rauchmelder zu installieren. Das war keine große Kunst, weil man alles kleben konnte. Die Betriebsanleitung und die Fernbedienung hatte ich schon zu Hause gründlich studiert und eine übersichtliche Zusammenfassung für Oma entworfen. Diese elendslangen Gebrauchsanweisungen in Kleinstschrift waren für ältere Menschen ja völlig unbrauchbar. Als Nächstes rief ich beim Busunternehmen an. Auch dort hatte ich Glück. Der Fahrer war noch unterwegs. Wenn ich am Abend bei der Haltestelle wartete, könnte ich die Matten an mich nehmen.

Danach ging ich in den Geräteschuppen. Die Tür hing schon etwas schief in den rostigen Angeln, ich hatte alle Mühe, den Holzriegel anzuheben. Kaum hatte ich den Kraftakt vollzogen, flog der rechte Flügel ganz von allein auf.

Ich ließ meinen Blick schweifen. Den Riegel hätte es nicht gebraucht. Wer wollte hier schon was stehlen? Wie auf einem billigen Flohmarkt. Die landwirtschaftlichen Maschinen hatte Papa nach Florians Tod verkauft, es war klar, dass niemand die Wirtschaft weiterführen würde. Übrig geblieben war Gerümpel, das sich im Laufe der Zeit noch vermehrt hatte.

Gleich neben dem Tor lehnten ein paar Spaten und Schaufeln an der Wand. Darunter achtlos hingeworfenes Kleinzeug, das Oma für den Garten brauchte. Ganz hinten, verborgen unter einem Haufen alter Kartons, fand ich, wonach ich suchte: mein altes Fahrrad. Ich hatte es – der Tradition entsprechend – zum zwölften Geburtstag bekommen. Viel war ich nicht damit gefahren. Der Unfall. Das kürzere Bein. Aber um einkaufen zu fahren, war es später praktisch gewesen.

Das Gestell war verdreckt, und aus den Reifen war die Luft raus. Ich schob das Rad ins Freie und befreite es von Spinnweben und Staub. Im Schuppen fand ich eine Fahrradpumpe. Wie es schien, hielten die Reifen die Luft. Das konnte ich ja am Abend gleich einmal austesten, wenn ich zur Haltestelle radelte, um die Matten zu holen.

»Was willst denn mit dem alten Drahtesel?«, fragte Oma, als ich ihr stolz das frisch geputzte Rad vorführte.

»Damit fahr ich nach Mistelbach zum Bahnhof und lass es dort stehen. Und wenn ich das nächste Mal herauskomme, brauch ich nicht auf den Bus zu warten.« Ich hatte mir ganz fest vorgenommen, von nun an öfters bei Oma vorbeizuschauen. Mit dem Fahrrad wäre ich zeitlich unabhängig vom kargen Busfahrplan. Und ich musste mich nicht zwischen lärmende Schüler quetschen.

»Na ja. Stehlen wird's dir sicher keiner, das antike Trum!« Sie lachte laut auf. Trotzdem ließ ich mir von ihr das alte Fahrradschloss raussuchen. Man konnte ja nie wissen.

Den Test bestand das Rad mit Bravour. Die Kette quietschte ein wenig, die würde ich ölen müssen, aber die Reifen liefen rund und behielten die Luft. Freudig nahm ich an der Haltestelle meinen Besitz entgegen. Gab dem Busfahrer sogar Trinkgeld und ratterte frohgemut die Dorfstraße zurück zum Hof. Einer kleinen Radtour von zwanzig Kilometern am nächsten Tag stand also nichts im Wege.

Ganz so entspannt, wie ich mir das am Vorabend vorgestellt hatte, verlief mein Ausflug dann doch nicht. Die Radkette begann trotz einer vorangegangenen Ölung bereits nach wenigen hundert Metern wieder zu quietschen, und zwar bei jedem zweiten Antritt. Außerdem hatte ich die Steilheit mancher Hügel unterschätzt. Das brachte mich ganz schön ins Schwitzen. Dafür wurde mir beim Bergab-Radeln ordentlich kalt. Besonders in den Fingern. Immerhin erreichte ich pünktlich meine Schnellbahn.

Beim Hinsetzen machte sich ein weiteres Defizit des alten Rads schmerzlich bemerkbar. Ein neuer Sattel musste her! Mein beleidigtes Hinterteil verlangte vehement danach. Ich versprach ihm baldige Abhilfe. Meinen eingerosteten Gliedern, die sich später im Bett zu Wort meldeten, konnte ich bedauerlicherweise keine industrielle Erleichterung in Aussicht stellen. Hierfür gab es weder Spray noch Ersatzteil. Meine Muskeln konnten höchstens durch vermehrtes Training fit gemacht werden. Das musste aber warten. Meine Pläne für die nahe Zukunft sahen mich nicht auf einem Trainingsgerät, sondern hinterm Schreibtisch sitzen. Denn wenn mich mein Aufenthalt bei Oma etwas gelehrt hatte, dann war es, mein Ziel nicht aus den Augen zu verlieren. Wie hatte sie das formuliert? Man musste nur zur richtigen Zeit auf das Richtige verzichten. Und das war im akuten Fall die Moral. Davon konnte ich mir nichts kaufen.

Am Abend hatte Oma mich erneut beschämt, als sie mir die fünfhundert Euro in die Hand drückte, die ich als Anzahlung für ihr Hörgerät geleistet hatte.

»Aber Oma. Wo hast du das her? Wie hast du denn das Gerät überhaupt zahlen können?«, hatte ich sie betreten gefragt.

»Ach. Da hat sich mit der Versicherung was ergeben«, hatte sie etwas kryptisch dahergeschwafelt. »Ich krieg's nun doch bezahlt.«

Ich ließ es dabei bewenden. Wehrte mich auch nicht gegen die Mitgabe von einem Sack »Reserveknödel«, wie sie es nannte. »Die halten auch außerhalb vom Kühlschrank, und du kannst sie warm oder kalt essen.«

Da war bei mir endgültig der Groschen gefallen.

Zurück in der Wohnung stellte ich den Rucksack ab, marschierte schnurstracks ins Zimmer und zog die Blätter hervor, die mein Leben wieder in Ordnung bringen würden. Zeile für Zeile ging ich den Vertrag durch. Die Stellen, die mich zur Verschwiegenheit verpflichteten, kannte ich ja schon von meinen

Ghostwriting-Verträgen. Ich konnte nichts Böses finden. Die Abrechnung vom Verlag würde ohnehin über die Agentur laufen, also würde dort nicht auffallen, wenn das Geld letzten Endes auf meinem und nicht auf Dilos Konto landete.

Am nächsten Morgen rief ich Kross an und verlangte eine Option für einen weiteren Vertrag. Für mein nächstes Buch, unter meinem Klarnamen. Er stimmte widerstandslos zu.

»Sie können noch heute Nachmittag vorbeikommen«, sagte er. »Ich persönlich werde zwar nicht da sein, aber Frau Salm wird alles Nötige für Sie vorbereiten.«

Kurz vor Büroschluss erklomm ich abermals die Stufen zur Agentur. Diesmal wild entschlossen. Frau Salm legte mir mit unbewegtem Gesichtsausdruck die beiden Verträge vor. Zügig und ebenso ohne mit der Wimper zu zucken, unterschrieb ich beide. »Ich wünsche Ihnen viel Glück!«, sagte Frau Salm.

Erste Lektion: Geduld

Frau Salm empfing uns mit einem breiten Lächeln. »Chris schafft es heute nicht, aber ihr sollt euch wie zu Hause fühlen, lässt er ausrichten.«

Das Büro, in das sie uns führte, war das krasse Gegenstück zu dem winzigen Zimmer, in dem ich mit Kross so kolossal zusammengekracht war. Beim Gedanken daran zitterten mir die Knie. Achtzigtausend Euro netto hätte mich mein kindisch-impulsives Verhalten beinahe gekostet!

Der Raum war imposant und zweifelsohne repräsentativ. Er glich eher einer ehrwürdigen Bibliothek als einem Büro. Hier waren mehrere Zimmer zusammengelegt worden. Vier vorhanglose Fenster zur Straßenseite ließen viel Licht herein, aber es gab Rollos zum Verdunkeln. Während der Empfangsraum mit seinen weiß getünchten Wänden die Porträts der Autorinnen und Autoren hervorhob, waren es hier die Bücher, die im Vordergrund standen. Die Mauern hinter den bis zur Decke reichenden Buchregalen konnte man nur erahnen. Und was für Regale das waren! Alles Massivholz. Auf Mahagoni gebeizt. Altdeutsch vielleicht oder Biedermeier. Geschwungene Kanten und Kasteneinlässe, manche sogar mit Intarsien versehen. Darin: Bücher über Bücher in allen Größen, Farben und Umschlaggestaltungen. Vom simplen Taschenbuch über dicke Bildbände bis zu ledergebundenen Wälzern mit Goldletterdruck. Auch in vier Metern Höhe noch erreichbar mittels einer Holzleiter, die auf einer Messingreling lief.

Dilo schnappte nach Luft. »Mensch. So viele Büscher auf einem Haufen hab isch noch nie gesehen!« Er wirkte regelrecht eingeschüchtert.

»Ihr könnt euch hier auf der Couch breitmachen.« Frau Salm deutete auf eine Ledergarnitur im Vintage-Look in der Mitte des Raumes, die um einen Perserteppich gruppiert war.

Möglicherweise war sie aber gar nicht Vintage, sondern tatsächlich alt. Die Sitzflächen waren nämlich schon etwas abgewetzt, stellte ich bei genauerer Betrachtung fest, und von den Knöpfen, mit denen das Leder an den Rückenlehnen festgepinnt war, fehlten schon ein paar. Verstohlen bohrte ich einen Finger in ein Löchlein.

Frau Salm hüstelte. »Der Couchtisch sollte fürs Erste reichen, meint Chris. Aber wenn ihr mehr Platz braucht, könnt ihr auch das Konferenzzimmer benutzen.« Sie leitete uns weiter durch eine Doppeltür in einen kleineren Raum, der hell und modern eingerichtet war. Zusammenstellbare Tische, eine Menge Stapelstühle. Eine Tafel, ein Computer und ein Projektor. Keine Bücher. Nüchtern. Hier wurde jede Ablenkung vermieden. Auch ein Statement.

»Wir fangen mal in der Bibliothek an«, gab ich der Sekretärin zu verstehen. »Den Konferenzraum werden wir vielleicht brauchen, wenn wir was schreiben müssen.«

Heute stand ja erst mal Kennenlernen des Schülers und seiner Defizite auf dem Programm. Natürlich hatte ich mir als geschulte Pädagogin schon so meine Gedanken gemacht, was Dilo alles lernen musste und wie ich es ihm beibringen wollte. Ein grob umrissener Lehrplan stand.

»Wunderbar«, sagte Frau Salm. »Dann bring ich euch noch Kaffee und Wasser und überlasse euch ganz eurem Schicksal.«

»Ach«, sagte ich und errötete ein wenig. »Eine Bitte hätte ich noch, Frau Salm. Könnten Sie mir das Manuskript ausdrucken? Mein Drucker hat gestern den Geist aufgegeben.« Ich hielt ihr einen USB-Stick hin.

»Rosi übrigens«, sagte sie. »Hier duzen wir einander, wenn es euch nichts ausmacht.« Sie nahm meinen Stick entgegen und lächelte freundlich. Ich hatte direkt ein schlechtes Gewissen, sie angelogen zu haben. Mein Drucker war nicht kaputt. Ich hatte seit Monaten nichts mehr ausgedruckt und schlicht vergessen, dass der Toner leer war. Und ich mir keinen neuen leisten wollte.

Während ich meine Schultasche auspackte und Notizpapier, Kulis und Handy auf dem Couchtisch anordnete, durchstreifte Dilo das Zimmer, zog neugierig ein paar Bücher aus den Regalen und stellte sie kopfschüttelnd wieder zurück.

»Da versteh isch schon die Titel nüscht, Mann. ›Der grüne Heinrisch‹. Was Politisches, was? ›Kabale und Liebe‹. Liebe weiß isch, aber was ist Kabale? Was zu essen?«

Ich ignorierte seine Fragen. Wenn ich da jetzt zu erklären begann, waren unsere geplanten zwei Stunden vorbei, bevor wir noch mit der ersten Lektion begonnen hatten.

Als Rosi mit einem Krug Wasser, einer Kanne Kaffee und einem Teller mit Keksen eintrat, begutachtete Dilo gerade den ausladenden Schreibtisch, der erwartungsgemäß im Stil der Regale gehalten war. Er spielte mit einem Kugelpendel, indem er eine Edelstahlkugel anhob und die Reaktion der Pendel beobachtete.

»Guck mal, Rosi«, sagte er. »Wenn isch zwei von den Dingens auf der einen Seite sausen lasse, schwingen auch zwei auf der anderen Seite mit. Witzisch, was?«

»Der Schreibtisch«, sagte Rosi streng. »Der ist tabu. Auf den ist der Chef heikel.«

»Ups!« Dilo bremste die Kugeln ein. »Autsch!«, fluchte er und blies auf seinen Finger. Eine Kugel hatte ihn mit voller Wucht erwischt. »Wenn dem Chef sein Tisch heilisch ist, werde isch das respektieren.«

»Manuskript ist gleich durch«, sagte Rosi. Man konnte den Drucker im Hintergrund rattern hören. Dilo bediente sich einstweilen reichlich bei den Keksen. Ich schenkte mir Kaffee ein. Dann brachte Rosi das Manuskript und legte mir den Stick dazu. »Soll ich noch welche bringen?«, fragte sie mit Blick auf den beinahe leer gefegten Keksteller.

»Später vielleicht«, erwiderte ich schnell, bevor Dilo antworten konnte. »Er muss jetzt lesen, da kann er nicht gleichzeitig Kekse kauen.«

Rosi lachte. »Na, wenn ihr was braucht, ihr wisst ja, wo ihr mich findet.«

»Das ist aber ein dicker Packen!«, rief Dilo entsetzt, als ich ihm das vierhundertfünfzig Seiten starke Manuskript hinschob. »Wo soll isch denn nu anfangen?«

»Am besten vorne«, sagte ich und drückte ihm die ersten Blätter in die Hand. Ich stand auf und ging ein paar Schritte in den Raum hinein. So musste er laut und deutlich lesen, damit ich ihn auch von weiter weg noch verstehen konnte.

Bereits nach wenigen Sätzen unterbrach ich seine Bemühungen. Er artikulierte so schlampig, dass nicht einmal ich, die ich meinen Text durch und durch kannte, alles verstand.

»Du musst den Mund weiter aufmachen, Dilo. Den Lauten mehr Raum geben.« Ich ließ ihn erst mal Vokale nachsprechen.

»Das ist so peinlisch, Scharlie«, sagte er, nachdem wir eine Serie a-e-i-o-u geübt hatten. »Wenn mir da wer zuschaut, kann er bis in meinen Schlund sehen. Muss das wirklisch?«

»Peinlich ist es, wenn dich die Zuhörer nicht verstehen, Dilo. Du musst dir vorstellen, vor dir sitzen eine Menge Leute.«

»Wie viele Leute?«

»Das weiß ich nicht. Viele Reihen voll. Wie in einem Hörsaal.«

»Isch war noch nie in einem Hörsaal.«

»Na dann … Theater? Oder … wie in einem Kino zum Beispiel? Im Kino warst du doch schon, oder?«

»Ja sischer. Für was hältst du misch?«

»Gut. Und jetzt stell dir vor, die Reihen sind voll. Oft kommen zu Lesungen ältere Menschen, die ohnehin schon schlechter hören. Auch die Leute in der letzten Reihe wollen noch wissen, worum es in der Lesestelle geht.«

»Haben die denn keine Mikros?«

»Meist schon«, räumte ich ein. »Aber manchmal sind die schlecht, oder es gibt einen technischen Defekt. Abgesehen davon musst du auch in ein Mikrofon ordentlich reinsprechen, wenn aus dem Lautsprecher was Verständliches rauskommen soll.«

Ich zeigte ihm noch eine Übung, die ich in einem Lehrerseminar kennengelernt hatte. Einen Kuli oder Bleistift zwischen die Zähne zu nehmen und damit den Text zu lesen. Das zwingt einen automatisch, den Mund weiter aufzumachen.

Dilo probierte ein paar Sätze. Dann spuckte er den Stift angewidert wieder aus und spülte seinen Frust mit einem Glas Wasser hinunter.

»Und das soll helfen, Alter?«

»Schauspieler machen das, also wird es wohl so sein.«

»Escht jetzt? Dann mach isch das auch. Aber nur zu Hause. Wenn mir keiner dabei zusieht.«

»Deal!« Ich schmunzelte. Damit tat er mir auch einen Dienst, wenn er mir diesen feuchten Anblick ersparte.

Wir übten noch einige Zeilen ohne Kuli. Ich sprach ihm erst einen Satz vor, und er sollte ihn nachsprechen. Das klappte erst nach einigen Anläufen und wenn ich meine Satzbetonung übertrieben artikulierte. Alles in allem ein schwieriges Unterfangen. Gut, dass ich mich als Lehrerin jahrelang in Geduld geübt hatte.

Auch mit der Aufmerksamkeitsspanne meines Schülers sah es nicht gerade berauschend aus. Nach einer Stunde begann er bereits zu zappeln.

»Isch muss schnell mal aufstehen, Scharlie. Ich hasse sitzen. Ischwöre.«

Er streckte sich durch. Räumte zwischenzeitlich noch den Keksteller ratzeputz leer und lief ein paarmal gereizt auf und ab wie ein Löwe im Käfig. Mir schwante, dass unsere gemeinsame Zeit weniger romantisch als vielmehr anstrengend werden könnte. Mit dem Lautlesen waren wir gerade mal auf Seite vier angelangt. Eine kurze Überschlagsrechnung ließ mich erschauern. Wenn wir wie geplant zwei- bis dreimal die Woche übten, würden wir bei dem Schnitt frühestens in einem Jahr einmal durch sein. Von richtigem Sprechtraining,

Inhaltsdiskussionen, metaphysischen Interpretationen ganz zu schweigen. Einzig logischer Schluss einer gelernten Pädagogin: Hausaufgaben waren angesagt!

»Was schätzt du, Dilo, wie lange brauchst du fürs Lesen des Manuskripts?«

Dilo betrachtete den Packen Papier auf dem Tisch. »Das kommt darauf an, ob isch verstehe, worum es geht in deiner Geschischte«, sagte er nach reiflicher Überlegung. »Isch kann misch nüscht so lange konzentrieren, wenn ein Text schwierig ist, weißt du. Wenn da so lange Sätze drin sind oder Fremdwörter.«

Puh! Wie anspruchsvoll war mein Text für einen literarisch unbedarften Paketboten? Mein Schreibstil war eher nüchtern und schnörkellos gehalten. Der Text enthielt keine schlimmen Schachtelsätze und war vom Plot her nicht allzu komplex. Von daher müsste die Geschichte für ihn gut lesbar sein. Diverse Metaphern oder die versteckten literarischen oder gesellschaftskritischen Anspielungen, die den Verlegern so gefallen hatten, konnte ich ihm ja später erklären. Häppchenweise.

Ich fasste ihm daher zunächst die Geschichte in wenigen Sätzen zusammen.

»Oh! Es ist eine Liebesgeschischte, Scharlie!«, rief Dilo sichtlich erfreut. »Das finde isch super! Darum sitze isch ja überhaupt hier.« Er schaute verträumt auf das Manuskript, dann mir in die Augen. »Isch bin ein wenig verliebt gerade, weißt du.«

Mein Herz tat einen kleinen Sprung. Seine erweiterten Pupillen untermauerten sein Statement. Deswegen tropften sich gewiefte Kerle ja Atropin in die Augen vor einem Date. Damit die Pupillen sich erweiterten und sie verliebt rüberkamen.

Er mag ja verliebt sein, Charlotte Schwarz. Aber doch nicht in dich, du alte Schachtel, sagte mein innerer Kritiker. Er begleitete mich schon seit Jugendjahren. Passte auf, dass meine überbordende Phantasie nicht mit mir durchging. Allerdings hatte er oftmals auch absurde Vorwürfe im Gepäck. So wie gerade eben.

Ich schloss kurz die Augen, um mich zu sammeln.

»Ja«, stammelte ich. Und ärgerte mich, dass meine Stimme belegt klang. »Aber es ist keine gewöhnliche Romanze.«

Ich erklärte ihm die individuelle Betrachtungsweise der Erzählfigur.

»Du meinst, die Person, die die Geschischte erzählt, die könnte entweder eine Frau, aber auch ein Mann sein?«

Ich nickte zur Bestätigung. »Du kannst dir beim Lesen aussuchen, was du haben möchtest.«

»Oh!«, sagte Dilo. »Da muss isch nüscht lange nachdenken.« Und er blinzelte mir dabei zu!

Ich packte frohgemut unsere Sachen zusammen, erbat bei Rosi eine Tasche für Dilo, in der er das Manuskript sicher nach Hause bringen konnte. Dann machten wir einen Termin für die nächste Woche aus, und Rosi trug ihn in ihren Kalender ein.

Wir waren schon halb bei der Tür draußen, als Dilo »Das hätte isch beinahe vergessen!« rief und noch einmal zurücklief. Er zog einen Umschlag aus seiner Hosentasche und legte ihn Rosi auf den Tisch. Gab ein paar erklärende Worte ab, die ich nicht verstand, und lief zu mir zurück. Bevor ich ihn danach fragen konnte, drückte er mich an sich. »Ach, Scharlie«, sagte er. »Warum hast du nüscht gleisch gesagt, dass unser Roman von der Liebe handelt. Die Liebe ist doch das Wischtigste im Leben. Was tut man nüscht alles dafür, was?«

Eine halbe Stunde später schloss ich beseelt die Tür zu meiner Wohnung auf. Ich war nicht einmal grantig, obwohl ich in der U-Bahn meine Ausstiegsstelle versäumt hatte und zwei Stationen in einem völlig überfüllten Abteil eingepfercht retour fahren musste. Selbst der faulige Geruch, der mir aus dem Hof entgegenwehte, konnte mir nichts anhaben. Dann blieb das Fenster halt zu. Was soll's.

Er liebt dich – er liebt dich nicht

Auch bei unserem nächsten Termin ließ sich unser ignoranter Herr Agent nicht blicken.

»Homeoffice«, sagte Rosi. »Aber wenn ihr was braucht von ihm, könnt ihr ihn jederzeit telefonisch erreichen.«

Typisch Mann. Die Sache läuft. Was braucht er sich da noch groß kümmern. Die Salm und die Schwarz, die machen das schon.

»Hat dir der Chef was gegeben für misch?« Dilo presste seine Stirn an die Plexiglaswand, hinter der Rosi saß. Seine Nackenmuskeln waren angespannt.

»Tut mir leid, Dilo«, sagte sie.

»Aber er hat den Brief doch gelesen?«

»Das weiß ich nicht.« Rosi hob bedauernd die Schultern. »Vielleicht ...«

Ihr Begründungsversuch ging in einem Krach unter, als Dilo wild mit der Hand auf den Tresen klatschte. »Aber er *muss* ihn lesen! Das ist wischtisch für misch!«

Seufzend bückte Rosi sich und zog ein Papier aus der untersten Lade ihres Rollwagens. »Ich hab den Umschlag aus dem Papierkorb gefischt«, sagte sie und händigte Dilo sein Briefkuvert aus.

Dilos Schultern senkten sich. »Im Papierkorb? Escht jetzt? Er hat nüscht einmal reingeguckt?«

Rosi zuckte mit den Achseln. »Kann man nicht sagen, war ja nicht zugeklebt. Vielleicht hat er ihn weggeworfen, weil kein Absender drauf war? Er wird es für einen Bettelbrief gehalten haben. Oder Werbung.«

»Hast du ihm nüscht gesagt, dass er von mir ist?«

»Doch. Aber wahrscheinlich hat er mir nicht zugehört. Oder es vergessen. Sorry, Dilo. Soll ich's noch einmal probieren? Könnte aber dauern, bis er sich wieder hier blicken lässt.«

Dilo winkte ab. Faltete das Kuvert achtlos zusammen und steckte es in seine Gesäßtasche. Er war sichtlich angeschlagen. Mein Gott! Dieser melancholische Blick! Den musste ich unbedingt konservieren. Ich machte mir eine geistige Notiz. Die dramatischen Stellen in meinem Buch, die gehörten mit exakt diesem Gesichtsausdruck gelesen.

Apropos Lesen. Ich wischte die Sentimentalitäten zur Seite und bugsierte Dilo ins Chefbüro. Wir hatten jede Menge Arbeit vor uns.

»Magst du mir erzählen, worum es in diesem Schreiben von vorhin ging? Was willst du vom Chef?«

Er hörte mich nicht. Der Junge war fix und fertig. Wortlos stierte er ins Leere.

Ich nahm neben ihm auf der Ledergarnitur Platz. Sein Haar duftete nach Sonne und Meer. Und ein wenig nach Schafskäse.

»Hallo! Hörst du mich?«

»Was hast du gesagt?« Dilo war urplötzlich aus seiner Trance erwacht. Nun war ich es, die seine Frage ignorierte, um ihn nicht erneut in Melancholie fallen zu lassen. Wir mussten endlich arbeiten.

»Magst du nicht das Manuskript rauslegen?«

»Ach so. Sischer.« Er wuchtete den Papierpacken auf den Glastisch. Die ersten Seiten waren zerknittert. Das Deckblatt zierte ein kreisrunder brauner Fleck. Tassenabdruck. Kaffee vielleicht oder Cola? Er hatte das Manuskript definitiv in der Hand gehabt.

»Wie weit bist du denn gekommen?«

»Fertisch!«, rief er stolz.

»Was? Ganz durch? Hat dir … hat dir meine Geschichte gefallen?« Ich hatte vor seiner Reaktion mächtig Bammel gehabt. Wenn ihm das Buch nicht gefiel, würde das nicht nur an meinem Ego kratzen. Es wäre in diesem Fall dann auch höchst unwahrscheinlich, dass er es überzeugend präsentieren konnte. Aber wenn er es tatsächlich schon gelesen hatte … Das war ein gutes Zeichen.

Seine Augen leuchteten. »Super, Scharlie. Isch bin ja nüscht der große Leser. Aber die Geschischte, die ist so … heftisch. Isch hab gar nüscht aufhören können. Du kennst die Liebe. Du hast sie gefühlt, in dir drinnen, wie du das geschrieben hast, das spürt man. Hast du eigentlisch einen Freund? Hab isch disch noch gar nüscht gefragt.«

Ich schüttelte errötend den Kopf. »Ich war mal sehr verliebt«, stammelte ich. »Aber das ist lange her.«

»Das hab isch mir gedacht«, sagte Dilo. »Anders kann isch mir nüscht vorstellen. Du hast auch schon mal Liebeskummer erlebt, was?«

Ich nickte. Mehr gab es dazu nicht zu sagen.

»Aber weißt du, was isch so phantastisch gefunden habe beim Lesen, Scharlie? Ist mir noch nie so gegangen. Isch hab manschmal geglaubt, isch bin die Person, die die Geschischte erzählt. Ist das nüscht cool?«

Und wie cool das war!

»Ist das wahr? Du hast dich mit dem … der Erzählfigur identifiziert?«

»Wieso? Ist der krank? Ist mir gar nüscht aufgefallen.«

»Krank? He?«

»Na, du sagst, isch habe misch infiziert?«

»Identifiziert. Sich mit jemandem identifizieren, das heißt so viel wie … dass man sich vorstellen kann, wie es dieser Person geht. Dass man mit ihr mitweinen kann oder mitlachen. Je nachdem.«

»Ja genau, Scharlie. Isch hab so geheult an dieser Stelle. Du weißt schon. Wie die Wohnung auf einmal leer ist und … er glaubt, der Geliebte kommt nie wieder. Isch war so fertisch.«

Seine Augen wurden tatsächlich feucht. Mir schnürte es gleich selbst die Kehle enger.

»Och!« Ich presste meine Schulter an seine. »Das finde ich so rührend. Und toll, dass es dir gefällt. Das macht es für mich … leichter.«

»Genau!« Er strahlte. »Isch muss misch ja mit dem Buch i-den-ti-fizieren. Nüscht?« Seine Zahnspalte blitzte auf.

In diesem Moment empfand ich zum ersten Mal Zuversicht, was meinen Job als »Sprechtrainerin« betraf.

»Unsere Zusammenarbeit, Dilo«, hauchte ich. »Ich freu mich auf die nächsten Wochen. Ehrlich.«

»Isch hab auch geübt, Scharlie«, sagte er stolz und griff nach der ersten Seite, um es mir zu beweisen.

Ein paar Absätze lang ging es auch wirklich gut. Aussprache und Lesetempo waren weit besser als beim letzten Mal. Er hatte definitiv trainiert. Das war erfreulich. Leider war sein Eifer nur von kurzer Dauer. Je weiter wir im Text vorankamen, desto holpriger las er. Ausdruckslos sprudelte er den Text herunter, als wäre er eine Betriebsanleitung für eine elektrische Zahnbürste. Es fiel ihm schwer, sich zu konzentrieren. Er war schlicht und einfach nicht bei der Sache.

Ich nahm ihm das Manuskript aus der Hand und legte es in seinen Schoß. »Was ist los?«, fragte ich. »Ist es dieser Brief?«

Er schaute mich so betrübt an, dass ich ihn am liebsten sofort in die Arme genommen hätte, um ihn zu trösten. Wie eine liebende Mutter. Indem ich über seine weiche Lockenpracht streichelte und seinen Kummer wegblies.

Ja, ja. Liebende Mutter, ätzte mein innerer Kritiker. Am liebsten würdest du doch …

Quatsch!, widersprach ich ihm energisch und rutschte demonstrativ ein wenig von Dilo ab. Beim gemeinsamen Lesen waren wir einander unabsichtlich etwas nahe gekommen. Spontan. Ganz beiläufig.

Dilo legte den Text wieder auf den Tisch, sprang auf und zog den Umschlag aus seiner Hose. »Kannst du gerne angucken, den Unsinn«, sagte er und warf das Kuvert achtlos neben das Manuskript. Ich zog das Papier heraus, strich es glatt und begann zu lesen.

Lieber Freund Chef!
Ich hoffe du magst die Anrede!!!

Ich bin megastolz das ich in deiner Agentur diesen Job bekomme. Ich möchte dir zeigen das ich dein Vertrauen auch verdiene.
Du weist ich bin in meinem Herz ein Poet. Das hat schon mein Deutschlehrer in der Schule gesagt. Zum Beweis schicke ich dir ein kurzes Liebesgedicht. Hoffentlich gefällt es dir. Mir wäre es sehr wichtig!!!!
Bitte sag mir ob du begeistert bist. Ich möchte dir gerne mehr Verse widmen!

Dein Dilo

Der Zettel glitt mir aus der Hand und flatterte unter den Couchtisch. Ich bückte mich, um ihn aufzuheben.

Dilo zog derweilen im Zick-Zack-Kurs durchs Zimmer wie ein gejagter Hase. Als ich wieder hochblickte, war er gerade am Schreibtisch angelangt. Wütend griff er nach einer Kugel des Newtonpendels und ließ sie mit voller Wucht niedersausen, dass es krachte. Erschrocken stoppte er den nächsten Schwung und lief zum Fenster, um dort weiter zu zappeln.

»Und wo ist das Gedicht?«, fragte ich heiser.

»Rückseite.«

Ich drehte das Blatt um. Kein Wunder, dass ich es beim Auffalten übersehen hatte. Während der Brief getippt war, handelte es sich hier um einen handschriftlich mit Bleistift hingekrakelten Text. Es waren nur vier Zeilen.

Allein in mein Zimmer. Ich starr an die Wand
Ich nehme das Ding – du weißt – in die Hand
Versetz meinem schlechten Gewissen Hiebe
Ich sehe nur dich. Ich brauch deine Liebe.

Ach du liebe Scheiße! Wie schrecklich war das denn!

Mit Mühe brachte ich ein halbherziges »Nett« zustande.

»Hast du das … Ist das von früher, Dilo? Oder hast du es eigens für … *ihn* … geschrieben?«

Ich wollte einfach nicht glauben, dass er in Kross verliebt war. Ausgerechnet.

»Isch bin ehrlisch«, gab Dilo zu. »Ist von früher. Isch hab schon länger nüscht mehr Gedischte gemacht. Isch wollte ihm beweisen, dass isch auch ein Literat bin. Vielleischt interessiert er sisch dann für misch«, seufzte er. »Aber der kommt ja nüscht einmal ins Büro, wenn wir da sind. Was ist das für ein Chef, Alter.«

Mein Herz sackte bis in die Knie. Dilo liebte wirklich unseren Agenten!

»Natürlich interessiert er sich für dich, Dilo. Wir sind doch ein Team«, log ich.

»Ach, Scharlie!«, seufzte mein kleiner Gott. »Tut er nüscht. Sonst hätte er den Brief nüscht weggeworfen. Und … Isch hab geglaubt, dass isch ihm … gefalle. So als Mann, weißt du?«

Mit der rechten Hand fuhr er sich verspielt durchs Haar. Dann packte er mit der Linken seinen rechten Ellbogen und führte die Hand zum Nacken, den er leicht massierte. Seine Rückenmuskeln spannten sich an. Mein Gott! Was war der Junge perfekt gebaut. Und verknallt sich in so einen berechnenden Typen. Was für eine Verschwendung!

»Bist du … sehr verliebt in ihn?«, fragte ich.

Was für eine dämliche Frage, ich sah die Antwort in seinen verträumten Augen. Dilo war mittlerweile an meine Seite zurückgekehrt.

»Es war Liebe auf den ersten Blick«, seufzte er. »Weißt du noch? Dieser Tag. Wo du in misch reingerannt bist vor der Türe unten. Erinnerst du disch?«

»Die Pakete waren also für die Agentur?«

»Ja. Und isch war zum ersten Mal dort. Isch drück die Türe auf mit Hintern, schieb die Karre hinein und dreh misch um. Beim Empfang, da steht ein Mann. Und er schimpft und schreit. Glaub isch zuerst, er macht seine Sekretärin zur Sau. Isch wollte gleisch wieder umkehren. Aber es war nüscht gegen die Frau. ›Idiot‹, schreit er. ›Der hat immer noch nüscht kapiert, wie isch ticke!‹« Dilo kratzte sich am Kopf.

»Denk isch mir, was sind Leute heute aggressiv. Da dreht er sisch zu mir her. Seine Augen noch voll Wut. Und da ändert sisch sein Blick. Isch denke, wegen mir. Und der schaut escht so cool aus, Alter. Figur und Frisur und so. Und Klamotten! Escht geil. Genauso, wie isch es gerne mag.«

Sein Blick umflorte sich. Die Szene lief offenbar bildlich vor seinem inneren Auge ab.

»Er dreht sisch wieder zur Sekretärin. ›Isch brauch keine Frau. Isch will einen Mann!‹, schimpft er. Schon noch laut. Aber nüscht mehr sooo böse.«

Dilo wischte sich mit dem Handrücken über die Augen.

»Super, super, hab isch sofort gedacht. Der ist schwul wie isch. Und isch schenk ihm mein schönstes Läscheln, wie er wieder zu mir herguckt. Und er läschelt misch auch an. So … So interessiert. So wie Männer disch ansehen in der Schwulenbar, wenn sie was wollen von dir. Mein Herz fängt an zu pochen. So schnell. Schau mal.«

Dilo legte seine Hand an die Brust, um mir zu demonstrieren, wie schnell es geschlagen hatte.

»Und Rosi sagt so was wie: ›Woher nehmen so schnell?‹ Er so: ›Na, da steht ja einer. Genau so einen wie den da brauch isch. Einen so schönen. Komm einmal herüber‹, sagt er zu mir. Und isch geh rüber. Meine Knie wackeln wie Pudding, ischwöre. Und er nimmt misch beim Kinn. So.«

Dilo nahm demonstrativ mein Kinn zwischen Zeige- und Mittelfinger und hob es leicht an, damit ich ihm in die Augen schauen konnte.

Jetzt war ich diejenige, vor deren innerem Auge ein Bild entstand. Wie Kross Dilo betrachtete wie einen Sklaven am Markt. Über seinen Preis nachdachte … Hast du auch seine

Zähne kontrolliert, du Arschloch? Seine entzückende Zahnspalte goutiert? Das war ja nicht zu fassen!

Im selben Moment kam mir ein anderer Gedanke. Was, wenn der gar nicht schwul war, der Sklavenhändler? Sein Ausruf, dass er einen Mann brauchte, hatte vermutlich nichts mit seinen sexuellen Vorlieben zu tun. Das hatte sich auf meinen Romanvertrag bezogen. Ich war wenige Minuten zuvor aus dem Büro gestürmt.

»Und du bist dir sicher, dass der Typ schwul ist, Dilo?«

»Scharlie! So wie der misch angeguckt hat. Isch kenn das. Isch hab misch noch nie geirrt, ischwöre.«

Das mochte vielleicht stimmen, dafür fehlte mir die Erfahrung. Nick hatte ja auch sofort erkannt, dass Dilo schwul war. Trotzdem musste ich den armen Kerl warnen, bevor er sich tiefer in diese meiner Meinung nach aussichtslose Liebe verbohrte. Kross benutzte ihn, um seinen Fehler bei den Verlagen auszumerzen und das Ding mit einem hübschen männlichen Autor durchzubringen. Er brauchte ihn fürs Geschäft. Nicht fürs Herz. Oder fürs Bett. Zumindest nicht in erster Linie.

»Schlag dir den Typ besser aus dem Kopf, Dilo«, sagte ich so sanft wie möglich. »Den interessiert nur deine Performance. Damit er und seine Agentur mit uns Geld machen.«

»Das glaub isch nüscht«, sagte Dilo mit weinerlicher Stimme. »Er fährt auf misch ab!«

Na gut. Musste ich wohl so stehen lassen. War für mich auch nicht von Belang. Dilo war verliebt in ihn. Punkt. Ich sollte mir besser überlegen, was das für unser gemeinsames Projekt bedeutete.

»Und dann hat er dich gefragt, ob du mein Avatar sein willst?«

Dilo dachte kurz nach. »Glaub nüscht. Der hat nüscht darüber gesprochen. Zumindest nüscht mit mir.« Er hielt inne und richtete seinen Blick an die Decke, als ob dort oben die Antwort stünde. Seine rechte Hand knetete sein kantiges Kinn.

»Jetzt weiß isch wieder!«, rief er plötzlich mit Begeisterung. »Chris hat misch angerufen einen Tag später. Hat meine Nummer über den Paketdienst rausgefunden. Weil er misch unbedingt haben wollte, weißt du. Isch bin die ideale Besetzung für disch, hat er gesagt. Wegen deine Telefon … nö, Phono … weil du nüscht lesen willst vor Leuten.«

Umpf. Danke nochmals herzlich, Herr Kross! An meine angebliche Phobie konnte und wollte ich mich einfach nicht gewöhnen.

»Isch hab sofort Ja gesagt. Nüscht wegen dir, Scharlie. Tut mir leid. Isch hab disch ja nüscht gekannt. Oder dein Buch. Isch weiß ja jetzt erst, dass es gut ist. Es war der schöne Chef, Scharlie. Damit isch mit ihm zusammen sein könnte. Und jetzt will er gar nüscht von mir wissen.« Resigniert ließ er die Schultern hängen.

Schöner Chef? Für mich rangierte Kross maximal im oberen Mittelfeld, was sein Aussehen betraf, während Dilo auf jeden Fall am Stockerl stand. Okay. Kross war auch um einige Jahre älter als er. Ich zwar auch. Aber … Verdammt! War doch jetzt egal.

»Wie auch immer, Dilo. Wir beide. Wir drücken das jetzt gemeinsam durch. So oder so.«

»Das sagst du so leischt, Scharlie. Isch liebe den Mann!« Er reckte sein Kinn und stemmte seine Arme in die Seiten. »Er interessiert sisch nüscht für misch. Okay. Bis jetzt. Aber das kann sisch ja ändern. Für eine Liebe muss man kämpfen. Das schreibst du doch auch in deinem Buch.«

Plötzlich erhellte sich sein bekümmerter Gesichtsausdruck. Er zeigte mir wieder die Zähne.

»Scharlie! Du kannst mir helfen. Bitte! Du schreibst so super. Und ihm gefällt es, was du schreibst. Schreibst du mir was? Einen eschten Liebesbrief am besten, verstehst du?«

»Was? Ich soll für dich einen Liebesbrief schreiben?«

»Ja, warum denn nüscht? Du kannst das. Isch nüscht. Wir könnten es wenigstens probieren. Du kannst auch Gedischte von mir verwenden, von früher. Und einen Text dazwischenschreiben oder so? Dann ist es auch von mir persönlisch, aber von dir auf Literatur gepimpt.«

Mein Bauch sagte sofort Nein. Sehr vielversprechend war die Sache sowieso nicht. Wenn Kross den ersten Brief nicht gelesen hatte, welche Chance hatte dann ein zweiter? Auch Variante zwei legte ein Scheitern nahe. Falls er Dilos Gedicht doch gelesen hatte – und für so schlecht befunden, dass er es direttissimo in den Papierkorb beförderte –, würde er sich die Mühe machen, ein weiteres zu lesen?

»Ich überleg mir was«, sagte ich, um Zeit zu gewinnen.

Leider interpretierte Dilo das als Zusage. »Du machst das für misch, Scharlie? Danke! Du bist so ein Schatz!« Er umarmte mich und schmatzte mir ein Küsschen auf die Wange.

Mein Herz schlug ein wenig schneller. Er hatte mich wenigstens lieb.

»Aber falls er deine Gefühle nicht erwidert, Dilo, dann musst du das auch akzeptieren, okay?« Je eher der Junge die Aussichtslosigkeit seiner Wünsche begriff, desto besser.

Dilo schaute mich wütend an. »Dann … dann hau isch ihm alles hin. Ischwöre! Soll er sisch doch einen anderen Avatar suchen.«

»Dilo! Du hast einen Vertrag unterschrieben!«

»Und den kann isch nüscht lösen, oder was?«

»Schon. Die Frage ist, ob du dir das auch leisten kannst. Die Agentur wird viel Geld von dir verlangen, wenn du dich nicht an die Abmachungen hältst.«

»Scheißgeld. Isch kann es gut brauchen … Aber …«

»Ich auch, Dilo. Du würdest auch mir die Chance nehmen, aus meinen Schulden rauszukommen.«

Es war unfair, Dilo in meine finanzielle Schieflage mit hineinzuziehen, aber es war nun mal Fakt. Ich hatte mich schon so an den Gedanken gewöhnt, wenigstens für eine Zeit lang nicht ständig mein Konto kontrollieren zu müssen. Und jetzt dieser Schock! Dass Dilo alles hinschmeißen könnte, hatte ich nie in Betracht gezogen. Diese Bedrohung würde nun während des gesamten Projekts wie ein Damoklesschwert über mir baumeln. Ich musste um jeden Preis verhindern, dass es auf uns herabsauste! Aber wie konnte ich den verliebten Jungen über Wochen oder Monate hinhalten, bis das Buch raus war und von ihm präsentiert wurde?

»Weißt du was, Dilo«, setzte ich langsam an. In meinem Hirn braute sich eine Kompromisslösung zusammen, die vielleicht klappen konnte. »Was hältst du davon: Ich schreib deine Briefe, mit dir zusammen, okay … aber er kriegt sie anonym.«

»Was heißt das, anonym?«

»Dass du dich nicht zu erkennen gibst.«

»Und was bringt mir das? Wie soll er wissen, dass isch es bin, der ihn liebt?«

»Er wird es ahnen. Und … Wir verschieben dein Outing einfach, bis … bis das Buch draußen ist. Wir erklären ihm, dass du noch warten musst. Weil du … Du bist so beschäftigt und willst das großartige Projekt, an dem du gerade arbeitest, nicht gefährden.«

Dilo wiegte den Kopf hin und her. »Aber, da muss isch schon sehr lange warten, Scharlie.«

»Ach, so lange auch wieder nicht. Wir haben so viel zu tun, da wird die Zeit verfliegen wie im Nu. Du wirst sehen.«

Dilo war immer noch skeptisch. »Isch geh normal in die Vollen, wenn isch verliebt bin.«

»Und wie lange haben deine Beziehungen bis jetzt gehalten?«

»Och. Nüscht so superlang. Waren eher so schnelle Sachen.«

»Siehst du! Bei einer echten Liebe, da ist das anders. Die baut sich langsam auf. Wie in einem Roman. Und je länger ihr zuwartet, desto größer wird sie am Ende sein.«

Wäre ich Pinocchio gewesen, meine Nase hätte mich unverzüglich verraten. Genau das Gegenteil zu erreichen, war mein Ansinnen. Wenn ich Glück hatte, würde Dilos Verliebtheit im Laufe der Zeit von allein abklingen. Dann wäre das Problem vom Tisch, bevor es einen veritablen Konflikt mit der Agentur gäbe.

»Meinst du?« Eine Weile studierte er grübelnd seine Sneakers. Dann den Plafond. Mampfte daneben mit verlorenem Gesichtsausdruck ein paar Kekse. Schließlich gab er sich einen Ruck.

»Okay. Versuchen wir das. Schreiben wir gleisch einen Brief?«

»Erst wird gearbeitet«, sagte ich streng. »Das Briefeschreiben ist privat. Wir könnten das anschließend im Kaffeehaus gemeinsam tun, hast du Zeit?«

»Isch hab frei heute Nachmittag. So machen wir das!«

Die Lovebox

Nick war begeistert, dass wir bei ihm arbeiten wollten. Dass es private Liebesbriefe sein würden, die wir hier zusammen entwerfen wollten, konnte er ja nicht ahnen. Der arme Kerl war mindestens genauso verliebt in Dilo wie der in Kross. Ich wies Dilo einen Platz im hinteren Teil des Cafés zu und folgte Nick hinter die Theke.

»Hör mal, Nick«, sagte ich. »Dilo ist vergeben. Das heißt, vergeben ist er wohl noch nicht, aber schwer verliebt. Nur damit du dir keine falschen Hoffnungen machst.«

Erst errötete Nick ein wenig, dann erhellte sich seine Miene. Beinahe triumphierend sagte er: »Aber er ist schwul. Hab ich es doch gewusst!«

»Woran hast du das erkannt?«, fragte ich neugierig. Die Frage, ob man jemandem ansehen konnte, dass er oder sie homosexuell war, ließ mir keine Ruhe.

Nick spannte einen Siebträger in seine chromglänzende Espressomaschine und schaute versonnen den dampfenden Strahlen des Kaffees zu, wie sie langsam die Tassen füllten. Stellte sie auf die vorbereiteten ovalen Tabletts für die Kellnerin. »Tisch sieben«, sagte er zu ihr, danach wandte er sich wieder mir zu.

»Instinkt, würde ich sagen. Es sind manche Bewegungen. Blicke. Obwohl ich darauf jetzt nicht so viel geben würde vom wissenschaftlichen Standpunkt aus. Ist eher so ein Bauchgefühl, Charlie.«

»Und du hast dich noch nie getäuscht?«

»Nicht dass ich wüsste. Aber wir lernen uns ja auch nur in unseren Blasen kennen. In Bars oder auf Grindr. Warum fragst du? Hätte er dir selber gefallen?« Nick grinste.

»Unsinn«, murmelte ich und stieß ihn in die Seite. Meine Zweifel, ob Dilos Angebeteter wirklich schwul war, behielt ich lieber für mich, damit er sich nicht Hoffnungen machte, wo letztlich doch keine waren.

»Und was darf ich euch zwei Hübschen bringen?«

»Zwei Aperol Spritz. Für mich normal, für Dilo den alkoholfreien, bitte«, sagte ich und rang mir ein Lächeln ab. Ich hatte beiden Jungs gegenüber ein schlechtes Gewissen. Für Dilo wollte ich künstlich eine aussichtslose Liebe am Leben erhalten, und Nick nahm ich dadurch jegliche Chance, seine Flamme für sich zu erobern. Ein Dilemma, auf das ich keine Antwort wusste.

Dilo konnte es offensichtlich kaum erwarten, mit dem ersten Liebesbrief zu beginnen. Schreibblock und Bleistift lagen schon parat, als ich mich zu ihm setzte.

»Wie schreibt man eigentlisch einen Liebesbrief? Kennst du disch da aus?« Dilo fuhr sich mit dem Bleistift ins Haar und radierte ein wenig darin herum.

In Erinnerung meiner jugendlichen Liebesbriefe musste ich unwillkürlich schmunzeln. Literarisch hochwertig waren die sicher nicht gewesen, dafür umso schwülstiger. Und die Briefe, die ich für meinen Ghostwriter-Job verfasst hatte, waren reine Fiktion gewesen. Ein Hin-und-her-Schmachten zweier Liebender Anfang des 20. Jahrhunderts, die aus Standesdünkeln nicht zueinanderkommen konnten.

»Ein wenig«, gab ich zu. »In erster Linie sollte das Schreiben einmal schön sein. Ich würde vorschlagen handschriftlich, auf schönem Büttenpapier. Vielleicht sogar ein wenig parfümiert.«

»Und die Kuverts geben wir bei Rosi ab. Die soll sisch kümmern, dass der Chef sie auch kriegt. Und nüscht wieder in den Papierkorb schmeißt.« Dilo schürzte beleidigt seine Lippen.

»Oh! Das ist keine so gute Idee«, warf ich ein. »Niemand außer uns beiden sollte wissen, von wem die Briefe sind. Das muss ein Geheimnis bleiben. Außerdem wäre es peinlich, wenn Rosi es wüsste.«

»Mir ist das nüscht peinlisch. Rosi kennt misch ja.«

»Dir vielleicht nicht. Aber ihm. Dem Chef. Ich würde nicht wollen, dass meine Sekretärin es mitkriegt, wenn ich Liebesbriefe bekomme. Und sie weiß, wer der Verfasser ist, und er nicht? Das geht nicht, Dilo.«

Dilo fuhr erneut durch seine hübschen Locken, diesmal nicht mit dem Bleistift, sondern mit der ganzen Hand. »Kann sein, dass du rescht hast«, gab er schließlich zu. »Dann müssen wir die Briefe eben mit der normalen Post verschicken.«

»Eben. Wenn wir ein schönes Kuvert nehmen, wird er sicher neugierig und wirft den Brief nicht gleich weg. Und wenn er erst mal reingeschaut hat, wird er ihn auch lesen.«

»Wie kann isch da sischer sein? Wenn er nüscht zurückschreibt, weiß isch ja ... Fuck!«, rief Dilo. Entsetzen hatte sich in seinem Gesicht breitgemacht. »Der kann ja gar nüscht zurückschreiben. Isch darf ja meinen Namen nüscht nennen und die Adresse.«

Scheiße. Das hatte ich auch nicht bedacht. Postlagernd wäre vielleicht möglich. Aber wenn Dilo da jeden Tag umsonst hinlief, der Frust in ihm würde sich immer weiter aufbauen. Nein! Das war keine Alternative.

»Dann müssen wir eben E-Mails schreiben«, sagte ich fest. »Auch wenn das nicht so persönlich kommt. Wir machen uns eine eigene E-Mail-Adresse dafür. Gmail oder Yahoo. Dann bleiben wir anonym. Und vielleicht finden wir ja eine hübsche Vorlage für einen Liebesbrief. Mit Röschen drauf oder Herzchen.«

»Besser, wir schreiben über WhatsApp. Dann seh isch sofort, ob er es gelesen hat, wenn die Häkschen blau werden«, sagte Dilo. »Weil, eine Mail landet doch sofort im Papierkorb. Oder Spam. Da kommt nüscht zurück.«

»Aber WhatsApp geht nicht anonym«, warf ich ein. »Er kennt unsere Telefonnummern.«

Wir seufzten gerade unisono, als Nick mit den Aperol an den Tisch trat.

»Was habt ihr denn für ein Problem, ihr Hübschen?«

»Ach. Isch will einen Liebesbrief schreiben, Nick«, erklärte Dilo, als wäre es die natürlichste Sache der Welt. »An diesen Chef von unserer Agentur, in den bin isch soo verknallt, ischwöre.«

Nick stellte die Gläser vor uns ab. »Und wo ist das Problem? Du hast doch eine Schriftstellerin an deiner Seite. Die wird doch wissen, wie man so was angeht, oder, Charlie?«

Ich lächelte gequält. »Wir konnten uns nicht auf die Form einigen. Analoge Briefe wären am edelsten. Aber Dilo will – aus bestimmten Gründen – noch anonym bleiben. Das macht einen Briefwechsel sehr schwierig. Andererseits sind E-Mails so verdammt unpersönlich. Was meinst du?«

»Ihr braucht eine Lovebox, Kinder!«

»Hört sisch megacool an, Nick. Was ist das?«

»Bin gleich wieder da!« Nick machte abrupt kehrt und brauste davon. Zurück kam er mit einer circa zehn mal zehn Zentimeter großen Pappschachtel.

»Die magische Lovebox, voilà«, sagte er und zog einen Würfel aus Bambusholz aus der Verpackung. Vorne war ein rotes Kunststoffherz angebracht, das sich drehen ließ.

»Und wie funktioniert das?« Dilo war schon jetzt entzückt von dem Ding. Neugierig betrachtete er es von allen Seiten.

»Ich zeig's euch«, sagte Nick und nahm ihm das Gadget aus der Hand. »Kommt mit.«

Wir folgten ihm an die Theke, wo er den Würfel mit einem USB-Kabel an einer Steckdose ansteckte. Dann nahm er sein Smartphone zur Hand, tippte und wischte darauf herum. Kurze Zeit später begann sich das rote Herz an der Box zu drehen.

»Du musst den Deckel anheben!«, sagte er und hielt Dilo die Box hin.

Dilo öffnete das Kästchen und strahlte. »Das ist genial!«, rief er begeistert. »Guck mal, Scharlie!«

In der Schachtel befand sich ein kleines Display. Es zeigte

ein Herz, in dem »Ich liebe dich« stand. Ich schoss Nick einen prüfenden Blick zu. Er errötete und verzog seinen Mund.

»Man kann natürlich auch längere Botschaften schicken. Fotos. Emojis. Alles Mögliche. Funktioniert in Wirklichkeit nicht viel anders als WhatsApp. Nur halt hübscher und persönlicher, finde ich.«

»Und das geht auch anonym? Ich meine, weiß der Besitzer von der Box, wer ihm die Botschaft geschickt hat?«

»Im Prinzip schon. Aber du schickst keine Telefonnummer mit oder so, wenn du das meinst. Du musst dir eine App auf dein Handy herunterladen. Kostenlos. Und dort gibst du dir einen Namen. Der erscheint mit jeder Nachricht rechts unten im Bild. So weiß der Empfänger, wer ihm die Botschaft schickt. Aber wenn er nicht weiß, wer hinter dem Namen steckt, ist es de facto anonym.«

Ich hob den Deckel der Box noch einmal an. »NickiDicki«, las ich und grinste. Nick errötete erneut. Er war sichtlich froh, dass Dilo darauf nicht einging, sondern wissen wollte, ob der Empfänger auch zurückschreiben konnte.

»Die Box selber kann nur empfangen«, erklärte Nick. »Du schreibst, wie gesagt, über deine Handy-App. Und du brauchst den Code von der Box. Der erscheint auch auf dem Display. Siehst du?« Er zeigte uns, wo man den Code finden konnte. »Jeder, der den Code weiß, kann eine Nachricht an die Box schicken. Es beschränkt sich also nicht auf einen Sender. Ihr könntet beide schreiben.«

»Und wie weiß isch, ob er meine Nachrischt gelesen hat?« Dilo wurde wieder weinerlich. Ein Nachrichtenaustausch war offenbar auch mit diesem Gerät nicht möglich.

»Sobald der Empfänger den Deckel der Box angehoben hat, siehst du das in deiner App.« Nick zeigte es ihm auf seinem Handy. »Aber jetzt kommt's«, sagte er mit geheimnisvoller Miene. »Wenn ihm deine Nachricht gefallen hat, dann macht er das.«

Er drehte demonstrativ an dem roten Herz an der Außenseite der Box. Eine Weile starrte er auf sein Handy. Plötzlich hielt er es uns unter die Nase. Ein bunter Herzchenschauer prasselte auf seinem Display hinunter.

»Jetzt weiß ich als Absender, dass dir meine Botschaft gefallen hat. Süß, nicht?«

Dilo drückte die Box hingerissen an sich. »Das ist genau, was wir brauchen, Scharlie!«

»Kannst du haben«, brummte Nick. »Ich hab im Moment keine Verwendung dafür. Ich mach nur noch schnell ein Reset.« Er tippte ein paarmal auf seinem Handy herum, dann drückte er Dilo die Schachtel in die Hand. »Deins«, sagte er.

»Was? Escht jetzt?« Dilo hüpfte auf die andere Seite der Theke und umarmte Nick.

»Du hast megacoole Freunde, Scharlie«, schwärmte er.

»Ich weiß«, flüsterte ich und sah Nick dankbar an. »Hast was gut bei mir.«

Nick zapfte sich ein kleines Bier. »Jetzt könnt ihr aber wieder an eure Plätze gehen. Ihr wolltet doch arbeiten, oder?«

Wir zogen uns wieder an unseren Tisch zurück, um zusammen eine erste Liebesbotschaft zu entwerfen.

»Wie sollen wir ihn denn anreden, deinen Liebsten? Vorname? Zuname? Oder sollen wir ihm überhaupt einen fiktiven Namen geben?«

Dilo drehte gedankenverloren am roten Herzen der Lovebox und ignorierte mich wieder einmal.

»Hallo! Wie willst du die Anrede haben? Real oder fiktiv?«

»Fick disch, was?« Völlig perplex riss er seinen Blick von der hübschen Schachtel.

»Fik*tiv*, Dilo!«, flüsterte ich. Immerhin befanden wir uns an einem öffentlichen Ort. »Ohne ck und mit v. Das bedeutet so viel wie erfunden. Nicht real. Hat mit Sex nichts zu tun.«

»Ach so!« Dilo grinste übers ganze Gesicht. »*Fiktiv*. Nüscht *Fick disch*. Haha!«

OMG! Ich musste mir dringend eine Übersicht der wichtigsten Fachausdrücke der Literatur besorgen, vermerkte ich auf meinem Notizblock. Immer mehr schwante mir, was für eine Mammutaufgabe es werden würde, Dilo zum Literaten zu erziehen. Wenn er schon so einfache Wörter wie Fiktion nicht kannte.

»Also, wie jetzt?«

»Wie? Was?« Dilo hatte sich nun seinem Smartphone zugewandt.

»Wie wir ihn ansprechen sollen, deinen Lover. Legst du bitte mal das Handy zur Seite? Wir wollten einen Liebesbrief gemeinsam schreiben, schon vergessen?«

»Sorry«, sagte Dilo. »Isch installiere gerade die App für die Lovebox. Isch find die so cool. Schau mal, was wir da für süße Sachen schicken können.«

Er zeigte mir eine Auswahl von kitschigen Emojis und Hintergründen.

»Willst du jetzt einen Brief schreiben oder spielen?« Langsam wurde selbst ich ungeduldig. Er legte das Handy tatsächlich kurz zur Seite und schaute mich treuherzig an.

»Isch weiß, isch werde dir keine große Hilfe sein beim Liebesbrief, Scharlie. Kannst du den nüscht ganz ohne misch schreiben?« Er legte seinen Kopf schief wie ein Hündchen.

Ich resignierte und packte meinen Notizblock ein. Es hatte keinen Sinn, hier weiter Zeit zu verschwenden.

»Aber ich brauche eine Menge Informationen zu deiner Person, wenn ich glaubwürdig sein will«, seufzte ich. »Schreib mir bitte bis zu unserem nächsten Treffen alles über dich und dein bisheriges Leben auf, was von Interesse sein könnte.«

»Was muss da alles rein?«

Ich verdrehte innerlich meine Augen. »Weißt du was, Dilo. Ich schick dir eine Vorlage mit Fragen. Die füllst du brav aus. In Stichworten oder ganzen Sätzen, das ist mir egal.«

»Aber isch hab keinen Computer zu Hause. Auch kein WLAN. Hab isch das noch nüscht gesagt?«

»Aber Papier und Stift hast du?«

»Ja, das schon.«

»Na, siehst du. Ich schick dir die Fragen aufs Handy. Du überträgst sie auf Papier und beantwortest alles auf dem Zettel. Den nimmst du das nächste Mal mit ins Büro. Wir müssen sowieso eine Bio für dich zusammenstellen für den Verlag, da geht das in einem.«

»Okay. Das hört sisch nach Plan an«, sagte Dilo. »Darf isch die Box bis dahin mitnehmen und ein bischschen rumspielen damit?«

Ich war gnädig. »Wenn du mir versprichst, die biografischen Daten ordentlich zu notieren, kannst du dir selber so viele Herzchenschauer schicken, wie du willst.«

Er lächelte beseelt. »Mach isch. Ischwöre!«

Orlandos Geburt

Glücklicherweise hatte ich jede Menge Vorlagen für biografische Interviews in meinen Schreibunterlagen. Solche hatte ich ja gewissenhaft für meine Romanfiguren angelegt. Dass das Material sich einmal sogar im richtigen Leben als hilfreich erweisen sollte, hätte ich mir nicht träumen lassen. Mit einem verschmitzten Lächeln schickte ich Dilo die komprimierte Version einer solchen Vorlage. Die wirklich intimen Fragen musste ich leider streichen, auch wenn sie für die Liebesbriefe vielleicht von Nutzen gewesen wären. So viel Respekt vor seiner Privatsphäre war ich ihm – im Gegensatz zu meinen Romanfiguren – schuldig.

Drei Tage später, im Büro der Agentur, verging mir dieses Lächeln. Dilo überreichte mir einen zerknitterten A4-Zettel, auf dem er in einer fürchterlichen Klaue seine biografischen Daten in Kleinstschrift hingekritzelt hatte. In völligem Durcheinander, weder chronologisch noch in der Reihenfolge der von mir vorgegebenen Fragen, welche er überdies nicht übertragen hatte, wie von mir verlangt. Ich musste daher mühsam von der Antwort auf die Frage rückschließen, was nicht immer eindeutig war. In der Schule hätte ich ihm so eine schlampige Hausaufgabe zurückgeschmissen! Als seine … ja, was war ich eigentlich? Mentorin? Trainerin? Coachin? Egal, in dieser Funktion musste ich von ihm nehmen, was ich kriegte. Wohl oder übel.

Auch seine Mitarbeit war mangelhaft. Dilo zeigte sich absolut desinteressiert, wie wir seinen Lebenslauf aufziehen wollten. Nicht einmal Kross schenkte er Beachtung, obwohl der sich endlich einmal Zeit für uns genommen hatte. Das war mehr als verwunderlich. Ich hatte befürchtet, er würde ihn anschmachten und sich sofort verraten. Das Gegenteil war der Fall. Er ignorierte ihn. Offensichtlich war das seine Überlebensstrategie, um nicht die Beherrschung zu verlieren. Nach wiederholt gescheiterten Versuchen, ihn in die Arbeit einzubinden, wackelte ich entnervt mit dem Zettel vor seinem Gesicht herum, um wenigstens kurzfristig seine Aufmerksamkeit zu erheischen.

»Sollen Herr Kross und ich deine biografischen Daten ohne dich zusammenfassen, und du kontrollierst später, ob wir alles richtig herausgelesen haben aus deinen tollen Aufzeichnungen?«

Kross schmunzelte. Er hatte – im Gegensatz zu Dilo – den Sarkasmus verstanden.

»Oh ja, Scharlie. Bitte macht ihr das für misch. Alles, was du wissen musst, ist auf dem Zettel.« Er lehnte sich im Sofa zurück, fischte sein Smartphone aus der Tasche und begann, damit zu spielen.

»Und damit dir nicht langweilig wird, Dilo«, sagte ich und legte ein Skriptum vor ihn auf den Tisch. »Hier drinnen findest du eine Liste mit Grundbegriffen der Literatur in alphabetischer Reihenfolge, einfach erklärt. Die solltest du … nein, *musst* du alle kennen, wenn du dich nicht blamieren willst.«

Dilo blätterte mit wenig Enthusiasmus durch die Mappe. »Alles? Das muss isch alles lernen?«

Ich nickte. Er steckte widerwillig sein Handy ein und las den ersten Eintrag.

»*Akzismus. Ein Akzismus ist eine Form der Ironie, bei der eine Person Gleischgültigkeit vortäuscht oder vorgibt, etwas abzulehnen, was sie sisch eigentlisch wünscht.*«

Seine Augenbrauen zogen sich zusammen. »Versteh isch nüscht«, schimpfte er. »Wieso sagt jemand, dass er was nüscht will, wenn er es eigentlisch will? Das ist doch idiotisch! Dann kriegt er es ja erst rescht nüscht.«

»Dann denk ein bisschen nach. Vielleicht fällt dir ein Beispiel dazu ein, wann ein Mensch so was tut. Wenn nicht, klären wir das später gemeinsam. Wenn Herr Kross und ich mit deiner Bio fertig sind.«

»Muss er das wirklich alles wissen?«, flüsterte der.

»Zumindest muss er davon gehört haben«, zischte ich zurück. »Letztens hat er nicht einmal gewusst, was fiktiv heißt. Er muss wissen, was eine Metapher oder ein innerer Monolog ist. Den Unterschied zwischen Erzählzeit und erzählter Zeit kennen. Literarische Genres auseinanderhalten und unterschiedliche Erzählperspektiven beschreiben können et cetera. Wie soll er sonst einem Literaturkritiker Rede und Antwort stehen?«

Kross legte mir beruhigend die Hand auf die Schulter. Ich hatte mich doch glatt ein wenig ereifert.

»Ist schon gut. War ja nicht als Kritik gemeint«, beschwichtigte er. »Dachte nur, bei *Akzismus* wäre vermutlich so mancher Interviewer selbst ausgestiegen.«

»Lieber ein Ausdruck zu viel als der eine zu wenig«, blaffte ich zurück, schnappte Dilos Zettel und wandte mich zum Gehen. »Wollen wir?«

Kross hob die Schultern und stapfte voraus.

»Ich prüf dich nachher«, raunte ich Dilo im Vorbeigehen zu. »Wenn du brav warst, kümmern wir uns danach um die Lovebox.«

Ein kurzes Leuchten flammte in seinen Augen auf. »Okay, Scharlie. Isch lerne, was ein Poet wissen muss.«

Kross hielt mir bereits die Tür zum Büro auf und ließ mich eintreten.

»Wie geht es Ihnen mit Dilo? So ganz allgemein«, sagte er, sobald die Tür zu war. »Er scheint mir ein wenig … teilnahmslos?«

Ich schaute ihn verdutzt an. Einen kurzen Moment hatte ich den Eindruck, er machte sich Gedanken darüber, wie es *mir* mit ihm ging? War natürlich Blödsinn. Er wollte lediglich wissen, wie das Projekt vorankam. Sein Profit hing schließlich zu großen Teilen auch davon ab, wie gut mein Schützling »sein« Werk präsentierte.

»Geht so«, sagte ich flapsig. »Ich komm damit klar. Ich war schließlich nicht umsonst Lehrerin.«

»Das war nicht zu übersehen, wenn ich mir die Bemerkung erlauben darf.« Kross grinste unverschämt. Leider fiel mir keine passende Erwiderung dazu ein. Dass er den Agenten auch nicht leugnen konnte, so etwas in der Art. Bevor ich was ähnlich Banales von mir gab, hielt ich lieber den Mund in Würde.

»Dann machen wir ihm mal eine schöne Bio.« Kross deutete auf den Besucherstuhl, während er sich an den Computer setzte. »Was haben wir denn?« Er schaute mich erwartungsvoll an.

Ich ließ mich ein wenig freudlos auf dem Stuhl nieder, den ich nicht gerade in bester Erinnerung hatte. Wenigstens kämpfte ich heute nicht mit einem Wiener Zuckerl. Ich strich Dilos Zettel glatt und suchte erst mal die Eckdaten heraus.

»Seine Familie lebt in dritter Generation in Berlin-Neukölln. Der Großvater kam als Gastarbeiter aus der Türkei.«

»Türke? Oder Kurde vielleicht?«

»Moment!« Ich suchte die Stelle, wo er seinen Namen erläuterte. »Hier hab ich was. Der Name ist kurdisch und bedeutet ›Herz‹. Aber ob die ganze Familie …«

»Perfekt«, murmelte Kross. »Demzufolge politisch verfolgt. Flucht aus der Türkei in ein freies Land.« Ohne mein Okay abzuwarten, hämmerte er in die Tastatur.

»Der Großvater kam als Gastarbeiter«, erinnerte ich.

»Das widerspricht sich ja nicht. Was ist mit der restlichen Familie?«

»Die Frau wurde dem Großvater nachgeschickt. Kinder – also in dem Fall Dilos Vater und mehrere Onkel und Tanten – sind in Deutschland geboren.«

»Und seine Mutter?«

»Die kam direkt aus der Türkei. Eine entfernte Verwandte des Vaters. Die Tochter des Sohnes seines Großonkels. Wenn ich die Reihenfolge richtig interpretiert hab. Cousine dritten Grades oder so.« Ich strich mir eine Haarsträhne aus dem Gesicht. Dilos Daten vom Zettel zu kratzen, war echt mühsam. Ständig musste ich das Blatt drehen oder wenden.

»Also arrangierte Ehe«, vereinfachte Kross, dem meine Mühen egal waren.

»Davon steht hier nichts«, wandte ich ein. »Da müssen wir Dilo fragen.«

»Wir nehmen es erst mal rein. Wenn es nicht stimmt, können wir es ja später streichen. Ist aber realistisch. Und würde sich gut machen, finde ich. Weiter?«

»Die Mutter spricht tatsächlich bis heute kaum Deutsch. Moment … Der Vater führt einen Lebensmittelladen. Seine Frau steht in der Küche und macht Salate, Falafel et cetera. Okay. Da sind dann noch … eins, zwei, drei, vier Geschwister. Zwei Brüder, die im Laden arbeiten. Dilo ist der jüngste. Die ältere Schwester ist Lehrerin, mit einem Deutschen verheiratet. Die jüngere geht noch zur Schule.«

»Zum Leidwesen des Vaters«, ergänzte Kross.

»Was? Dass das Mädchen zur Schule geht?«

»Nein. Die ältere Schwester. Dass die einen Deutschen genommen hat und keinen Türken.«

»Schon wieder so ein Vorurteil!«, schimpfte ich. »Immerhin hat sie ein Studium absolvieren dürfen. Also können die Eltern nicht ganz so rückständig sein.«

Kross hörte mir überhaupt nicht zu. Er hatte die Zunge zwischen die Zähne genommen wie ein kleines Kind. Ich schaute ihm fasziniert dabei zu, wie er den rosa Muskel hin und her schob.

Als er endlich damit aufhörte, sagte er: »Die ältere Schwester. Die hat was Rebellisches. Sie hat Dilo unter ihre Fittiche genommen. Ihn in der Schule unterstützt. Damit er nicht in der Dönerbude landet wie seine Brüder.«

»Lebensmittelgeschäft«, knurrte ich. »Wir können seine Unterlagen meinetwegen auch weglegen, Herr Kross. Wenn Sie gerade so schön im Flow sind … Erspar ich mir die Herumsucherei.«

Ich war sauer. Wofür hatte ich mir die Mühe mit dem Interview gemacht? Männer! Der eine beantwortete die Fragen schleißig, der andere hielt sich nicht an die vorgegebenen Antworten.

»Was?« Kross schaute mich entgeistert an.

»Ihre Schlüsse entbehren jeglicher Grundlage.«

»›Jeglicher‹ Grundlage? Ein wenig hab ich die Wahrheit vielleicht zurechtgebogen. Vielleicht, wohlgemerkt. Steht denn was Gegenteiliges drinnen in seinen Aufzeichnungen? Über die ältere Schwester zum Beispiel?«

»Moment. Ich schau mal.« Ich musste den Zettel wieder mehrmals wenden, bis ich alle Stellen gefunden hatte, in denen sie erwähnt war.

In einem Eckchen des Papiers wurde ich fündig. Ein brisantes Detail noch dazu.

»Hier hab ich was. Das könnte interessant sein.« Ich richtete mich auf und holte tief Luft. »*Meine Schwester Leila ist die wichtigste Person für mich. Sie hat mich immer …* Das heißt vermutlich *verstanden. Sie hat zu mir gesagt, ich soll nach Wien gehen …*«

»Na bitte! So falsch bin ich doch nicht gelegen, was?«, triumphierte Kross.

Ich hielt kurz inne und fixierte ihn wie ein Adler seine potenzielle Beute, bevor ich die Katze aus dem Sack ließ.

»Ähm … *ich soll nach Wien gehen, wo mich keiner kennt.* Schreibt Dilo. Ähm … *Damit ich nicht weiter verstecken muss … dass ich schwul bin.*«

So. Jetzt war es heraus. Und ich wartete gespannt auf Kross' Reaktion.

»Ach! Dilo ist schwul?« Er stieß einen Pfiff aus. »Das ist ja wunderbar!«

»Ist es das?«

»Für mich schon.« Er strahlte über das ganze Gesicht. Also doch!

Plötzlich schaute er mich verwundert an. »Ist das für Sie ein Problem?«

»Dass Dilo schwul ist? Unterstellen Sie mir gerade Homophobie?« Allein der Gedanke, dass er mir zutraute, was gegen Homosexuelle zu haben, beleidigte mich.

»Ich unterstelle Ihnen gar nichts. *Sie* haben damit angefangen, Frau Schwarz. *Sie* haben mich gefragt, ob das gut ist.« In seinen Augen flackerte es gefährlich.

»Das hab ich doch aber anders gemeint«, grummelte ich. »Ich hab bloß an Dilos Dilemma gedacht. Dass es für ihn offenbar nicht wunderbar war, schwul zu sein. In einem traditionell patriarchalischen System. Wenn ich das richtig interpretiere, was er da auf seinem Zettel hingekritzelt hat, dann hat er sich nur der Schwester gegenüber geoutet. Vielleicht hatte er Angst, aus der Familie verstoßen zu werden. Was weiß ich.« Jetzt hatte ich mich selbst eines dieser albernen Klischees bedient. Mein Schädel strahlte bestimmt wie das Hinterteil eines Glühwürmchens.

»Also ein Missverständnis«, sagte Kross versöhnlich und lächelte sogar. Das sollte er öfters tun. Das machte ihn um Häuser sympathischer. Und um Jahre jünger.

»Ich erkläre Ihnen auch gerne, was ich gemeint habe.« Er lächelte schon wieder. »Es trifft sich einfach perfekt, wenn der Autor des genderneutralen Romans homosexuell ist. Von mir aus auch gerne queer.«

»Hauptsache, keine Frau?«, sprudelte es aus mir heraus. Die positive Wirkung seines inflationären Lächelns war mit einem Schlag verpufft.

»Frau Schwarz!« Kross beugte sich über den Schreibtisch, packte mich an beiden Schultern und schüttelte mich. »Können wir das Kriegsbeil nicht wenigstens eine Weile begraben?«, flehte er. »Ich habe es Ihnen doch versprochen. Beim nächsten Roman werde ich Sie unterstützen. Als Frau und als Feministin. Das jetzt, dieses Projekt. Wir *müssen* es genau so durchdrücken wie geplant. Es hängt so viel davon ab!«

Er ließ sich erschöpft in seinen Sessel zurückfallen. Den bettelnden Dackelblick, den hatte er sicher vor dem Spiegel geübt. Oftmals bei seiner Mutter erfolgreich angewendet. Funktionierte aber nicht bei Charlie Schwarz!

»Machen wir mit der Bio weiter«, knurrte ich.

Kross seufzte. »Na gut. Wo waren wir stehen geblieben? Ach ja. Dilo fühlt sich in Berlin eingeengt – durch seine homophobe Umgebung. Basta!« Er schoss mir einen warnenden Blick zu. Dackelblick eingepackt. So schnell ging das bei Herrn Kross. Seine Zunge rollte wieder geschäftig hin und her.

»Ich weiß, warum er nach Wien ist«, rief er plötzlich glücklich aus. »Es war tatsächlich eine Flucht. Man wollte eine Ehe für ihn arrangieren. Daher ist er weggezogen. Und ... Und mit dem Schreiben hat er begonnen, um seine Emotionen zu verarbeiten. Mit sich und seinem Körper klarzukommen. Er hat sich damit ein Paralleluniversum geschaffen ... quasi.«

»Jetzt hören Sie einmal zu, Herr Kross«, sagte ich streng. »Stellen Sie sich vor, Dilos Leute – Familie wie Freunde – kriegen diese Bio in die Hände. Die verklagen uns wegen Rufschädigung.«

»Erstens ist es unwahrscheinlich, dass diese Leute das lesen. Bildungsfernes Umfeld und so.«

»Die Schwester?«, wagte ich einen kurzen Einwurf. »Die bildungsferne Lehrerin?«

»Ja, ja. Die nicht. Aber die ist nicht das Problem. Außerdem ... Das hab ich natürlich schon bedacht, dass wir Dilo da schützen müssen. Ein schlichtes Pseudonym wird nicht reichen. Wir machen eine Kunstfigur aus ihm.«

»So wie Conchita Wurst?«

»Genau! Nur statt Musik Literatur.«

»Wenn Sie das sagen ...«

Zugeben wollte ich es keinesfalls, so viel Genugtuung gönnte ich Kross nicht. Aber die Idee war gut. Auch wenn ich mich dabei unbehaglich fühlte, aus einem armen, verliebten Hermes-Boten eine Ikone für transsexuelle und queere Randfiguren zu kreieren. Klappen könnte es.

Kross' Zunge arbeitete wieder auf Hochtouren. »Wir brauchen einen Namen für ihn, der gleichzeitig Botschaft ist. Geschlechterübergreifend. Und doch literarisch genug.« Er packte seine Zunge wieder ein und schaute mich hilfesuchend an. »Fällt Ihnen dazu vielleicht was ein?«

Ich durchforstete mein Hirn nach schwulen Romanfiguren, ließ meine Zunge aber drinnen. Maurice fiel mir ein. Oder Dorian Gray. Kross wiegte seinen Kopf hin und her.

»Wie wär's mit Orlando? Virginia Woolf?«

Sein Zeigefinger fuhr in meine Richtung. »Bingo! Eine Jahrhundertfigur. Erst Mann. Dann Frau. Das ist genial. Darauf trinken wir einen, Frau Schwarz!«

Er eilte hinüber zu einem weißen Kasten. Nahm eine bernsteinfarbene Flasche mit rotem Verschluss heraus und schenkte ein. Mir schwante Übles.

»Sie mögen doch Cointreau?« Er setzte sich neben mich auf die Schreibtischkante und streckte mir ein Stamperl hin. Konnte ich diese Friedenspfeife denn ablehnen? So entspannt hatte Kross sich in meiner Gegenwart noch nie gezeigt. Sein Lächeln hatte nichts Ironisches oder gar Hinterhältiges. Im Gegenteil. Es war geradezu ansteckend. Also lächelte ich zurück und nahm ihm das Gläschen aus der Hand.

»Ist zwar noch etwas früh für Alkohol«, sagte ich. »Aber von mir aus. Prost!« Dann schluckte ich das grauenhafte Zeug in einem Zug hinunter. Ein »Brrrr« verkniff ich mir.

Er strahlte mich an. »Ich bin übrigens Chris.« Mit einem kleinen Ruck stieß er sich vom Tisch ab und schaute mich prüfend an. Kurzfristig befürchtete ich, er würde mich küssen. Doch das unterließ er vernünftigerweise.

»Auf Orlando«, sagte er stattdessen und trank sein Gläschen ebenso ex. Wischte den Flaschenhals ab und stellte den Cointreau wieder an seinen Platz im Schrank zurück.

Dilo hatte keinerlei Einwände, was seine – von uns ausgeschmückte – Biografie betraf. Bloß als Chris bei der Stelle mit der arrangierten Ehe angelangt war, lachte er herzlich auf. »In welschem Jahrhundert lebst du, Mann?«

Ich warf Kross einen triumphierenden Blick zu.

»Ich dachte, du hältst dich in Wien versteckt«, brummte er. »Weil du dem Rat deiner Schwester gefolgt bist.«

»Ach, das schon«, seufzte Dilo. »Leila hat eine Freundin in Wien, weißt du. Die hat mir die Wohnung vermittelt. Aber isch bin nüscht aus Berlin weg, weil isch heiraten soll. Es gibt da so eine Clique in unserem Viertel. Jungs in meinem Alter oder jünger. Die sind schlimmer als meine Onkel, ischwöre. Wenn die rausfinden, dass isch schwul bin. Die prügeln misch tot.«

Die homophobe Umgebung beruhte demnach leider auf Tatsachen, auch wenn sie nicht familiär bedingt war. Armer Junge.

»Ich hoffe, du fühlst dich in Wien wohl«, sagte ich. »Hast du denn schon Anhang gefunden hier?«

»Vom Paketdienst nüscht«, sagte er. »Da schaut disch keiner an. Die Familie von Leilas Freundin, die sind nett. Und eusch hab isch natürlisch.« Zahnspalte. So süß! Wenn Kross nicht neben mir gestanden wäre, ich hätte ihn glatt abgeknutscht.

Unserem Vorschlag, eine Kunstfigur aus ihm zu machen, stimmte er jedenfalls mit Freuden zu. »Je weniger Leute misch von früher wiedererkennen, desto besser«, sagte er. Einzig Perücke wollte er auf keinen Fall tragen. Oder Frauenkleider. Den Rest seines Lebenslaufs segnete er kommentarlos ab. Mit demselben Desinteresse wie zu Beginn.

Als Kross sich in sein Büro verzog – er hatte eine wichtige Videokonferenz –, wurde mir klar, warum Dilo seine Wandlung einfach durchgewunken haben wollte. Kaum dass Chris draußen war, holte er auch schon die Lovebox aus seiner Tasche.

»Isch hab sie gar nüscht ausprobieren können«, motzte er. »Du brauchst WLAN dafür. Können wir sie gleisch hier verbinden?«

Ich hielt das für keine so tolle Idee. Chris konnte jeden Augenblick zurückkommen.

»Was sollen wir ihm denn erzählen, was wir hier tun? Er glaubt, wir pauken literarische Ausdrücke. Apropos …«

Dilo zuckte zusammen. »Isch hab nüscht viele geschafft.«

»Wie viele?«

»Fünf.«

»Gut. Dann machen wir jetzt diese fünf zusammen, und du schaust dir zu Hause die nächsten fünf an. Wenn wir jedes Mal ein paar durchgehen, schaffen wir das locker.«

Seine Begeisterung darüber hielt sich in Grenzen, aber er ergab sich seinem Schicksal. Je konzentrierter er mitmachte, desto schneller hatte er es hinter sich, das hatte er wohl begriffen. Im Gegenzug versprach ich ihm, die Box noch am selben Abend bei mir zu Hause auszuprobieren. Ich hatte zwar keinen Kühlschrank, dafür aber ein gut funktionierendes WLAN. Man kann nicht alles haben.

Owner of My Lonely Heart

Zu Hause machte ich mich sogleich über die Box her. Sie ließ sich problemlos mit meinem WLAN verbinden. Als Nächstes lud ich die App auf mein Handy. Der Einstieg erforderte eine Namensgebung, sowohl für Absender als auch Empfänger. Das bereitete mir Kopfzerbrechen. Unser Profilname würde bei jeder Nachricht auf der Box aufscheinen. Für mich war klar, dass er geschlechtsneutral sein musste. Aber sollte es ein realer Name sein oder einfach eine künstliche, rätselhafte Buchstabenkombination?

Letztendlich entschied ich mich für eine Mischung aus beidem: K.I.M.

Kim war ein genderneutraler Name. Kim Kardashian – der Inbegriff einer sexy Frau. Auf der anderen Seite Kim de l'Horizon, genderfluide Buchpreisperson. Was konnte besser passen? Und das Akronym K.I.M. war doch auch top. K.I. konnte für künstliche Intelligenz stehen. Das M. irgendwas bedeuten. Mister, Master, Mensch, Mystery. Ich war zufrieden. Das unbekannte, verliebte Wesen hinter der Box und sein Ghost. Wir hießen also jetzt K.I.M.

Fehlte noch ein Kurzname, mit dem ich Kross liebevoll benennen sollte. Ein definitiv schwierigeres Unterfangen, wo ich den doch nicht mochte. Cointreau-Lover würde mich verraten. Chris war zu einfach. Schatzi zu primitiv. Chef, wie Dilo ihn immer nannte, würde Dilo bloßstellen. Agent? Angebeteter? Herzempfänger?

»Owner of a lonely heart«, fiel mir ein. Noch besser: Owner of *My* Lonely Heart. Besitzer meines einsamen Herzens. Das war genial! Wunderbar vieldeutig, einerseits Anspielung auf den Song von YES, aber auch auf das einsame Herz des Absenders. Und das rote Gadget-Herz obendrauf. Perfekt!

Ich streamte mir sofort den Titel und ließ den Song durch

die Wohnung schallen, um mich für meinen ersten Liebesbrief inspirieren zu lassen.

Bis die chinesische Nachbarin an die Tür klopfte.

»Bissi leiser? Geht das?«

Ich entschuldigte mich und setzte mich wieder zurück an den Laptop. Steckte mir Kopfhörer in die Ohren und legte los.

Move yourself
You always live your life
Never thinking of the future
Prove yourself
You are the move you make
Take your chances, win or loser …

Owner of a lonely heart
Tscha wumm …
Owner of a lonely hea-heart …

Und schon floss es aus mir heraus:

Owner of My Lonely Heart!

Du wirst dich sicher fragen, wie du zu der Ehre kommst, so ein hübsches Geschenk von »K.I.M. Unbekannt« zu erhalten. Lass es mich kurz erklären und deine Vorbehalte und berechtigten Ängste zerstreuen.
Nein. Es ist kein Werbegeschenk. Weder Abhörbox noch versteckte Kamera. Du brauchst auch keine Angst zu haben, dass in den nächsten Tagen jemand vor deiner Tür steht und dich um ein Feedback zur Box bittet – oder gar Gebühren für deren Benutzung einhebt. Kein doppelter Boden. Kein trojanisches Pferd. Du findest alles über das Gadget, was du wissen musst, im Beipacktext oder direkt auf der Homepage. (Siehe Unterseite der Box.) Überzeuge dich selbst!

Wenn alle Zweifel ausgeräumt sind, nimm das Geschenk an als das, was es ist: ein Präsent der Liebe. Es dient einzig und allein dem Zweck, dir Glücksmomente zu bescheren. Vorbehaltlos. Ohne Berechnung.
Das kannst du nicht glauben? Steckt vielleicht doch eine Sekte dahinter? Ein böser Scherz?
Nein, lieber Owner of My Lonely Heart. Es ist ein verliebter Mensch. Nicht mehr und nicht weniger.
Es war Liebe auf den ersten Blick.

Quatsch! Bei diesem Satz zuckte ich endgültig zurück. Löschte ihn. Um ihn kurz darauf wiederherzustellen.

Ich schloss die Augen und versuchte, mir vorzustellen, wie ich mich in Krisskross auf den ersten Blick verliebte. Es gelang mir beim besten Willen nicht. Vor meinem inneren Auge tauchte bloß sein entsetztes Gesicht auf, als er erkannte, dass Charlie Schwarz eine Frau war. Oder wie er Dilos Zähne kontrollierte. Igitt! Und dennoch hatte der sich Hals über Kopf in ihn verliebt!

Nimm dich zusammen, Charlie, mahnte mein Über-Ich. Irgendwas Einnehmendes muss dieser Mensch doch haben. Denk nach! Wozu bist du Schriftstellerin?

Das Lächeln?

Na eben. Damit kann man doch arbeiten, oder?

Ich seufzte. Also noch mal von vorne: Hätte ich mich in Chris verlieben können, wenn er auch mir gleich zu Beginn ein Lächeln geschenkt hätte? So wie heute Nachmittag? Als er so relaxt neben mir stand mit dem Cointreau in der Hand?

Ja vielleicht. Aber, er war generell so … so unnahbar.

Na, das wäre ein prima Ansatz, sich seiner zarten Seele anzunähern, meinst du nicht? Der geheimnisvolle Unnahbare?

War Kross tatsächlich ein Lonely Heart, ein einsames Herz? Verwundet? Ein Seelenverwandter, der sich hinter einer coolen Fassade versteckte?

Okay. Zumindest in der Vorstellung könnte das klappen. Ich strich die Liebe auf den ersten Blick wieder, war eh zu banal, und konzentrierte mich auf das einsame Herz.

Da war etwas in deinen Augen, das mich nicht mehr losließ. In einem kurzen Moment der Unachtsamkeit hast du dich verraten. Es traf mich wie der Blitz: Wir beide sind Seelenverwandte. Zwei einsame, verletzte Herzen, die nach Liebe streben, sich aber nicht danach zu greifen trauen. Du gibst dir den Nimbus des unnahbaren, taffen Geschäftsmanns. Speist Menschen, die dir zu nahekommen, mit Sarkasmus ab. Aber so bist du nicht. Du bist einfühlsam …

Was für ein Schmarren! Die Delete-Funktion fraß den letzten Satz wie Pac-Man seine Kraftpillen. Ich glotzte mürrisch auf den Bildschirm. Mir fielen keine positiven Eigenschaften für Kross ein. Er war berechnend und ignorant. Von wegen einfühlsam. Er verbog Wahrheiten zu seinem Nutzen.

Ironie?, warf mein innerer Kritiker ein.

Na klar! Ich musste mir eine Liste von Eigenschaften zurechtlegen, die ich an ihm hasste, und das Gegenteil behaupten.

Okay, Herr Kross. Du bist arrogant. Aufbrausend. Ungerecht. Anmaßend. Mittelmäßig. Langweilig.

Sollte fürs Erste genügen.

Ich rieb mir die Hände und setzte sie erneut auf die Tastatur:

Du bist einfühlsam und bescheiden. Du brennst für Frieden und Gerechtigkeit auf dieser Welt. Eitle und anmaßende Menschen sind dir zuwider, mittelmäßige langweilen dich – zu Recht. Ein Mensch braucht hehre Ziele!

Oh. My. God! Hoffentlich war er narzisstisch genug, sich mit diesem realitätsfremden Romanhelden zu identifizieren!

Liege ich richtig in meiner Einschätzung über dein wahres Ich? Ich hoffe es, wünsche mir nichts sehnlicher. Denn in diese Person, die ich hinter deiner harten Fassade vermute, habe ich mich letztlich verliebt!
Ja. Jetzt ist es heraus. Und es bedeutet für mich eine enorme Erleichterung, mein wohlbehütetes Geheimnis erstmals in Worte gefasst zu sehen. Mir ist, als hätte ich damit meine knospende Liebe erst zum Erblühen gebracht. Indem ich dir dieses Kästchen schenke, hoffe ich, den Keim für eine Erwiderung dieser Liebe in dir zu säen. Die kommenden Botschaften sollen diesen Keim nähren und zum Sprießen bringen.

Wow! Roderich Reich hatte recht. Ich sollte ins romantische Fach wechseln. Bloß schöne Landschaften fehlten noch. In diesem Fall etwas unangebracht, zugegeben. Bücher als schöne Umgebung taten es zur Not auch, oder?

Geliebter Büchermensch! Ach – wie schön, dich so nennen zu können. Ich spüre, wie du grübelst, wer hinter alldem stecken mag. Wer ist es? Wer hat dir diesen einen Blick geschenkt, der dein Innerstes nach außen gekehrt hat?
Mein Herz klopft, wenn ich mir vorstelle, dass du womöglich soeben mein Gesicht vor Augen hast, so wie ich deines. Ahnst du, wer dich heimlich verehrt? Ich schließe die Augen und lasse deinen forschenden Blick über mich gleiten. Oh, wie gerne würde auch ich erforschen, welche Gefühlsstürme in dir schlummern!

Charlie Pilcher – hallo! Übertreib's nicht!, bremste mein innerer Kritiker. Sonst schmeißt er das hübsche Ding in den

Müll wie Dilos verwegenen Vierzeiler, so schnell kannst du gar nicht schauen.

Okay. Zurück zur Realität.

Wozu die umständliche Heimlichtuerei, wirst du fragen. Warum hinauszögern, was sofort verfügbar wäre in unserer ach so schnelllebigen Zeit, in der jeder vierundzwanzig Stunden täglich multimedial vernetzt ist? Leider erlauben es mir die derzeitigen Umstände nicht, aus dem Schatten zu treten. Ich bin in ein bedeutendes Projekt involviert, das ich nicht gefährden darf. Das Schicksal von zu vielen Menschen hängt von seinem Gelingen ab. Deshalb muss ich anonym bleiben. Doch ebenso wenig will ich tatenlos zusehen, wie du mir womöglich in letzter Sekunde von jemand anderem weggeschnappt wirst. Allein der Gedanke raubt mir den Verstand. Für mich ist es ohnehin unbegreiflich, dass du noch immer alleine durchs Leben ziehst.

Oh ja! So wie die Wege des Herrn, so war vieles im Leben unergründlich. Die Tatsache, dass Krisskross ein Single war, gehörte für mich nicht zu den Mysterien dieser Welt. Bei dem Charakter! Ich hatte die Information über seine Singularität Rosi abgerungen, in einem zugegebenermaßen sehr peinlichen Gespräch. Mir glühte jetzt noch der Kopf beim Gedanken daran.

Das machte Durst! Bloß wusste ich nicht, womit löschen. Das Wasser in der Küche kam warm aus dem Hahn. Der kaputte Kühlschrank barg nichts außer Bakterien. Die Hausbar …

Ach was! Ich holte mir eine Flasche Cointreau. Was könnte dem Anlass besser entsprechen? Leerte mir ein Schlückchen in ein Weinglas und goss mit warmem Mineralwasser auf. Runter mit dem lauwarmen, halb prickelnden Zeug. Und weiter im Text.

Woher ich weiß, dass du ungebunden bist? Aus verlässlicher Quelle, so viel sei gesagt. Natürlich hab ich das zuvor gewissenhaft abgeklärt. Nichts läge mir ferner, als dich in irgendeiner Form zu kompromittieren.
Freilich ist mir auch bewusst, dass du meine Avancen ablehnen könntest. Dazu hast du jedes Recht. Diese Möglichkeit wird mich wohl für die Dauer unserer schlummernden Beziehung lähmen.
Daher bitte ich dich um eines: Falls du dich mit dem Gedanken anfreunden kannst, mich näher kennenzulernen, in ein paar Monaten vielleicht, dann installiere die Box wie in der Anleitung angegeben. Ich werde dir demnächst eine Nachricht schicken. Du erkennst den Moment, wenn sich das rote Herzchen an der Box dreht. Ich weiß Bescheid, dass du die Botschaft bekommen hast, wenn du den Deckel der Box hebst. Wenn du zusätzlich an dem roten Herz drehst, machst du mich zum glücklichsten Menschen dieser Erde. Denn damit signalisierst du mir, dass du an der Botschaft Gefallen gefunden hast und auf weitere Nachrichten von mir wartest.

Ach, Owner of My Lonely Heart, der du mein Herz im Sturm erobert hast! Ich fiebere deinem ersten Herzchenschauer entgegen! Lass uns Freude schenken und Liebe säen!
Forever
K.I.M.

Zufrieden las ich mir den Brief wie gewohnt laut vor. Ein wenig schwülstig stellenweise vielleicht, aber das hatten Liebesbriefe ja so an sich. Dann schickte ich den Text an die Lovebox. Schließlich musste ich kontrollieren, ob zukünftige Texte meinerseits auch leserlich formatiert waren, bevor ich das Gadget aus der Hand gab.

Ich kicherte erwartungsvoll, als sich das Herzchen zu drehen begann und hob den Deckel.

Scheiße! Auf dem Display erschien lediglich ein klitzekleiner Ausschnitt des Briefes.

in meiner Einschätzung über
che mir nichts sehnlicher. D
nter deiner harten Fassade v
liebt!
es heraus. Und es bedeutet
ng, mein wohlbehütetes Gehe
u sehen. Mir ist, als hätte i
st zum Erblühen gebracht. Ind
henke, hoffe ich, den Keim fü
Liebe in dir zu säen. Die kom

Wie ein Foto, das völlig willkürlich auf einen kleinen Teil der Textseite fokussiert war. Halbsätze mitten aus dem Zusammenhang gerissen. Der Text konnte weder gescrollt noch vergrößert oder verkleinert werden.

Na wunderbar! Wie sollte ich auf ein paar wenige Zeilen beschränkt schmeichelnde, betörende Liebesbekundungen unterbringen, die Kross dazu brachten, sehnsüchtig auf die nächste Meldung zu warten? Das hieße nicht nur, dass ich mühsam herausfinden musste, wie viel Text sinnvollerweise auf das kleine Display passte, ohne dass man zum Entziffern eine Lupe brauchte. Nein. Ich musste eine Liebesbotschaft auf wenige Anschläge verdichten.

Verdichten.

Dichten.

Ich hatte mir eben geistig mein eigenes Stichwort gegeben. Dilo hatte doch damit geprahlt, er wäre ein »Dischter«. Ich musste Liebesgedichte schreiben! Seine eigenen … ähm … Ergüsse umoperieren zu herzeigbaren Sonetten, die in der literarischen Welt Bestand haben konnten. Mrs Shakespeare oder Lady Byron? Was für eine hohe Latte! Eine scheinbar unbewältigbare Aufgabe?

Ich nahm mein Smartphone zur Hand und schoss ein grauenhaftes Selfie, in dem ich mir die Finger wie eine Pistole an den Kopf hielt, um mich symbolisch abzuknallen. Dann schickte ich es an die Box und schenkte mir noch einen lauwarmen Cointreau Spritz ein. Brrr!

Das rote Herz drehte sich verlässlich. Ich hob den Deckel. Schaute in mein verzerrtes Antlitz. Eine Liebesbotschaft war das mitnichten, schon gar keine poetische. Immerhin musste ich über mich selbst lachen. Zum Dank drehte ich am Herzen und erhielt prompt einen Herzchenschauer aufs Handy.

So einfach konnte man Menschen heute glücklich machen? Mit einem Bildchen, Emoji oder einer Kurznachricht, die mit Liebessymbolen belohnt wurde? Ob auch Kross darauf ansprechen würde?

Ich betrachtete das halb leere Glas in meiner Hand.

Jemandem, der freiwillig Cointreau pur trank, musste wohl auch eine Lovebox gefallen, oder? Ich überlegte, wer aus meinem Bekanntenkreis das Gesöff noch mögen könnte.

Oma!

Verflucht! Ich hatte schon wieder vergessen, sie anzurufen. Es war neun Uhr abends. Ich probierte es trotzdem.

»Hier bei Schwarz«, meldete sich eine männliche Stimme. »Mit wem spreche ich?«

Du liebe Güte! Ein Mann bei Oma. Um diese Zeit? Das konnte nichts Gutes bedeuten.

»Hallo, hier auch Schwarz. Charlotte. Ich bin die Enkelin. Ist was mit Oma?«

»Wer ist dran?«, hörte ich im Hintergrund. Dann knackste es in der Leitung.

»Kind? Bist du das?«

»Ja, Oma. Sorry, dass ich so spät anrufe. Ich hab völlig die Zeit übersehen. Geht es dir gut? Und wer war da gerade am Apparat?«

»Ach. Das war nur mein Pfleger.«

»Du hast einen Pfleger? Seit wann? Ist was passiert?« Mein Herz klopfte bange.

»Beruhige dich, es ist überhaupt nichts. Ich hab den jungen Mann quasi privat engagiert. Er muss mich nicht wickeln oder so.« Sie lachte. »Weißt du, er arbeitet im Spital und schaut vor oder nach der Arbeit bei mir herein. Ich lieg auf dem Weg. Dann hängt er mir die Wäsche auf oder kontrolliert, ob ich meine Pulverl richtig genommen hab. Ihr brauchts euch jetzt weniger Sorgen um mich machen, du und die Betti.«

»Das ist schön«, murmelte ich. Dann plauderten wir noch über ein paar belanglose Dinge, bevor ich auflegte.

Das schlechte Gewissen nahm mich sofort in Geiselhaft. Ich, Charlotte Schwarz, Ghostwriterin für liebestolle oder geldgierige Mannsbilder, saß hier und spielte mit einem lächerlichen Gadget, während sich ein fremder Mann um meine geliebte Großmutter kümmerte. Zerknirscht mixte ich mir noch ein Glas Cointreau Spritz.

»Auf dich, Oma, edle Spenderin des abartigsten Likörs der Menschheit! Ich sollte dir die Lovebox schicken, nicht diesem geldgeilen Spinner!«

Mein Magen gab mir einen Stoß. War es der Cointreau? Oder die Vorstellung, was passierte, wenn Chris das kindische Gadget ignorierte? Würde Dilo seine Drohung wahr machen und den Krempel hinwerfen? Wahnsinn, was alles von dem Schnickschnack abhing. Ich legte mein unmittelbares Schicksal in die Hände einer für die Menschheit absolut entbehrlichen Kitsch-Erfindung. Wenigstens war die Box ökologisch einwandfrei aus Bambusholz gefertigt. Was für ein Trost!

Pandoras Büchse

Den ersten Liebesbrief malte ich mit der Hand von meiner Word-Datei ab, damit ich ihn dem Paket beilegen konnte, das ich an Kross' private Adresse schicken wollte. Dilo war begeistert. Für ihn war es keine Frage, dass ich auch die kommenden Nachrichten für die Box handschriftlich anfertigen musste.

»Mensch, Scharlie. Du bist eine Künstlerin«, schwärmte er. »Das ist sooo schön!«

Dass er selbst dazu nicht in der Lage sein würde, demonstrierte er mir überzeugend. Er war Linkshänder und seine Krakelschrift eine Zumutung für jedes Auge.

»Siehst du ja selber, dass isch das nüscht kann. Aber Handschrift muss sein. Hast du doch selber gesagt, dass das viel persönlischer ist. Machst du einfach ein Foto mit dem Handy und schickst es an die Box.«

»Dann krieg aber ich den Herzchenschauer, Dilo, nicht du.«

»Das geht nüscht!«, rief er entsetzt. »Dann musst du das Foto zuerst mir schicken. Und *isch* schicke es an die Lovebox weiter. Was brauchst *du* Herzschenregen vom Chef?«

Tja. Was brauchte isch Herzschenregen generell?

Egal. Das Foto-Arrangement kam mir sowieso zupass. Erstens konnte ich sicher sein, dass das Gesamtbild am Display des Kästchens erscheinen würde – und keine absurden Textausschnitte. Überdies hatte ich persönlich mit der Lovebox nichts zu tun. Es war wie bei einem normalen Ghostwriter-Job, nur dass meine Texte nicht als Word-Dokument an die Agentur, sondern als Bilddatei direkt an meinen »Auftraggeber« Dilo gingen. Voilà. Pflicht erfüllt. Alle glücklich.

Vorausgesetzt, ich schaffte es, Chris' einsames Herz zu erobern. Ob mir das gelang, hing zunächst davon ab, ob K.I.M.s Schreiben an dieses Herz rühren konnte. Würde er die Box installieren oder gleich in den Müll befördern wie Dilos ersten Brief?

Es war ein feierlicher Moment, als wir die erste Sendung an die Box wagten. Chris war im Homeoffice, also konnten wir sicher sein, dass er uns nicht dabei ertappte. Dilo war erwartungsgemäß extra zappelig, wie ein Kind vor der Bescherung. An Arbeit war nicht zu denken, dafür fehlte ihm die Konzentration.

Ich hatte ein kleines Liebesgedichtchen verfasst und in ein rotes Herz gebettet, das ich Dilo nun als Foto über WhatsApp sandte. Er speicherte es in seiner Lovebox-App und schickte seufzend ein Kusshändchen hinterher, als er auf den Send-Button gedrückt hatte.

Minutenlang starrten wir auf sein Handy, als ob wir auf die sechste Lottozahl warteten, die uns zu Millionären machen würde. Als die Aufschrift *Read by Owner of My Lonely Heart* auf dem Display erschien, riss es uns beide aus den Stühlen. Juchhuu! Der Empfänger hatte den Deckel der Lovebox gehoben und die Botschaft gelesen. Dilo führte einen Freudentanz auf.

Meine Reaktion fiel etwas gesitteter aus, aber der Stein, der mir vom Herzen fiel, wäre mir besser nicht auf die Zehen gefallen. Chris hatte die Box installiert. Seine Neugier hatte über die Skepsis gesiegt. Bingo! Aber ob in dem taffen Agenten auch eine verborgene romantische Ader schlummerte? Hatte ich mit meinem Gedicht eine Saite in ihm zum Klingen gebracht? Das Fragezeichen wuchs mit jeder Sekunde Wartezeit. Gleich würde es platzen! Und Dilo neben mir mit dazu.

Doch dann kam er. Wie aus dem Nichts. Ergoss sich über Dilos Handydisplay. Unser heiß ersehnter erster Herzchenschauer.

Dilo umarmte mich stürmisch. »Er wird sisch in misch verlieben, Scharlie!«, sprudelte es aus ihm heraus. »Dein Gedischt hat ihm gefallen. Isch bin soooo glücklisch! Ischwöre!« Er wischte sich eine Träne aus dem Auge.

Auch ich war gerührt, das muss ich unumwunden zugeben, obwohl ich nicht so nahe am Wasser gebaut war wie Dilo. Ich drückte ihn zur Beruhigung an mich. Man musste diesen Jungen einfach lieb haben. Hoffentlich tat Chris ihm nicht weh!

Der Gedanke, so unerwartet er gekommen war, erschreckte mich. Ich musste diese Möglichkeit verdrängen. Der Zug war abgefahren. Es gab kein Zurück. Pandoras Büchse war geöffnet.

Was soll ich sagen. Dieses kleine Gadget machte tatsächlich was mit den Männern. Zunächst einmal mit Dilo, den plötzlich der Ehrgeiz packte. Er übte und paukte zu Hause, ich konnte ihm gar nicht genug Aufträge geben. Entsprechend erwartete er sich als Gegenleistung mehr Gedichte von mir. Aus den anfänglich geplanten wöchentlichen Sendungen wurden bald zwei, zum Schluss mitunter sogar drei. Er konnte einfach nicht genug kriegen von diesen Herzchenschauern. Das war in dem Ausmaß nicht zu erwarten gewesen, aber es erleichterte mein Vorhaben, ihn bis zur Buchpräsentation hinzuhalten, also nahm ich die Mehrarbeit bereitwillig hin.

Womit ich nicht gerechnet hatte, war Chris' Reaktion. Er sandte K.I.M. nach einer Weile sogar Herzchenschauer, ohne dass zuvor ein Gedicht von mir eingegangen war. Es war eindeutig. Auch er wollte mehr! Wow! Ich hatte ihn an der Angel!

Diese Tatsache motivierte mich zusätzlich. Das anfänglich lästige, mühsame Gedichte-Schreiben ging mir immer leichter von der Hand. Ich ertappte mich sogar dabei, schon im Büro Inspirationen dafür einzuholen. Zum Beispiel, indem ich Chris heimlich beobachtete. Und feststellte, dass er durchaus auch sympathische Seiten zeigte. Wenn er sich zu Rosi beugte und sie freundlich um etwas bat. Oder gut gelaunt seinen Kopf zur Tür hereinsteckte, um sich nach unserem Wohlbefinden zu erkundigen – was immer öfter passierte. Manchmal blieb er sogar eine Weile und beobachtete unser Tun. »Wenn es euch nicht stört«, sagte er höflich und hielt sich brav im Hintergrund. Dilo strahlte wie die aufgehende Sonne, wenn er ihn lobte.

An solchen Tagen fiel es mir besonders leicht, süße Poesie zu produzieren. Ich suchte mir meist ein hübsches Liebeslied aus, schloss die Augen und ließ mich berieseln. Von Ed Sheeran. Percy Sledge. Adele. Whitney Houston. Sinéad O'Connor. You name them. Stellte mir Chris als den Protagonisten des Liedes vor. Mal war er der verlassene Liebhaber, mal der Verliebte, der sich nicht traut. Dann wieder der Typ, der einer Verflossenen (respektive einem Verflossenen – da war ich flexibel) nachtrauerte, die er vor den Kopf gestoßen hatte. Und schon tropften romantische Worte aus meiner Feder aufs Papier. Dazwischen gönnte ich dem *Owner of My Lonely Heart* immer wieder mal ein Happy End. Ließ ihn vor Glück überschäumen, weil er von seiner Traumfrau erhört wurde. Beflügelt durch die Musik, nahm er in meiner Phantasie bald die Gestalt eines veritablen Love Interests an. Und ich vergaß darüber beinahe seinen wahren Charakter.

Allerdings hinkte er diesem Bild in der Realität oft gewaltig hinterher. Er war so … bestimmend. Und ignorant. Und … Und besserwisserisch. Er hatte nur … sein Geschäft im Sinn.

Eines Tages klopfte er wieder einmal an die Tür.

Absolut perfektes Timing, dachte ich mir noch. Dilo war gerade drauf und dran gewesen, einen hysterischen Anfall zu kriegen, da war eine Unterbrechung Goldes wert.

Ich hatte ein paar Sprechübungen in Form von Zungenbrechern für ihn vorbereitet, in der Meinung, das würde ihm Spaß machen.

Gudruns Truthahn tut gut ruhn … gut ruhn tut Gudruns Truthahn.
Gibst du Opi Opium, bringt Opium den Opi um.
Die Katze fraß den Saumagen, nun kann sie nicht mehr Mau sagen.

Anfänglich fand er es auch wahnsinnig witzig. Lachte und prustete sich durch die Kalauer. Bei der Zeile »Unter einer Fichtenwurzel hörte ich einen Wichtel furzen« stolperte er erst mal über die Fischtenwurzel und den Wischtel. Das nahm er noch gelassen hin. Ganz aus war es, als wir beim »chinesischen Schüsselchen« angelangt waren, da war Schluss mit lustig. Er konnte es nicht einmal ansatzmäßig richtig aussprechen. Also suchte ich ihm ein paar Basisübungen heraus, die sich auf den Unterschied zwischen Ich- und Ach-Lauten konzentrierten. Dilo weigerte sich konsequent, zu akzeptieren, dass *isch* nicht hochsprachlich korrekt war. Angeblich konnte er den weichen Ich-Laut nicht aussprechen.

»Das kann isch nüscht«, jammerte er, just in dem Moment, als Chris seinen Kopf zur Tür hereinsteckte.

»Was kannst du nicht?«

»Es ist fürschterlisch, Chef. Isch bin ein Versager!« Dilo nahm sich den Übungszettel her und zitierte, entgegen seiner sonst so sanften Art, reichlich aggressiv: *»Fresche Eischhörnschen suchen keine Streischholzschäschtelschen.«*

Mit jedem falschen sch wurde sein Frust hörbar größer.

»Achim kann gut Streischholzschächtelschen aussprechen … Aber isch … isch bin nüscht Achim! Isch kann das nüscht.« Dilo warf die Zettel auf den Tisch und sich darüber. Er schluchzte.

»Du meine Güte!«, rief Chris und fuhr Dilo tröstend mit der Hand über den Rücken. »Scheiß auf das ch – das musst du nicht können.«

Dilo richtete sich auf, wischte sich mit dem Handrücken über die Nase und zog geräuschvoll auf.

»Nüscht?«

»Nein. Ich finde deinen Akzent süß. Der macht dich authentisch.«

Aha! Ich war also zu streng mit meinem Schützling gewesen. Hatte ihn unnötig gequält.

»Ach so«, sagte ich – ohne Aufziehen, obwohl ich durchaus

verschnupft war. Die Erleichterung, die Chris' Eintreten in mir ausgelöst hatte, wandelte sich zu Missmut. »Das hättest du mir aber auch gleich sagen können, dass man ihm die Kiezabstammung anhören soll. Da hätten wir uns einiges an Arbeit erspart.« Die Übungsblätter in meiner Hand knisterten.

»Ach komm, Charlie. Sei nicht päpstlicher als der Papst. Dilo soll gefällig und verständlich lesen können. Möglichst hochdeutsch. Und vor allem grammatikalisch richtig sprechen. Aber ein kleiner Akzent, der schadet doch nicht. Er passt zu ihm. Findest du nicht?«

»Die werden ihn sofort in eine Schublade stecken, Chris. Bildungsferner Emporkömmling. Ich freu mich jetzt schon auf die Kommentare auf Facebook und Co.«

»Die sozialen Medien sind ein eigenes Problem. Das packen wir später an. Er muss zunächst die Literaturkritiker überzeugen. Und die werden sich hüten, rassistische Bemerkungen zu machen. Damit würden sie sich selber ans Bein pinkeln.«

»Wenn du das sagst.«

Ich schmollte. Den gekränkten Blick, den ich ihm zuwarf, übersah er. Ignorant, wie er nun mal war.

»Was ich eigentlich fragen wollte«, sagte er, als wäre alles in Butter, »habt ihr zwei morgen Abend schon was vor?«

Oh! Krisskross lud uns ein? Das war aber mal nett.

»Eine Klientin stellt ihr Buch vor«, sagte er. »Einen historischen Roman, der auf wahren Begebenheiten beruht. Lust, euch das anzusehen?«

Ach, daher wehte der Wind. »Feldstudie?« Mich konnte er nicht täuschen. Das war kein Date. Das war Arbeit!

»Mit Feldstudie meinst du, dass isch dort was lernen kann?«, fragte Dilo.

»Genau. Ich nehme an, du warst noch nie auf einer Lesung?«

»Stimmt. Was zieh isch da an, Chef?«

»Jeans und ein neutrales T-Shirt reicht völlig aus«, sagte Chris. »Nur keine Aufschrift, wenn's geht.« Er fing meinen

Blick und grinste. Auch ich konnte mir ein Schmunzeln nicht verkneifen, obwohl ich eigentlich sauer auf ihn war. Aber Dilo hatte seit Neuestem ein Faible für LGBT-Shirts mit kernigen Sprüchen drauf entwickelt. Bei einer Literaturlesung mit historischem Background vielleicht wirklich nicht die beste Wahl.

»Aber schwarz mit bunten Herzschen drauf geht? Hab isch ganz neu gekauft.«

»Herzchen ist immer gut«, sagte Chris und lächelte seinen Schützling an, der prompt errötete.

»Ich komme herzlos«, warf ich ein. Die Stimmung wurde mir gerade ein wenig zu gefühlsduselig.

»In der Einfachheit liegt die größte Vollendung«, sagte Chris und verzog seinen Mund erneut.

»Was? Wie meinst du …? Ich hab leider keine Designerklamotten! Ist es das?«

»Was bist du denn gleich so beleidigt? War doch nur ein Spruch.«

»Aber kein besonders witziger.«

»Keine Ahnung, ob Leonardo da Vinci das witzig gemeint hat«, blaffte er zurück.

»Du kannst anziehen, was du willst, Scharlie. Du siehst in allem gut aus«, sagte Dilo und entlockte uns damit beiden ein erleichtertes Schmunzeln.

»Du sagst es.« Chris klopfte ihm auf die Schultern.

Ich verdrehte die Augen. Männer! Bevor ich noch etwas erwidern konnte, drückte Chris uns jeweils eine Einladung für die Lesung in die Hand und machte den Abgang.

»Und bitte pünktlich erscheinen«, sagte er, bevor er die Tür hinter sich zuschloss.

Jawohl, Chef!

Ich ließ Dilo zusammenpacken. Sprechübungen konnte ich ihm ohnehin keine mehr zumuten, und selbst war mir auch mehr nach frischer Luft als noch mehr dämlichen Sprüchen.

Schau mir in die Augen

Wir waren dann doch ein wenig spät dran. Mein Kleiderschrank war schuld, weil er nichts Passendes hergab. Und Chris. Weil der mir mit seiner kurzfristigen Ankündigung keine Zeit gelassen hatte, Wäsche zu waschen. Die hübscheren T-Shirts waren getragen und nicht frisch, und den sauberen Modellen sah man das Alter an. Aus den Fugen geraten und faltig! Von wegen, du kannst anziehen, was du willst. In solchen Shirts machte niemand eine gute Figur. Das einzige Stück, das die Fasson bewahrte, hatte ich von Caro zum Geburtstag bekommen. Es war beige mit einem floralen Muster darauf, das an einen Uterus erinnerte. Darüber der markige Spruch »Smash Patriarchy«. Es passte zu meiner schwarzen Jeans, und ich fand im hintersten Winkel des Kastens eine Weste, die farblich halbwegs harmonierte und mit der ich die Aufschrift zumindest teilweise bedecken konnte. Ich hatte ohnehin keine Wahl, die Zeit drängte.

Dilo wartete schon vor der U-Bahn auf mich. Das letzte Stück bis zur Buchhandlung, in der die Präsentation stattfinden sollte, mussten wir laufen. Erhitzt und fünf Minuten über der Zeit rauschten wir an. Die Stühle, die der Veranstalter in einem abgelegenen Teil der Buchhandlung aufgestellt hatte, waren bis auf den letzten Platz besetzt. Chris winkte uns hektisch nach vorne, er hatte uns Plätze in der ersten Reihe reserviert.

»Wo bleibt ihr denn!«, zischte er. »Der Herr Bezirksvorsteher-Stellvertreter, der uns die Begrüßung macht, muss gleich weg.«

Ich streifte hastig meine Weste ab und hängte sie über den Stuhl, den Chris mir zugewiesen hatte. Die vielen Menschen hatten den Raum bereits merklich aufgeheizt, und das Laufen hatte den Rest besorgt. Ich schwitzte wie nach einer Joggingtour im Hochsommer. Völlig erledigt ließ ich mich auf den Stuhl plumpsen und blies mir die Haare aus dem Gesicht. Als ich erwartungsvoll aufschaute, bemerkte ich, wie Chris' Blick an meinem Busen hängen blieb. Was erlaubte er sich! Das trieb mir zusätzlich zur Hitze die Schamesröte ins Gesicht.

Es wurde auch nicht besser, als er sich zornig abwandte, und ich kapierte, dass seine Aufmerksamkeit nicht meinem weiblichen Körperteil gegolten hatte, sondern der Aufschrift, die diesen zierte.

Es blieb ohnehin keine Zeit mehr, mir darüber den Kopf zu zerbrechen, denn drei Menschen betraten die Bühne, und Chris setzte sich wortlos neben mich.

Der erste Redner war der Buchhändler, der zunächst die Autorin begrüßte. Eine kleine, etwas untersetzte Person mit schwarz gefärbtem Pagenkopf und einem extrem übertriebenen Lächeln. Maria Pump-Hausewitz war ihr Name. Ärztegattin und Sprechstundenmanagerin. Würdevoll und im Dauerlächelmodus setzte sie sich hinters Lesepult. Als ob sie ihre Mundwinkel festgetackert hätte. Das könnte allerdings beim Lesen etwas hinderlich werden. Man durfte gespannt sein.

Der Name, den der Veranstalter als Nächstes erwähnte, riss mich aus meinen abschweifenden Gedanken. Er freue sich, dass Bezirksvorsteher-Stellvertreter Diplomkaufmann Kurt Damisch die Zeit gefunden habe, um dem Kind des Bezirks seine Ehre zu erweisen. In Form einer kleinen Rede.

Die inhaltsloser nicht hätte sein können. Jemand sollte ihm vielleicht einmal die Agentur »Ich schreib deinen Text« empfehlen.

Und der Name! Der Name! Er brachte ein Glöckchen in mir zum Klingen. Erst als Herr Damisch erwähnte, dass Frau Pump-Hausewitz' Roman hoffentlich bald Einzug in den Deutschunterricht finden würde – als Ersatz für die langweiligen Klassiker, mit welchen die Lehrer (sic!) seinen Sohn Tibor quälten – da traf mich die Erkenntnis wie der Blitz.

Meine Nemesis! Und ich konnte mich nicht einmal hinter einem Vordermenschen verstecken. Warum fühlte ich mich auf einmal so nackt? Mir wurde es erst heiß, dann extrem kalt. Ein Schüttelfrost kündigte sich an. In meiner Panik griff ich nach meinem Sitznachbarn zur Rechten und stöhnte leise auf.

»Alles in Ordnung mit dir?«, flüsterte Chris. Ich wandte hilfesuchend meinen Kopf in seine Richtung. Ein Paar besorgter Augen musterte mich. Eine warme Hand drückte meine zitternde. Warum nahm er mich nicht gleich in seine Arme, damit ich mich an seiner Brust verstecken konnte?

Das Publikum beklatschte frenetisch das Ende der Bezirksvorsteher-Stellvertreter-Rede, und ich wagte es nun, mich zu räuspern. In der Zwischenzeit war mir peinlich bewusst geworden, wessen lebenserhaltende Maßnahmen ich da gerade eingefordert hatte. Ich löste meine Hand aus seiner und griff mir an den Hals. »Muss was verschluckt haben«, krächzte ich. »Mücke.«

Chris griff in seine Tasche und hielt mir eine Dose mit zuckerfreien Pfefferminzbonbons hin. Ich fingerte eines heraus und steckte es mir in den Mund. Gerade noch rechtzeitig, denn Herr Damisch trat soeben ab, um allen Menschen in der ersten Reihe die Hand zu schütteln. Er müsse zum nächsten Event. Eine Vernissage eröffnen. Als er bei mir und meiner Hand angelangt war, zuckte kurz ein Muskel unter seinem rechten Auge. Für den Bruchteil einer Sekunde fürchtete ich, er würde »Frau Lehrer Klumpfuß, Sie sind's!« ausrufen. Doch Rettung nahte. Dilo zu meiner Linken streckte ihm schon erwartungsvoll sein Händchen entgegen, das der Herr Bezirksvorsteher-Stellvertreter prompt ergriff. Uff!

Die Menschen auf den billigen Plätzen mussten sich dann mit einem pauschalen Winken des Herrn Politikers begnügen. So hart kann das Leben sein.

Ich schloss die Augen. Lehnte mich zurück. Frau Pump-Hausewitz hüstelte ins Mikro. Es quietschte entsetzlich. Der Tontechniker schob hektisch ein paar Regler an seinem Gerät auf und ab. Dann hob die Autorin an. Sie wolle mit der Vorlesung des ersten Kapitels beginnen, damit wir einen Eindruck bekämen. Nach wenigen Sätzen, die ohne erkennbaren roten Faden Frau Pumps lächelnden Mund verließen, hatte ich einen Eindruck. Mein Geist driftete ab. Ich sah erst mich dort vorne sitzen und ins Mikrofon röcheln. Die böse Sprechphobie! Hörte Herrn Damisch, wie er die Lieblingslehrerin seines Sohnes vorstellte, von welcher dieser jahrelang profitiert hatte. Trotz ihrer Behinderung. Seinerzeit. Als sie noch den Rotstift einem Schreibprogramm vorzog. Plötzlich puffte mir jemand in die Rippen.

»Du schnarchst, Scharlie!« Dilo kicherte. »Isch finde das auch megalangweilisch, wie die liest. Das kann isch besser, oder?«

»Viel besser!«, sagte Chris. Er beugte sich über mich und raunte Dilo zu: »Wir hätten ihr Charlie als Lehrerin schicken sollen. Wenn ich das gewusst hätte!« Dabei grinste er über beide Ohren. Ich fand es schade, dass er sich wieder zurückbog in seinen Stuhl und so tat, als würde er weiter zuhören. Indem er die Beine überschlug, seine Hand ans Kinn führte und ab und zu nickte. Er hatte so ein angenehmes Parfüm. Das machte die generell sinkende Luftqualität im Saal etwas erträglicher.

Als Frau Pump-Hausewitz mit dem ersten Kapitel fertig war, durften wir kurz applaudieren und durchatmen. Sie würde uns nun ein wenig über ihre historische Hauptfigur, Gräfin Sybille von Harrsch, erzählen.

Schon wieder so ein Namenstrigger. Aber diesmal wusste ich sofort, um wen es sich hier handelte. Immerhin hatte ich wochenlang über das Umfeld dieser fiktiven Adeligen recherchiert. Aus beinahe unleserlichen Dokumenten ihren Lebenslauf herausgekitzelt, um ihn danach romantisch zu schönen und in Briefform zu setzen.

»Kann ich mal kurz einen Blick ins Buch werfen, Chris?« Ich deutete auf das Exemplar, das er auf dem Schoß liegen hatte. Er wollte es für die Agentur signieren lassen. Aber auch er war mit seinen Gedanken nicht im Saal und hörte mich nicht. Daher griff ich einfach nach dem Buch. Er fuhr hoch, als ich dabei unabsichtlich seine Finger berührte. Er schaute durch mich hindurch und lächelte verträumt.

»Das Buch. Kann ich mal kurz?«, wisperte ich.

»Ach so. Klar.« Er legte es mir in den Schoß und brachte sich wieder in Lauschposition. Ich hätte viel darum gegeben, zu wissen, wo er sich geistig gerade so herumtrieb.

Zurück in der realen Welt nahm Frau Pump-Hausewitz gerade einen Schluck aus ihrem Wasserglas. Erzählte, welche Emotionen durch sie hindurchgefahren waren, als sie auf dem Dachboden ihres Großvaters auf die Papiere gestoßen war, die im Wesentlichen die Basis für ihren Roman lieferten.

Ich schlug das Buch auf. Eine junge Frau findet im Nachlass ihres Großvaters eine Art Familienchronik und einen Packen Liebesbriefe. Sie legt die Dokumente zunächst zur Seite, muss erst noch Ordnung in ihrem eigenen Leben schaffen. Bla, bla, bla … Das war die Rahmenhandlung, alles klar. Das konnte getrost übersprungen werden. War sperrig und holprig formuliert. Ein wenig zu adjektivlastig, wie ich fand. Nach wenigen Seiten war ich, wo ich hinwollte: beim ersten Brief. Von H. an seine Angebetete S. Andere Schriftart. Konträrer Schreibstil. Der Zeit des frühen 20. Jahrhunderts nachempfunden, wie ich wusste. Sprachlich sehr geschliffen – im Vergleich zur Einleitung! Mit jeder Zeile, die ich verschlang, klopfte mein Herz wilder. Ich las definitiv in meinem eigenen Werk. Dieses Miststück hatte die Briefe wortwörtlich abgekupfert und als die ihren ausgegeben.

Ich blätterte zum Ende des Buchs, ob eventuell Sekundärliteratur angegeben war. Fehlanzeige. Frau Pump-Hausewitz, du falsches Luder! Na warte!

Sie wolle nun einen der auf dem Dachboden des Großvaters gefundenen, von ihr adaptierten Briefe vorlesen, kam eben durchs Mikrofon.

Am Dachboden gefunden, Frau Pump-Hausewitz? In Ihrem E-Mail-Postfach bestenfalls, Gnädigste. Mit einer Rechnung der Schreibagentur im Anhang.

Auch wenn die Pump-Hausewitz komisch las, den Mund kaum öffnete beim Sprechen und die Vokale unnatürlich zwischen den Zähnen durchquetschte wie durch eine Nudelmaschine, der Saal lauschte ihr gebannt. Oder eher den süßen Worten der jungen Sybille, die gar nicht so glücklich war über ihr Gräfinnendasein.

Ich war sogar ein wenig stolz, als das Publikum am Ende viel mehr Applaus spendete als nach dem ersten Kapitel. Das Mehr davon galt eindeutig mir, so sah ich das zumindest.

»Die Briefe sind wirklich super. Die hat sie toll eingeflochten in die Rahmenhandlung. Und sprachlich großartig hingekriegt«, schwärmte Chris.

»Sprachlich top. Stimmt«, sagte ich.

»Möchte vielleicht jemand eine Frage stellen?«

Frau Pump-Hausewitz hatte ihr Buch zugeschlagen und lächelte auffordernd in die Runde.

Wie lange sie denn gebraucht habe für ihr Buch, wollte eine Dame aus der zweiten Reihe wissen.

»Das Schreiben«, sagte Frau Pump-Hausewitz, »das ging mir recht zügig von der Hand. Aber die Hintergrundrecherche, die war sehr aufwendig.«

»Das kann ich bestätigen … äh, nachvollziehen«, entfuhr es mir, ohne brav die Hand zu heben. Ich war stundenlang im Archiv gesessen und hatte penibel Details über Hausrat, Möblage oder Kleidung in der damaligen Zeit recherchiert. Welches Besteck man verwendete, welche Strümpfe, Nagellack, Schminkzeug. Musikrichtungen und Lektüre, die gerade in waren.

Frau Pump-Hausewitz lächelte. Aus Prinzip oder weil sie sich irrtümlich gelobt fühlte?

»Aber die Briefe. Die haben Sie doch auf dem Dachboden entdeckt, dafür mussten Sie ja gar nicht recherchieren, oder?«

»Das nicht, da haben Sie recht. Da hat es das Schicksal gut mit mir gemeint. Aber natürlich musste ich die ein wenig adaptieren. Aus dramaturgischen Gründen. Und für die Hintergrundgeschichte war die Informationsbeschaffung zeitraubend. Der Hund liegt ja im Detail.«

Auch hier stimmte ich ihr zu. Allerdings hatte ich alle meine Rechercheergebnisse mitsamt besagten Details den Briefen an die Agentur beigefügt, damit der Auftraggeber sich von der historischen Korrektheit überzeugen konnte. Sooo megaviel Arbeit konnte das nicht mehr gewesen sein.

»An diese mühevolle Recherche. Wie sind Sie denn da genau herangegangen?«

»Wie meinen Sie das?« Frau Pump-Hausewitz' Lächeln fror ein wenig ein.

»Mich würde interessieren, welche Archive Sie besucht haben, zum Beispiel. Oder haben Sie Sekundärliteratur verwendet? Es hat mich ein wenig gewundert, dass Sie keine angegeben haben.«

»Sekundärliteratur?«, stotterte Frau Pump-Hausewitz.

»Das sind Fachbüscher, die sisch mit der Interpretation von Gedischten und Texten beschäftigen«, soufflierte Dilo an meiner Seite mit stolzgeschwellter Brust.

»Warum wollen Sie das so genau wissen? Sind Sie Historikerin?« Auf Frau Pump-Hausewitz' Oberlippe tauchten Schweißperlen auf.

»Das nicht«, sagte ich. Chris packte soeben meine Hand. Ich musste wohl einlenken, wenn ich mit heilen Fingerknochen aus diesem Saal kommen wollte.

»Ach. Ich dachte selber schon einmal daran, einen historischen Roman zu schreiben«, log ich. »Und da wollte ich wissen, ob Sie mir ein Archiv empfehlen können. Oder ein Standardwerk.« Ich entwand Chris meine Hand und schüttelte heimlich die Finger aus.

»Ach so. Ähm … Nationalbibliothek! Ja. Gehen Sie in die Nationalbibliothek. Dort hilft man Ihnen sicher gerne weiter … Wenn dann keine weiteren Fragen mehr … Ich signiere Ihnen gerne Bücher. Für Sie, Ihre Freunde. Ein persönlicheres Geschenk kann es ja gar nicht geben.«

Chris hastete nach vorne, um anstelle des Herrn Bezirksvorsteher-Stellvertreters die Danksagungen zu übernehmen.

Dilo und ich schlichen uns einstweilen ans Büfett. Es gab Aufstrichbrote vom traditionsreichen Wiener Brötchenhersteller Trześniewski, dessen Firmengründung in die Zeit fiel, in der die Briefe der jungen Sybille geschrieben waren. Der Veranstalter hatte eine Tafel aufgestellt, auf der man die Geschichte des Hauses ablesen konnte. Mit ein paar Archivfotos zur Illustration. Das fand ich eine sehr nette Idee, zumal ich wusste, dass die Aufstrichbrötchen nicht nur köstlich, sondern auch ziemlich teuer waren. Dilo, der zum ersten Mal so ein Teilchen zwischen die Zähne bekam, war begeistert. Er hatte das halbe Tablett der Pfefferoni-Variante bereits leer geräumt, bevor Chris erschien. Ich hatte mich an Lachs und Speck mit Ei gehalten, aber nicht schadlos, dafür hatte ich schon den dritten Pfiff Bier unten. Insgesamt ist das ja kaum mehr als ein Krügerl, was soll's.

»Du hast deine Weste hängen lassen«, sagte Chris und drückte sie mir mit steinernem Blick in die Hand.

»Oh, danke«, sagte ich, hängte sie mir über den Ärmel und nahm mir ein weiteres Glaserl Bier vom Stehtisch.

»Die Pfefferoni muscht du unbedingt probieren«, nuschelte Dilo. Chris bediente sich aber lieber vom veganen Servierbrett. Linse mit Roter Rübe und Karfiol mit türkischem Kümmel und Kurkuma. Vielleicht, weil die anderen Tabletts nur noch sehr dürftig bestückt waren? Besonders überzeugt war er nämlich nicht von den ausgefallenen Kombinationen, er holte sich nicht nach und zeigte generell schlechte Laune. Wieder mal auf Diät, Krisskross?

»Wollt ihr noch was essen gehen oder so?«, fragte er halbherzig.

»Isch bring nüscht mehr runter«, sagte Dilo.

Ich hätte zwar noch was runtergebracht, hatte aber keine Lust, mit einem grantigen Agenten meine kostbare Zeit zu verplempern. Ich hatte noch zu tun. Eine zu verbessernde vorwissenschaftliche Arbeit stand an, der Kandidat war damit bei der Matura durchgefallen und wollte im September erneut antreten. Ziemlich verbockte Angelegenheit, die ich praktisch neu schreiben musste.

Auf unserem gemeinsamen Weg bis zur U-Bahn-Station plapperte bloß Dilo. Er musste in die andere Richtung und brauste die Rolltreppe hinunter, weil seine Bahn einfuhr.

»Was sollte das eigentlich zuvor?«, fuhr mich Chris an, als wir am Bahnsteig angekommen waren. Darauf war ich nicht vorbereitet.

»Was denn?«

»Deine Recherchefragerei. Du hast die arme Frau doch absichtlich aus dem Konzept gebracht.«

»Ach das. Ich ... Ich fand sie ein wenig ... Na ja. Ich war nicht so überzeugt von ihrer ... authentischen ... na, der Recherche halt.«

»Ich fand ihre Recherche ausgesprochen überzeugend. Deshalb hab ich das Buch überhaupt übernommen. Die Rahmengeschichte war eher der Schwachpunkt. Da musste die Lektorin schon ziemlich rumwerken. Aber die Briefe fand ich ganz ausgezeichnet. Die waren auch sprachlich hervorragend.«

»Vielleicht weil diese Sybille selber ein Schreibtalent war?«

»Kann schon sein. Trotzdem kannst du der Frau nicht vorwerfen, dass sie nicht ordentlich recherchiert hätte. Denn das hat sie. Das Schicksal der beiden Briefschreiber ist absolut nachvollziehbar im historischen Kontext.« Chris schnaubte immer noch wütend, weil ich seinen Schützling beinahe blamiert hatte.

»Ist ja gut. Ich wollte bloß wissen, woher sie ihre Kenntnisse bezog.« Jetzt war ich es, die patzig wurde. Er hatte ja keine Ahnung.

Eine Weile glotzten wir auf die Werbeeinschaltungen und Kurznachrichten an der gegenüberliegenden Wand. Plötzlich packte mich Chris bei den Schultern und drehte mich zu sich.

»Du!«

Er ließ mich wieder los und starrte mich an. »Du hast die Briefe geschrieben. Die historisch angepasste Familienchronik, von der du mir mal erzählt hast.«

Ich wich seinem durchdringenden Blick aus. »Kein Kommentar«, murmelte ich.

»So eine Funsen!«

»Chris!«, rügte ich seine Wortwahl.

»Na, wenn's doch stimmt. Sie hat mich betrogen!«

»Dich? Inwiefern?«

»Na, weil sie sich als Urheberin ausgegeben hat.«

»Hast du sie denn gefragt? Außerdem. Was wäre anders gewesen, wenn sie zugegeben hätte, dass Teile des Textes nicht von ihr sind? Nur so. Theoretisch.«

»Na, hör mal. Wir haben schon ein paar Autobiografien von Sportlern oder Politikern an den Verlag gebracht, die mit Hilfe von Profis geschrieben wurden. Aber selbstverständlich sind die dann als Co-Autoren im Buch erwähnt. Das gehört sich doch!«

»Ach. Tut es das?«

Chris schaute mich verdattert an. Und ich grinste beim Gedanken, dass mein Name auf Frau Pumps Buch aufscheinen hätte können. Vermittelt durch die Literaturagentur Wort-Weber. Wie zynisch war das denn!

»Ich werde sie darauf anreden«, sagte Chris etwas gedämpfter, obwohl er immer noch blau vor Zorn war.

»Einen Scheiß wirst du!«, rief ich entrüstet. »Ich werde alles abstreiten, wenn es darauf ankommt. Hast du schon vergessen, dass ich eine Ghostwriterin bin? Mit Verschwiegenheitsklausel. Wenn aufkommt, dass ich geplaudert habe, bin ich meinen Job los.«

»Den hast du doch eh nicht mehr notwendig«, blaffte Chris zurück.

»Ach. Und wovon, glaubst du, bezahl ich meine Miete?«

»Aber … du … du müsstest doch längst deinen Vorschuss bekommen haben.«

»*Müsste* ich das? Dafür *müsste* mir aber mal jemand den Verlagsvertrag zum Unterzeichnen vorgelegt haben, Herr Agent.«

Die U-Bahn fuhr ein, und ich drängte mich ins Abteil, obwohl noch nicht alle Leute ausgestiegen waren. Die bösen Blicke, die mir das eintrug, ignorierte ich. Chris blieb an der Tür stehen. Zwei Stationen weiter stieg er aus, ohne sich nach mir umzusehen. Beleidigte Leberwurst!

Vorschusslorbeeren

»Was hast du denn gestern mit Chris angestellt?«, fragte Rosi, als ich am nächsten Tag im Büro erschien.

»Ich? Wieso?«

»Er hat mit seinem Chef geschrien. Dem Junior.«

»Ups! Der war da?«

»Der Junior nicht. Aber Chris. Obwohl er heute eigentlich im Homeoffice ist. Er ist in aller Herrgottsfrüh hereingestürmt. Ich war gerade erst beim Kaffeekochen. Nicht einmal den Computer hab ich hochgefahren gehabt. ›Ruf den Junior an. Wenn nötig privat. Und stell ihn mir bitte unverzüglich durch!‹ Zischt vorbei an mir und knallt seine Tür zu. Und kurz darauf hab ich ihn auch schon brüllen gehört. Unglaublich! Kenn ich so gar nicht von ihm.«

Tatsächlich? Da war ich von Dilo allerdings anders informiert. Wie auch immer, dem Agenten in Chris war ich wohl ordentlich auf den Schlips getreten.

»Och. Ich hab nur ganz dezent erwähnt, dass ich noch immer keinen Vorschuss gekriegt hab«, sagte ich mit einem leisen Lächeln. So dezent war es auch wieder nicht gewesen.

Rosi nickte. »Hab ich mir gedacht. Ich muss Chris in Schutz nehmen. Er hatte wirklich keine Ahnung. Der Junior hat das verbockt. Die Verträge vom Verlag liegen schon wochenlang bei ihm auf dem Tisch. Aber der musste ja dringend eine dreiwöchige Nilkreuzfahrt machen, deshalb sah er sich außerstande, sie an uns weiterzuleiten. Erst die aufwendige Vorbereitung der Reise. Dann kein Internet auf der Barke, angeblich. Da ist Chris gestiegen wie Rumpelstilzchen persönlich. Schade, dass ich nicht alles verstanden habe, was er ihm da reingesagt hat.«

Rosi zog ein Scheckbüchlein aus der Lade, riss das oberste Blatt ab und schob es mir hin. »Den solltest du in den nächsten acht Tagen bei deiner Bank einlösen.«

»Oh! Ein Vorschuss vom Vorschuss?« Es war ein Scheck über zehntausend Euro!

»Du sollst es als Versuch einer Wiedergutmachung betrachten, sagt Chris. Oder Anerkennung deiner Arbeit hier. So wie ich das verstanden habe, geht das zulasten der Agentur. In Deutschland!« Sie grinste. »Hat mit dem Vorschuss vom Verlag nichts zu tun.«

»Oh!«, sagte ich erneut. Ich war sprachlos. Chris war gar nicht beleidigt gewesen. Wütend ja. Aber nicht auf mich, sondern auf die Agentur. Den Juniorchef. Ich musste mich bei ihm entschuldigen.

Dazu gab er mir allerdings keine Gelegenheit. Es verging mehr als eine Woche, bis ich ihn überhaupt wieder zu Gesicht bekam. Und da trat er pfeifend ins Zimmer und wedelte mit ein paar Zetteln in der Hand.

»Schau mal, was ich da Schönes habe«, rief er.

Das Papier war der finale Vertrag mit dem Verlag. Die noch ausständigen Details waren abgesegnet und damit mein Weg aus der Finanzkrise endgültig geebnet. Sein telefonischer Tobsuchtsanfall hatte Früchte getragen. Innerhalb weniger Tage würde mein Kontostand um stolze vierzigtausend Euro steigen. Zusätzlich zu den zehntausend von der Agentur. Da konnte man schon was machen damit. Chris und ich strahlten einander auf Kommando an wie zwei Bewegungsmelder.

»Oh, wie schön!«, hauchte ich ergriffen.

Während ich versuchte, meine Emotionen in den Griff zu bekommen, wandte Chris sich an Dilo. »Und für dich hab ich auch was ganz Besonderes. Wir werden in zwei Wochen zusammen nach Köln fahren. Die Herrschaften im Verlag wollen dich unbedingt persönlich kennenlernen. Alle werden sie da sein. Auch der alte und der neue Chef von WortWeber.«

Mein Bewegungsmelder schaltete sich augenblicklich aus. Dafür ging meine Alarmanlage an. »Was? Schon übernächste Woche? Dilo ist noch nicht so weit!«

Auch Dilos Gemütszustand stürzte von himmelhochjauchzend, nach Chris' Ankündigung, auf zu Tode betrübt – wegen meiner angemeldeten Zweifel.

»Und alle werden da sein, sagst du. Die Chefs?«

»Du wirst sie im Sturm erobern, Dilo. Du kannst jetzt schon besser lesen als diese …« Chris schluckte die »Funse« hinunter, als er meinen warnenden Blick einfing.

»… als diese Frau Plump-Hauswitz letzte Woche«, sagte er und grinste. »Dank Charlie hier.« Er legte kurz seine Hand auf meine Schulter, zog sie aber wieder zurück, als ich erschrocken zurückzuckte, und steckte sie in die Hosentasche.

»Was muss er für Köln alles können?«, seufzte ich.

»Er muss über sein Buch Auskunft geben können.«

Sein Buch. Ja, genau.

»Wie und warum er zu dieser genialen Idee mit der genderneutralen Erzählstimme gekommen ist. Und ein bisschen was über sich erzählen. Möglichst authentisch rüberkommen. Das ist alles. Ach ja. Und über Orlando sollte er natürlich auch Bescheid wissen.«

»Na, wenn es weiter nichts ist«, bemerkte ich spitz.

»Mach dir keine Sorgen, Scharlie. Isch liebe unser Buch«, sagte Dilo. »Isch hab es schon dreimal gelesen. Darüber kann isch sischer lange reden, ischwöre. Hauptsache, isch muss nüscht über Eischkätzschen spreschen. Oder Streischholzschäschtelschen.«

Dilo und Kross lachten unisono. Schön, dass sie sich amüsierten.

»Und wenn isch was Falsches sage, gibst du mir ein Zeischen. Und sagst so was wie: Was Dilo meint, ist … Gemeinsam schaffen wir das, Scharlie.«

Dilo war wieder zuversichtlich, aber Chris lag etwas auf dem Herzen. So hart er auch in geschäftlichen Dingen sein mochte, ein Pokerface hatte er nicht im Repertoire.

»Na ja«, sagte er und hob mit dem Zeigefinger seine Brille von der Nase, wodurch sein Gesicht immer länger wurde. Dann schob er sie wieder zurück.

»Charlie kommt nicht mit.«

»Was? Warum das, Chef?«

»Na ja.« Wieder dieses Hin-und-her-Geschiebe der Brille.

»Ja?« Ich fixierte ihn. Das interessierte mich jetzt auch brennend.

Er stoppte die Brillenhebung, brachte aber kein Wort hervor. Ich musste ihm aushelfen. »Charlie Schwarz existiert nicht für den Verlag, Dilo«, brachte ich die Situation auf den Punkt.

»Aber, du bist doch … meine wischtische Trainerin.«

»Das stimmt schon.« Chris hüstelte. »Und wir beide wissen auch, wie maßgeblich Charlie für deine Fortschritte verantwortlich ist. Dass du eine … ähm … Sprechtrainerin hast, das wird den Verlag auch freuen. Ist aber deine Privatsache. Du bist ihr Autor. Ich dein Agent. Sie bezahlen unsere Flugtickets und die Hotelzimmer.«

»Ach so … Und wenn wir zusammenlegen? Wie viel kostet ein Ticket und ein Zimmer in Köln?«

»Lass es gut sein, Dilo. Ich bin sicher, Chris wird dich wunderbar betreuen«, sagte ich tapfer. Chris vermied es krampfhaft, mich anzusehen. Statt sich um meine verletzte Seele zu kümmern, warf er Dilo einen aufmunternden, fast zärtlichen Blick zu. Ein weiterer Stich, der mich durchfuhr. Was würde in Köln passieren, wenn sie im selben Hotel übernachteten? Ich musste Dilo unbedingt noch zur Zurückhaltung mahnen.

Mit dem Kopf war er jedenfalls schon auf der Reise.

»Mensch. Was muss denn alles in den Koffer, Chef? Was zieht ein Dischter eigentlisch an?«

»Hab ich auch schon dran gedacht, dass wir dich einkleiden müssen«, sagte Chris und drückte ihm eine Kreditkarte in die Hand. »Damit kannst du in ganz Wien bezahlen. Charlie wird dich sicher gut beraten.«

»Sorry«, sagte ich. »Ich bin Dilos *Sprech*trainerin. Ich hab von Mode keine Ahnung.«

»Stimmt«, meinte Dilo und lächelte mich unschuldig an. »Von Mode versteht Scharlie wirklisch nüscht. Kannst *du* nüscht …?«

Aha! Chris verstand was von Mode? Hallo? Er trug Jeans und zerknitterte, ungebügelte T-Shirts. Während ich meine Shirts bügelte. Meistens.

Chris schüttelte entsetzt den Kopf und wich gekonnt meinem empörten Blick aus. Besser so. Sonst hätte er auch mitbekommen, wie rot mein Gesicht schon war. Ich war kurz vorm Platzen.

»Aber isch kann doch unmöglisch alleine shoppen gehen«, jammerte Dilo. »Wer sagt mir, ob mir was passt.«

Plötzlich erhellte sich sein Gesicht. »Glaubst du, dass Nick vielleischt für misch Zeit hat, Scharlie? Isch finde, der hat escht einen guten Geschmack.«

Ich zuckte mit den Schultern. »Am besten fragst du ihn selber«, knurrte ich.

»Na dann«, stotterte Chris. »Ich überlass euch wieder eurem Schicksal. Ihr habt sicher viel zu tun.«

Und schon war er draußen bei der Tür. Drückeberger! Und ich hätte ihm heute Abend ein neues Liebesgedicht schreiben wollen. In der Stimmung?

Ich brach unsere Lektion für diesen Tag ab. Diesmal war ich es, die sich nicht mehr konzentrieren konnte. Dilo freute es. »Isch geh gleisch ins NaUnd und frag Nick. Kommst du mit?«

Das ließ ich mir nicht zweimal sagen, ich konnte Aufmunterung gebrauchen.

An der Tür fing Chris mich noch einmal ab. »Hast du noch kurz Zeit für mich?«

»Du kannst schon vorgehen, Dilo«, sagte ich. »Ich komm gleich nach.«

Eine Bemerkung, die ich mir sparen hätte können. Er hörte sowieso nicht auf mich und stob davon wie ein Schüler nach der letzten Pausenglocke. Eigentlich wäre ich gerne mit ihm mitgelaufen. Plötzlich hier mit Chris so allein, verursachte mir Bauchweh. Keine Ahnung, was er von mir wollte.

Seufzend wandte ich mich ihm zu. Er lächelte. Hatte er mich die ganze Zeit über beobachtet? Wie ich sehnsüchtig meinem Schützling hinterhergeschaut hatte? Er nahm meine Hand und drückte sie fest. Er hatte wirklich schöne Hände. So gepflegt.

»Sind so schöne Hände« fiel mir ein. Nein. Es hieß »Sind so kleine Hände« und war ein Kinderlied von Bettina Wegner. Egal. Die Melodie hatte sich sofort in meinem Kopf festgesetzt. Ein wirklich süßer, melancholischer Ohrwurm.

»Charlie«, sagte er. »Es tut mir wirklich leid, dass ich dich nicht mitnehmen kann nach Köln. Du arbeitest so hart und …«

»Ist schon gut«, murmelte ich. Einem ersten Impuls folgend, hätte ich ihm meine Hand entziehen wollen. Aber sie ließ so eine angenehme Ruhe in meinen Körper fließen.

»Ich … ich weiß nicht, wie ich dir das alles jemals …«, stammelte er. »Am Anfang, da dachte ich bloß an einen Ausweg. Und mir schien das ganze Arrangement einfach für alle das Beste. Aber letztendlich bist du es, die auf der Strecke bleibt. Das hast du nicht verdient.«

Jetzt entzog ich ihm doch die Hand. So viel Empathie auf einmal machte mich immer nervös. Krampfhaft dachte ich nach, was ihn denn veranlasst haben könnte, sich plötzlich so mitfühlend zu zeigen, aber mir wollte partout nicht einfallen, welche Hintergedanken er mit der Schmeichelei hegen könnte.

»Bring mir halt was Hübsches mit aus Köln«, brummte ich.

»Das mach ich!« Sein befreites Lachen kam spontan und ehrlich. Sein liebevoller Blick verwirrte mich. Ich starrte auf einen Fleck auf meinen Sneakers, der heute Morgen noch nicht da gewesen war. Er packte mich sanft an beiden Schultern und zwang mich, ihm in die Augen zu schauen. »Ich werd mich auf jeden Fall dort drüben schon mal für dich einsetzen, Charlie. Für unser nächstes Projekt. Okay?«

Unser nächstes Projekt? Er hatte zielsicher einen wunden Punkt getroffen. Mein feministischer Frauenroman ruhte sanft, abgelegt in seinem Ordner, seit ich das Projekt »Orlando« angefangen hatte. Trotzdem beglückte es mich, dass er es nicht vergessen hatte, und ich wurde richtig rot vor Freude. So oft war es mir in letzter Zeit nicht beschieden gewesen, dass jemand sich über meine Wünsche und Sehnsüchte Gedanken machte.

»Wo bleibst du denn!« Dilo stand plötzlich neben uns, und Chris ließ sofort von mir ab.

»Was habt ihr zwei so Wischtisches zu bespreschen? Datet ihr eusch jetzt, oder was?«

»Bin ja schon unterwegs!« Ich lachte betont fröhlich und lief mit Dilo zur Tür, von wo ich Chris noch einmal zuwinkte. Er stand unbeweglich da. Dann drehte er sich abrupt um und ging zurück ins Büro.

»Spinnst du!«, zischte ich Dilo an, als wir draußen waren.

»Wieso? Was hab isch falsch gemacht?«

»Daten! Chris war deine Bemerkung so peinlich, hast du das nicht bemerkt? Er hatte ein schlechtes Gewissen wegen Köln. Weil er mich nicht mitnimmt. Das ist alles. Du glaubst doch nicht, dass … Er und ich. Das ist doch …«

Eifersuchtsszenarien konnten wir jetzt wirklich am allerwenigsten brauchen.

Dilo lachte. »Ach so! Alles gut, Scharlie. Isch finde es viel besser, wenn ihr eusch vertragt. Isch hasse Streit. Ischwöre!«

Wir liefen zu Fuß ins NaUnd, um die Köpfe wieder freizukriegen. Dilo zappelte vor mir her, ich konnte kaum Schritt halten mit ihm. Immerhin hatte er ein Einsehen, dass ich mit meiner Gehbehinderung nicht joggen konnte.

»Tut mir leid, das vergess isch immer«, sagte er.

Als wir um die letzte Ecke bogen, konnte er es aber nicht mehr erwarten und sauste los. Ich sah gerade noch, dass er hinter der Bar verschwand und mit Händen und Füßen auf Nick einredete.

Ich warf Nick eine Kusshand zu und ließ mich erschöpft neben Julika und Caro am Stammtisch nieder. Von Erholung war aber auch hier zunächst keine Rede.

»Ach. Die Ghostwriterin hat auch mal Zeit für uns«, sagte Caro schnippisch. Seit ich mich auf diesen Deal mit der Agentur eingelassen hatte, herrschte zwischen uns Missstimmung. Sie fand nach wie vor, dass ich mich prostituierte. Julika verdrehte die Augen. »Lass sie in Ruhe, Caro. Sie hat genug am Hals.«

Ich schluckte meinen Frust tapfer hinunter. Meinen ursprünglichen Plan, mich bei den Freundinnen über meinen ungerechten Chef auszulassen, weil er mich nicht nach Köln mitnehmen wollte, ließ ich fallen. Es fühlte sich nicht mehr richtig an, sich über ihn zu beschweren. Julika würde auf Chris schimpfen und Caro triumphierend verkünden, das hätte ich mir selbst zuzuschreiben. Auf tröstende, solidarische Worte konnte ich demnach sowieso nicht hoffen.

Caros mürrischer Blick hellte sich erst auf, als Dilo mit Nick an den Tisch trat.

»Nick geht mit mir shoppen!« Beide Jungs strahlten übers ganze Gesicht. Das hatte ich so erwartet. Aber dass auch Caro von der Einkleidungsidee begeistert war, wunderte mich. Sie war von Anfang an der Meinung gewesen, wir würden Dilo zum Schauobjekt degradieren. Doch nun drängte sie sich sofort ungefragt als Stilberaterin auf. Ansatzlos fing sie mit Nick zu streiten an, wo man die coolsten Klamotten herbekam. Schließlich einigten sie sich auf ein paar Boutiquen im ersten Bezirk, die extravagante Designerware anboten, inklusive Schuhen und Accessoires. Weil Dilo unbedingt sofort loswollte, bot ich Nick spontan an, für ihn im Lokal einzuspringen. War ohnehin schon lang wieder mal fällig, und Julika versprach, mich zu unterstützen. Somit stand einer »Shopping-Prince-Tour« nichts mehr im Wege.

»Schickt uns gefälligst Fotos von euren Anproben!«, rief sie ihnen nach.

Hätte sie bloß nicht! Alle paar Minuten trudelten serienweise Bilder von Dilo in megacoolen Designerstücken ein.

Im kirschroten Zweiteiler. Mit offenem Sakko und einer roten Brille, die wie eine Kette an seinem Hals baumelte. Abwechselnd aufrecht stehend oder mit eingeknickter Hüfte. Caro dahinter, die Grimassen schnitt.

Dann wieder ein Dilo in Schwarz. Leinenhose und Seidenhemd. Darüber eine ärmellose Nehrujacke mit Elefantenmotiven darauf. Dieses Foto zeigte nur ihn, aber man konnte es dreihundertsechzig Grad drehen und ihn von allen Seiten beäugen. Und jeder Grad davon war sehenswert!

Gottlob war im Kaffeehaus wenig los, denn die drei hielten uns kontinuierlich mit Fotostrecken auf dem Laufenden. Das letzte Bild, das über den Äther kam, war ein Selfie der drei mit rausgestreckten Zungen und einer Unmenge von Taschen verschiedenster Modelabels. Sie mussten ein Vermögen ausgegeben haben. Chris hatte sich nicht lumpen lassen, seinen Schützling auch optisch ins rechte Licht zu rücken. Das Projekt war ihm anscheinend wirklich enorm wichtig.

Julika musste es mir angesehen haben, dass ich ins Grübeln gekommen war. Sie wirkte plötzlich ernst. »Wie geht's dir eigentlich mit deinem Avatar? So … ganz generell«, fragte sie.

»Er macht gute Fortschritte«, sagte ich. »Der Feinschliff fehlt noch, aber das kriegen wir auch noch hin.«

»Das hab ich nicht gemeint. Kommst du damit klar, dass der Typ dein Buch in die Welt tragen soll, während du …?«

»Passt schon, Julika«, warf ich ein, bevor sie tiefer in meiner Wunde wühlte. Verschwieg ihr auch, wie gekränkt ich war, dass Chris mich nicht mitnahm nach Köln. Ich konnte es sowieso nicht mehr ändern. Und bald war es ohnehin vorbei.

»Ich verdräng das einfach. Ich mach die Arbeit, die von mir verlangt wird. Punkt. Bekomme sie gut bezahlt. Und nutze die Erfahrung später für mein erstes eigenes Buchprojekt.«

Scheiße. Im selben Moment, in dem ich mein Projekt erwähnte, wusste ich, dass ich ein Eigentor geschossen hatte. Bloß weil Chris es zuvor erwähnt hatte, hatte es sich wieder in meinem Kopf eingenistet.

»Kommst du denn gut voran damit? Die Geschichte über die entbehrlichen Männer wird garantiert köstlich. Vielleicht hast du ja neuen Stoff gesammelt? Ich freu mich auf jeden Fall schon aufs Probelesen.«

»Du bist sicher die Erste, die es zu lesen kriegt«, sagte ich und versuchte zu lachen. Schnell schnappte ich eine Menükarte und schlenderte in den Gastraum. Ein Pärchen hatte sich gerade einen Tisch gesucht. Diese Chance durfte ich nicht ungenutzt lassen, um einer weiteren Diskussion zu diesem, meinem neuralgischen Punkt zu entgehen. Seit ich den Freund:innen daraus vorgelesen hatte, hatte ich keine weitere Zeile an meinem Text geschrieben. Wie lange war das jetzt her? Ein knappes halbes Jahr? Eine gefühlte Ewigkeit auf jeden Fall. Vielleicht sollte ich mir wirklich mal ernsthaft Gedanken machen, wie es »danach« weitergehen sollte mit mir.

Sinnkrise

Für einen Blick in die Glaskugel, der mein Leben nach der Buchpräsentation ahnen lassen sollte, blieb mir keine Zeit. Das Schicksal der Männer, die mein Leben derzeit bestimmten, war schließlich wichtiger. Wie hätte es auch anders sein sollen? War doch immer so, oder? Men first.

Okay. Das hatte ich mir wirklich selbst zuzuschreiben. Das ganze Projekt hatte mit Feminismus nichts zu tun, da musste ich Caro wohl recht geben. Augen zu und durch, Charlie. In wenigen Wochen ist die Chose vorbei. Dann können sie dich alle wieder. Nur noch der Endspurt.

Die nächsten Tage verbrachte ich ausschließlich im Büro, oft bis spätabends. Ich präparierte meinen Schützling inhaltlich und thematisch. Drillte ihn zu Fragen um Plot, Charakterentwicklung und literarische Anspielungen. Erklärte ihm genauer, was es mit seinem Pseudonym Orlando auf sich hatte.

Als ob er telepathische Fähigkeiten besäße, brachte Chris uns ein paar DVDs von Literaturfilmen vorbei, darunter »Orlando« mit Tilda Swinton in der Hauptrolle, »Mrs. Dalloway« und »The Hours«.

»Aus meinem privaten Fundus aus dem Jahre Schnee«, sagte er. »Aber immer noch sehenswert. Außerdem geht Schauen schneller als Lesen.«

Er richtete uns den Beamer im Tagungsraum für ein Heimkino her, verriet mir die Passwörter für diversere Streaminganbieter, wenn wir was anderes schauen wollten, und drückte mir sogar einen Büroschlüssel in die Hand.

»Falls ihr einmal am Abend reinwollt, wenn Rosi schon weg ist.« Das war mehr als ein bloßer Vertrauensbeweis!

Dilo und ich nahmen das Angebot auch gerne wahr. Auf keinen von uns beiden wartete jemand zu Hause. Wir ließen uns Pizza oder Kebab bringen, und dann ging's los.

Für »Orlando« brauchten wir drei Abende. Dilo fand den Film langweilig und Tilda Swinton hässlich, nur Shelmerdine, der schöne Abenteurer, gefiel ihm.

»Wehe, du gibst das in einem Interview zu, Dilo. Du musst von dem Film schwärmen. Dass er ein Meisterwerk ist. Und die Hauptdarstellerin, Tilda Swinton. Die ist phänomenal, unvergleichlich, überzeugend. Aber nicht langweilig oder gar hässlich, hörst du? Immerhin hast du dir den Namen Orlando von dem Roman geliehen. Du musst ihn also gut finden.«

Dilo lachte. »Keine Angst, Scharlie. Das hab isch schon kapiert. Und die Kritiker, sagst du, die freuen sisch, wenn sie selber drauf kommen, woher der Name kommt.«

»Guter Junge«, lobte ich ihn. Dann klärte ich ihn über die Epochen des britischen Empires auf und trichterte ihm Phrasen ein, die zu Orlando passten.

Zu »Mrs. Dalloway«, unserem heutigen Programm, konnte er schneller einen Bezug herstellen. Die Charaktere fand er durch die Bank attraktiv, und er litt mit der jungen Clarissa mit, weil sie sich zwischen zwei Verehrern entscheiden musste.

»Isch bin froh, dass isch nur in einen verliebt bin. Glaubst du eigentlisch, dass man zwei Menschen gleisch stark lieben kann, Scharlie?«

Ich wusste es nicht, hielt es immerhin für möglich.

»Und Männer und Frauen gleischzeitisch?«

»Meinst du, zur selben Zeit – also parallel? Oder beiderlei Geschlechts? Also bi?«

»Oh nein! Natürlisch nüscht gleischzeitisch.« Dilo lachte von ganzem Herzen. »Das gibt's sischer auch. Das ist ein Dreier, oder? Aber das ist Porno.«

»Was muss ich hören? Ihr schaut Pornofilme?«

Erschrocken drehten wir uns beide zur Tür. Im selben Moment ging das Licht an.

»Chef! Hast du uns jetzt aber erschreckt!«, rief Dilo. »Isch hab disch gar nüscht kommen hören.«

»Stehst du schon lange da?«

Er lächelte. »Eine ganze Weile, ich wollte euer interessantes Gespräch nicht unterbrechen.«

»Und was glaubst du, Chef? Kann man einen Mann und eine Frau gleisch gerne haben – zur gleischen Zeit?«

Chris musterte erst mich, dann Dilo. »Ich halte das durchaus für möglich. Charlie meint in ihrem Buch ja auch, dass alle Spielarten der Liebe ihre Berechtigung haben. Ich geh sogar noch weiter. Zu Mrs. Dalloways Zeit war es nicht schicklich, zwei Beziehungen gleichzeitig zu führen. Heute ist selbst das kein Tabu mehr.«

»Und das wäre für disch in Ordnung?«

Chris schmunzelte. »Sorry. Da muss ich mich jetzt als konservativ outen. Polyamorie ist nichts für mich. Ich würde keinen Nebenbuhler ertragen können.«

»Da bin isch bei dir. Isch auch nüscht. Und du, Scharlie?«

Beide schauten mich erwartungsvoll an.

»Mein favorisiertes Modell ist das Singledasein«, sagte ich knapp und zog die DVD aus dem Player. »Schluss für heute.«

Dilo fischte sein Handy aus der Tasche und checkte die Uhrzeit. »Ups. So spät schon! Isch muss nach Hause. Morgen prüft misch Scharlie über literarische Anspielungen, die sie in ihren Text eingebaut hat. Isch muss noch ein bischschen lernen, glaub isch.«

»Dann ab mit dir!«, sagte Chris. »Ich helfe Charlie beim Wegräumen.«

Er öffnete alle Fenster und stapelte die leeren Pizzaschachteln ineinander. »Die nehm ich gleich mit runter«, sagte er, »sonst schimpft Rosi, wenn es hier schon in der Früh nach Knoblauch stinkt.«

Als wir fertig waren, drehte er das Licht im Büro ab und schloss die Tür. Kurzfristig standen wir im Dunkeln. Der Duft seines Parfüms mischte sich mit dem Pizzaaroma der Schachteln in seiner Hand.

»Ich mag Knoblauch«, sagte ich.

»Ich nur bedingt«, sagte Chris. »Wenn man sich zwischenmenschlich näherkommen will zum Beispiel, da wäre das nicht gerade das Gewürz meiner Wahl.« Er tappte über mich hinweg in Richtung Lichtschalter, wobei er mir zwischenmenschlich ziemlich nahekam. Ich konnte seinen pfefferminzigen Atem spüren. Meinen hielt ich lieber unter Verschluss, indem ich meine Lippen fest aufeinanderpresste. Aus meinem Mund würden ganze Knoblauchschwaden entfleuchen, wenn ich den jetzt aufmachte. Es dauerte eine Ewigkeit, bis Chris endlich den Lichtschalter fand. Ich kriegte kaum Luft vor lauter Lippenaufeinanderpressen. Wahrscheinlich war deswegen auch mein Herzschlag deutlich erhöht.

Erleichtert atmete ich durch, als Chris mich freigab und die Treppe hinunterlief. Auf einmal hatte er es ganz schön eilig. Ach ja! Er musste ja noch die Pizzaschachteln im Hof loswerden.

Er hielt mir bereits die Haustür auf, als ich unten angelangt war.

»Du hast unseren hübschen Hermes-Boten ganz schön im Griff, Charlie«, schwärmte er. »Der versteht sogar Literaturfilme. Wie hast du das bloß geschafft?«

»Tja. Manchmal macht sich meine pädagogische Ader doch bezahlt.«

»Mir ist deine literarische und poetische lieber«, sagte er und zupfte mir was aus dem Haar. Ich zuckte erschrocken zurück, ließ es mir aber gefallen, dass er die Haarsträhne, die er dabei gelöst hatte, behutsam wieder an ihren Platz zurücklegte.

»Was ich dich schon lange mal fragen wollte …«, sagte er. Seine Hand strich immer noch in meinem Haar herum. Plötzlich ließ er von mir ab.

»Meine Bim!«, rief er. Drückte mir ein Küsschen links und rechts auf die Wangen und sprintete los. Ich schaute ihm kopfschüttelnd nach, bis ihn die Straßenbahn verschluckt hatte. Es wäre auch meine gewesen.

Seine letzte Bemerkung, dass ihm meine poetische Seite

lieber wäre als meine pädagogische – war das jetzt ein Kompliment? Oder ein Seitenhieb auf meine pedantischen Züge? Und wieso ließ er mich fluchtartig stehen, bevor er mir die Frage stellte, die ihn schon länger beschäftigte? Ich wurde nicht schlau aus dem Kerl.

»Du denkst zu viel, Charlie Schwarz«, sagte mein Über-Ich. »Nimm es als Kompliment für deine Leistungen, und aus.«

Wo sie recht hatten, hatten sie recht, Chris und mein Über-Ich. Ich hätte mir nicht träumen lassen, dass Dilo solche Fortschritte machen würde. Auch wenn ich die Avatar-Idee grundsätzlich noch immer nicht gutheißen konnte, so musste ich mir eingestehen, dass Chris' Wahl eine ausgezeichnete war. Selbst die Tatsache, dass der Knabe literarisch vor wenigen Wochen noch völlig blank gewesen war, entpuppte sich jetzt als Vorteil. Er würde nur etwas von sich geben können, was ich ihm zuvor eingetrichtert hatte. Unser Orlando war quasi eine lebende K.I., die Chris erschaffen und ich programmiert hatte. Darauf durfte ich mit Recht stolz sein.

Trotz aller positiven Entwicklungen verlief meine Gefühlskurve in den nächsten Tagen extrem zackig. Wie ein Wetterdiagramm im April. Sie wechselte abrupt von panischen Tiefs, in denen ich den Tränen nah war, zu überglücklichen Hochs, wo ich beide Männer am liebsten umarmt hätte.

Ja, ich gebe es zu. Tatsächlich beide.

Chris' Verhalten hatte sich um hundertachtzig Grad gedreht. Gemessen am ersten Tag, als ich dieses Büro betreten hatte, sowieso. Aber vor allem war er seit dieser katastrophalen Gräfinnen-Lesung ein anderer. Er unterstützte uns mit persönlichem Einsatz. Allein die Tatsache, dass er uns seinen Tagungsraum als Heimkino eingerichtet hatte, bewies das. Aber er kümmerte sich nicht nur um unser projektbedingtes Fortkommen, sondern auch um unser leibliches und seelisches Wohl. Bestellte uns, was immer wir essen oder trinken wollten. Lächelte beständig wie eine japanische Geisha, klopfte uns abwechselnd auf die Schulter. Je nachdem, wer verzagter dreinschaute. Dieses Übermaß an Aufmerksamkeit war beinahe beängstigend. Am beunruhigendsten fand ich es, wenn ich ihn dabei ertappte, wie er seinen Blick auf mir ruhen ließ. Deutlich länger als auf Dilo, wie mir schien. Er hatte es doch nicht falsch interpretiert, dass ich immer öfter seine Nähe suchte? Dafür gab es ja einen einfachen Grund: Ich musste neuen Stoff für meine Liebesgedichte sammeln. Verborgene Seiten an ihm entdecken. Er sollte sich in K.I.M. verlieben, also musste ich seine Gefühlswelt erkunden. Es war eine rein professionelle Neugier.

Und dennoch vermehrten sich die Zweifel in meinem Kopf mit jeder Aufmerksamkeit, die er mir ohne mein Zutun schenkte. Herrgott noch mal! Was wusste ich schon über seine sexuelle Ausrichtung? Hetero, homo oder bi? Wie sollte ich seine Blicke unter diesen Umständen deuten? Was, wenn er sein Interesse tatsächlich mir zuwenden sollte anstelle von Dilo? Das durfte nicht geschehen! Der Knabe hatte den Vorrang. Die Liebesgedichte schrieb ich, um Chris für *ihn* zu erwärmen, nicht mich! Dilo würde sich – zu Recht – verraten fühlen. Was das zur Folge haben könnte, wollte ich mir gar nicht ausmalen. Abgesehen vom Verlust der Freundschaft, die sich zwischen uns dreien entwickelt hatte.

Ich beschloss, die Lovebox vorerst ruhig zu stellen. Zumindest für die Zeit, bis die beiden aus Köln zurück waren.

Ach, diese Reise!

Je näher der Tag des Abschieds kam, desto unrunder lief ich. Am Abend vor dem Abflug rief Dilo mich minütlich an, ob er dies oder das noch mitnehmen sollte oder lieber nicht, bis ich ihn anherrschte, er solle Chris fragen und nicht mich.

»Bist du böse auf misch, Scharlie?«

»Aber nein, Dilo. Ein wenig nervös, wie alle. Und müde. Ich wünsch dir alles Gute für Köln! Ihr werdet großartig sein, davon bin ich überzeugt.«

Als er mir am nächsten Morgen ein letztes Selfie aus dem Flugzeug postete – erstmals offiziell als Orlando mit roter Brille, er zentral im Bild, Chris verschwommen dahinter –, da entspannte ich mich ein wenig. Das Foto war sinnbildhaft. Der Agenturchef, der unauffällig, aber wie ein Bollwerk hinter seinem Star stand.

Kaum hatte ich die Nachricht weggedrückt, kam die Melancholie zurück. Sie fehlten mir so. Ich war auf Entzug!

Positiv denken, mahnte ich mich. Jetzt hast du endlich mal drei Tage Zeit, um dich um deinen eigenen Kram zu kümmern. Vor allem um Oma, die du sträflich vernachlässigt hast.

Der Gedanke baute auf. Ein Weinviertel-Besuch würde mir und ihr guttun. Mir die Ortsveränderung und Oma die Gesellschaft. Las man doch immer wieder, wie gesundheitsschädlich Einsamkeit war. Wir konnten uns endlich vom örtlichen Installateur einen Kostenvoranschlag für eine barrierefreie Dusche einholen und am Abend ein paar Bummerln spielen. Ich verspürte außerdem enormen Appetit auf österreichische Hausmannskost. Die vielen Pizzen und asiatischen Menüs, mit denen uns Chris via Mjam tagtäglich im Büro verwöhnt hatte, hingen mir langsam zum Hals heraus.

In großer Vorfreude griff ich zum Telefon, um mich bei Oma anzukündigen.

»Hallo, Kind! Das freut mich aber, dass du dich meldest. Was? Besuchen willst mich kommen? Heut oder morgen? Das ist ein bisserl ungünstig. Der Adi hat ein paar Tage frei und will mit mir nach Tschechien fahren. Ich hab mir sogar meinen Pass verlängern lassen dafür. Telc, Budweis und Krumau.«

»Hört sich toll an.« Ich bemühte mich, nicht allzu enttäuscht zu klingen. Dabei war ich komplett überrumpelt. Soweit ich mich zurückerinnern konnte, hatte Oma noch nie einen Ausflug gemacht. Mein Vater war ein Stubenhocker gewesen und nach dem Unfall nie weiter weggefahren als bis zur Arbeit oder in den Supermarkt. Im Pensionistenverein oder bei den Ortsbäuerinnen war Oma zwar Mitglied, aber an den Ausflügen wollte sie nie teilnehmen. Und mit einem Pfleger, den sie kaum kannte, fuhr sie ein paar Tage in Urlaub?

Als ob sie meine Gedanken lesen könnte, erklärte sie. »Weißt, ich hab dem Adi erzählt, dass mein Großvater aus der Gegend stammt. Und weil er ja auch Verwandte dort hat, hat er gemeint, wir könnten miteinander hinfahren. Stell dir vor. Komm ich Alte doch noch in die Heimat meiner Vorfahren.«

»Das ist ja großartig«, stammelte ich und rang nach Worten. Musste aber eh nichts sagen. Oma war wie aufgezogen. »Und beim Zurückfahren bleiben wir noch in Brünn stehen. Oder irgendwo dort in der Nähe. Armaturen kaufen für die Brause.«

»Brause?«

»Ich krieg eine Dusche statt der Badewanne, hab ich dir das nicht erzählt? Der Adi kennt da einen günstigen Installateur in Tschechien. Und der hat gemeint, die Armaturen sollen wir in Dingsda – also dort bei Brünn – besorgen. Und einbauen tut's mir der Adi selber. Mit seinem Freund. Oder anschrauben oder wie man dazu halt sagt.«

»Ja dann«, sagte ich. »Such dir was Hübsches aus, was gut zu den Fliesen passt. Aber achte auf die Qualität, hörst du. Geld spielt keine Rolle. Ich kann dich unterstützen!«

»Danke, Kind, das ist lieb. Die alten Fliesen sind sowieso schon weg. Hat der Adi runtergeschlagen. Das war vielleicht ein Staub. Die neuen haben wir im Lagerhaus gekauft. Und gleich noch einen neumodischen Waschtisch dazu. Wennschon, dennschon, hat der Adi gesagt. Soll ja was gleichschauen, das neue Badezimmer. Ist sowieso nicht groß, das ist in null Komma nix gefliest. Kommst halt anschauen, wenn alles fertig ist.«

Kurze Pause. Oma holte Luft. »Oder willst leicht mitkommen nach Böhmen?«

Das kam eindeutig zögerlich.

»Ich kann ja den Adi fragen, ob seine Verwandtschaft für dich auch Platz hat«, fügte sie hinzu.

Ich lehnte dankend ab. »Du, das war nur so eine spontane Idee mit dem Besuch. Schön, dass der Adi sich so um dich kümmert. Zusammen werdet ihr schon das Richtige aussuchen. Und einen schönen Ausflug wünsch ich dir!«

Betroffen legte ich auf. Adi dies, Adi das. Klang ja richtig verliebt!

Es bereitete mir Bauchweh, dass ein mir völlig unbekannter Pfleger sich da so aufdringlich einbrachte bei meiner Oma. Dusche einbauen. Einen mehrtägigen Ausflug ins Ausland organisieren. Das überschritt seine Kompetenzen doch bei Weitem, oder? Sollte ich Betti fragen, um was für einen Typen es sich dabei handelte? Und ob seine Motive auch wirklich selbstlos waren? Andererseits. Wenn ich der gesprächigen Nachbarin da einen Floh ins Ohr setzte, würde sich das Gerücht in Windeseile im ganzen Ort verbreiten. Das konnte ich Oma nicht antun. Sie hatte so glücklich geklungen.

Seufzend widmete ich mich anderen Dingen, die schon länger liegen geblieben waren. Wohnung aufräumen und putzen. Wäsche waschen. Sogar die Fenster blieben nicht von meiner Säuberungswut verschont. Trotzdem war nach einem Tag alles erledigt. Inklusive meiner Wenigkeit. In meinem Putzeifer hatte ich völlig aufs Essen vergessen. Schließlich hatte sich keine gute Seele um mich gekümmert und mir was bestellt, so wie ich das gewohnt war. Ich hatte seit Tagen nichts eingekauft, und die nahe gelegenen Supermärkte hatten schon zu. Außerdem wollte ich ohnehin nicht kochen, der Herd war gerade so schön geputzt.

Lustlos packte ich mich zusammen und ging ins nächstgelegene Wirtshaus am Eck. Die Tische waren fast ausschließlich mit Männern besetzt. Da bestellte ich mir doch lieber ein Wiener Schnitzel zum Mitnehmen. Während ich darauf wartete, trank ich ein Seidel Bier an der Bar und verbarg mich hinter der Abendzeitung. Ein Typ vis-à-vis starrte plötzlich nicht mehr in sein Bierglas, sondern augenfällig mich an. Eine Anmache war das Letzte, was ich jetzt brauchen konnte. Die Schlagzeilen waren aber auch nicht sonderlich stimmungsaufhellend. Lauter Hiobsbotschaften! Krieg. Teuerung. Erderwärmung. Klimakatastrophe! Ich legte die Zeitung erleichtert zur Seite, als der Ober mir die Styroporbox mit meinem Schnitzel und dem Erdäpfelsalat hinstellte.

Zu Hause machte ich mich hungrig darüber her. Den Salat aß ich auf, aber das Schnitzel war derart riesig, dass mir ein gutes Stück für den nächsten Tag übrig blieb. In einem Semmerl würde das einen köstlichen Snack abgeben. Zufrieden packte ich den Rest ein, spülte das wenige Geschirr und machte mir einen Kräutertee.

Es war halb zehn Uhr. Zum Schlafengehen zu früh.

Ich setzte mich an den Schreibtisch und starrte den Laptop an. Wenn ich den jetzt hochfuhr, würde er in wenigen Minuten zu rauschen beginnen. Besser nicht. Sollte wenigstens einer hier cool bleiben. Da legte ich mich doch lieber mit einem Buch ins Bett. Endlich eine gute Gelegenheit, meinen Stapel ungelesener Bücher abzubauen. Mit dem Finger ging ich die Buchrücken durch. Krimi. Keine Lust. Politisches Drama. Noch weniger Lust. Historischer Schinken. Vielleicht. Aber über tausend Seiten? Coming of Age. Nein danke. Thriller? Du meine Güte! Nach abgeschnittenen Körperteilen war mir so gar nicht zumute. Also doch streamen?

Die fünfte Staffel von »The Crown« war einfach nur schrecklich. Warum mussten sie die Rolle von Prince Charles mit einem gut aussehenden Typen besetzen? Wenigstens abstehende Ohren hätten sie ihm verpassen können. Trotzdem schaute ich ganze zwei Folgen. Erschöpft drehte ich nach zwei Stunden den Fernseher ab. Nahm mir ein Glas Mineralwasser aus meinem neuen Hofer-Kühlschrank. Ein wahres Schnäppchen im Übrigen. Hundertneunundzwanzig Euro inklusive Lieferung. Trotzdem war kein Wein drinnen. Den hätte ja jemand hineinstellen müssen, und im Lieferumfang war keiner enthalten gewesen. Zum wiederholten Mal in den letzten Tagen nahm ich eine Flasche des ungeliebten Cointreaus zur Hand. Lass dir das nicht zur Gewohnheit werden, Charlie Schwarz, wisperte meine innere Stimme. Sie war aber sehr leise. Ich spritzte ohnehin nur mein Mineralwasser damit auf.

Pro forma kontrollierte ich mein Handy, ob mir vielleicht einer der Herren eine WhatsApp geschickt hatte. Leider nein. Waren wohl sehr beschäftigt, die beiden. Tranken sicherlich gerade mit dem finanzkräftigen Verleger auf eine wunderbare Zusammenarbeit.

»Auf euch, Männer der Worte!«, prostete ich ihnen aus der Ferne zu. »Auf dass ihr meinem Werk den Platz in der Literaturwelt verschaffen möget, den es verdient!«

Ich trat ans Fenster und schaute in die Nacht hinaus. Also konkret auf die gegenüberliegende Hausmauer. Im Stiegenaufgang vis-à-vis ging kurz das Licht an. Ein Pärchen lief händchenhaltend nach oben. Ich blickte dezent weg, als sie stehen blieben, um sich zu küssen. Der Blick auf die Mülltonnen im Hof war weniger romantisch.

Doch was war das für ein hübscher Signalton hinter mir? Auf meinem Handy ploppte eine Nachricht auf!

Schnell eilte ich an den Schreibtisch zurück, an dem ich es abgelegt hatte.

Meine Lovebox-App erinnerte mich daran, dass ich schon länger keine Nachricht verschickt hatte.

Time to send Love, stand da.

»An wen denn, liebe Box? Kein passender Adressat verfügbar!«

Elvis fiel mir spontan ein.

Address unknown
No such number
No such zone …

Ich hatte da doch von früher noch eine Elvis-CD.

Lange brauchte ich nicht zu suchen. In der untersten Schublade unter dem Fernseher hatte ich die alten DVDs und CDs verstaut, die ich zwar nie spielte, von denen ich mich aber doch nicht hatte trennen können. Aus Gründen. Ich nahm die Scheibe aus der Hülle und legte sie in den CD-Player. Warf mich aufs Bett und schloss die Augen.

»*You are always on my mind*«, ertönte es aus den Lautsprechern. Das war ja noch ganz okay. Da konnte man sich schon ein wenig fallen lassen. Aber als Elvis dann zu jammern begann: »*If you find your sweetheart in the arms of a friend, that's when your heartaches begin*«, da platzte etwas in mir.

Ach, Elvis! Woher weißt du …?

Ach … ach, Adam! Mit ihm hatte die ganze Misere begonnen.

Mein erster Mann, der mir auch gleich das Herz gebrochen hatte. Er hatte mir diese CD zum Abschied geschenkt, als ich mein Auslandsjahr in Schottland antrat. »Elvis. The 50 greatest Love Songs«. Dabei hatte ich mich gar nicht gefreut darüber. Damals. Von wegen peinlicher, antiker Musikgeschmack und so. Ich war zweiundzwanzig gewesen! Natürlich hatte ich die CD drüben trotzdem vor lauter Heimweh und Sehnsucht unentwegt rauf und runter gespielt. Und geheult wie ein Schlosshund dabei.

So auch jetzt. Wie auf Kommando. Im selben Moment, als Elvis zu »Are you lonesome tonight« ansetzte, öffneten sich die Schleusen. Sturzbäche von Tränen schossen aus meinen Augen. Wie würde mein Leben jetzt aussehen, wenn ich damals nicht fortgegangen wäre? Das konnte keiner wissen. Schon richtig. Aber eines war klar. Adam hätte mich nicht betrogen, wenn ich da gewesen wäre. Hätte kein Kind mit einer anderen gezeugt, sondern wennschon, dann mit mir. Ich schnappte mir die Cointreauflasche und setzte sie gleich direkt an.

»It's now or never«, schmachtete Elvis.

Ich sprang auf, wischte mir den Rotz von der Nase und tremolierte lauthals mit. Die Likörflasche diente mir als Mikro. Ging doch gar nicht so schlecht – und befreite!

Kiss me my darling
Be mine tonight …
Tomorrow will be too late
It's now or never
My love won't wait …

Ich kannte sie alle noch auswendig, die Zeilen der Liebe. Song für Song trällerte ich mit steigender Inbrunst mit. Dazwischen immer wieder ein Schlückchen Cointreau, um die Stimme zu ölen.

Die »Love letters« schmetterte ich besonders virtuos in den Äther. Das war meine Stimmlage!

Love letters straight from your heart
Keep us so near while apart
I'm not alone in the night
When I can have all the love you write

Und wer schrieb *mir* Love letters, bitte schön? Genau: keine Sau! Alles musste man selber machen! Ein Schlückchen in Ehren … Prost, Oma! Danke für das leckere Likörchen!

Love me tender – love me, sweet!

Dieter Bohlen hätte mich vom Fleck weg gecastet.

Never let me go
You have made my love complete
And I love you so

Das Klopfen an der Tür ignorierte ich. Es fühlte sich chinesisch an und hörte nach einiger Zeit auch wieder auf. Das in meinem Kopf wurde hingegen stärker und sollte auch die Nacht über bleiben. Im Geiste erschienen mir im Wechsel blaue Augen, entzückende Zahnspalten, schöne Hände und besorgte Blicke. Bloß die zugehörigen Gesichter verschwammen immer mehr.

Erst als das letzte der fünfzig Lieder verklungen war – »Now and then, there's a fool such as I« –, ließ ich die Flasche aus meiner Hand auf den Boden gleiten. Sie war genauso leer wie ich.

Katerbekämpfung

Schrecklich verkatert und beschämt schlug ich wenige Stunden später die Augen auf. Mein Handy spiegelte mein Inneres wider. Es war über Nacht abgestürzt. Ausgesprochen solidarisch. Ich lobte es und hängte es ans Stromnetz. Aber wer kümmerte sich um mich und meinen Akku? Ich hätte ein komplettes Reset gebraucht, Urlaub von allem!

»Pling«, machte mein smartes Telefon. Das nannte man flotte Erholung.

Eine Nachricht von Chris!

»Pling«, machte was in meinem Bauch. Kurzfristig schaltete sich mein Betriebssystem wieder ein – um sich auch gleich wieder komplett runterzufahren.

Dilo ist wunderbar. Ich liebe den Kerl.
Wünsch dir ein schönes Wochenende.
Kannst beruhigt entspannen. Sleepsmiley.
Eingang der Nachricht 02:34

Da waren mein Handy und ich schon lange tot gewesen, im Gegensatz zu den beiden Turteltauben. Ich widerstand der Versuchung, ein Teufelssmiley zurückzuschicken. Oder den Scheißehaufen. Ich konnte mich doch nicht als eifersüchtiges Frauenzimmer outen.

Eine geschlagene Stunde versuchte ich, Chris' Rat zu befolgen, mich zu entspannen. Ohne Erfolg. Schließlich wälzte ich mich aus dem Bett, duschte und machte mir Kaffee. Setzte mich an den Schreibtisch und fuhr meinen Laptop hoch, um mal nach seinem Wohlbefinden zu schauen. Er hatte schon ausreichend Urlaub gehabt und schnurrte daher friedlich vor sich hin. Die Mailbox ärgerte mich mit lästigen Newslettern. Ich löschte sie allesamt ungeöffnet. Abmelden wäre zwar die nachhaltigere Methode gewesen, aber jede Mail separat aufzumachen und den klitzekleinen »Hier abmelden«-Button zu suchen, hätte mich in meinem Zustand maßlos überfordert. Stattdessen googelte ich, was man am besten gegen einen Kater tun sollte. Das Getöse in meinem Kopf wollte einfach nicht aufhören.

Die 5-Punkte-Formel mit Wirkgarantie. Na bitte. Klang ja vielversprechend.

Punkt 1: Wasser. Wasser und nochmals Wasser.

Wusste ich doch. Wegen der Dehydrierung. Ich hatte auch schon einen Kübel unten. Hätte den aber auch direkt ins Klo schütten können. Von daher …

Punkt 2: Sollte dir etwas flau im Magen sein, mach dir eine Brühe. Ab elf Euro neunundvierzig. Der Klick-Button blinkte mir auffordernd entgegen. Hallo? Mir war jetzt flau im Magen. Nicht übermorgen.

Punkt 3: Ein Spaziergang gegen den Schwindel. Sauerstoff und frische Luft.

Klang sinnvoll.

Punkt 4: Sex hilft nach zu viel Alkohol. Denn dabei werden Glückshormone ausgeschüttet, die Schmerz dämpfen. Ob du allein oder zu zweit Spaß hast, ist zweitrangig.

WAS? Ich schnellte aus meiner verkrümmten Schreibtischhaltung hoch. Quellencheck angesagt, Charlie! Abgesehen davon. Wer wollte mit mir schon Spaß haben? Nicht einmal ich selbst!

Hätte ich wissen können: »Men's Health«! Das Patriarchat der Suchmaschine, die weibliche Interessen per se hintanstellt, hatte wieder einmal zugeschlagen. Die Botschaft verstand ich wohl. Frauen sollten sich gefälligst vom Alkohol fernhalten. Es gibt schließlich nichts Hässlicheres als ein angetrunkenes Weib. Ich musste zig Seiten nach unten scrollen, um den ersten Eintrag über Katerbekämpfung exklusiv für Frauen zu finden.

Tataa! Überraschung! »Women's Health«. Immerhin gestand das Magazin uns einen ordentlichen Hangover zu.

Allerdings beschäftigte sich der entsprechende Artikel mit wochenlanger Vorbereitung auf eine Party. Frau sollte dem potenziellen Kater präventiv entgegentreten! Hm, liebes Team von »Women's Health«. Das hättet ihr mir früher sagen müssen! Dann hätte ich die letzten Tage sieben bis neun Stunden Schlaf eingeplant, ausschließlich Fisch, Erdnüsse und Pilze, die Niacin und Zink enthielten, gegessen, dazu Artischocke, Rote Bete, Fenchel und Löwenzahn. Wenigstens schlugen sie mir nicht vor, den Dildo auszupacken. Um neunundneunzig Euro neunundneunzig im Internet zu erwerben.

Mein Laptop begann zu hyperventilieren. Verständlich. Ich schickte ihn wieder in den Schlaf.

Dann eben doch Punkt drei des Männermagazins: *Spaziergang gegen den Schwindel.* Meine Wetter-App prophezeite Regenfälle und starken Wind für den Nachmittag. Normalerweise Grund genug, nicht aus dem Haus zu gehen. Aber ich musste raus! Die Enge der Wohnung schob sich wie eine Schraubzwinge immer fester um meine Brust. Ich schnappte mir Schirm und Regenjacke und machte mich auf nach draußen.

Vor der Tür atmete ich kräftig durch. Schon besser. Ohne Selbstbetrug. Dann marschierte ich einfach ins Blaue. Immer der Nase nach. Nach ein paar Kilometern begannen meine Füße zu schmerzen. Nach Hause zog es mich aber immer noch nicht. Also orientierte ich mich mal, wo ich eigentlich war.

Augarten. Ganz hier in der Nähe lag mein ehemaliges Studentenheim. Mein sentimentaler Instinkt hatte offenbar meine Schritte gelenkt. Dass sich auch just in diesem Moment die 31er Straßenbahn neben mir einbremste, war wohl auch ein Wink. Wie oft war ich damals nach Stammersdorf gefahren, wenn mich das Heimweh packte? Spontan erklomm ich die Bim und fuhr bis zur Endstelle.

Stammersdorf schimpft sich zwar nördlichster Bezirk Wiens, aber im Prinzip ist es immer noch ein Dorf, wie auch der Name schon andeutet. Ich stapfte an der alten Wehrkirche vorbei in die Kellergasse, durch einen romantischen Hohlweg und an wuchernden Weingärten entlang. An schönen Wochenenden tummelten sich hier Scharen von Wienerinnen und Wienern, um die herrliche Landschaft und ein Gläschen beim Heurigen zu genießen. Heute, bei dem Sauwetter, war ich praktisch allein auf weiter Flur. Ab und zu begegneten mir Menschen, die ihre Hunde ausführten.

Der Wind blies mir heftig um die Ohren, als ich oben an meinem Lieblingsaussichtspunkt angelangt war. Trotz der Kälte, die in meine Knochen kroch, erfreute ich mich erneut an dem grandiosen Panoramablick. Im Süden ragte die Skyline von Wien in den wolkenverhangenen Himmel. Die Bürokomplexe der UNO-City. Der markante Donauturm. Im Norden erstreckte sich das Weinviertel mit seinen welligen Feldern und Weinbergen. Da lag es vor mir, das Paradies, aus dem Adam mich vertrieben hatte.

Okay, ich war nicht Eva, und ich konnte theoretisch zurück. Aber wollte ich das?

Ich zog die Kapuze meiner Jacke über den Kopf, als mich erneut eine Windbö packte. Im Westen, über dem Bisamberg, war der Himmel bereits schwarz. Nur vereinzelt blinzelte die Sonne durch, wenn der Sturm eine Wolke zerriss. Zeit, den Rückweg anzutreten.

Ich nahm die Beine in die Hand, als mir die ersten fetten Regentropfen auf den Kopf klatschten. Hektisch spannte ich den Schirm auf, in der Hoffnung, dass er dem Wind gewachsen wäre. Im Hohlweg war das kein Problem, da pfiff der Sturm oben drüber. Aber unten im Dorf hatte ich meine liebe Mühe, gegen Wind und Wetter anzukämpfen. Wie einen Schild hielt ich den Schirm vor mir. Er wackelte und ruckelte um sein Überleben.

Aus einem Gasthaus an der Hauptstraße duftete es verlockend nach Sonntagsbraten. Spontan spannte ich meinen geschundenen Schirm ab und ging hinein. Der Gastraum war gerammelt voll. Im hintersten Winkel durfte ich mich zu einem älteren Ehepaar an den Tisch setzen, das ohnehin schon bezahlt hatte. Galant nahm mir der Herr meine Jacke ab, um sie in die Garderobe zu hängen.

»Da reden s' immer von Erderwärmung, und jetzt hamma den kältesten Juni seit dreiundzwanzig Jahren«, sagte er. Wie zur Bestätigung erlitt seine Gattin daraufhin einen Hustenanfall. Ich enthielt mich einer Äußerung und bestellte ein kleines Bier beim Ober. Reparaturseidel nannte man das wohl.

Leider musste die Gattin noch aufs Klo, und der Herr Gemahl fühlte sich bemüßigt, mit mir Small Talk zu führen.

»So a fesches Madl wie Sie sollt aber ned alleine sitzen müssen. Sind S' versetzt worden?«

»Kein Grund, mich zu bedauern«, sagte ich mit einem gezwungenen Lächeln. »Mein Zölibat ist selbst gewählt.«

»Was. A Nonne san S'? So schaun S' gar ned aus.«

»Um Himmels willen. Ich bin bloß Single. Gern und freiwillig.«

»Na geh. Des sagn S' nur so. Oder san S' leicht a so a Emanze? Aber so schaun S' a ned aus.«

»Ach. Wie sieht denn eine Emanze aus?« Das interessierte mich brennend.

Er lachte. »Na ja. Wie eine, die halt keiner mag. Hässlich. Nix Weibliches.«

Seine bessere Hälfte wackelte soeben wie ein Pinguin an den Tisch. Ihr Atem rasselte wie eine Viper. Sie musste sich an der Tischkante abstützen, um Luft zu bekommen. Der eng anliegende altrosa Strickpulli mit hohem Kunstfaseranteil hatte sich auf einer Seite über ihr ausladendes Gesäß geschoben und gab aufschlussreiche Einblicke frei. Der Rundum-Dehnbund ihrer grauen Jersey-Hose – in Rippqualität – wurde vorne von ihrem Bauch überdeckt. Hintenrum lugte ein Megaslip unter einer durchsichtigen Strumpfhose hervor. So ging also weiblich!

»Simmas, Mama?« Er half ihr noch in die Jacke und zwinkerte mir zum Abschied zu. »Der Schweinsbraten is do übrigens ausgezeichnet. Sie braucherten eh a bisserl was auf die Rippen.«

Ich bestellte mir lieber eine Hühnersuppe mit Bröselknöderl und viel Gemüse. Löffel für Löffel strömte die Energie zurück in meinen Körper. Ob sich für die Rippen auch noch was ausging, war zwar nicht sicher, aber als ich meine Zeche bezahlte, fühlte ich mich zum ersten Mal seit Stunden wieder wohl. Zumindest körperlich.

Das Lokal war immer noch zum Bersten voll. Ich schlängelte mich durch die Tischreihen zur Garderobe durch. Leider hatten einige Gäste ihre Jacken über meine gehängt, und ich mühte mich redlich, den gesamten Pulk runterzuheben, ohne dabei eine fallen zu lassen. Aus den Augenwinkeln bemerkte ich, dass der Mann am Tisch nebenan sich erhob.

»Da kann ich einfach nicht zusehen, wenn sich eine Frau so plagt«, sagte er.

Ich erkannte die Stimme sofort.

»Bernd!«, rief ich aus. »Lange nichts mehr von dir gehört. Ist dein Handy kaputt?«

»Oh! Hallo, Charlotte. Wie geht's dir?«

»Och. So lala«, sagte ich. »Und dir?«

»Bestens, bestens.« Er schaute mir alarmiert zu, wie mein Scannerblick seine Tischgefährtin abtastete. Blondiert. Mein Alter. Noch einen Deut blässer als ich, aber geschminkt. Ihr war fad. Sie spielte mit ihrem Smartphone.

»Charlotte Schwarz«, sagte ich und streckte ihr höflich die Hand hin. »Ich bin seine Ex. Also, die von vor einem Jahr zumindest.«

»Aha«, sagte sie und lugte erwartungsvoll Richtung Bernd, dass er sie vorstellen möge. Der blieb indessen stumm.

»Ich hoffe, Sie haben WhatsApp.« Ich deutete auf das Smartphone in ihrer Hand. Mit Glitzersteinchen.

»Wieso?«, fragte sie irritiert. »Das hat doch eh jeder.«

Bernd stand nach wie vor stocksteif hinter mir und hielt

zwei Jacken krampfhaft gegen seine Brust. Wie einen Schild. Hatte er Angst, ich könnte auf ihn schießen?

Nicht ganz unberechtigt. Meine Pfeile waren definitiv vergiftet, aber gegen die half kein Mäntelchen.

»Nur falls er Ihnen was Wichtiges mitzuteilen hat. Dass er Sie heiraten will zum Beispiel. Oder lieber doch eine andere. Damit Sie rechtzeitig Bescheid wissen«, erklärte ich. Die Verwirrung stand ihr deutlich ins Gesicht geschrieben. Beinahe konnte man die vielen Fragezeichen über ihrem Kopf sehen, die ein Comic-Zeichner ihr gemalt hätte.

Ich schlüpfte in meine Jacke und schlenderte nach draußen. Während ich meinen Schirm aufspannte, vernahm ich noch ein Hin-und-her-Gezische zwischen Bernd und seiner Tischdame. Lächelnd drückte ich die Tür hinter mir zu. Manchmal war die Welt doch ganz in Ordnung. In den kleinen Dingen zumindest.

Homepage

Es war schwer, sich nicht von ihrer guten Laune anstecken zu lassen, obwohl ich mich redlich bemühte. Die beiden Männer kamen geradezu absurd gehypt aus Köln zurück. Sie überboten sich gegenseitig mit glorreichen Erinnerungen.

»Dilo hat das sooo toll gemacht. Er hat sie alle um den Finger gewickelt.« Chris redete zwar offiziell mit Rosi und mir, himmelte aber eindeutig seinen Schützling an. Den literarischen Shootingstar.

Der trug ein T-Shirt mit dem Kölner Dom und der Aufschrift »KÖLN SCHLIEP DISCH ALTER ISCHWÖRE« darauf.

»Jetzt übertreibst du aber, Chrissi«, sagte er. »Du warst eine eschte Scharmwalze, Chef. Der alte Weber war total geflasht. Ischwöre!«

Hatte er tatsächlich Chrissi gesagt? Zum »Chef«?

»Dafür war der Junior von dir völlig überwältigt. So begeistert hab ich den noch nie erlebt.«

»Wirklisch? Oder sagst du das nur, um mir zu schmeischeln?« Dilo wurde krebsrot.

Chris schüttelte vehement den Kopf. »Nein, nein. Orlando hat eingeschlagen wie eine Bombe. Du wirst die Sensation dieses Jahres werden. Wirst sehen.«

»Um das zu garantieren, sollten wir dann vielleicht mal wieder zur Arbeit schreiten«, warf ich dezent ein. Ich hatte eine ganze Latte an Vorbereitungen in der Tasche. Bis spät in die Nacht war ich vor dem Laptop gesessen und hatte die Premierenlesung vorbereitet. Textstellen herausgesucht. Anmerkungen notiert.

Dilo seufzte. »Du hast rescht, Scharlie. Ein paarmal hätte isch disch gerne an meiner Seite gehabt. Was die alles wissen wollten! Da hab isch manschmal ganz schön herumgestottert.«

Na wunderbar. Immerhin gestand man mir eine Restbrauchbarkeit zu.

»Dann ran an den Feind«, sagte ich betont fröhlich und schob Dilo ins Besprechungszimmer.

Es war ein harter Kampf, ihn wieder auf den Boden der Realität zu holen, aber nach mehreren Anläufen hatte ich ihn wieder so weit, und er kapierte mein Konzept. Lesestellen sollten mit kurzen Informationen zur Entstehung des Buches vorgetragen werden, im Wechsel mit Anekdötchen aus seinem Leben, die wir zusammen – na ja, nicht gerade erfanden, aber dennoch literarisch ausschmückten. »Die Handlung basiert auf wahren Begebenheiten«, würde man im Film sagen.

»Das wird dem Chef gefallen«, seufzte er, als ich ihm die Details noch einmal zusammenfasste.

»Der war sooo lieb zu mir. Isch glaube, er mag misch auch, du. Am liebsten hätte isch ihm gesagt, dass isch auf ihn scharf bin!«

Mit glasigen Augen deutete er auf sein T-Shirt. »Wenn isch schon nüscht sagen darf«, seufzte er. »Und er hat versprochen, dass er zur Buchvorstellung kommen wird. Isch bin sooo aufgeregt!«

Chris hatte ihm versprochen, zur Premierenlesung zu kommen? Als ob das nicht selbstverständlich wäre! Der hatte doch nicht im Ernst geglaubt, er könnte sich davor drücken? Da musste Dilo was falsch verstanden haben. Chris schwebte auf Wolke … na ja … zumindest fünf. Er war freundlich und nett. Auch zu mir. Für ihn lief ja auch alles bestens, oder? Das Avatar-Konzept schien voll aufzugehen, der Rubel würde rollen. Und zu guter Letzt würde er auch noch Dilo bekommen.

Und was blieb mir?

Eine Flasche Cointreau, eine Schachtel Mon Chéri und eine weitere Aufgabe, die mich Stunden kosten würde. Alles gratis und franko beschert von meinem kurz zuvor noch für freundlich und nett befundenen Agenten. Den ich ab sofort wieder hasste.

Bevor ich ging, hatte er mich in sein Büro beordert.

Den Cointreau und die Pralinen hatte er mir aus dem Duty-free-Shop vom Flughafen mitgebracht. Angeblich hatte er keine Zeit gehabt, sich vorher schon nach einem Geschenk umzusehen. Mon Chéri mochte ich circa gleich wenig wie Cointreau. Aber – das wusste ich aus dem Internet – wenigstens war ich damit nicht allein auf weiter Flur. Auf Facebook kursierte doch diese These, es gäbe überhaupt nur zwölf Schachteln davon global, die im Rotationssystem weiterverschenkt wurden.

Warum ich ihm das Zeug nicht sofort zurückknallte, ist auch schnell erklärt. Chris hatte sein komplettes Charme-Repertoire ausgepackt, und um diese Uhrzeit mochte ich ihn ja noch. Er strahlte mich an wie ein Verliebter. Bedankte sich überschwänglich für meine bisher geleistete, wunderbare Arbeit. Entschuldigte sich noch einmal ausdrücklich dafür, dass ich – zumindest bis jetzt – am wenigsten von dem Erfolg des Projekts profitierte, obwohl es ohne meine aufopfernde Hingabe gar nicht möglich gewesen wäre. Aber er hätte da noch was ganz Tolles für mich.

Ich machte mich schon auf ein weiteres ungewolltes Präsent gefasst und überlegte, was ich ähnlich hassen würde wie Mon Chéri, während er in seiner Tasche kramte. Mannerschnitten mit Zitronengeschmack? Chips mit Malzessig? Karamellisiertes Popcorn mit Vanillearoma? Oder womöglich ein Parfüm mit Veilchenduft?

Aber es war dann eine Art Vorvertrag für meinen Debütroman als Charlotte Schwarz.

»Aber Chris«, stöhnte ich. »Den hab ich doch noch gar nicht geschrieben.«

»Aber das wirst du. In drei Wochen ist die Chose vorbei.«

»Vier.«

»Was?«

»Vier Wochen.«

»Ach so. Dreieinhalb meinetwegen. Dann kannst du sofort loslegen. Die Lesungen macht ja Dilo. Und es ist ja auch nur ein reservierter Programmplatz. Nichts Verpflichtendes.«

Weil ich drauf und dran war, zu hyperventilieren, nahm er mich fest in die Arme.

»Ich weiß, dass auch dieser Roman großartig werden wird. Ich glaub an dich!«, wisperte er.

Der Mann war so … weich! Und roch so gut. Nach Zitrusfrucht und feiner Hausmannskost. Warum musste Dilo auch ihn kriegen, verdammt?

Schäm dich, Charlie, schalt ich mich. Missgunst gehört doch sonst nicht zu deinen Charakterzügen.

Ich schnäuzte mich und stürzte den Cointreau, den Chris mir zur Beruhigung eingeschenkt hatte, mit Todesverachtung hinunter. Nach meinem katastrophalen Absturz eine größere Überwindung denn je. Aber die Wirkung war dank des enthaltenen Alkohols ganz brauchbar.

Erleichtert, dass es mir wieder besser ging, strich Chris mir über die Wange.

»Ich freu mich auf jeden Fall auf unsere weitere Zusammenarbeit«, sagte er.

Aber kurz bevor ich den Schmelzpunkt erreicht hatte, ließ er seine Maske fallen und gestand mir, was er wirklich von mir wollte.

»Du«, sagte er. »Da wäre noch eine klitzekleine Aufgabe, die du für Orlando noch erledigen müsstest. Der Verlag verlangt eine ordentliche Homepage.«

»Was?« Ich sprang zurück und stieß mein Cointreauglas um. Leider war nichts mehr drinnen. »Ich hab keine Ahnung, wie man so was macht. Und … Und davon steht überhaupt nichts in meinem Vertrag!«

»Na ja«, sagte er gedehnt. »Dass du dich um die Satellitentexte kümmern würdest, zum Beispiel, das hatten wir schon so festgelegt.«

Aha! Hatte er tatsächlich noch einmal im Vertrag nachgelesen? Jeden Schritt hier drinnen geplant? Jedes Wort wohlüberlegt? Die Klientin mit lobendem Gesäusel gefügig machen, zur Not die Gesetzeskeule schwingen? Der Agentenprofi in ihm war wieder voll durchgebrochen.

»Ich … Ich kann das nicht. Da bräuchte ich eine komplette Einschulung und …«

»Keine Panik, Charlie!«

Ich hielt meine Hand über das Schnapsglas, als er wieder nachschenken wollte. Der entspannende Alkohol war wohl auch Teil des Überredungsprogramms.

Er stellte die Flasche wieder hin und schenkte auch sich selbst nichts mehr ein. Siehst du!

»Die Homepage selber ist mehr oder weniger fertig erstellt«, beruhigte er. »Du musst auch nicht alleine werken. Ich hab da eine Person, die sich in diesen Dingen super auskennt«, redete er weiter auf mich ein. »Sie wird dich unterstützen. Du sollst nur Fotos auswählen, Texte und so weiter einpflegen. Lesungstermine trag ich später ein.«

Ich war immer noch zu fertig, um irgendwas Zwingendes erwidern zu können, was mir diese schreckliche Arbeit ersparen würde.

»Schau«, sagte er und nahm meine Hand. »Du lernst dabei ja auch selber gleich was für später. Du wirst auch eine persönliche Homepage brauchen. Und dann weißt du schon, wie das geht.« Er strahlte mich an, als ob er mir gerade einen Heiratsantrag gemacht hätte, den ich gar nicht ablehnen konnte.

»Ich würde den Sonntagnachmittag vorschlagen«, sagte er, nachdem von mir kein Widerstand mehr zu erwarten war. »Vierzehn Uhr. Bei mir in der Wohnung. Und ich koch euch auch was Schönes zum Abendessen.«

»Hühnchen mit Zitrone?«

»Gerne auch Hühnchen mit Zitrone. Sonst noch Wünsche?« Er nahm seine Brille ab, polierte sie mit seinem Hemdzipfel und lächelte. Dabei zeigten sich in seinen Augenwinkeln

Fältchen. Wie konnte ein so berechnender Typ so nette Lachfalten haben? Es war einfach ungerecht. Ich hatte höchstens Zornesfalten an der Nasenwurzel. Und diese schrecklichen Furchen am Hals!

Hühnchen mit Zitrone

Ich war völlig baff, als mir ein Teenager die Tür öffnete. Dreizehn, vierzehn Jahre alt. Schwarze Erscheinung mit Piercing und fürchterlich abgeknabberten Stirnfransen, als ob sie selbst mit der Nagelschere am Werk gewesen wäre. Aber mit einem einnehmenden Lächeln. Dahinter tauchte Chris auf.

»Darf ich vorstellen?«, sagte er und lächelte stolz. »Leni, Computerfachfrau und meine persönliche Network- und Social-Media-Beraterin.«

»Papa!«, schimpfte das schwarze Mädchen und verdrehte die Augen. »Komm rein, Charlie. Ich darf doch so sagen?«

»Alle meine Freund:innen nennen mich so«, sagte ich und schüttelte ihr die Hand, in der Hoffnung, dass sie mein Erstaunen nicht auf sich bezog. Dass ich womöglich ihre Expertise anzweifelte. Das tat ich keineswegs. Die Kinder von heute konnten doch früher scrollen als krabbeln. Aber ich war perplex, dass Chris eine Tochter hatte. Rosi hatte mir versichert, dass er Single war. Für mich war dies gleichbedeutend mit allein. Ohne jeglichen Familienanhang. Vielleicht hatte sie aber auch nur gemeint, dass er keine Frau hätte? Grübeln war müßig. Er hatte eine Tochter. Punkt. Die Theorie von seiner angeblichen Homosexualität bekam einen Kratzer mehr, obwohl ein Kind natürlich nicht zwingend das Gegenteil bewies.

Chris nahm mir meine Jacke ab und reichte mir Hausschlapfen aus Filz. »Ich zieh mich dann in die Küche zurück und schlachte das Hühnchen«, sagte er.

»Papa!«, schimpfte die Kleine erneut. »Wenn ihr schon tote Tiere essen müsst, musst du dann auch noch die Ermordung thematisieren?«

Verdammt! Die waren Vegetarier! Chris hatte es mir vor ewigen Zeiten bei unserem Restaurantbesuch angedeutet. Und ich bestellte ausgerechnet Hühnchen bei ihm!

»Das tut mir leid, ich hätte auch was Vegetarisches gegessen. Sorry.«

»Fisch und Geflügel ess ich gelegentlich«, beruhigte mich Chris. »Auch wenn es meiner Tochter nicht gefällt. Aber zu eurer Beruhigung: Dem Henderl ging's bis zu seinem Tod besser als so manchem Menschen.«

»Sagt wer?« Die Kleine baute sich kess vor ihm auf.

»Die Bio-Bäuerin, von der ich es geholt habe«, konterte Chris.

»Es ist mir zuwider, wenn ich da jetzt einen Familienstreit heraufbeschworen habe.«

»Schon gut«, sagte Leni und drängte mich ins Wohnzimmer. »Ich bin vegan, und der Papa und ich streiten oft darüber. Mir fehlen angeblich die Eiweißlieferanten, ich brauch mehr Kalzium fürs Knochenwachstum, bla, bla, bla.« Sie lächelte. »Aber das Hühnchen, das stimmt, für das ist er extra zum Naschmarkt gefahren.«

Das wurde ja immer peinlicher. Diese Homepage musste Chris einiges wert sein, dass er weder Kosten noch Mühen gescheut hatte, um meine kapriziösen Gelüste zu befriedigen.

Das Wohnzimmer erfüllte mich sofort mit Neid. Es war lichtdurchflutet und warm. Die Einrichtung an sich nichts Besonderes, aber sie strahlte liebevolle Behaglichkeit aus. Helle Kieferregale bis zur Decke, gefüllt mit Büchern und CDs. Ein ausziehbares Sofa und zwei etwas abgewetzte Sessel mit bunten Baumwollbezügen. Auf dem Couchtisch lagen ein paar Zeitungen und Magazine. Obwohl das Licht flach hereinfiel, sah man nur wenige Staubpartikelchen darin tanzen. Die Möbel selbst waren praktisch staubfrei und frisch geölt. Hier war ordentlich geputzt worden. Es roch dezent nach Orange. Ob da vielleicht sogar Cointreau im Wischwasser gewesen war?

Böse Charlie, schimpfte ich mich. Cointreau ist ein Likör mit Unmengen Zucker darin, das kann nicht auf Vollholzmöbel. Es gibt ja auch Holzreiniger mit Orangenduft!

»Brauchst du deinen Laptop?«, fragte Leni mit Blick auf meinen Rucksack, während sie die Rollos herunterließ, um den Raum zu verdunkeln.

»Nicht unbedingt«, erwiderte ich. »Ich hab das Material auch auf einem Stick. Lange tut mein altes Stück es sowieso nicht ohne Strom. Der Akku ist schon ziemlich hinüber.«

»Dann lass mal drinnen«, sagte Leni trocken. »Ich hab eh zwei Bildschirme da. Und wir kontrollieren erst zum Schluss, ob die Seiten am Laptop im selben Format abgebildet werden wie bei mir.«

An der Wand gegenüber der Sofaecke stand ein langer Schreibtisch. Eine moderne Platte auf einem Alugestell. Darauf mittig ein Doppelbildschirm und davor das Computerzeugs, das man halt so braucht. Tastatur, Maus et cetera. An der Wand darüber prangte ein riesiger Fernsehbildschirm. Der war gefühlt größer als die größte Wand in meiner Wohnung.

»Wow!«, sagte ich. »Das ist ja wie im Kino.«

»Ist es auch!« Leni strahlte. »Ich hab ein ganzes Jahr gebraucht, um ihn zu überzeugen. Und jetzt sitzt er selber Stunden davor.« Sie lachte. »Und die Soundbar hab ich persönlich beigesteuert. Gebraucht, aber super Ton«, fügte sie stolz hinzu.

Dann holte sie noch einen zweiten Drehstuhl aus einem Nebenzimmer, und ich fischte meine Unterlagen aus dem Rucksack. Einen USB-Stick und handschriftliche Notizen, die ich mir gemacht hatte. Eine Zusammenfassung, was meiner Meinung nach alles so auf eine gute Homepage gehörte. Sicherheitshalber hatte ich die Seiten namhafter Schriftsteller besucht, um da einmal einen Überblick zu bekommen.

Leni hatte es wirklich drauf. Sie schaffte es, selbst mir, die ich computertechnisch eindeutig zum minderbemittelten Teil der Bevölkerung gehörte, in einfachen Sätzen zu erklären, was sie machte und warum. Dabei verwendete sie weder verwirrendes Fachchinesisch noch ließ sie mich dastehen wie eine

Idiotin, wenn ich nachfragen musste. Als ich sie diesbezüglich lobte, lachte sie.

»Beim Papa bin ich nicht so geduldig. Du hörst mir wenigstens zu.«

Leni hatte bereits eine Seite für Orlando entworfen, die technisch schon gut funktionierte. Allerdings hatte sie mit Hintergrundbildern und Oberflächen nicht ganz meinen Geschmack getroffen. Am Anfang war ich ein wenig gehemmt, Kritik zu äußern. Aber sie war völlig gelassen, als ich fragte, ob man da noch was ändern könnte.

»Ich kann alles ändern, Charlie. No problem. *Dir* muss es gefallen, nicht mir. Ist ja auch *dein* Buch.«

»Du weißt, dass es … mein Buch ist?«

»Ja. Und ich finde es ehrlich gesagt fies, was die da mit dir machen. Ich hatte sogar ziemlichen Zoff mit Papa deswegen.« Sie verdrehte erneut die Augen. »Erst erzählt er mir was, und wenn ich was dagegen sag, dann versteh ich es plötzlich nicht. Das bringt mich auf die Palme.«

»Oh ja. Das kann ich mir vorstellen.« Das passte zu Chris.

»Was ich denn nicht verstehen soll daran, dass es falsch ist, wem sein Buch zu klauen, hab ich gesagt. Und er sagt, erstens stiehlt er es nicht, weil du eh gut bezahlt wirst, und zweitens kann er nicht anders.«

»Hat er dir das auch erklärt, warum er nicht anders kann?«

»Klar. Das hat mich ja erst recht wütend gemacht. Dass der Junior auf einem Mann besteht, hat er gesagt. Nachdem er ihm ein paarmal hintereinander Frauen hineingedrückt hat, die sich alle nicht gut verkauft haben. Der will jetzt einen Shootingstar, der verkaufbar ist, und aus. Worauf ich gesagt hab, warum er sich von so einem Kasperl wie dem Junior was sagen lässt. Der Papa sagt ja selber, dass der von Literatur keine Ahnung hat. Kommt natürlich wieder das Argument, dass ich das nicht versteh. Manchmal hat man keine Wahl, sagt er. Sag ich: Aha! Und zu mir sagst du, man hat immer eine Wahl. Darauf er: Hast du auch schon überlegt, wer dein

Internat bezahlen soll, wenn mir der Junior die Bude zudreht? Oder einen neuen Gaming-Laptop?« Leni schnaubte jetzt noch in Erinnerung an diesen fiesen Untergriff.

»Das heißt, er wollte dir die Schuld zuschieben? Echt? Das ist ziemlich tief.« Ich gab mich entrüstet.

»Ist ihm so rausgerutscht. Passiert ihm manchmal, wenn ich ihn zu sehr reize«, sagte Leni und zwinkerte fröhlich. »Ich hab dann eh einen entsprechenden Abgang gemacht, wie es sich gehört. Tür zugeknallt und so weiter. Ein paar Minuten später ist er wieder angekrochen gekommen. Es tut ihm so leid, natürlich bin ich nicht schuld, er ist ein schlechter Vater. Bla, bla, bla. Aber der Junior hat ihm mit der Schließung der Wiener Filiale gedroht, und da hat er in seiner Panik einfach nach der nächstbesten Lösung gesucht. Ich hab ihn dann in Ruhe gelassen. War ja eh nicht mehr zu ändern.«

»Das wusste ich nicht, dass dein Vater solche Troubles hatte. Dieser Junior. Ist der wirklich so schrecklich?«

»Anscheinend. Ich kenn den nicht. Ich weiß nur, dass der Alte nicht so war. Der hat regelmäßig im Büro vorbeigeschaut, und der Papa hat ihn auch oft hierher eingeladen. Er hat mir immer was mitgebracht, als ich noch klein war. Schokolade oder ein Stofftier.«

»Und der Junior war noch nie hier?«

»Gott bewahre! Der kommt ihm nicht über die Schwelle, sagt der Papa. Ich glaube, er hasst ihn. Taucht praktisch nie auf in Wien, und wenn doch, dann müssen alle nach seiner Pfeife tanzen. Laut Papa ist er ein eitler Gockel und hat nichts im Hirn, außer Zahlen. Wie es ausschaut, stimmt das auch.«

Tja. Da musste ich Chris glatt mildernde Umstände gewähren in der Causa Avatar, wenn er so unter Druck stand.

»Machen wir weiter?« Leni lud ein paar Texte hoch, die ich vorbereitet hatte.

Die nächsten zwei Stunden arbeiteten wir konzentriert an der Homepage. Doch langsam und schleichend meldete sich mein Rücken.

»Ich muss mich mal kurz durchstrecken«, sagte ich und drehte eine kleine Runde durchs Wohnzimmer. Plötzlich blieb mein Blick an einem Gegenstand hängen. Es dauerte ein wenig, bis mein Hirn das Bild identifiziert hatte. Holzbox mit rotem Plastikherz drauf. Mein Herz schlug jedenfalls gleich ein wenig flotter, als ich an die vielen Gedichtchen dachte, mit denen ich dieses Kleinod gefüttert hatte.

»Das Ding nennt sich Lovebox«, sagte Leni, die lautlos hinter mich getreten war.

»Aha!«, sagte ich. Meine zittrigen Hände suchten Schutz in meinen Hosentaschen.

»Hat der Papa von einer heimlichen Verehrerin gekriegt«, sagte sie und lachte. »Man kann dem Kastel Botschaften schicken. Soll ich's dir zeigen?«

Ohne meine Antwort abzuwarten, schnappte sie sich ihr Smartphone, und alsbald drehte sich das Herz. Sie hob den Deckel an und hielt mir das Display hin. Ein Küsschensmiley.

»Ich find ja, dass er dafür schon zu alt ist«, sagte sie. »Aber er ist ganz verliebt in das Ding.«

»Und er weiß wirklich nicht, wer dahintersteckt?« Ich wusste, dass ich mich auf gefährlichem Terrain bewegte, aber nichts zu sagen war auch verdächtig.

»Er sagt Nein.« Leni schaute mich kritisch von der Seite an.

»Ich hab ja geglaubt, es kommt vielleicht von dir. Aber du bist, glaub ich, nicht so der Kitsch-Typ, oder?«

»Ganz und gar nicht«, bestätigte ich. »Für so Firlefanz hab ich wenig übrig.« Ich schlenderte so gelassen wie möglich an den Schreibtisch zurück, in der Hoffnung, dass sich das Rot in meinem Gesicht bis dahin legte. Ich war froh, dass mich Leni nicht direkt gefragt hatte, ob ich K.I.M. war. Ich hätte sie nicht anlügen wollen.

»Ich dachte nur, weil er seit Wochen nur noch von dir redet«, sagte sie, während sie die Box ins Regal zurückstellte.

»Du meinst, von dem Buch. Orlando. Dem Projekt.«

»Nein. Von dir«, sagte sie bestimmt. »Und du bist die erste Frau, die er privat hierher einlädt.«

»Na ja. Ganz privat ist es ja nicht. Die Homepage. Die ist schließlich auch beruflich.«

»Oder ein Vorwand? Warum knöpft er sich nicht diesen Orlando selbst vor?«

Ja, warum? Ich musste schleunigst von diesem Thema ablenken, verdammt!

»Seit wann seid ihr denn … nur zu zweit?«

»Seit immer – mehr oder weniger«, seufzte Leni. »Meine Mutter hat uns sitzen lassen, da war ich noch ein Baby.«

»Echt? Das ist … eher ungewöhnlich. Warum …?«

»Das frag ich mich, seit ich denken kann. Der Papa nimmt sie immer in Schutz. Er behauptet, er hat sie weggeschickt. Muss ich das verstehen?«

Ich zuckte mit den Achseln. Leni hüpfte auf ihren Drehsessel und nahm ordentlich Schwung. Drehte sich einmal im Kreis und stoppte den Dreh mit der Hand an der Tischplatte ab.

»Meine Mutter ist Sängerin. Der Papa redet nicht darüber, aber ich glaub, sie wollte mich abtreiben, und er war dagegen. Das ist zumindest meine Interpretation. Er behauptet aber stur, dass ich ein Wunschkind war. Na ja. Von meiner Mutter jedenfalls nicht. Sie hat gleich nach meiner Geburt einen Vertrag unterschrieben, dass er das alleinige Erziehungsrecht hat. Kaum war ich abgestillt, war sie schon über alle Berge.«

Die Frage, ob es vielleicht ein Deal war, damit er als schwuler Mann zu einem Kind kam, drängte sich mir auf. Aber ich konnte ja nicht gut dieses Kind fragen, ob es die Möglichkeit schon einmal in Betracht gezogen hatte. Andererseits. Warum outete er sich nicht einfach? War doch heute keine große Sache mehr.

»Das heißt, Chris hat dich ganz alleine großgezogen?«

»Ja. Für mich ist das auch ganz okay. Ich bin ja nichts

anderes gewohnt. Und der Papa benimmt sich praktisch wie eine richtige Mutter.« Sie verzog ihren Mund zu einem charmanten Lächeln. »So richtig schön nervig. Überbesorgt. Und lieb! Aber das darfst du ihm auf keinen Fall sagen, hörst du! Sonst kann ich ihn nicht mehr erpressen.« Sie kicherte. »Was ich sagen will: Ich hab keine Mutter vermisst. Ich hätte nur gerne gewusst, warum sie das gemacht hat. Irgendwann finde ich es noch heraus.«

Chris, der alleinerziehende, fürsorgliche Papa. Wieder eine verborgene Seite an ihm, die ich so nicht vermutet hätte.

»Und er hat ... nie Ambitionen gezeigt, sich wieder zu ...?«

Leni schüttelte den Kopf. »Seine Schwestern haben alles Mögliche versucht, ihn zu verkuppeln. Aber er hat sich nicht lassen. Ich mein, er ist zwar ein paarmal ausgegangen, das ja. Aber ob er sich da mit einer Frau getroffen hat oder irgendwelche Absichten hatte, das weiß ich nicht. Nach Hause mitgebracht hat er, wie gesagt, nie eine. Zumindest nicht, wenn ich da war.« Sie kicherte wieder.

»Kaffeepause?« Der alleinerziehende Vater steckte seinen Kopf zur Tür herein.

»Sehr gerne«, sagten wir unisono.

Er stellte uns zwei Häferl Kaffee und einen Teller Kekse auf den Tisch. »Und wie kommt ihr voran?«

»Beinahe fertig«, sagte Leni. »Sie kapiert viel schneller als du.«

Chris lachte. »Das ist keine große Kunst. Ohne deine Leistung schmälern zu wollen, Charlie.«

Leni zeigte ihm, was wir schon geschafft hatten. Die komplette Oberfläche war fertig. Die ersten Presseberichte und Rezensionen, die mir die Röte der Freude ins Gesicht getrieben hatten, waren eingepflegt.

»Fehlt noch die Biografie. Und ein paar Fotos von Orlando bei der Arbeit, dann wären wir fertig«, erklärte Leni.

Chris war restlos begeistert. So ganz nebenbei strich er über meine Unterlagen am Schreibtisch. Plötzlich starrte er mich an, als ob ihm der Heilige Geist erschienen wäre. Seine Hand zuckte zurück.

»Essen um achtzehn Uhr passt?« Ohne weiteren Kommentar zog er sich in die Küche zurück.

Ich hatte nie zuvor ein köstlicheres Hühnchen gegessen. Die Zitronennote war genauso dezent wie der Hauch Knoblauch und Koriander, mit dem er dem Fleisch eine exquisite Würze verliehen hatte. Die Sauce hatte er mit Weißwein abgelöscht und mit kalter veganer Butteralternative gebunden, verriet er mir sein Küchengeheimnis. »Ich finde, man merkt da kaum einen Unterschied zu echter Butter, oder?«

»Ich garantiert nicht«, gab ich lachend zu. Die Kombination aus weich gegartem Fleisch und spritzig-sämiger Sauce zerfloss himmlisch auf der Zunge. Das sagte ich ihm auch so. Er wurde tatsächlich rot. Anscheinend war auch er Lob nicht gewohnt.

»Ist nicht vielleicht zu wenig Salz dran?«

»Genau richtig«, versicherte ich ihm. »Einfach göttlich!«

Für Leni hatte er Tofu auf dieselbe Weise zubereitet. Die Gemüsebeilagen und Rosmarin-Kartoffeln waren ohnehin vegan.

»Er kann echt super kochen, findest du nicht?«, sagte sie, als wir bei der Nachspeise angelangt waren – einem veganen Tiramisu aus dem Glas mit frischen Beeren.

»In der Tat«, pflichtete ich ihr bei. »Wie es scheint, mit viel Liebe. So wen würde ich zu Hause auch gut gebrauchen können.«

Chris lächelte. Offenbar wollte er was erwidern. Allein, es fiel ihm partout nichts Originelles ein. Oh-oh, Herr Agent, sind wir heute schmähstad? Krisskross, mein hartgesottener Superagent, zeigte Schwäche. Und das gefiel mir außerordentlich gut!

Seine Tochter hingegen war in Fahrt. »Und er ist sooo sauber, weißt du.«

»Willst du mich loswerden, oder was?« Chris warf ihr einen gestrengen Blick zu.

»Ja. So was erhöht den Marktwert ungemein, Chris. Was kannst du denn noch?«

»Ich … ich kann … uns eine Flasche Wein aufmachen zum Beispiel«, sagte er. Jetzt hatte er die Kurve gekriegt.

»Ausgesprochen wichtige Kernkompetenz«, sagte ich. »Was hast du denn zu bieten?« Ich musste auf der Hut sein. Bei Getränken war ich mir nicht sicher, ob er meinen Geschmack traf.

»Einen Weinviertel DAC aus Poysdorf. Das ist …«

»Die Perle des Weinviertels. Ich weiß. Die haben ausgezeichnete Grüne dort. Her damit!«

»Eine Weinexpertin?«

»So würde ich es nicht sagen. Aber ich bin dort aufgewachsen.«

»Was? Direkt in Poysdorf?«

»Im Nachbarort. Wetzelsdorf.«

»Was ist denn das für ein Name?« Leni schmunzelte. »Kommt das echt von Wetzen?«

»Ich habe nicht die geringste Ahnung«, gab ich zu. »Ich kann ja mal meine Oma fragen, die könnte das wissen. Der nächste Ort heißt Ketzelsdorf. Und es gibt auch ein Unterstinkenbrunn ganz in der Nähe, wenn dich hübsche Ortsnamen interessieren.«

»*Oh my God!* Papa, ich glaub, wir müssen mal eine Weinvierteltour machen, und ich fotografiere die Ortsschilder.«

Chris blieb ihr eine Antwort schuldig.

»Wie sieht's denn aus mit deinen Hausaufgaben für morgen, junge Dame?«, sagte er stattdessen. »Hast du schon alles erledigt?«

»Jetzt willst du mich loswerden, was?«

Leni gab mir die Hand. »Ich will nicht weiter stören«, sagte sie mit einem frechen Grinsen im Gesicht und verzog sich in ihr Zimmer.

»Noch so eine Bemerkung, und du hast Hausarrest«, bemerkte Chris und schaute ihr liebevoll nach.

»Tolles Mädchen«, sagte ich.

Er nickte. »Wenn mir etwas im Leben gut gelungen ist, dann sie.«

Sie hätte uns natürlich nicht gestört, eher hätten wir sie gelangweilt. Wir plauderten zunächst über Weine und das Weinviertel, später über unsere Lieblingsbücher. Ich weiß nicht, wer dieses unverfängliche Thema angeschnitten hatte, wir fielen jedenfalls beide gleich enthusiastisch darüber her. Tauschten uns aus und stritten nur ganz wenig. Auf jeden Fall war die Flasche Wein viel zu früh leer.

»Jetzt muss ich dann aber«, sagte ich mit Blick auf die Uhr. Es war halb zehn geworden.

»Ich begleite dich«, sagte Chris. »Wenn du nichts dagegen hast?«

Ich hatte nichts dagegen. Ganz und gar nicht.

Er gab seiner Tochter Bescheid, dann machten wir uns auf den Weg.

Nach dem vielen Essen und dem Wein wollten wir beide zu Fuß gehen. »Bloß nicht zu schnell«, sagte ich. »Mein Bein spinnt in letzter Zeit ein wenig.«

»Was ist mit dem Bein? Du humpelst manchmal ein wenig, ist mir schon aufgefallen.«

»Es ist kürzer. Ein Unfall. Ist aber schon länger her. Seitdem hinke ich. Also, wenn ich keine orthopädischen Schuhe anhab zumindest.«

»Was ist passiert?«

»Frontalzusammenstoß. Meine Mutter und mein Bruder sind dabei ums Leben gekommen«, flüsterte ich. Ich konnte es immer noch nicht laut aussprechen.

»Das tut mir so leid!« Chris blieb stehen und nahm zum Trost meine Hand.

»Ich war nicht einmal so alt wie Leni«, sagte ich. »So hat jeder sein Päckchen, nicht wahr?«

Eine Weile gingen wir schweigend nebeneinanderher. Händchenhaltend. Beides tat richtig gut.

»Hast du denn noch Familie außer deiner Oma?«, nahm Chris etwas später das Gespräch wieder auf.

»Nicht in unmittelbarer Nähe. Zur Familie meiner Mutter hatten wir nie viel Kontakt. Nach ihrem Tod ist der komplett abgebrochen. Ich glaub, sie haben Papa die Schuld an dem Unfall – und an ihrem Tod – gegeben. Und du?« Ich wollte so schnell wie möglich von dem traurigen Thema wegkommen.

»Meine Eltern leben beide noch. Auf Mallorca allerdings. Wegen des Klimas.«

»Auch nicht schlecht. Geschwister?«

»Vier Schwestern.«

»Nein! Schrecklich!«

»Du sagst es. Und alle älter. Da konnte ja nichts aus mir werden.«

»Ein toller Koch und wunderbarer Vater jedenfalls«, sagte ich. Ob er wieder rot geworden war, kontrollierte ich nicht. Er sagte jedenfalls nichts mehr, bis wir bei meiner Wohnung angekommen waren.

»Danke für das phantastische Essen. Und den netten Abend«, sagte ich. Er schaute mich eine Weile an. Hatte er gehofft, dass ich ihn hineinbitten würde? Das war unmöglich. Die Wohnung war in einem desaströsen Zustand. Ich konnte hier niemanden empfangen. Und schon gar nicht ihn!

»Ich hab zu danken«, sagte er schließlich.

Ich drückte ihm ein Küsschen auf die Wange und sauste davon, bevor er wieder einen Dankessermon über mich ergießen konnte, der mich wahrscheinlich zu Tränen gerührt hätte. Mir war gerade so weinerlich zumute. Ich verstand überhaupt nicht, wieso. War doch eh alles in Butter, oder?

Wahrscheinlich war es der Wein.

Der Wein war ziemlich sicher auch schuld, dass ich nicht einschlafen konnte. Vielleicht war es aber auch noch zu früh.

Also fischte ich mir mein Buch vom Nachtkästchen und begann zu lesen. Aber die Konzentration wollte sich partout nicht einstellen. Milch mit Honig! Ich schleppte mich in die Küche und bereitete mir das Beruhigungsgetränk. Ich könnte ja zur Abwechslung wieder mal ein Gedicht für die Lovebox schreiben, überlegte ich, während ich den Honig in die Milch träufelte. Irgendwie war ich gerade in der Stimmung.

»Sind so kleine Hände …«, summte ich vor mich hin. Die Hände, die ich vor Augen hatte, waren aber gar nicht so klein. Und schon flog meine Schriftstellerhand übers Papier.

Sind so schöne Hände
Streicheln mein Gesicht
Sind so weiche Lippen
Zunge kostet dich
Sind so noble Augen
Bohren tief in mich
Führen Blut zum Herzen
Schrei'n: Ich liebe dich

Das hatte ja wunderbar geklappt. Innert weniger Minuten war es aus mir herausgeflossen.

Ob er wohl schon zu Bett gegangen war? Oder gerade sein Heimkino genoss? Mit Leni?

Ich fotografierte das Gedicht ab, um es Dilo zu schicken. Irgendetwas in mir sperrte sich dagegen. Diesen einen Herzchenschauer, den wollte ich selbst bekommen.

Ich kam mir wie eine Verräterin vor, als ich den Send-Button drückte. Einmal ist keinmal, Dilo, entschuldigte ich mich. Letztendlich kommt es ja sowieso dir zugute.

Kurze Zeit später katapultierte mich der Herzchenschauer in euphorische Stimmung. So aufgewühlt konnte ich erst recht keinen Schlaf finden. Darüber nachdenken, was mich denn so fröhlich stimmte, wollte ich aber auch nicht. Also ließ ich mir einen Wohlfühlfilm auf Netflix vorschlagen.

»Sinn und Sinnlichkeit«. Mit Emma Thompson und Hugh Grant.

Ich fand, Hugh Grant sah ein wenig aus wie eine Mischung aus Dilo und Chris. Das fand ich sehr amüsant. Meine Melancholie war verflogen. Ich machte es mir im Bett gemütlich. Und fiel nach kürzester Zeit in einen wohligen Schlaf.

Stress

Es sollte mein letzter Tiefschlaf vor der Premiere gewesen sein. Die PR-Maschinerie für »Orlandos Welt« – so lautete der endgültige Titel des Romans – war voll angelaufen. Der Verlag hatte sich nicht lumpen lassen und eine mächtige Werbekampagne aufgezogen. Das Buch war über Nacht in aller Munde. Die wichtigsten Kulturmedien schrieben aufgeregte Rezensionen. Die Kritiker waren voll des Lobes. Und das noch vor dem eigentlichen Launch!

Die Buchpräsentation war in einem großen Wiener Kinocenter geplant. Aufgrund der vielen Anmeldungen wurde sie sogar in den Hauptsaal verlegt. Und das Fernsehen würde kommen. Vor der eigentlichen Lesung war ein Interview angesetzt, das live im Kultursender übertragen würde. Wow! So viel Aufsehen für einen unbekannten Autor, das hatte es schon seit ewigen Zeiten nicht mehr gegeben.

Aber anstatt mich zu freuen, überfielen mich Panikattacken. Da nutzte es auch nichts, wenn ich mir mantraartig vorsagte, dass Dilo gut vorbereitet war und er mir dies auch tagtäglich aufs Neue bewies. Er las langsam und deutlich. Mit den richtigen Betonungen. Er predigte nicht wie ein Pfarrer. Blickte immer wieder vom Text auf und lächelte mich – in Vertretung eines zukünftigen Publikums – an, wie ich es ihm beigebracht hatte. In allem, was das Buch betraf, war er sattelfest. Einzig in Sachen Weltliteratur zeigte er größere Lücken.

»Isch will da nüscht so viel nachdenken darüber, Scharlie«, jammerte Dilo. »Je mehr du mir erzählst über andere Schriftsteller, desto weniger weiß isch. Mir wird schon was einfallen. Irgendwas. In Köln war das ja auch nüscht anders.«

Ich akzeptierte seine Entscheidung. Man konnte sich im Leben nicht auf alles vorbereiten.

Auch Chris war angespannt wie ein Armbrustbogen. Und,

was meinem Nervenkleid zusätzlich Risse verpasste: Er wich mir aus. Vielleicht besser so, sagte ich mir. Meine Explosionslatte hing verdammt tief, wir würden nur unnötig aneinanderkrachen. Ich wollte unser freundschaftliches Verhältnis nicht gefährden. Trotzdem vermisste ich seine Gegenwart.

Kurz vor Tag X rief er mich endlich wieder mal zu sich ins Büro.

»Ich muss dir was sagen«, hub er an. In meinem Kopf begann es zu schwirren. Krisskross, mach es nicht so spannend, bitte! Ich lechzte nach ein paar lieben Worten. Aber es gab weder Cointreau noch ein warmes Lächeln.

»Der Journalist, der Dilo interviewen wird. Er heißt Proller und ist ein ausgewiesenes Arschloch«, stieß er verzweifelt hervor. »Der ist so ziemlich das Schlimmste, was uns passieren konnte. Ein überheblicher Narzisst. Du musst Dilo unbedingt instruieren, dass er ihm schmeicheln muss. Wenn der ihn nicht mag, reißt der ihm den Arsch auf, und dann können wir Buchpreise et cetera vergessen.«

»Und wie soll ich das bitte anstellen? Wenn ich ihn jetzt noch zusätzlich nervös mache, was bringt das?«

»Wir können ihn doch nicht ins offene Messer rennen lassen!«

»Tun wir das nicht schon die ganze Zeit? Er hat doch in Wirklichkeit keine Ahnung, worauf er sich da einlässt, oder? Ich finde es reichlich spät für Gewissensbisse.«

»Du stellst mich ja hin wie einen skrupellosen Bösewicht, Charlie!« Er sprang auf und tupfte sich die Schweißperlen von der Stirn. »Warum bist du plötzlich so … aggressiv?«

»*Ich* bin aggressiv? … Das …« Ich schnappte kurz nach Luft.

Nein, du willst nicht streiten, Charlie!

»Ach, Chris. Das sind die Nerven. Es ist nur … In letzter Zeit hab ich viel nachgedacht. Über alles. Und … das, was wir hier tun. Es ist letztendlich Betrug, oder? Was passiert, wenn wir auffliegen?«

Chris vergrub das Gesicht in seinen Händen. Als er sie wieder wegnahm, war er entsetzlich weiß geworden. Ich hatte schon Angst, er würde mir vom Stuhl kippen.

»Was glaubst du, was mir in den letzten Wochen alles so durch den Kopf gegangen ist. Aber wir können nicht mehr zurück.«

»Ich weiß«, sagte ich und legte ihm beruhigend die Hand auf die Schulter. »Trotzdem. Ich hab Dilo beigebracht, was er wissen muss. Mehr geht nicht. Und ich werd ihn jetzt bestimmt nicht panisch machen. Da muss er alleine durch.«

»Der arme Kerl tut mir einfach so leid. Er ist so liebenswürdig und gleichzeitig so ... so naiv. Die Leute werden ihn anhimmeln – und nicht Proller. Das ist nicht gut.«

Genau. Dilo war arm. Und wie es mir ging, das war komplett unwichtig. Ich war doch auch nervös bis zum Anschlag. Ich nahm die Hand wieder von seiner Schulter.

»Du weißt auch nicht, was du willst. Wenn sie ihn anhimmeln, ist doch gut. Vielleicht wickelt er diesen Proller ja auch um den Finger? Bei dir hat er es schließlich auch geschafft. Und du gehörst bei Gott nicht zu den Sensibelchen. Dieser Proller kann uns mal.«

»Wieso bin ich nicht sensibel?«

»Übersensibel vielleicht, kann schon sein. Leicht beleidigt auf jeden Fall, wie mir scheint.«

»Danke«, sagte er. Noch beleidigter als zuvor. »Du hast gut reden. Du musst dich ja nicht von Angesicht zu Angesicht mit dem Proller rumschlagen. Du hast ja keine Ahnung, wie so was läuft.«

»Dann bereite deinen armen Liebling doch selber vor, Herr Kross, wenn du sowieso alles besser weißt.«

»Ach komm, Charlie. Spiel jetzt bitte nicht die Beleidigte. Ich hab weiß Gott genug Probleme am Hals, da brauch ich nicht auch noch ...«

»Was? Ein spinnertes Weibsbild?«

Der Kerl machte mich wahnsinnig! Der ganze Scheiß war

doch auf seinem Mist gewachsen, und jetzt war natürlich wieder ich die Böse. Ich schnappte meinen Rucksack und riss die Tür auf. Beinahe hätte ich Rosi umgerannt, die mit einem Teller Muffins vor der Tür stand. »'tschuldigung«, schnaufte ich und lief davon. Schade. Muffins hätte ich gut gebrauchen können, ich war völlig unterzuckert.

Meinen Zuckerpegel konnte ich aber auch im Kaffeehaus in Ordnung bringen, fiel mir ein. Bei der Gelegenheit konnte ich auch gleich die Freikarten für die Premiere verteilen, die ich Chris abgeschwatzt hatte. Nebst den Einladungen für die Party danach. Letztere einzufordern war bei ihm auf größeren Widerstand gestoßen. Es würde so ein richtiges Seitenblicke-Event werden mit jeder Menge Prominenz aus der Sparte, erklärte er mir. »Die Teilnehmerzahl ist limitiert. Ich muss bei jeder Person begründen, warum sie dabei sein muss.« Sein Statement, wie geschickt er mich hineingeschleust hätte, ließ meine Halsschlagader noch im Nachhinein bedrohlich anschwellen.

»Ich hab dich als meine Praktikantin ausgegeben«, sagte er. »Weil, Funktion hast du ja offiziell keine in der Agentur.«

»Herzlichen Dank für den Ferialjob«, sagte ich. »Aber bilde dir nur ja nicht ein, ich wäre eine zweite Monica Lewinsky.«

Chris verdrehte die Augen. Wenigstens ergriff Dilo, der Monica nicht kannte, für mich Partei. »Das sind doch auch meine Freunde, Chef«, sagte er. »Isch würde die gerne dabeihaben. Von meiner Familie kommt sowieso niemand.«

Die Freunde freuten sich über die Einladung. Zumindest Julika und Nick, die sofort darüber zu diskutieren begannen, was man zu so einer Veranstaltung denn anziehen sollte. »Muss ich mich zwischen Buchpräsentation und Party umziehen?«, wollte Nick wissen. Es wunderte mich, dass Caro nicht mit gleichem Feuer dabei war. Sie nahm ihre Karten eher gnädig entgegen. »Fein, dass du deine alten Freunde nicht vergessen hast«, sagte sie.

Die Spitze überhörte ich geflissentlich, zum Streiten war mir nicht zumute. Trotzdem konnte ich es mir nicht verkneifen, zu erwähnen, wie schwer man solche Karten bekam. Dass ich selbst beinahe übergangen worden wäre, verschwieg ich lieber.

»Deswegen kann ich trotzdem nicht versprechen, ob ich komme«, murmelte sie.

Ich war irritiert. Warum war sie bloß so nachtragend? Dieser Avatar-Deal betraf sie doch gar nicht persönlich. Nicht einmal die Tatsache, dass ich eine Flasche Prosecco und eine ganze Torte spendierte, hob ihre Laune. Sie nippte nur ein wenig an ihrem Glas, während Julika und Nick über die Mehlspeise herfielen und mich wegen der Party löcherten. Wer alles zu erwarten war, wollten sie wissen, und ob man die Livesendung auch später in der Mediathek abrufen konnte. Ob es Büfett gab oder serviert wurde und ob das Seitenblicke-Fernsehen zur Party kam. Schließlich stand Caro auf und verabschiedete sich. »Wir sehen uns dann beim Event. Oder auch nicht.« Und fort war sie.

»Was ist denn mit der los?«, fragte ich besorgt.

»Ihr Vater«, flüsterte Julika. »Er hat Krebs im letzten Stadium. Ihre Mutter will natürlich, dass Caro sich endlich mit ihm aussöhnt.«

»Und sie fürchtet sich davor?«

»Auch. Natürlich. Zusätzlich setzt ihr der Bruder zu. Anstatt ihr zu helfen, intrigiert er gegen sie. Dem passt eine Versöhnung zwischen Vater und Tochter gar nicht in den Kram. Der hat Angst, dass Caro womöglich den Betrieb erbt, weil sie ja die Ältere ist. Die interessiert sich aber überhaupt nicht für die Firma und den ganzen Scheiß, wie sie sagt. Auf jeden Fall nicht leicht für sie im Moment.«

Puh! Da bekamen meine Problemchen gleich wieder einen anderen Stellenwert. Ich konnte nur zu gut nachfühlen, was Caro gerade durchmachte. Das Verhältnis zu meinem Vater war ähnlich vergiftet gewesen, als er starb. Zwar ging es um kein Erbe, und mein Bruder war sowieso schon tot. Außerdem nahm er mir letztlich die Gelegenheit für eine Aussprache, weil er unerwartet einem Herzinfarkt erlag. Trotzdem wusste ich damals nicht, was ich mit meiner Trauer anfangen sollte.

Ich wischte die trübsinnigen Gedanken beiseite. Das war Jahre her, und ich konnte es jetzt auch nicht mehr ändern. Abgesehen davon musste ich schauen, wo ich positive Schwingungen herbekam, wenn ich selbst die nächsten Tage ohne Herzinfarkt überleben wollte.

Die Buchpräsentation

Die Schnappatmung setzte bei mir ein, sobald der bekannte Moderator das Mikrofon zur Hand nahm, um die Sendung anzumoderieren. Der Kinosaal war gesteckt voll, und man hatte mir angeboten, die Übertragung aus dem Regieraum mitzuverfolgen. Dem stimmte ich mit Freuden zu. Als einfache Praktikantin durfte ich ja nicht in der ersten Reihe sitzen. Dort war für die VIPs reserviert – sprich die Damen und Herren aus dem Verlag, die beiden Chefs von WortWeber, ein paar Politiker und die Presseleute. Backstage galt ich offiziell als Orlandos Sprachtrainerin, die seine Performance analysierte. Ob ich ein Wasser wolle, fragte mich ein Assi. Keine weiteren Fragen der Techniker. Perfekt.

Ich konzentrierte mich auf den mittleren Bildschirm. Das war der Schnitt, den auch das Fernsehpublikum zu Hause sehen würde. Proller stellte Orlando vor. Beschrieb in wenigen Worten seine kurdische Herkunft (Unwahrheit) und die Flucht seiner Familie nach Deutschland, bei der einige männliche Mitglieder auf der Strecke geblieben waren (gedehnte Wahrheit – kam darauf an, was man unter »auf der Strecke bleiben« verstand). Kindheit in Berlin-Neukölln. Kiezkindheit (wahr). Die Kamera schwenkte auf Orlando. Gesicht in Großformat. Gott, der Junge war nicht nur attraktiv, er war auch extrem telegen! Er trug das rote Outfit. Samt geiler Brille. Er schaute aus wie Elton John in dunkel und dünn. Aus dem göttlichen Postboten hatten wir einen atemberaubenden Intellektuellen gezaubert, der seine entzückende Zahnlücke selbstbewusst in die Kamera hielt. Wo nahm der Typ bloß seine Coolness her?

»Orlando. Ich muss Sie wohl so nennen«, begann Proller seine Befragung. »Verraten Sie uns Ihren richtigen Namen?«

Alles gut. Hatten wir geübt.

Dilo schüttelte lächelnd den Kopf. »Das Einzige, was isch Ihnen verrate: Mein Vorname bedeutet im Deutschen ›mein Herz‹.«

»Und Ihr Künstlername? Der bedeutet doch sicher auch etwas.«

»Natürlisch. Der Name setzt sich aus dem Althochdeutschen *hruod*, Ruhm, und *lant*, das Land, zusammen. Den Namen finden Sie schon bei Shakespeare. Mein Vorbild ist aber die Romanfigur von Virginia Woolf.«

Ich nahm einen Schluck Wasser aus meiner Flasche. Bis jetzt verlief alles wie geplant. Dilo machte das gut.

»Darf ich Sie etwas Persönliches fragen?«, warf Proller ein. Meine Hände begannen zu schwitzen. Persönlich war gefährlich.

»Fragen dürfen Sie misch alles«, sagte Orlando. »Wir werden sehen, ob isch die Frage auch beantworten möschte.«

Proller steckte eine Moderationskarte nach hinten und blickte arrogant in die Kamera. Er legte es darauf an, Orlando aus dem Konzept zu bringen, das war offensichtlich. Den kleinen Kurden, der es aus für ihn unerfindlichen Gründen aufs Literaturpodium geschafft hatte.

»Sie sind in Berlin-Neukölln aufgewachsen. Einer Gegend, die man per se nicht mit dem Bildungsbürgertum in Verbindung bringt. Ich nehme an, Virginia Woolf stand nicht auf der Leseliste in Ihrer Schule?«

Das Publikum lachte verhalten. Ein paar Leute räusperten sich entrüstet.

Ich stellte meine Wasserflasche ab und wischte meine feuchte Hand in die Jeans. »So ein Arschloch!«, flüsterte ich. Plötzlich spürte ich eine warme Hand auf meiner Schulter.

»Er schafft das, du wirst sehen«, wisperte Chris mir ins Ohr. Vor lauter Nervosität hatte ich ihn gar nicht kommen hören. Mein Herzschlag beruhigte sich durch seine Berührung nur unwesentlich, mein Seelenzustand komischerweise schon. Das Warme-Hand-Paradoxon?

Orlando musterte Proller mit skeptischem Blick. Dann lachte er einfach drauflos. Wie ein Kind, das die Pointe eines Witzes verspätet begreift. Das Publikum lachte mit dem sympathischen Jungen mit. Das war wohl nicht das, was Proller erwartet hatte. Seine speckige Glatze glänzte dunkelrot.

»Jetzt hab isch beinahe gedacht, Sie meinen die Frage ernst«, sagte Orlando, noch immer lachend. »Aber«, setzte er etwas leidenschaftlicher fort, »Sie dürfen nüscht glauben, dass wir nüscht gelernt haben in der Schule. Isch hatte einen wundervollen Deutschlehrer. Er hat uns zum Beispiel ausdrücklisch ermutigt, untereinander Kurzdeutsch zu verwenden.«

»Sie meinen wohl Kiezdeutsch.«

»Oh nein! Da hätte er Sie geschimpft, Herr Proller. Kurzdeutsch heißt das, und es ist unsere Jugendsprache. Da wächst man ja irgendwann raus. Isch spresch das schon länger nüscht mehr. Aber es ist ein eigener Dialekt, müssen Sie wissen. Kein minderwertiges Kanakendeutsch. Das durften wir gar nüscht in den Mund nehmen, dieses abschätzige Wort. Nur schriftlisch – da mussten wir natürlisch Hochdeutsch verwenden. Und wir haben auch einiges gelesen. Sischer nüscht Virginia Woolf oder Shakespeare. Das brauchten die meisten von uns auch nüscht. Da haben Sie natürlisch rescht.«

»Und wie haben Sie Ihre Liebe zum Schreiben entdeckt? Ohne das Studium der Literatur?«

»Sie werden es nüscht glauben. Den Grundstein dazu hat auch mein Deutschlehrer gelegt.«

»Den Satz. Den hat er von dir, oder?«, flüsterte Chris.

Ich nickte.

»Er ließ uns unter anderem Gedischte verfassen«, erzählte Orlando. »Mensch, isch habe das geliebt! Erst wollte ich Rapper werden, wissen Sie. Aber die Texte waren zu kurz für misch, um meine Gefühle auszudrücken. Deshalb habe isch misch für den Roman interessiert und zu lesen begonnen. Freiwillisch.«

Orlando lächelte ins Publikum, das seine Rede mit einem Zwischenapplaus belohnte.

»Löblich, löblich, Ihr Deutschlehrer«, sagte Proller, nachdem der Applaus abgeebbt war. »Aber nochmals zurück zu Virginia Woolf. Haben Sie die gelesen?«

Der Kerl war echt anstrengend. Dilo hatte das so schön rübergebracht von seinem Deutschlehrer. Den wollte man wirklich kennenlernen. Aber der Affe musste dem Shootingstar unbedingt literarischen Analphabetismus anhängen.

»Nur in Auszügen«, sagte Orlando nach einiger Überlegung. »Isch habe misch aber intensiv mit ihrem Leben und ihrem Werk befasst. ›Mrs. Dalloway‹ war mein erster Zugang. Dann bin isch auf ›Orlando‹ gestoßen. Den Film mit der unvergleischlischen Tilda Swinton, den kennen Sie doch sischer. Ein Meisterwerk. Leider ist es zeitlisch nüscht möglisch, alles zu lesen, was gut ist. Aber isch frage Sie: Warum ist das so wischtisch für Sie, was isch gelesen habe? Oder aus welschem sozialen Umfeld isch komme. Wollten wir nüscht darüber sprechen, was isch geschrieben habe?«

Touché! Dilo wuchs über sich hinaus. Er kombinierte eintrainierte Phrasen neu und passte sie der Situation an. Der Junge war doch nicht so doof!

Proller lachte gezwungen. »Ich muss trotzdem noch einmal auf Virginia Woolf zurückkommen. Diese Sache mit dem undefinierten Geschlecht in Ihrem Roman. Ihr Name – Orlando – das ist doch auch eine Anspielung darauf, oder?«

»Sie wissen natürlisch, dass Orlando sein Geschlescht wechselt, Herr Proller. Aber das ist nüscht relevant für die Leser:innen.« Dilo lächelte stolz in die Kamera. Fremdwort *und* Glottisschlag. Er war in Hochform.

»Es genügt, wenn isch das weiß. Und Literaturkritiker dürfen sisch freuen, weil sie so klug sind und es durchschauen.« Jetzt lachte er direkt in die Kamera. Er lachte *mich* an, der Spitzbube. Meine Worte! Es war zwar niemals geplant, dass er das öffentlich aussprach, aber es passte super an dieser Stelle.

Das Publikum fand es jedenfalls amüsant. Im Gegensatz zu Proller. Der beugte sich mit rotem Schädel zum Couchtisch hinunter und kramte in seinen Unterlagen.

»Na gut. Kommen wir also auf Ihren *speziellen* Roman zu sprechen. Es kommt ja wahrlich nicht oft vor, dass man ein Buch schon vor seinem offiziellen Erscheinen so hoch lobt wie Ihres. Die Auflagenzahl ist enorm, was man so hört. Und das in der heutigen Zeit. Wo die Verlage doch praktisch kein Risiko mehr eingehen. Worauf führen Sie das zurück, Orlando?«

»Worauf isch das zurückführe, fragen Sie misch, escht jetzt? Vielleicht, weil es ziemlisch gut ist?« Dilo zog sein spitzbübischstes Lächeln aus dem Repertoire. Das Publikum lachte.

»Er hat die Leute schon auf seiner Seite«, flüsterte Chris.

»Aber ohne Spaß«, sagte Dilo. »Isch glaube, es ist tatsäschlisch wegen dem unbekannten Geschlescht der Erzählfigur, das kommt bei den Kritikern gut an. Weil es was Neues ist.«

»Sie sagen es, Orlando. Können Sie unserem Publikum diese Novität erklären, ohne zu viel vom Inhalt zu verraten?«

Jetzt bewegte man sich wieder auf sicherem Terrain. Ich atmete kurz durch. Streckte meine Arme hinter den Kopf.

»Verspannt?«, fragte Chris.

»Mhm. Die Nerven«, flüsterte ich zurück.

»Darf ich?« Er legte seine Hände auf meinen Nacken und massierte ihn sanft. Ich schloss meine Augen und klinkte mich eine Weile aus der realen Welt aus. Hörte Dilos Stimme aus weiter Ferne, aber seine Worte drangen nicht mehr bis zu mir durch.

Plötzlich stoppte die Massage.

»Scheiße! Hoffentlich übertreibt er es nicht!«, entfuhr es Chris.

»Sch!«, kam es vom Regiepult.

»Er hat Proller angeboten, ihm den Unterschied zwischen divers und queer zu erklären«, wisperte er mir ins Ohr.

Ich hielt mir die Hand vor den Mund, um nicht laut loszulachen.

»Na ja«, blaffte Proller in sein Mikro. »Wenn Sie eine Erzählfigur nebulösen Geschlechts wählen, kann es Ihnen doch letztendlich nur um Geschlechteridentität gehen. Ich glaube, ich bin nicht der Einzige, der das so sieht.«

Er schaute beifallheischend ins Publikum, von wo aber nichts dergleichen kam. Pech gehabt, Herr Proller!

»Muss isch es Ihnen noch einmal erklären, Herr Proller, damit Sie verstehen?«, sagte Orlando und seufzte.

Chris stieß mich in die Seite. »Er hat sogar deinen Lehrerinnenton drauf«, sagte er und grinste.

Unverschämter Kerl! Ich puffte zurück. Und lächelte.

Orlando war jetzt wieder ganz groß im Bild. Er rückte seine Brille zurecht und zeigte mit dem Finger auf Proller. Chris sah mich entsetzt an. »Was macht er da?«

Ich schüttelte den Kopf. »Keine Ahnung«, flüsterte ich zurück. Das hatten wir so sicher nie geprobt.

»Haben Sie denn überhaupt hineingeguckt in mein Buch?«

Proller griff zum Wasserglas. Die Kamera zeigte nun ihn in Großformat. Seine Hand zitterte. Er versuchte nicht einmal, zu kaschieren, dass er wütend war.

Schwenk auf Orlando. »Dann wüssten Sie nämlisch, dass es nüscht um die Entdeckung sexueller Identitäten irgendwelcher Romanfiguren geht. Meine Erzählfigur steht stellvertretend für alle Menschen. Keine spezielle Minderheit. Keine verfolgte Gruppe. Sie repräsentiert einfach ein Exemplar der Gattung Mensch. Es könnte jeder oder jede sein. Und dieser Mensch verliebt sisch. Traut sisch aber nüscht, diese Liebe einzugestehen und anzunehmen. Sie als Leser oder Leserin können nun entscheiden. Ist die Erzählfigur männlisch, weiblisch oder divers? Ist sie krank und zögert sie deswegen? Ist sie sisch zu alt, zu hässlisch? Oder empfindet sie sisch sonst in irgendeiner Weise ungeeignet für diese Liebe? Das Ergebnis wird sisch dadurch nüscht ändern. Erst wenn Sie, liebe

Leser:innen, sisch auf diesen Kraftakt einlassen und der Figur eine Identität geben, sisch an der Hand nehmen lassen von mir. Sisch unvoreingenommen durch die lose Handlung führen lassen. Erst wenn Sie Ihr Herz öffnen, werden Sie diese tiefe Liebe spüren und nachempfinden können.«

Im Publikum war es andächtig still geworden. Die Kamera schwenkte ins Auditorium. Ein Jüngling tupfte sich mit dem Taschentuch die Augen.

Ich hielt den Atem an. Woher nahm dieser naive Knabe plötzlich die Weisheit, die ich neunmalkluge Trainerin nicht besaß? Orlando hatte mir gerade die Essenz meines eigenen Romans erklärt.

»Ach! Ich liebe diesen Knaben!«, sagte Chris, legte seinen Arm um meine Schulter und drückte mich an sich.

Stellvertretend für Dilo? Ich sollte es sein, die er anhimmelte, verdammt! Nicht Dilo.

Der Stromschlag, den mir der Gedanke in diesem Moment versetzte, in Kombination mit Orlandos Worten zuvor, bereitete meiner wochenlangen Vogel-Strauß-Politik ein jähes Ende. Wie ein Kugelblitz fuhr er vom Bauch übers Herz bis in die verborgensten Areale meines Hirns, räumte dort auf und brachte mir endlich die Erleuchtung: Ich liebte Chris!

Mit all seinen Macken und Schwächen. Dem aufkeimenden Zorn in seinen Augen genauso wie dem Lächeln darin. Ich liebte seinen Humor, seine Hände, seinen Duft. Und das völlig unabhängig davon, für wen sein Herz schlug. Er war der Mann zum Anlehnen, der mir in meinem bisherigen Leben gefehlt hatte. Zum Reden, Lachen und Streiten. Zum Drücken und Händchenhalten.

Während meine ersten Gedichtchen an ihn rein literarischer Natur gewesen waren, professionelle Arbeit einer Ghostwriterin, war ich immer mehr in diese Liebe hineingekippt. Weil ich mich mit seiner Persönlichkeit auseinandersetzte. Weil ich ihn näher kennenlernte. Wie die namenlose Erzählfigur in »Orlandos Welt«. Bloß hatte ich mich nicht auf diese Liebe eingelassen, wie Orlando es gefordert hatte. Hatte mich gegen diese Liebe gesträubt, weil ich mich dem Risiko nicht aussetzen wollte, erhört – und damit womöglich erneut verletzt – zu werden. Meine sentimentale Elvis-Cointreau-Nacht hatte nichts mit Adam zu tun gehabt. Es war Chris, dem ich schon damals nachtrauerte. Was hatte ich zuletzt für ihn geschrieben? Ein Gedicht über seine schönen Hände … Wie hatte ich mir da noch was vormachen können? Und bald würden diese schönen Hände über Dilos Körper streicheln. Ich kämpfte mit den Tränen.

»Lassen Sie misch eine Stelle vorlesen aus dem Roman«, hörte ich Orlando wie aus weiter Ferne. Gekonnt blätterte er das Buch an der markierten Stelle auf.

»Bevor isch für Sie lese, schließen Sie bitte kurz Ihre Augen«, sagte er ins Publikum. »Denken Sie an eine Person, von der Sie sisch vorstellen könnten, Sie zu lieben.«

Ich bemerkte, wie Chris neben mir die Augen schloss und selig lächelte. Verdammt! Jetzt sollte ich seine Hand in meine nehmen!

Ich blieb stocksteif sitzen und lauschte.

Langsam begann Dilo mit seiner angenehmen Stimme zu lesen, wie wir es tausendmal geübt hatten.

Plötzlich packte mich Chris an beiden Schultern und drehte mich zu sich. Er hatte Tränen in den Augen.

»Charlie«, flüsterte er. »Ich wusste es vom ersten Moment an. Dieses Buch ist etwas ganz Großes. Einmaliges. Und auch der Junge. Er ist ein Hit. Man muss ihn einfach lieb haben. Wie er das erklärt hat mit dem Fallenlassen und der Liebe. Er … Er ist ein Genie! Und … und auch er ist dein Werk. Ich … ich bin völlig überwältigt!«

Er umarmte mich und drückte mich an seinen samtenen Körper, bis ich keine Luft mehr bekam.

»Wir sehen uns später«, wisperte er. »Ich muss jetzt raus zu ihm.«

Kurze Zeit später brandete Applaus auf. Ich putzte mir

die Nase und verabschiedete mich von den Tontechnikern und Aufnahmeleuten, die mir herzlich zu meinem Schützling gratulierten.

Im Kinosaal war der Teufel los. Die Leute von der Buchhandlung hatten alle Hände voll zu tun. Die Menschen kauften »Orlandos Welt« wie die Irren. Eine elendslange Schlange bildete sich. Alle wollten sich ihre Bücher signieren lassen.

Chris wich Dilo nicht von der Seite. Von Weitem deutete ich ihm, dass ich einstweilen mit Nick und Julika zur Party verschwinden würde. Hier hatte ich nichts mehr verloren.

Party mit Folgen

Geschlagene zwei Stunden später traf Orlando ein. Im Gefolge seiner neuen Fans. Er wirkte erschöpft, aber glücklich. Wir hatten es uns an einem Stehtisch nahe dem Büfett nett eingerichtet. Immer wieder kamen Kellner vorbei, die unsere leeren Gläser auswechselten. Mein Kopf war schon ein wenig benebelt vom vielen Sekt. Während Julika und Nick sich ausgiebig am Büfett bedienten, um eine ausreichende Unterlage zu schaffen, steckte ich mir bloß ein Lachsbrötchen in den Mund. Ich hatte keinen Appetit.

»Er hat's tatsächlich geschafft.« Julika und ich winkten ihm euphorisch zu.

»Es fängt doch jetzt erst an«, sagte Nick. »Dieser ganze Hype um ihn. Ich hoffe, dass ihn das nicht verdirbt. Ich schau mal nach ihm.« Er nahm sein Glas und verschwand in der Menge.

Nicks Bemerkung traf mich unerwartet und hart. Meinen Teil der Aufgabe hatte ich zwar mit Bravour erfüllt, aber meine Vorbereitungen hatten nicht weiter gereicht als bis zum heutigen Tag. Vielleicht, weil ich selbst nicht wusste, wohin der Weg ging?

»Ach, der schafft das bestimmt«, bemerkte Julika. »Der hat so eine angeborene Naivität. Die beschützt ihn.«

Ich hoffte inständig, dass sie recht behalten würde. Zum Grübeln hatte ich ohnehin keine Zeit. Aus den Augenwinkeln sah ich, dass Chris auf uns zusteuerte. Mein Herz holperte, und mein Darm verknotete sich. Seit dieser verdammten Erkenntnis im Backstage-Raum war ich befangen. Ich würde schweißnasse Hände haben, kein Wort hervorbringen, bestenfalls stottern.

Aber er ließ mir gar keine Gelegenheit, mich zu blamieren.

»Charlie!«, rief er aufgeregt. »Nur ganz kurz. Der Verlag

hat eine sechswöchige Lesereise organisiert. Und du darfst mit! Ich hab denen gesagt, dass du Dilos persönliche Assistentin bist. Mädchen für alles und so. Ist das nicht großartig? Du hast ja gar nichts zu trinken.« Ohne eine Antwort abzuwarten, huschte er wieder davon.

Noch vor wenigen Tagen wäre ich begeistert gewesen, sechs Wochen an der Seite meines Lieblingsschülers durch die Welt zu gondeln, aber heute machte mir der Gedanke wenig Freude.

»Was ist denn das für einer? Der hat dich gar nicht gefragt, ob du überhaupt willst«, stellte Julika trocken fest. »Ist der immer so? Und von wegen Mädchen für alles. Die haben dich anscheinend komplett versklavt.«

»Werd ich mir sicher nicht gefallen lassen«, sagte ich. »Ab heute bin ich frei!«

Von wegen!

Kaum hatte ich das gesagt, stand Chris wieder neben mir. Diesmal mit zwei Gläsern Sekt. »Für dich und deine Freundin. Ich nehme an, Sie sind Julika?«

Für mehr als ein wenig Small Talk, an dem ich mich nur spartanisch beteiligte, blieb zwar keine Zeit, dennoch war mir, als wäre selbst Julika seinem Charme erlegen. Er konnte ja, wenn er wollte. Und heute war offenbar so ein Tag, wo er im Flow war. Er entschuldigte sich bei Julika, dass er mich entführen müsse, er wolle mich ein paar Leuten aus der Branche vorstellen.

Aha! In welcher Funktion?

Als Erstes machte er mich mit dem Seniorchef von Wort-Weber bekannt. Ein groß gewachsener, eleganter Mann. Maßgeschneiderter dunkler Anzug. Gestreiftes Hemd. Halstuch statt Krawatte. Und Lederschuhe, die garantiert kein Kinderhändchen missbraucht hatten und vermutlich perfekt Englisch oder Italienisch sprachen. Eine Literaturagentur warf offensichtlich ordentlich Gewinn ab. Vor allem, wenn sie Cashcows wie mich und den Orlando hervorbrachten.

Er schüttelte mir galant die Hand. »Und Sie sind diejenige, die ihn publikumsreif gemacht hat? Chris hat mir viel von Ihrer Arbeit erzählt.« Immerhin hatte ich also auch offiziell einen Beitrag zum Gelingen des heutigen Abends geliefert, der Anerkennung fand.

Der Juniorchef war das krasse Gegenteil seines Vaters. Kleiner, sehr schlank und gepflegt, aber extrem arrogant. Unsympathischer Hipster. Kleidung vom Designer, versteht sich. Weit aufgeplusterte Hose, schreiend buntes Hemd, darüber eine wie ein Mieder anliegende goldene Weste. Und eine pseudointellektuelle Brille in auffallendem Schwung. In Kermit-Grün. Na ja. Immer noch besser als der Typ neben ihm. Der sah aus wie ein Pharao kurz vor der Einbalsamierung. Fingerdicke Schminke, die seine übermäßige Hakennase noch weiter hervorstehen ließ. Halblange schwarze Locken. Kinnbart wie eine Ziege. Die Halspartie hatte er mit weißen Tüchern umwickelt. Wimpern und Fingernägel in Überlänge. Der Mensch schaute mich noch verächtlicher an wie ich ihn. Wo ich doch heute sogar ein neues Cocktailkleidchen von H&M trug, das mich, wie ich fand, sehr vorteilhaft aussehen ließ. Um mindestens zehn Jahre jünger, wie Nick mir versichert hatte.

»Das ist Charlie«, stellte mich Chris vor. Seine Hand wärmte meine nackte Rückenpartie. Ich spürte jeden einzelnen Finger.

»Charlie who?« Weber junior hob präpotent die Augenbraue.

Chris reagierte böse. »Sie hat das Buch geschrieben, das weißt du doch!«, zischte er kaum hörbar.

»Orlando hat das Buch geschrieben, Chris«, sagte er. »Keine Ahnung, wovon du da sprichst.« Damit wandte er sich wieder seiner Mumie zu. Und ließ uns einfach so stehen.

Chris war krebsrot im Gesicht. »Er hat die Verträge abgesegnet«, fluchte er. »Und jetzt tut er so, als wüsste er nicht Bescheid.«

»Schon gut, Chris. Das war der Deal. Ein Ghost bleibt eben unsichtbar.«

Wir brauchten das Thema gottlob nicht weiter abzuhandeln, da ein großer Mann im Zweireiher – Typ normannischer Kleiderschrank – auf uns zukam. Auf den ersten Eindruck sah er aus wie ein Politiker höheren Ranges.

»Chris!«, rief er von Weitem und winkte mit einem Bierglas in der Hand.

»Oje!«, sagte dieser. »Zu spät. Wir können nicht mehr aus. – Das ist Roderich Reich«, stellte er ihn mir vor. »Programmdirektor vom …«

»Pilz-Verlag?«, ergänzte ich mit klopfendem Herzen. Dieser Mensch verkörperte meinen schlimmsten Alptraum. Mein persönliches Armageddon. Nicht nur, weil er mein Manuskript in der Luft zerrissen hatte. Er kannte es! Das war hier und heute noch viel schlimmer.

»Das ist Charlie …«

»Braun!«, fiel ich Chris erneut ins Wort. Der schaute mich völlig verdattert an.

»Ich bin seine Assistentin«, fügte ich hinzu. Wenn dieser Mensch nun auch noch meinen Namen wiedererkannte, dann war es aus. Der Skandal perfekt.

»Charmant, charmant«, sagte Roderich Reich und ignorierte mich fortan. Selten war ich so froh darüber, unhöflich missachtet zu werden, weil der Mann an meiner Seite ja so viel wichtiger war.

»Da haben Sie ja einen prächtigen Goldfisch an Land gezogen. Gratuliere!«

»Danke, danke«, sagte Chris. »Manchmal findet auch ein blindes Huhn ein Korn.«

»Jetzt stellen Sie Ihr Licht aber mächtig unter den Scheffel, Chris. Aber wenn wir schon beim Hühnchen sind, da hätte ich schon eines zu rupfen mit Ihnen.«

Das Damoklesschwert kitzelte bereits meinen Scheitel.

»Ja? Ich bin mir keiner Schuld bewusst«, sagte Chris ganz

ahnungslos. Hatte er immer noch nicht kapiert, dass es unserem Avatar an den Kragen ging? Dieser aufgeblasene Affe konnte uns auffliegen lassen wie einen Schwarm Fledermäuse.

»Ich hätte mich nicht lumpen lassen«, fuhr Reich in vorwurfsvollem Ton fort. »Der Roman ist ja wirklich ein Jahrhundertwerk. Diese Sprache! Wahnsinn. So was von prägnant hat man selten vor sich. Und dieses absolut phantastische Gendersetting. Einfach genial. Warum war ich nicht auf Ihrem Laufzettel?«

Chris warf mir einen fragenden Blick zu. Ich nickte kaum merklich und schoss ihm warnende Blicke zu. Jetzt hatte er verstanden!

»Waren Sie nicht? Also, das muss ein Versehen …«, stammelte er. »Charlie. War der Pilz-Verlag nicht auf unserer Liste, sag?«

»Doch«, stotterte ich. »Ich glaube schon. Also, wenn mir da ein Fehler passiert wäre, das … das wäre mir wirklich peinlich. Ich hoffe nicht, ähm, Chef.«

Aber der Typ hörte mir gar nicht mehr zu. Ich hatte meine Pseudoentschuldigung noch nicht fertig gestammelt, da beugte er sich schon wieder zu Chris, um ihm etwas ins Ohr zu raunen. Immerhin tat er dies laut genug, dass ich mithören konnte.

»So was Ähnliches hatte ich ja auch schon auf dem Tisch. Die Idee mit dem geschlechtsneutralen Erzähler. Ist ja auch eine sehr woke Idee. Aber die Umsetzung! Kein Vergleich. Dilettantisch. Na ja. Was willst du. Von einer Frau, die halt glaubt, sie muss auch schreiben. Was soll man denn da schon erwarten.«

Ich schnappte nach Luft. Was für ein impertinenter Kerl! Der hatte mein Manuskript gar nicht gelesen! Bestenfalls überflogen. Was zwar in Anbetracht der Situation ein Segen war, aber er hatte es auf überheblichste Weise herabgewürdigt. Als banales Geschwafel abgetan. Weil es von einer Frau kam. Allein diese Tatsache ließ mich rot sehen und jede Vernunft vergessen.

»Ach«, sagte ich. »Sie glauben also, dass Frauen nicht schreiben können?«

»Das hab ich nicht behauptet. Natürlich gibt es auch welche, die begabt sind. Aber halt nur in den wenigsten Ausnahmefällen für Hochliteratur. Die diesbezüglichen Publikationszahlen sprechen ja für sich. Ich frage Sie: Wie viele männliche Autoren finden Sie im gängigen Literaturkanon und wie viele weibliche? Na?«

»Da haben Sie zweifelsohne recht«, sagte ich, »dass die Zahlen unverhältnismäßig sind. Die Gründe dafür kann man aber auch woanders suchen, meinen Sie nicht? Wer stellt denn zum Beispiel einen Literaturkanon zusammen?«

»Bitte! Jetzt fangen Sie mir nicht mit dieser Geschichte vom alten weißen Mann an, Kollegin.«

»Oder vom spießigen, reaktionären Lektor?«

Chris packte mich fest am Arm. Roderichs Kopf verfärbte sich. »Wie war Ihr Name noch gleich?«

»Braun. Äh … Kim Braun.«

Chris ließ augenblicklich meinen Arm los. Ich verfluchte mein Unterbewusstsein! Ausgerechnet Kim musste es in meiner panischen Suche nach einem unverfänglichen Vornamen hervorspülen.

»Hatte Chris Sie vorhin nicht Charlie genannt?«

»Ach das. Das ist ein Witz von ihm. Charlie Braun. Sie wissen schon. Wie diese Comicfigur von den Peanuts. Weil ich für die Peanuts im Verlag zuständig bin. Als Assistentin.«

Roderich schaute mich völlig entgeistert an.

»Peanuts. Sagt Ihnen doch was? Also man sollte ja meinen, es hieße übersetzt Erdnüsse. Was es ja auch tut. Aber im übertragenen Sinn bedeutet es so viel wie Kleinigkeit. Keine Ahnung, auf wessen Mist dieser Titel gewachsen ist. Weil Charles Schulz selber, der Erfinder der Peanuts. Der war angeblich persönlich nicht glücklich darüber, weil die Geschichten, die er erzählt, keine Kleinigkeiten sind. Aber das wissen Sie ja sicher alles.« Ich brabbelte schier unglaublichen Schwachsinn daher.

In Chris' Augen glitzerte es. Ich schoss ihm einen vernichtenden Blick zu. Anstatt mir zu Hilfe zu eilen, amüsierte er sich auf meine Kosten. Ich rettete hier gerade unsere Ärsche! Auch seinen!

»Apropos Kleinigkeiten«, sagte er völlig ungerührt. »Ich könnte was im Magen vertragen. Und wenn's bloß Erdnüsse wären. Kommt wer mit zum Büfett? Roderich? *Kim?*«

Ich schloss die Augen. »Danke. Ich hab keinen Hunger«, brachte ich zähneknirschend hervor. Drehte mich um und dampfte ab.

Nach ein paar Serpentinen, die ich durch die Menschengrüppchen gezogen hatte, drehte ich mich vorsichtig um und spähte zurück. Roderich Reich belästigte schon jemand anderen. Von Chris war nichts zu sehen.

Mir war heiß wie nach einer durchtanzten Tangonacht. Ich flog die Treppen hinunter und in den Innenhof hinaus. Vorbei an den Rauchern, bis ich mich unbeobachtet fühlte. Dann drehte ich mich empfundene hundert Mal im Kreis, um meine wirren Gedankengänge in den Himmel zu schleudern, bis ich mich vor lauter Schwindel an einer großen Pappel anlehnen musste. Als ich sicher war, nicht mehr zu torkeln, machte ich ein paar Schritte in die Nacht hinaus.

Die frische Luft tat mir gut. Auch wenn es verdammt kühl war und mir die Gänsehaut über die nackten Arme lief. Ich rieb sie mit den Händen. Plötzlich legte mir jemand eine Jacke über die Schultern. Ich sog ihren wunderbaren Duft ein, bevor ich mich umdrehte.

»Du holst dir noch einen Schnupfen, *Kim*«, sagte er. Die Jacke wärmte wohl, aber die Gänsehaut blieb. Er nahm mich bei den Händen. Streichelte leicht mit den Daumen darüber. »Sind so schöne Hände«, flüsterte er.

»Jetzt hab ich mich doch verraten«, winselte ich. »Ich … Ich kann das erklären.«

Er lächelte. »Eigentlich weiß ich es schon länger. In Verdacht hatte ich dich ja ziemlich bald. Diese schöne Sprache.

Aber dein Verhalten mir gegenüber hat eindeutig dagegen gesprochen. Zumindest am Anfang.«

Ich schluckte. »Und seit wann bist du dir sicher?« Hatte ich meine Gefühle verraten, ohne sie selbst verstanden zu haben?

Es war viel banaler.

»Als du neulich bei uns warst. Ich hab euch Kaffee gebracht und deine Unterlagen dort liegen sehen. Ich hab die Schrift sofort erkannt. Dieselben schönen Schwünge. Der Brief, den du der Lovebox beigelegt hast. Du erinnerst dich? Wo du dieses Projekt erwähnst – und dass du dich deswegen nicht outen möchtest. Plötzlich hat alles Sinn gemacht. Deine Ruppigkeit. Das war Selbstschutz gewesen, stimmt's? Aber ich hab es kaum ausgehalten, bis heute warten zu müssen, Charlie.«

»Oh Chris! Ich muss dir da was erklären. Warte …«

Aber er hörte mir überhaupt nicht zu.

»Als ich dich dann nach Hause gebracht hab. Da wollte ich dich gar nicht mehr aus der Hand geben. Am liebsten hätte ich dich wieder mitgenommen und an den Küchentisch gesetzt. Wir drei – das fühlte sich so … richtig an.«

»Chris!«

Es war sinnlos. Er war nicht zu stoppen. Und eigentlich wollte ich es ja auch gar nicht mehr.

»Und als später noch dein Gedicht über die Box kam.«

Seine Augen waren dunkelschwarz. Der Mann brauchte kein künstlich zugesetztes Atropin. Und was mich völlig überwältigte: Seine Pupillen, die waren wegen mir so finster. Nicht wegen Dilo. Er war verliebt. In mich! Charlie Schwarz. Verkrüppelte Ex-Lehrerin mit Sprechphobie.

»Sind so schöne Hände«, zitierte er erneut. Er würde doch nicht …

»Streicheln mein Gesicht.«

Doch! Er rezitierte mein Gedicht! Wie peinsam war das denn! Und schön! Er ließ meine Finger über sein Gesicht gleiten. Ich … Ich berührte sein Gesicht!

»Sind so weiche Lippen.«

So peinlich durfte es nicht weitergehen, ich musste sie ihm schließen, diese Lippen. Mir aktiv den Beweis holen.

Oh Krisskross! Du hast wirklich weiche Lippen!

Mit dem Rest des Gedichts verschonte er mich. Mit der Zunge, die dich kostet, den noblen Augen und dem restlichen Schmonzes. Also, zumindest was das Deklamieren betraf. Er verlegte sich zu hundert Prozent auf die angewandte Kunst.

Ich verspürte erneut einen unendlichen Schwindel und musste mir wieder einen Baum zum Anlehnen suchen. Ihm ging's genauso. Bloß dass er sich an mich drückte anstelle des Baumstamms und ständig versuchte, mit den Händen an mir Halt zu finden. Oder mit den weichen Lippen.

Das erste Mal in meinem Leben verstand ich Faust. »Verweile doch, du bist so schön!«

Leider Gottes hatte ich keinen Pakt mit dem Teufel geschlossen.

»Chris! Chris!«

Der Ruf wurde immer lauter.

»CHRIS! – Da seid ihr ja!«

Es war Rosi. Sie keuchte. »Tut mir leid, Chris. Du musst sofort kommen. Dilo. Er hat sich geoutet und dreht völlig durch!«

Die Welt gerät aus den Fugen

Rosi lief uns voraus. »Sie haben ihn in die Garderobe gebracht. Offiziell ein Schwächeanfall. Dein Freund, dieser Nick, ist bei ihm«, keuchte sie. »Und deine Freundin hat ihm Tee gebracht.«

Er saß wie ein Häuflein Elend auf einer umgedrehten Bierkiste und hielt eine Tasse umklammert. Seine Augen waren gerötet. Nick kniete vor ihm und streckte ihm eine Kleenexbox hin.

»Was ich so mitbekommen habe«, sagte Julika, »hat er diesem Rasputin – oder wie der heißt – seine Liebe gestanden.«

»Rasmus?«, fragte Chris. »Dilo liebt den Junior? Diesen Trottel?« Er ging zu den beiden Jungs und hockte sich dazu. Ich konnte mich keinen Millimeter weiterbewegen. Verharrte wie gelähmt im Schockzustand.

Dilo. Liebte. Den. *Junior*chef. Nicht. Chef. Krisskross.

Regungslos beobachtete ich die Männer aus der Ferne, wie sie aufgeregt miteinander sprachen. Mit den Händen gestikulierten. Immer wieder zu mir herüberschauten. Schließlich stand Nick auf und winkte mich zu ihnen.

Der Blick, den Chris mir zuwarf, prägte sich in meine Netzhaut für alle Zeiten. Diese Mischung aus Entsetzen, Ernüchterung, Unglauben und Frust.

»Scharlie«, sagte Dilo. »Du hast Chris die Lovebox geschickt, nicht Rasmus?«

»Ich … Du hast immer vom *Chef* gesprochen, Dilo. Und von Liebe auf den ersten Blick. Im Büro damals. Da war doch nur Chris. Ich hab diesen Rasmus heute zum ersten Mal gesehen.«

»Escht jetzt? Oh, Mensch! Kann das sein? Rosi. Du warst doch dabei.«

Rosi strich sich eine Stirnfranse aus dem Gesicht. »Puh.

Das kann gut sein, dass Charlie den gar nicht zu Gesicht bekommen hat. Die war so schnell draußen. Und der Junior war ja die ganze Zeit über in seinem Büro. Erst als Chris zu ihm rein ist und ihm gestanden hat, dass Charlie eine Frau ist. Da ist er dann rausgeschossen und hat zu schreien angefangen.«

»Genau in dem Moment bin isch zur Tür herein. Und hab mir noch gedacht, wer schreit denn da so. Und da hat der misch angeguckt. Das hat misch umgehaut. Ischwöre.«

»Wie hat er denn auf dein Geständnis reagiert, Dilo? Was ist passiert?« Der arme Kerl tat mir so leid! Und ich war schuld an dem ganzen Dilemma!

In Dilos Augen blitzte der Zorn auf. »Weißt du, was der gesagt hat? Isch soll mir nüscht einbilden, er weiß, dass isch einen Ghost hab, und isch soll brav wieder an meinen Platz gehen und misch von den Damen und Herren da drinnen anhimmeln lassen. Er ist nur an meinem Buch interessiert. Wenn isch nüscht spure, dann klagt er misch. Dann hab isch ihn nach der Lovebox gefragt. Warum er mir dann so viele Herzschenschauer geschickt hat. Aber er hat behauptet, dass er noch nie was davon gehört hat, und isch soll ihn bitte jetzt in Frieden lassen, und dann hab isch einfach rotgesehen und ihn angeschrien, dass er lügt und isch ihn liebe und dass isch ihn hasse. Und dann ist Nick gekommen und hat gesagt, es ist besser, wenn wir kurz verschwinden, und hat misch hierhergebracht.«

»Es tut mir so leid, Dilo«, sagte ich. »Ich dachte die ganze Zeit, du bist in Chris …«

»Scharlie. Das kannst du doch nüscht geglaubt haben. Isch mag den ganz doll, aber der ist doch nüscht schwul!«

Alle starrten gleichzeitig auf Chris. Er stand da, als ob ihn jemand zum Tode verurteilt hätte. Dann drehte er sich um und ging wortlos in den Saal zurück. Rosi lief ihm nach. »Wir müssen uns um Rasmus kümmern.«

»Soll ich dich nach Hause fahren, Dilo? Oder willst du noch mal rein?« Nick zog Dilo von der Kiste hoch und klopfte ihm auf die Schulter. »Ich sag dir was. Sei froh, dass du dich nicht auf diesen Dreckskerl eingelassen hast. Der hätte dich total unglücklich gemacht.«

»Isch will den nie wieder sehen!«, sagte Dilo entschieden. »Bitte bring misch heim.«

»Wir werden sagen, dass du Migräne hast, okay?«, schlug Julika vor.

»Ist mir egal«, sagte Dilo. »Isch muss jetzt erst mal ins Bett. Isch meld misch morgen.«

»Und du«, sagte Julika zu mir. »Du solltest jetzt was essen, sonst klappst du mir auch noch zusammen.«

Ich zwang mit Gewalt ein Stück Gugelhupf hinunter und spülte mit Sekt nach.

»Wie komm ich denn da wieder raus, Julika? Er … er hat mich geküsst! Wegen der Gedichte, die ich ihm geschrieben habe. Und jetzt hat er geschnallt, dass ich das nur als Ghost gemacht hab. Nicht persönlich für ihn …«

»Hast du nicht?« Julika schaute mich prüfend an. »Doch«, beantwortete sie die Frage selbst.

»Zuletzt, ja«, gab ich zu. »Ich hab es ja selber erst vor Kurzem begriffen. Und nun ist es zu spät. Ich hab's komplett vermasselt.« Tränen sammelten sich in meinen Augen.

Julika drückte mich an ihren Busen. »Es ist noch nicht alles verloren, Charlie. Erst müsst ihr ein wenig Gras darüber wachsen lassen. Dann wird sich schon wieder alles einrenken. Am Ende werdet ihr darüber lachen können.«

Im Moment konnte ich mir nicht vorstellen, überhaupt jemals wieder lachen zu können.

»Was ganz anderes«, sagte Julika. Wahrscheinlich, um mich abzulenken. »Hat Caro sich bei dir gemeldet?«

»Keine Ahnung«, sagte ich. »Ich hab mein Handy vor Stunden abgedreht.«

Ich fischte es aus meiner Tasche und fuhr es wieder hoch.

»Du meine Güte! Fünf entgangene Anrufe von Oma. Zwei von einer unbekannten Handynummer. Eine Nachricht auf dem Anrufbeantworter. Eine WhatsApp-Nachricht von Caro.« Ich fiel vom Weltschmerz in den Weltuntergangsmodus.

»Erst die Mailbox«, entschied Julika.

Es war das Krankenhaus Mistelbach. Man hatte Oma eingeliefert. Ich solle mich melden. Mit zittrigen Fingern drückte ich auf die angegebene Nummer.

Leider gab man mir keine Auskunft. Datenschutz. Keine telefonischen Auskünfte. Außerdem wäre jetzt eh kein zuständiger Arzt mehr auf der Station. Ich solle es morgen früh noch mal probieren.

Der Schreck hatte mich ernüchtert. Ich rechnete. Es war kurz vor elf.

»Wenn ich sofort mit einem Taxi losfahre, kann ich mir noch schnell zu Hause was einpacken und die letzte Schnellbahn nach Mistelbach erwischen.«

»Dann lauf!«, sagte Julika. »Und viel Glück!«

Trotz der Eile scannte ich noch den Raum, ob ich Chris irgendwo entdecken könnte. Aber er war nirgends zu sehen.

Die Schnellbahn schaffte ich auf den letzten Drücker. Ich sprang filmreif in den hintersten Waggon, und sofort gingen die Türen zu. Uff!

Je weiter aufs Land wir kamen, desto lichter wurden die Reihen. Zum Schluss saß nur mehr ich im Abteil. In dem konkreten Fall kein Vorteil. Keine Ablenkungen, niemand, den ich hätte beobachten können. Ich öffnete Caros Nachricht auf dem Handy.

»Sorry, Charlie, kann hier nicht weg, muss mich um meine Mutter kümmern. Und nach Party ist mir selber auch nicht. Ich drück euch die Daumen. Habt Spaß. Küsschensmiley.«

Um Caro anzurufen, war es zu spät. Ich schrieb ihr eine kurze Antwort, dass ich unterwegs ins Weinviertel wäre und mich beizeiten bei ihr melden würde.

Danach war ich mit mir und meinen Gedanken wieder

allein. Keiner davon war mir lieb. Die Krisskross-Katastrophe bereitete mir schwere Pein. Ich wollte nicht darüber nachdenken, aber sosehr ich mich bemühte, es klappte nicht. Immer wieder erschien sein enttäuschtes Gesicht vor mir. Doch ich konnte meine Finger nicht tröstend über seine Wange gleiten lassen. Und wenn es mir tatsächlich gelang, ein paar Sekunden nicht an ihn zu denken, überfiel mich die Panik, dass ich Oma nicht mehr lebendig antreffen würde.

Plötzlich doch Ablenkung. Kräftiger Wind rüttelte an den Fenstern. Ein Gewitter war im Anflug.

Als der Zug in Mistelbach einfuhr, war es stockfinster. Die Straßenbeleuchtung war ausgefallen. Die wenigen Passagiere, die offenbar im vorderen Wagen gereist waren, stiegen in ihre Autos am Park-&-ride-Platz oder wurden abgeholt. Ich blieb einsam und allein mit meinem Rucksack am Bahnsteig zurück. Kein Taxi weit und breit. Ich holte mein Handy hervor und googelte ein ansässiges Unternehmen. Ob ich denn reserviert hätte, wollte der Herr am Telefon wissen. Im Moment sei es etwas schwierig, es fänden drei verschiedene Zeltfeste im Umkreis statt. Alles ausgebucht. Eineinhalb Stunden Wartezeit müsste ich mindestens einrechnen, und für eine Person würde es vierzig Euro kosten. Ich machte mich schon auf eineinhalb fröhliche Stunden im Wartesaal gefasst, da zischte ein Radfahrer so knapp an mir vorbei, dass ich beinahe zu Fall gekommen wäre.

»Idiot!«, schimpfte ich, nahm das aber sofort zurück, nicht bloß, weil ich geschnallt hatte, dass er mich nicht hatte sehen können, sondern weil es mich auf eine Idee brachte. Ich hatte doch vor ewigen Zeiten mein altes Rad hier deponiert. Vielleicht war es ja noch da? Ich bedankte mich erst mal bei der Taxivermittlung, ich hätte eventuell eine Mitfahrgelegenheit gefunden. Wenn ich mich nicht wieder meldete, könnten sie meine Reservierung canceln.

Das Fahrrad lehnte tatsächlich wider Erwarten am Ständer. Etwas staubig zwar, den Sattel wischte ich mit dem Ärmel ab.

Ups! Ich hatte noch Chris' Jackett an. Sorry, Chris. Wenn es nicht mehr duftet, lasse ich es reinigen. Ich strich über das feine Material. Inhalierte seinen Geruch. Wie musste sich der arme Mensch jetzt fühlen? Erst erklärt er mir seine Liebe, weil er glaubt, dass ich ihn schon lange verehre, und dann fällt dieses Kartenhaus mit einem vernichtenden Schlag in sich zusammen. Und alle kriegen es mit! Seufzend beugte ich mich zum Vorderrad, stellte die Zahlenkombination des Drehschlosses ein und löste die Sicherheitskette vom Ständer. Luft war nur noch mäßig viel im Reifen, für das eine Mal musste es reichen. Dass ich noch mein Cocktailkleidchen anhatte, war zwar ungünstig, aber es würde mir um diese Tageszeit niemand zwischen die Beine gucken. Die hochhackigen Pumps tauschte ich mit den Sneakers, die ich in den Rucksack gesteckt hatte. Chris' Jackett knöpfte ich zu. Ach, Krisskross! Ich fühlte mich jetzt schon wie amputiert.

Die ersten Kilometer gingen gut. Einziges Problem: Das alte Rad hatte keine Beleuchtung. Jedes Mal, wenn sich ein Auto näherte, fuhr ich beinahe in den Straßengraben, vor lauter Angst, man könnte mich übersehen. Doch dann nahm der Wind Fahrt auf. In der Ferne zuckten die Blitze. Das Donnergrollen kam immer näher. Ich trat in die Pedale wie Anna Kiesenhofer bei ihrem Olympiasieg, bloß dass ich keine Konkurrenz im Nacken, sondern bitterkalten Gegenwind im Gesicht hatte.

Die klitzekleine Hoffnung, ich könnte mich trocken in Sicherheit bringen, wurde mir alsbald genommen. Wenige Kilometer vor dem Ziel brach das Gewitter in voller Stärke los. Der Sturm peitschte mir das Wasser ins Gesicht, das H&M-Kleidchen war in Minutenschnelle klatschnass.

Als ich endlich bei Oma in den Hof fuhr, war ich durchweicht wie ein Badeschwamm. Ich sehnte mich nach einem riesigen Badetuch. Fest ausdrücken würde mich leider keiner, das musste ich wohl selbst erledigen.

Um es kurz zu machen. Selbst dieses Vergnügen blieb

mir verwehrt, weil ich nämlich nicht ins Haus konnte. Oma sperrte das Haus nie ab, auch in der Nacht nicht. Sie fürchtete weder Einbrecher (Wenn da einer reinwill, kommt er auch so rein) noch Diebe (Bei mir gibt's nichts zu holen). Und so müsse sie nicht ständig nach dem Schlüssel suchen. Es gab daher auch kein Schlüsselversteck. Dennoch hob ich alle Blumentöpfe und Steine in der Nähe des Eingangs hoch und leuchtete mit dem Handy darunter – vergeblich.

Letzte Chance auf eine Trocknung: mein Elternhaus. Die Eingangstür war zwar ebenso verschlossen, aber der Schlüssel lag da, wo er immer war: unter einem Stein neben dem Postkasten.

Mit einem mulmigen Gefühl steckte ich ihn ins Schloss. Ein Geisterhaus. Wie lange stand es nun schon leer? Beinahe fünfzehn Jahre. Mit dem Vater war das letzte bisschen Leben hier ausgezogen.

»Willst du lieber hier heraußen erfrieren, dumme Nuss?« Mein klügeres Ich gab nach. Ich drehte den Schlüssel. Die Tür sprang auf.

Es roch erstaunlich frisch im Haus. Ich tastete nach dem Lichtschalter. Verwundert zuckte ich zurück, als es tatsächlich hell wurde um mich herum. Ich ließ den Rucksack fallen, schlüpfte aus den Schuhen und hängte die Jacke über einen Kleiderhaken in der Garderobe. Sie tropfte heftig. Weinte sie?

Barfuß lief ich über die Treppe hoch direkt ins Badezimmer. Im Schrank fand ich ein paar Frotteetücher. Wann die das letzte Mal benutzt worden waren, konnte man nicht sagen. Sie rochen jedenfalls nicht muffelig. Mit wenig Hoffnung drehte ich am Wasserhahn – und wurde positiv überrascht. Oma hatte die Leitung nicht abgedreht. Im Gegenteil, es kam sogar warmes Wasser!

Ach ja, richtig. Sie hatte während ihres Badumbaus vermutlich auf das Haus ausweichen müssen. Alles klar. Deswegen war es hier auch so sauber. Da hatte ich ja mal Glück im Unglück gehabt.

Mit großer Vorfreude ließ ich mir ein Bad einlaufen. So einen Luxus hatte ich schon jahrelang nicht mehr genossen. In meiner Wohnung war ich froh, wenn rostfreies Wasser aus der Dusche kam.

Das heiße Schaumbad entspannte mich. Innerhalb weniger Minuten schlief ich ein. Als ich wieder aufwachte, war das Wasser bereits kalt.

Ich trocknete mir die Haare, wickelte mir das große Badetuch um und holte meine Sachen herauf, um sie auf einem aufklappbaren Trockner aufzuhängen. Der Regen hatte ganze Arbeit geleistet. Alles war nass. Wirklich alles.

Dass ich die Nacht nackig im Bett verbringen müsste, störte mich nicht. Wo die Decken waren, wusste ich. Hauptsache, ich würde schlafen und alles vergessen können. Zumindest bis zum Morgen.

Trotz der vielen Katastrophen des heutigen Tages war ich aufgeregt wie ein kleines Kind, als ich die Tür zu meinem Jugendzimmer öffnete. Seit Papas Beerdigung schlief ich in der Kammer neben Omas Schlafzimmer, wenn ich sie besuchte. Ich hatte Angst, sein Geist würde mich im Haus verfolgen. Wie die Geister von Mama und Florian seinerzeit. Auch da war ich zu Oma ins Haus geflüchtet. Damals allerdings noch direkt in ihr Doppelbett.

Heute würde ich also das erste Mal allein in diesem Haus nächtigen. Ohne Geister. Da stand ich gottlob mittlerweile drüber. Sie existierten für mich nicht mehr.

Ich machte den Lichtschalter an – und revidierte meine Ansicht über Geister im selben Augenblick.

Geister der Vergangenheit

Wir schrien gleichzeitig. Der Geist in meinem Bett und ich.

Er hatte wallendes, lockiges Haar. Bergseeblaue Augen. Breite Schultern. Der Rest steckte unter der Decke.

»Hast du mich jetzt aber erschreckt, Karli-Maus!«, sagte der Geist.

»Adam?«

Wenn es denn ein Geist war, war es zu hundert Prozent Adams. Er war der einzige Mensch, dem ich jemals erlaubt hatte, mich so zu nennen. Wobei, erlaubt hatte ich es ihm nie, er hatte sich die Freiheit genommen. Aber er hatte sich jede Freiheit nehmen dürfen. Ich hatte ihn abgöttisch geliebt.

»Was machst du in meinem Bett, Adam?«

So wenig wie Adam ein Geist war, fiel auch seine Antwort wenig geistreich aus. Er verzog den Mund. »Bis jetzt habe ich gut geschlafen.«

»Kann schon sein, aber das war nicht die Frage. Warum in meinem Bett?«

»Sorry. Ich hab heute nicht mehr mit dir gerechnet. Aber ich rück gern zur Seite. Platz genug für zwei. Aber das weißt du ja.« Er zwinkerte mir zu und setzte schon wieder dieses schiefe Grinsen auf, das mich früher unter Garantie zum Lachen gebracht hätte.

»Nicht lustig, Adam!«

»Stimmt. Sorry«, sagte er. »Wir sind ja böse miteinander.«

Er schaute so drollig, dass ich nun doch lachen musste. Ich schüttelte den Kopf. Über ihn. Über meine Reaktion. Über die absurde Situation.

»Ich wohne jetzt hier, Karli-Maus. Aber ich zieh gerne in ein anderes Zimmer, wenn es dich stört, dass ich hier … Aber es war ja auch ein bisserl mein Zimmer, oder? Hier hab ich mich am wohlsten gefühlt.«

»Du wohnst hier?«

»Ja. Bin quasi Untermieter von der Hella-Oma. Oder Nebenmieter, wenn du so willst. Ist ja ein Nebengebäude.«

»Adi! Du bist Adi!« Jetzt schnallte ich langsam, was Sache war. Adam gehörte als mein Ex-Verlobter zur erweiterten Familie. Es war fix gewesen, dass wir nach meinem Studium heiraten würden. Deshalb war Oma bedenkenlos mit ihm nach Tschechien gefahren. Deshalb durfte er im Haus herumwerken, als wär es sein eigenes.

»Wieso nennt sie dich Adi? Hat sie doch früher nicht.«

»Na ja, sie hat gesagt, sie ist sich nicht sicher, ob es dir recht ist, wenn ich hier wieder ein und aus gehe. Sie wollte es dir schonend beibringen.«

»Was ist mit Oma? Warum ist sie im Spital?« Vor lauter Schock hatte ich vergessen, warum ich hier war.

»Das wissen sie noch nicht so genau. Sie ist gestürzt und hat sich das Bein gebrochen, Oberschenkelhals vermutlich. Vielleicht hat sie auch noch ein paar andere kleinere Frakturen. Ich hab sie in der Früh in der Küche gefunden und sofort die Rettung verständigt. Sie war ansprechbar, hat aber nicht gewusst, wie lange sie da gelegen hat. Was die Ärzte auch nicht wissen, ist, warum sie gestürzt ist. Könnte ja auch ein Schlaganfall gewesen sein zum Beispiel. Das wird jetzt alles abgeklärt.«

Meine Hand fuhr zum Mund. Oh nein! Oma womöglich ein Pflegefall? Und ich war nicht zur Stelle gewesen, als sie mich am notwendigsten gebraucht hätte.

»Danke, dass du das alles in die Wege geleitet hast, Adam. Nicht auszudenken …«

»Alles gut«, sagte Adam. »Reg dich wieder ab. Soweit ich das beurteilen kann, schaut es recht gut aus. Wie gesagt, jetzt ist einmal ein großer Check angesagt. Kann ja sowieso nicht schaden in ihrem Alter. Ich mach uns einen Tee, was hältst du davon?«

Ich nickte. Tee war gut. Bloß musste ich mir zuvor noch

trockene Sachen zum Anziehen suchen. Ich stand hier in Badetücher gewickelt wie E.T. auf dem Weg nach Hause.

»Hast du eine Ahnung. Gibt es hier noch wo Kleider von mir?«

»Leider nein, Maus. Ich hätte gerne in deiner Wäsche gewühlt.«

»Du bist so blöd, Adam!« Ich musste dennoch lachen. Schon wieder!

»Du kannst gerne einen Jogger von mir nehmen.« Er setzte sich auf und rutschte ans Bettende hinunter. Er war oben komplett ohne. Also auch ohne Brusthaare. Glatt rasiert wie eine Schaufensterpuppe. Und – so muskulös! So hatte ich ihn gar nicht in Erinnerung. Stark ja. Ein Bauernbub wie er im Bilderbuch stand. Aber diese Muckis waren eindeutig antrainiert.

Auf einem Hocker vor dem Bett hatte er nicht nur seine Kleider, sondern auch seine Beinprothese bereitliegen.

»Ist es nicht cool, mein Hightech-Bein?«, stellte er fest. Das Ding, das er mir entgegenstreckte, hatte mit einem menschlichen Bein wenig gemein. Es erinnerte eher an ein technisches Gerät. Von Weitem betrachtet schaute es aus wie eine Mischung aus Mikroskop und hydraulischer Pumpe.

»Das kann ich auch zur Kurzen anziehen, und es schaut was gleich, findest du nicht?« Er hatte es auch im Nu angelegt. Jedenfalls um einiges schneller, als ich den Vorgang in Erinnerung hatte.

Bevor er noch in seinen Jogger schlüpfte, rief er: »Und jetzt Obacht! Mit dem Modell kann ich zu ›Wetten, dass..?‹. Pass auf, Karli-Maus!« Er ging in die Hocke und hüpfte ein paarmal um mich herum wie ein Hase. Die Prothese federte seine Sprünge ab, machte jede Bewegung mit. Ich schmunzelte. Er war anscheinend auch in den letzten Jahren nicht erwachsen geworden. Geschmeidig schlüpfte er in seinen Jogger und zog sich ein T-Shirt über. Es spannte über der Brust und an den Ärmeln. Was hast du mit deinem Körper gemacht, Adam?

Ich musste ihn wohl etwas zu auffällig begutachtet haben.

»Bedien dich«, sagte er und grinste. Ich blickte ihn böse an.

»Dort drüben, hab ich gemeint«, sagte er und deutete lachend mit dem Kopf in Richtung Schrank. »Da sind meine Jogger drinnen.«

Wieder war ich auf seinen blöden Schmäh hereingefallen!

»Ob du was in deiner Größe findest, bezweifle ich. Aber du wirst in jedem Stück hübsch aussehen.«

Damit verschwand er nach unten in die Küche und ließ mich ein wenig ratlos zurück. Da hatte ich mich jahrelang vor diesem Augenblick gefürchtet, wie ich reagieren würde, wenn ich ihn wiedersah. Und jetzt? In dieser absurden Situation? Ich hegte keinerlei Groll mehr gegen ihn. Null Ressentiment. Er benahm sich so … natürlich. Als wäre nie etwas zwischen uns vorgefallen. Der Mann hatte wirklich eine glückliche Ader.

Dann wollen wir mal einen Blick auf deine Ausstattung werfen, Adam Cermak, ob sich da was geändert hat.

Der Schrank barg wenig Überraschendes. Einen Berg T-Shirts, alle ungebügelt und etwas verwaschen. Keine Mama oder Frau, die das für dich erledigt, Adam? Die Jogger sangen dasselbe Lied. Drei, vier Jeans in unterschiedlichen Schattierungen. Ein paar karierte oder gestreifte Baumwollhemden. Eine Menge Funktionswäsche. So was hatte er früher nie besessen. Und was zur Gänze fehlte, war die bäuerliche Arbeitskluft. Die Lagerhaus-Latzhosen, mit denen er in den Stall und aufs Feld gegangen war. Die Thermowesten für kalte Tage. Dafür jede Menge weiße Sachen, die er wohl als Pfleger anziehen musste.

Ich wählte eine graue Jogginghose und einen roten Sweater. Fand auch noch Boxershorts in Stretch, die sich zwar ungewohnt trugen im Schritt, aber immer noch eine bessere Alternative darstellten, als nackig in die Hose zu schlüpfen. Socken wählte ich aus dem weißen Repertoire. Sie waren zwar viel zu groß, aber schön weich. Die Überlängen an den Hosenbeinen strickte ich auf. Für den Moment musste das reichen.

Adam hatte in der Zwischenzeit den Wasserkessel angeworfen und zwei große Häferl auf den Tisch gestellt. »Schwarz, Kräuter oder Früchte?«

»Kräuter, bitte. Kein Zucker.«

Während mein Tee zog, riskierte ich erneut einen Blick auf ihn. Diesmal weniger auffällig. Seine Lockenmähne hatte er sich hinten zusammengebunden, dadurch gab er den Blick auf ein großflächiges Schultertattoo frei. Auch seine aufgeblasenen Bizepse zierten aufwendige Tätowierungen. Ich war mir nicht sicher, ob mir das gefiel.

»Hast du Hunger? Möchtest du was essen?«, fragte er. Ich schüttelte den Kopf.

»Du bist dünn geworden«, sagte er. Offenbar hatte auch er mich mit meinem alten Selbst verglichen.

»Wenig Zeit und Appetit in letzter Zeit«, sagte ich brüsk. Ich wollte weder über mein mangelhaftes Erscheinungsbild noch die Gründe, die dazu geführt hatten, Rede und Antwort stehen. Ein für mich unverfängliches Thema musste her.

»Warum bist du jetzt Pfleger, Adam? Du warst doch Bauer mit Leib und Seele.«

»Roswitha hat den grauslichen Sau-Gestank gehasst, den ich angeblich nicht von mir runterbrachte.«

»Echt?« Wenn er direkt aus dem Schweinestall kam, hatte er natürlich nicht nach Rosen geduftet, aber so hatte er sich bei mir ja nie blicken lassen. Ich konnte mich jedenfalls nicht erinnern, dass ihn je eine üble Aura umgeben hätte. Und mein Näschen war verwöhnt. So was hätte auch die Liebe nicht kaschieren können.

»Ja, echt. Und sie wollte sowieso nicht auf dem Hof leben. Aus Prinzip. Mit den Schweinen und den Eltern.« Er lachte. Aber diesmal klang das Lachen gar nicht fröhlich. »Genau so hatte sie es formuliert. Mit den Schweinen und den Eltern. Und jetzt riech ich nach Desinfektionsmittel – genau wie sie.«

Er blies in sein Teehäferl und schlurfte ein paar Schlucke hinunter. »Wir sind dann in die Neubausiedlung gezogen. Fertigteilhaus. Darauf hat sie bestanden. Weil es angeblich schneller ging. Ich hätte ja lieber massiv gebaut, wennschon. Aber sie war da stur.«

Und du immer nachgiebig. Leicht zu manipulieren. Das wurde uns ja letztlich auch zum Verhängnis. Hätte ich sagen können, hielt aber den Mund. Was sollte das jetzt noch bringen?

»Und wann bist du aus dem Fertigteilhaus ausgezogen?« Nach dem Warum fragte ich nicht. Ging mich nichts an.

»Letzten Sommer. Ich bin zuerst zu meiner Schwester, die jetzt den Hof hat, aber das hab ich gar nicht gut ausgehalten. Mein Schwager hat von Landwirtschaft keine Ahnung. Und da gab's halt immer wieder Streit, weil ich mich eingemischt hab. Was soll's. Ich glaube nicht, dass du dich mit meinen Problemen belasten willst, Karli. Du schaust selber auch nicht gerade glücklich drein. Hella sagt, du bist in keiner Beziehung?«

Ich schüttelte vehement den Kopf. »Ungeeignet«, sagte ich. »Und ich will auch nicht darüber reden. Schon gar nicht mit dir.«

Er grinste. »Alles klar. Ich bin ja schon froh, dass du mir nicht gleich an die Gurgel bist.«

»Wundert mich ehrlich gesagt auch selber.« Jetzt war es an mir, zu grinsen. »All die Jahre hab ich den Groll gegen dich gehegt und gepflegt. Kaum sitzt du vor mir, ist es mir nicht mehr möglich, dich zu hassen.«

Jetzt lächelte er zum ersten Mal nicht dämlich oder zynisch, sondern erleichtert. »Das freut mich sehr, Karli. Groll hab ich sowieso nie einen gegen dich gehegt, aber dafür hat mich das schlechte Gewissen über die Jahre hin geplagt.«

»Wollen wir es dabei belassen, Adam? Ich finde, für heute reicht es einmal. Ich bin hundemüde.«

»Ich auch. Ich zieh in ein anderes Zimmer.«

»Musst du nicht. Ich schlaf heute auf dem Wohnzimmersofa. Bloß einen Polster und eine Decke brauch ich noch. Morgen hole ich mir den Schlüssel von der Oma und schlaf wieder drüben in der Kammer. Wie gewohnt.«

»Wie du willst. Ich hab um zehn Uhr Dienstbeginn. Du kannst mit mir mitfahren. Nach Hause musst du halt den Bus nehmen. Frühstück um acht?«

»Perfekt.«

Obwohl ich völlig k. o. war, fand ich nicht in den Schlaf. Wenigstens gelang es mir, meine Gedanken von Chris auf Adam umzulenken. Eigentlich waren die Erinnerungen an unsere gemeinsame Jugendzeit schön. Das erste Mal seit Jahren erlaubte ich mir, darin zu schwelgen, statt voller Hass und Gram auf die damals zerstörte Zukunft zu blicken.

Meine Kindheit hatte ja mit dem Unfall abrupt ihr Ende gefunden. Das erste Jahr danach verbrachte ich – mit wenigen kurzen Unterbrechungen – im Spital. Immer wieder neue Operationen am Bein. Untätiges Herumliegen, gefolgt von Therapien. Man beschloss, dass ich das Schuljahr wiederholen sollte. Was für eine schreckliche Fehlentscheidung! Ich langweilte mich und hasste meine neue Klasse. Und sie mich. Die hinkende Lehrerstochter, deren geniale Aufsätze die Deutschlehrerin vorlas, weil die bockige Ziege sich weigerte, dies selbst zu tun. Man stellte mir ein Bein, wenn ich am Gang nicht achtgab. Also blieb ich in der Klasse hocken. Ich ging nur während der Unterrichtsstunden aufs Klo, weil man mir sonst Dinge aus der Schultasche klaute oder Wasser in mein mit Büchern aus der Schulbibliothek vollgestopftes Bankfach leerte. Wenn es mir doch einmal zu bunt wurde, bekam ich Schreianfälle, was mir weder Gutpunkte in der Klasse einbrachte noch die Lehrerinnen und Lehrer für mich einnahm. War es da ein Wunder, dass ich mich immer mehr in eine Parallelwelt zurückzog? Zu Hause verschanzte ich mich in meinem Zimmer hinter Büchern. Einzig der Oma wegen kroch ich gelegentlich aus meiner Höhle. Mein Vater war ein ähnliches Gespenst. Er verbarrikadierte sich in seinem Büro oder ging in die Kirche, Orgel spielen. Wäre meine Oma nicht gewesen, wir wären beide in dem hässlichen Haus verschimmelt.

Ich war vierzehn, und eine Entscheidung über meinen weiteren Bildungsweg stand an. Für mich war diese Entscheidung längst gefallen. Ich wollte über das Schicksal anderer Menschen nicht mehr lediglich lesen. Ich wollte mir meine eigene Welt erschaffen. Eines Tages eröffnete ich meinem Vater beim Mittagessen, dass ich eine Karriere als Schriftstellerin anstrebte. Papa tippte sich bloß an die Stirne. »Vom Schreiben kann man nicht leben. Du wirst Lehrerin.«

»Mach ihr doch jetzt noch keinen Druck, Pepperl«, sagte Oma. »Wir schicken sie halt ins Gymnasium, und in vier Jahren wird sie dann schon wissen, was sie will.«

In der neuen Schule gefiel es mir tatsächlich besser. Im Oberstufengymnasium mussten wir alle neu anfangen, niemand war von vorneherein ausgegrenzt. Wir kamen aus den unterschiedlichsten Dörfern und Familien. Ich lernte gut, interessierte mich für viele Fächer und wurde auch nicht mehr gehänselt. Richtige Freundschaften ergaben sich trotzdem keine. Das lag auch daran, dass ich im Dorf die Einzige in meinem Alter war, die ins Gymnasium fuhr. Damit verlor ich zu Hause den Anschluss, aber wenn in der Stadt Partys oder andere Unternehmungen wie Kino oder Kaffeehaus anstanden, hatte ich niemanden, der mich fuhr. Papa stieg nur ins Auto, wenn es gar nicht anders ging, und mein Freizeitvergnügen gehörte nicht zu diesen wichtigen Ausnahmen. Meine zwischenmenschlichen Bedürfnisse projizierte ich notgedrungen auf Romanheldinnen.

Das alles änderte sich mit einem Schlag, als ich Adam kennenlernte. Er erweckte mich zum Leben.

Ich war neunzehn. Man hatte mich kurz vor dem Studium wieder einmal auf eine Reha geschickt. Ich hasste diese Aufenthalte wie die Pest, auch wenn sie meinem Bein guttaten. Das Drumherum war schrecklich. Ich langweilte mich zu Tode unter vorwiegend alten Menschen, die oft kaum gehen konnten und sich über Themen unterhielten, die mich in keiner Weise interessierten. Arthrose. Diabetes. Schlaganfall. Kochrezepte oder Politik. Kinder und Enkelkinder. Das Einzige, was mich dort über Wasser hielt, war mein Schreiben. Ich hatte meinen Plan, Schriftstellerin zu werden, noch nicht komplett aufgegeben und schrieb heimlich Geschichten. Mein Notizbuch hatte ich immer dabei, und ich liebte es schon damals, Menschen zu beobachten. Das Rehazentrum bot mir dazu jede Gelegenheit. Egal ob Ärztinnen, Pflegepersonal oder Patienten. Ich notierte ihr Äußeres, versuchte, an ihrer Mimik und Rhetorik ihre Charaktere herauszukitzeln, ihr privates Umfeld, ihre Schicksalsschläge und Traumata. Wenn eine Person für mich genug hergab, schrieb ich eine Geschichte über sie.

Er fiel mir sofort auf, als ich das erste Mal den Speisesaal betrat, allein deshalb, weil er der Einzige in meinem Alter war. Mit seinem krausen blonden Haar, das er damals halblang trug, kam er mir vor wie ein Engel. Die Augen hatte er geschlossen. Man hatte ihn wegen der Phantomschmerzen sediert, erzählte er mir später. Er faszinierte mich, aber seine Geschichte wollte ich mir nicht ausmalen. Junger, hübscher Mann im Rollstuhl. Die Beine unter einer Decke versteckt. Das schrie förmlich nach schwerem Schicksal. Und doch konnte ich die Augen nicht von ihm lassen.

Es war ein paar Tage später. Ich saß im Wartebereich vor einem Massagetermin, wie immer in ein Buch versunken. Plötzlich tupfte mir jemand auf die Schulter.

»Entschuldige«, sagte er, weil ich erschrak. Zum ersten Mal blickte ich direkt in diese bergseeblauen Augen.

»Ich wollte nur schauen, ob du real bist. Oder vielleicht auch so eine Wachsfigur.«

»Wieso *auch*? Gibt es hier Wachsfiguren?«

»Hast du das noch nicht bemerkt? Der sogenannte Speisesaal, das ist ein Gruselkabinett. Überhaupt der Tisch hinten am Fenster. Da sind die Mumien unter sich.«

Ich lachte. Gruselkabinett war gut. Das musste ich mir notieren. Der Altersschnitt an besagtem Fenstertisch war circa hundert, das war mir auch schon aufgefallen.

Plötzlich drehte der Engel seinen Rollstuhl zur Seite und kippte nach vorne. Ich stieß einen Schrei aus.

Er lachte. »Mir ist so schrecklich fad hier, dass ich mir schon Kunststücke ausdenke. Kannst du auch was?«

Ich schüttelte den Kopf.

»Glaub ich nicht. Du kannst doch nicht immer nur lesen, oder? Ich hab dich beobachtet. Du kritzelst manchmal was in so ein Heft. Zeichnest du?«

Ich errötete. Er hatte mich auch beobachtet!

»Ich schreib manchmal kleine Geschichten«, gab ich zu.

»Musst du mir mal zeigen, Charlotte«, sagte er. Ich war aufgerufen worden.

Jetzt kannte er meinen Namen. Aber schon bei unserem nächsten Zusammentreffen taufte er mich auf Karli um.

»Bei Charlotte muss ich immer an Zwiebeln denken«, sagte er. »Und Karli hieß mein Lieblingskater.«

Also hieß ich von nun an Karli – aber nicht Kater Karli, sondern meist Karli-Maus.

»Ich bin in Tiere vernarrt«, sagte er und strich mir über den Kopf, als ob ich ein Kätzchen wäre.

Von da an waren wir unzertrennlich, sofern es die Therapien erlaubten. Er liebte es, wenn ich ihm Geschichten vorlas, er war ein guter Zuhörer. Ich wiederum hing an seinen Lippen, wenn er mit großer Begeisterung von seinen Lebensplänen erzählte. Dass er bald den Hof seines Vaters übernehmen und auf bio umstellen wollte, sobald er seine Prothese erhielt und wieder laufen konnte. Er war so zuversichtlich, trotz seines Handicaps. Und er brachte mich zum Lachen. Die drei Wochen, die ich auf der Kur war, verflogen viel zu schnell, ich war mir sicher, dass ich in dieser Zeit öfter gelacht hatte als in den acht Jahren davor. Erst als mein Abschied sich näherte, gewann meine Traurigkeit wieder die Oberhand, sosehr er sich auch bemühte. Ich konnte nicht verstehen, warum er so guter Laune war. Zog daraus den Schluss, dass er mir mehr bedeutete als ich ihm.

Aber er wusste schon damals, dass er mich wiedersehen würde. Er war so zielgerichtet. Eine Eigenschaft, die mir komplett fehlte. Ich ließ alles über mich ergehen, bis zu dem Punkt, an dem ich entweder explodierte oder resignierte und mich komplett zurückzog.

»Heute um Mitternacht vor dem Therapieraum«, raunte er mir nach dem letzten gemeinsamen Abendessen zu. Mein Herz tat einen Sprung. Natürlich war mir klar, was das bedeutete. So naiv war ich auch wieder nicht.

Auch unsere letzte gemeinsame Nacht hatte er genau geplant. Zuerst hatte er den Schlüssel für den Therapieraum geklaut. Eine Flasche Wein und zwei Gläser schnorrte er sich mit Charme bei einer Serviererin. Er musste zweimal heimlich in den Keller schleichen, weil er mit Krücken nicht alles auf einmal tragen konnte.

Der Wein war viel zu warm und auch nicht besonders gut. Trotzdem genoss ich jeden Schluck. Weil er mich danach küsste. Und wieder ein Schluck. Ein Kuss. Beides entspannte mich auf zauberhafte Weise.

Mein erstes Mal passierte also auf einer Gymnastikmatte. Man könnte meinen, es gäbe romantischere Settings. Ein Blick in seine Augen versetzte mich aber ohnehin an einen malerischen Bergsee, wo die Welt unverdorben und klar war und nicht nach dem Schweiß alter Leute roch. Meine Phantasie war schon immer ausgeprägt.

Er war deutlich erfahrener als ich und unheimlich geschickt mit den Händen. Nahm mir behutsam meine anfängliche Nervosität. Kitzelte und streichelte empfindliche Stellen, von denen ich gar nicht wusste, dass es sie gab. Bloß mit der Körperbalance haperte es ein wenig.

»Bisher hatte ich immer zwei komplette Beine zur Verfügung«, entschuldigte er sich. Ich war froh, dass nicht alles perfekt war, so hatte ich das Gefühl, dass meine eigene Unsicherheit nicht störte.

Es war völlig egal. Unsere jugendlichen Hormondrüsen produzierten auch so rekordverdächtige Mengen der erforderlichen Botenstoffe. Ich hatte mehrmals das Gefühl, mich innerlich aufzulösen.

Schweren Herzens packten wir im Morgengrauen unsere Sachen zusammen. Er würde mich besuchen, sobald seine Genesung es zuließ. Zu unserer großen Freude hatten wir festgestellt, dass wir keine fünfzig Kilometer voneinander entfernt wohnten. In der Zwischenzeit wollten wir uns schreiben. Wir hatten damals beide noch kein Handy, und Festnetztelefonie war teuer.

Er hielt sein Versprechen. Stand eines Tages mit dem Moped vor unserem Haus. Wickelte Oma in Sekunden um den Finger. Sogar Papa betrachtete ihn mit Wohlwollen. Alles lief wie im Bilderbuch. Er plante von nun an für mich mit. Mein Studium fand er super, eine Stelle als Lehrerin im näheren Umkreis würde sich finden. Es war auch ein Beruf, der sich mit Familie gut vereinbaren ließ und angemessen bezahlt war. Geschichten sollte ich zunächst für ihn und unsere Kinder schreiben. Später, wenn die aus dem Gröbsten raus waren, konnte ich ja immer noch eine Profikarriere anpeilen. Alles klang so logisch.

Dann die Monate im Ausland, in denen ich mich nach ihm verzehrte. Das Wiedersehen am Flughafen, das enttäuschend verlief. Er hatte sich verändert. Der Bergsee war trüber geworden. Bei mir im Zimmer später noch einmal ein bisschen Liebe. In genau dem Bett, in dem er mir vor wenigen Stunden als Geist erschienen war. Und in welchem er mir seinen Fehltritt beichtete, der mich endgültig in die Stadt trieb. Weg von trügerischer Idylle und zerstörten Lebensentwürfen.

»Aber die Liebe davor war schön, Charlie«, sagte ich mir

laut und bestimmt vor. War das nicht den Schmerz danach wert gewesen?

Ich seufzte. Meine Gedanken schwappten nun doch wieder zu Chris zurück. Seine Küsse im Park. Sein Liebesgeständnis. Ich konnte es Wort für Wort wiederholen. Ich würde diese wenigen Minuten des Glücks um nichts in der Welt missen wollen. Was würde Chris wohl von meiner Schmerzphilosophie halten? War es das wert gewesen?

Brüche

»Es war kein Schlaganfall. Bloß eine Gehirnerschütterung«, begrüßte mich Oma.

»Oh Gott. Was für eine gute Nachricht!« Ich umarmte sie zärtlich. »Ich hatte solche Angst um dich.«

»Ach, Unkraut verdirbt nicht, Kind«, brummte sie.

»Was genau ist passiert?«

»Weiß ich doch nicht mehr. Gehirnerschütterung macht deine Birne noch leerer, weißt du. Vielleicht hat der Aufprall wenigstens ein bisserl einen Kalk runtergebröselt.«

Sie konnte schon wieder scherzen. Oma hatte eine ungeheure Portion Resilienz entwickelt in ihrem langen und harten Leben.

»Und Brüche?«

»Auch halb so wild. Oberschenkelhals lädiert und noch ein paar Kleinigkeiten.«

Ganz so harmlos, wie Oma mir glauben machen wollte, war es nicht. Sie hatte sich neben der Fraktur des linken Oberschenkels mehrere Rippen geprellt und die Schulter luxiert.

»Alles repariert«, sagte sie. »Oberschenkel genagelt, Schulter eingerenkt und die Rippen fest eingewickelt. Sport darf ich noch keinen machen, sagt der Arzt. Aber in zwei Wochen hupf ich wieder herum wie ein junges Pupperl.«

»Das muss ja ein toller Arzt sein«, meinte ich. »Was sagt er denn zu deinem Näschen?«

»Was ist mit meiner Nase?« Oma griff danach und bog sie hin und her.

»Oma! Tut dir das nicht weh?«

»Nein, warum?«

Ich schnappte mir ihre Patientenkarte und las, dass auch die Nase gebrochen war. Die blaugrüne Färbung im Gesicht legte dies nahe. »Du schaust aus wie nach einem Boxkampf, Oma. In den Spiegel solltest du dich lieber nicht schauen.«

»Nicht einmal beim Rasieren?«

»Ach, Oma! Du hast so einen goldigen Humor.« Ich musste sie einfach drücken.

»Au! Die Rippen«, stöhnte sie. Winkte aber resolut ab, als ich mich dafür entschuldigte.

»Alles gut, Kind.«

»Ist es nicht. Es tut mir so leid, dass ich mich so lange nicht um dich gekümmert hab. Aber das wird jetzt anders. Ich bleib eine Weile bei dir. Bis du wieder ganz fit bist.«

»Das musst du nicht, Kind.«

»Doch, Oma, das bin ich dir schuldig. Was du nicht schon alles für mich getan hast.«

»Papperlapapp. In einer Familie ist niemand irgendwem was schuldig.«

»Aber wenn man jemanden lieb hat, dann muss man sich auch um ihn kümmern«, widersprach ich. »Und ich hab dich wahnsinnig lieb, Oma. Und drum bleib ich jetzt hier.«

»Der Adi ist ja auch noch da«, sagte sie vorsichtig und schaute mich von der Seite her an.

»Oma. Sag nicht Adi. Er heißt Adam. Du musst mich nicht schonen oder was.«

»Du bist mir nicht böse?«

»Dass du dir Adam ins Haus geholt hast? Was geht mich das an, welche Männer du dir anlachst.«

Oma lachte. Gleichzeitig griff sie hektisch nach der Halteschlaufe über ihr. »Au!«, sagte sie. »Bring mich bitte nicht zum Lachen, Kind. Meine Rippen!«

»Oh. Tut mir leid.« Ich schüttelte ihr Kissen auf und setzte sie wieder bequem hin.

»Erstens. Selbst wenn es mich gestört hätte, Oma. Bin ja selber schuld, weil ich mich zu wenig um dich gekümmert hab.«

»Fang nicht schon wieder damit an.«

»Bin schon ruhig! Aber wegen Adam, Oma. Ich war selber erstaunt, wie wenig mir das ausgemacht hat, ihn zu treffen. Jahrelang hat mir vor einem Wiedersehen gegraut. Und jetzt. Ich kann ihn überhaupt nicht hassen, wenn er so vor mir steht. Er ist noch genauso lustig wie früher. Oder sagen wir: fast.«

»Da bin ich aber froh. Ich hab schon befürchtet, ich muss ihn wieder ausquartieren.«

»Aber nein. Nur … Das nächste Mal, wenn du dir einen Mann ins Haus nimmst, dann warn mich bitte vor«, sagte ich. »Mich hat fast der Schlag getroffen, wie der da in meinem Bett saß.«

Ich erzählte ihr von meiner nächtlichen Radtour im Gewitter und dem Geist in meinem Bett. Natürlich musste sie wieder lachen. Vielleicht im Moment schlecht für die Rippen, aber für ihre psychische Genesung garantiert förderlich, und das war doch mindestens genauso wichtig.

»Wie bist du denn eigentlich auf ihn gekommen?«

»Zufall. Ich war in Mistelbach, das Hörgerät abholen. Ich hab mit dem Bus fahren müssen, weil die Betti Besuch gehabt hat, und war natürlich viel zu früh dran. Da sind wir uns am Hauptplatz begegnet. Er hat mich auf einen Kaffee eingeladen, und so sind wir ins Plaudern gekommen. Gibst du mir einmal meinen Tee rüber?«

Ich reichte ihr den Becher und half ihr beim Trinken. Mit einer Hand in der Schlinge tat sie sich allein schwer.

»Er war bei einem Immobilienmakler, weil er eine kleine Wohnung gesucht hat«, fuhr sie mit ihrer Erzählung fort. »Dass er zu Hause ausgezogen ist, hat er mir verraten. Und dass die Wohnungen wahnsinnig teuer waren. Und ich hab ihm bestätigt, dass alles so teuer geworden ist seit Corona. Und ihm erzählt, dass ich auf die Bank muss, mein letztes Geld abheben für das neue Hörgerät. Da hat er mir die Sache mit der Versicherung vorgeschlagen.«

»Was für eine Versicherungssache, Oma?«

Sie warf einen Kontrollblick auf das Nachbarbett, in dem

eine Patientin ihres Alters schnarchte. Winkte mich näher zu sich ran, bis ich mit dem Ohr beinahe ihre Lippen berührte.

»Der Adam hat behauptet, dass *er* auf das Gerät draufgestiegen ist«, flüsterte sie. »Wie er bei mir was reparieren wollt. Weißt, er ist nach dem Kaffee mit mir mitgegangen zum Akustiker. Da war eine sehr nette Frau diesmal. Nicht der unfreundliche Dicke vom letzten Mal. Und die hat ein Formular zum Ausfüllen gehabt. In welchem Verhältnis der Adam zu mir steht, wollt sie wissen.« Oma kicherte. »Was glaubst, dass der Adam geantwortet hat?«

»Du wirst es mir sicher gleich verraten?«

»Dass ich seine Geliebte bin.« Die arme Oma griff sich erneut stöhnend an die Rippen. »Die hat vielleicht dreing'schaut! ›Scherz‹, hat der Adam dann gesagt. ›Wir sind weder verwandt, verschwägert oder sonst was.‹ Und sie hat nur gegrinst und keine weiteren Fragen mehr gestellt.«

Adam hatte sich also mit einem kleinen Versicherungsbetrug bei Oma und einem blöden Schmäh bei der Akustikerin beliebt gemacht. Typisch!

Oma wachelte mit ihrer brauchbaren Hand. Ich durfte mich wieder hinsetzen. Topsecret-Bericht beendet.

»Er hat mich nachher mit dem Auto nach Hause gebracht. Und da ist mir die Idee gekommen, er könnte doch drüben einziehen. Zumindest, bis er was G'scheites gefunden hat, was er sich auch leisten kann. Und nach und nach sind wir halt draufgekommen, dass wir beide was davon haben, wenn er bleibt. Er kann mir bei Sachen helfen, wo ich nimmer so recht kann. Und er kann dafür drüben wohnen. Ist ja eh alles leer.«

Dagegen konnte man kaum was sagen. Eine Hand wäscht die andere. Eine Win-win-Situation nannte man das heute wohl.

»Weißt du, warum er zu Hause ausgezogen ist, Oma?«

»Das muss er dir schon selber erzählen, Kind. – Und du hast wirklich nichts dagegen?«

»Nein. Ehrenwort! Im Gegenteil. Ich bin froh, dass er da ist. Er kann mir helfen. Wir werden alles so für dich herrichten, dass du auch mit Rollstuhl oder Krücken gut zurechtkommst. Und jetzt machst du bitte genau das, was die Ärzte dir sagen, damit wir dich bald wieder heimholen können.«

Die belastende Angst, Oma zu verlieren, war gottlob von meinen Schultern genommen worden. Da hatte ich noch einmal Glück gehabt. Meine hausgemachten Bürden musste ich wohl selbst Schritt für Schritt abarbeiten.

Nach dem Spitalsbesuch nutzte ich die Zeit, um in der Bezirkshauptstadt shoppen zu gehen. Ich hatte keine Lust, in den nächsten Tagen schon nach Wien zu fahren. Als ob meine seelischen Wunden an der Stadtgrenze aufplatzen würden. Also kaufte ich mir ein paar bequeme Sachen, mit denen ich ein, zwei Wochen mein Auslangen finden konnte. Im Baumarkt ließ ich ein Duplikat von Omas Haustürschlüssel machen. Die Kaugummikassierin erkannte mich nicht. Ich zahlte bar und achtete peinlich darauf, dass sie meiner Geldbörse nicht zu nahe kam. Zum Schluss besorgte ich noch ein paar frische Lebensmittel für die nächsten Tage, dann fuhr ich vollbepackt mit dem Bus zurück.

Nachdem ich alles ordnungsgemäß verstaut hatte, machte ich mir einen Kaffee und setzte mich an den Küchentisch. Legte mein Handy vor mir ab. Schob es auf der Tischplatte hin und her. Drehte es im Kreis. Hob es wieder auf. Drückte auf das Facebook-Icon. Internet im Zeitlupenmodus. Ich schloss die Seite wieder. Legte das Telefon wieder ab. Starrte es an wie ein Menetekel. Aber es musste sein. Auch wenn die Person, der mein Anruf gelten sollte, vermutlich den Tag verfluchte, an dem sie mich in ihre Agentur geholt hatte.

Ich holte tief Luft. Drückte seine Nummer. Schloss die Augen.

Er ließ es ein paarmal klingeln, bevor er das Gespräch annahm.

»Hallo, Chris. Ich bin's. Charlie.«

»Danke. Ich hab's auf dem Display gesehen.«

War eine idiotische Eröffnung, schon klar. Aber musste er mir deswegen gleich mit Sarkasmus kommen? Meine Augenlider flackerten bereits nach seinem ersten Satz.

Schweigen am anderen Ende der Leitung. Ich hörte nur seinen schweren Atem.

Also musste doch ich.

»Die Lesereise«, krächzte ich. »Ich fürchte, ich muss dir da absagen. Meine Oma ist gestürzt und wird einige Zeit nicht mobil sein. Wir müssen ihr Haus barrierefrei machen. Und sie braucht in den nächsten Wochen rund um die Uhr Hilfe.«

»Das tut mir leid«, sagte er. Es klang aufrichtig. »Ich werde versuchen, jemand anders zu finden, der Dilo begleitet. Alleine kann ich ihn unmöglich wegschicken. Er ist manchmal wie ein kleines Kind. Aber das dürfte dir ja nichts Neues sein.«

»Sorry, Chris, dass ich dir Umstände mache.«

Ich hielt das Handy entsetzt von mir weg. Was redete ich da für banales Zeug daher. Ich hatte den Mann, den ich liebte, schwer gekränkt. Und jetzt schwafelte ich was von »Umstände machen« daher?

Ich holte erneut tief Luft und legte das Handy wieder ans Ohr.

»Alles tut mir so leid, Chris. Die Lovebox. Es war ein großer Fehler.« Am liebsten wäre ich durchs Telefon gekrochen, hätte ihn umarmt und ruhig geküsst, einfach nicht mehr zu Wort kommen lassen. Aber so was ging ja nicht einmal im Roman.

»Wenn das deine Rache war dafür, dass ich dir dein Buch weggenommen hab, dann ist sie dir meisterhaft gelungen. Du siehst mich am Boden, Charlie«, sagte er. Seine bittere Stimme bewies, dass er es ernst meinte. Ich hatte plötzlich nicht bloß einen Knödel im Hals. Mein ganzer Kopf war ein Kloß.

»Um Gottes willen, Chris, das hab ich nicht gewollt. Ich …«

»Nicht? Mir kam das alles ziemlich gut durchgeplant vor.«

»Ja, schon, aber doch nicht so. Niemand sollte verletzt werden. Dilo war so verzweifelt verliebt. Er wollte dir … sorry, er wollte *Rasmus* einen Liebesbrief schreiben, ich dachte halt, dass er dir galt. Egal. Er hat mich jedenfalls gebeten, ihm zu helfen. Und als ich ihm angedeutet hab, dass du – sorry, *er* auch ablehnend darauf reagieren könnte, da ist er völlig ausgezuckt. ›Dann werfe ich ihm alles hin, und er kann sich einen neuen Avatar suchen‹, hat er geschrien. Das musste ich verhindern, Chris. Und da ist mir dieses Ding untergekommen. Ich konnte ja nicht ahnen, dass du dich in mich … verlieben würdest.« Die letzten Wörter hatte ich nur noch hingehaucht. Er hatte sie trotzdem verstanden.

»Ach, nein? Konntest du nicht? Das war doch der Sinn der Sache, dass du mich mit deinen Gedichtchen in K.I.M. verliebt machst, oder hab ich da was falsch verstanden? Es war bewusste Manipulation. Du bist eine Königin der Worte, Charlie. Du hast ein unheimliches Talent, mit deiner brillanten Sprache Gefühle zu wecken. Deshalb werden die Leser und Leserinnen deine Bücher lieben. Mich hast du sofort gefesselt mit deinem wunderbaren Roman. Dasselbe ist dir leider auch mit diesen Gedichten gelungen. Vielleicht bist du sogar deiner eigenen Fiktion erlegen, hast dich in deinen Helden verliebt? Den ›Owner of a Lonely Heart‹. Aber ich kann dir versichern, jetzt ist es noch ein Stück einsamer geworden in diesem Herzen. Ich bin nicht dein Romanheld, Charlie, den du nach Belieben in Euphorie oder Verzweiflung stürzen kannst. Ich bin ein Mensch aus Fleisch und Blut. Du hast mit mir gespielt.«

»Das war mir nicht bewusst, Chris. Ich wünschte, ich könnte das alles ungeschehen machen.« Es war einfach furchtbar, was er da sagte.

»Kannst du aber nicht. Ich komme mir wie ein Idiot vor. Selbst wenn sich deine Gefühle mir gegenüber im Laufe der Zeit ein wenig geändert haben sollten. Ich kann mir so richtig vorstellen, wie du dich zu Beginn über mich lustig gemacht hast. Wenn du deine Texte formuliert hast. Für den alten Deppen, der auf eine anonyme Verehrerin anspringt. Ich kann einfach nicht so tun, als ob nichts geschehen wäre.«

Ich ließ meinen Tränen freien Lauf. Vielleicht weinte er ja auch. Aber ich hatte keine Entschuldigung parat. Alles, was er sagte, war die Wahrheit. Ich hatte mich über ihn lustig gemacht. Hatte kein einziges Mal daran gedacht, was ich mit seinen Gefühlen anstellte.

Ich schniefte meine Nase frei. »Ich kann es nicht ungeschehen machen, Chris. Ich erwarte auch nicht, dass du mir verzeihst. Aber du musst mir glauben, dass es mir unendlich leidtut.«

Auch er schnäuzte sich. »Unsere Verträge laufen natürlich weiter. Wie versprochen werde ich mich auch um dein nächstes Buch kümmern. Auf rein geschäftlicher Basis. Aber ich würde dich bitten, mich in Zukunft privat in Ruhe zu lassen.«

»Wenn das dein Wunsch ist«, flüsterte ich. »Warte … das Jackett. Ich hab unabsichtlich dein Jackett mitgenommen. Das bring ich dann im Büro vorbei. Ich muss mir ohnehin irgendwann ein paar Sachen aus Wien holen.«

»Wenn du sonst nichts von mir brauchst, kannst du dir den Weg sparen. Das Jackett darfst du dir gerne behalten. Ich werde es nie wieder anziehen können.«

Das Freizeichen ertönte. Ich starrte entsetzt auf mein Handydisplay, bis es schwarz wurde. Wie in meinem Herzen.

Und so kam es, dass Adam zum zweiten Mal in meinem Leben meine geschundene Seele wieder aufrichtete. Zunächst, indem er mir ordentlich zu tun gab.

Am späten Vormittag war er vom Nachtdienst nach Hause gekommen. Ich hatte Glück, dass ich schon auf war. Kummer ist ein mieser Schlafräuber. Erst in den frühen Morgenstunden hatte er sich meiner erbarmt und mich doch noch ein paar Stündchen schlummern lassen.

Bei Kaffee und Apfelstrudel, den Adam aus der Konditorei mitgebracht hatte, analysierten wir, was wir konkret alles ändern mussten, bevor wir Oma wieder ins Haus holen konnten.

Das neue Badezimmer hatte ich schon am Vorabend inspiziert. Gott sei Dank! Ich bin nicht sicher, ob ich andernfalls so überzeugend flunkern hätte können, als Adam mich fragte, wie es mir denn gefiele. Erst mal war ich ordentlich geschockt gewesen.

Das Positive zuerst: Die Badewanne war entfernt worden. Die Dusche absolut barrierefrei. Daneben der neue Waschtisch mit ausziehbarer Brause und ein WC, wie man es vom Spital her kennt. Mit Haltegriffen und ebenfalls einer Brause bestückt. So weit, so gut. Aber die Optik! Da waren die beige melierten Fliesen mit den paar lila Blümchen darauf vergleichsweise harmlos. Obwohl. Beim Gedanken, dass die hübschen blauen Kacheln dafür ihr Leben lassen mussten, blutete mir das Herz. Allein, es waren die Armaturen, die mir endgültig den Atem raubten. Erstens: goldfarben! Das hätte ich ja gerade noch verkraftet. Aber das Modell! Es waren Schwäne. Schwä-ne! Aus deren Hals man die Brausen ziehen konnte.

»Toll, Adam«, sagte ich. »Sieht alles sehr professionell aus.« Das war wenigstens nicht komplett gelogen.

»Die Fliesen waren ein Restposten im Lagerhaus. Sind sich auf den Quadratmeter genau ausgegangen. Und Kleber et cetera hab ich noch prima runterhandeln können.«

»Super, Adam.«

»Die Armaturen haben wir in Tschechien gekauft. Sind die nicht der Hammer? Deine Oma war völlig weg, dass es so was gibt. Ist was damit? Du schaust so skeptisch.«

»Na ja. Ähm. Gold. Gold ruft bei mir irgendwie ein … ungutes Gefühl hervor. Ist ein bisserl protzig, meinst du nicht?«

»Aber geh«, lachte er. »Ist ja nur Farbe. Und die waren überhaupt nicht teuer. Das schaut nur so aus.«

Ach, tat es das?

»Der Oma muss es gefallen«, sagte ich. »Und ich bin heilfroh, dass das Bad schon jetzt barrierefrei ist. Danke, dass du dich rechtzeitig darum gekümmert hast. Ich wäre da völlig überfordert gewesen.«

»Ja, das kann schnell gehen bei alten Leuten.« Adam nickte weise. Damit war das Badezimmer abgehakt. Mein lieber Schwan!

Aktiv machten wir uns als Erstes über das Schlafzimmer her.

Das Doppelbett musste raus, es sollte durch ein professionelles Pflegebett ersetzt werden.

»Das bestell ich beim Roten Kreuz«, sagte Adam. »Darum brauchst du dich nicht zu kümmern.«

»Das ist lieb, danke. Aber nimm bitte nicht das billigste, ja?« Das musste gesagt werden. Nicht dass er einen goldenen Restposten ergatterte. Mit tierisch schönen Applikationen.

»Ist alles Standard«, erklärte er. »Kann ich im Baukastensystem zusammenstellen. Hab eh den Durchblick, was sie brauchen wird.«

Beruhigend zu wissen.

Während Adam das alte Bett zerlegte, räumte ich die Kästen aus und stapelte Omas Sachen in die Kammer neben der

Stube. Danach hätte ich schon ein erstes kleines Päuschen gebrauchen können.

»Nix da«, sagte Adam mit Blick auf die Uhr. »Erst bringen wir noch den Plunder weg.«

Gemeinsam schleppten wir die Teile des alten Betts in den Schuppen. Leider zeigte Adam auch danach noch keine Ermüdungserscheinungen. Er wollte unbedingt noch in den Keller, von dessen Mängeln ich ihm erzählt hatte.

Wir waren uns schnell einig, dass Oma am besten gar nicht mehr dort runter sollte. Ein neues Stiegengeländer musste natürlich trotzdem her. Die marode Tiefkühltruhe musste weg und durch einen Schrank ersetzt werden, für den wir im Vorhaus Platz schaffen würden.

»Kabel verleg ich zur Not auf Putz, das geht in null Komma nix«, sagte Adam. »Aber für die Anschlüsse brauchen wir einen Elektriker. Werd ich organisieren.«

Er schaute kurz auf die Uhr.

»Du! Weißt du was, Karli-Maus. Ich fahr gleich ins Lagerhaus und check, was ich dort alles kriegen kann. Und danach zum Roten Kreuz wegen dem Bett und dem Rollstuhl. Wenn es sich ausgeht, schau ich noch bei der Krankenkasse vorbei und regle das mit den Zuschüssen. Du kannst ja in der Zwischenzeit mit dem Putzen im Schlafzimmer anfangen.«

»Der Macher und die Magd«. Klang doch nach einem super Romantitel. Nur über das Genre war ich mir noch nicht ganz im Klaren. Was Feministisches war es allem Anschein nach nicht …

»Wir nehmen gleich noch ein Packerl Schnitzel mit rauf«, sagte Adam und definierte das Genre dadurch genauer. »Dann kannst am Abend Wiener Schnitzel machen. Mit Erdäpfelsalat.«

Eindeutig Heimatroman. Aus den 1960ern?

»Puh! Weiß gar nicht, wann ich das zuletzt gekocht hab«, stöhnte ich.

»Geh, Karli. Du wirst doch ein Schnitzel können!«

»Ja, sicher«, sagte ich beleidigt. »Hab ja nur gesagt, dass ich schon lange keins mehr …«

Aber er war schon die Stiege hinaufgehechtet und zur Tür hinaus.

Wenigstens hatte ich endlich Zeit für ein Glas Milch und ein Butterbrot. Im Sitzen. Und einen fröhlichen WhatsApp-Austausch mit Julika. Mit sichtlichem Genuss berichtete sie über einen Streit zwischen Schröder und seiner Schulwartin, der in einem Schreiduell geendet hatte. Déjà-vu? Die wackere Frau hatte aber nicht das Weite gesucht, sondern ihrem Chef einen Gewerkschaftsvertreter an den Hals gehetzt. Meine Herren! Der war nicht nur von der anderen Partei, sondern auch ein ausgefuchster Profi. Das gesamte Kollegium verfolgte den Streit täglich wie eine Soap. Julika bot mir an, Notizen über die Eckpunkte der Story zu machen. Vielleicht könnte ich ja einmal etwas davon literarisch verwerten. In meinen privaten Wunden wühlte sie nicht. Solange ich nicht damit anfing, war ich bei ihr in Sicherheit. Mit einem Lächeln legte ich eine Viertelstunde später das Handy ab. Nach so einer Kommunikation fiel es leichter, wieder in die Hände zu spucken.

Omas Schlafzimmer schaute ohne Bett gleich viel größer aus. Und schmutziger. Wo fängt man beim Putzen am besten an? Immer von oben nach unten und vom Licht weg, hatte ich im Hinterstübchen. Na dann. Irgendeinem Kriterium musste ich ja folgen.

Entsprechend nahm ich zuerst die Vorhänge ab. Gut, dass ich nicht gegen Staub allergisch war, ich hätte auch ohne Allergie beinahe einen Asthmaanfall bekommen. Ich packte das Zeug und schleppte es in die Waschküche. Dann putzte ich die Fenster. Nach zwei Stunden großflächigem Wischen war ich fix und fertig. Was war ein Handydisplay doch für ein niedlich Ding im Wisch-Vergleich zu einem bäuerlichen Sprossenfenster!

Bevor ich mich daran machte, die gewaschenen Vorhänge

tropfnass aufzuhängen, legte ich eine Kaffeepause ein. Sollte Adam mich dabei erwischen und Kritik an meiner Untätigkeit äußern, würde ich ihm die Gewerkschaft auf den Hals hetzen. Man ist ja lernfähig! War aber ohnehin nicht notwendig, der Meister war noch geschäftig unterwegs.

Ich hatte keine Ahnung, wie schwer nasse Vorhänge sein konnten. Überhaupt, wenn man sie über Kopf zu montieren hatte! Ich war gerade beim dritten Fenster angelangt, als Adam an die Leiter trat und mich von unten musterte.

»Meine Güte, Karli. Du bist ein Fledermäuschen«, rief er entsetzt. »Und das in deinem Alter!«

»Was bin ich?« Ich hielt erschrocken mit dem Einfädeln des Vorhangs inne. Adam kletterte von unten herauf, fasste meine Oberarme und schlenkerte sie hin und her. »Alles schlaff! Wie bei einer Fledermaus – oder einem alten Weib.«

Vor Schreck ließ ich den Vorhang aus. Der ratterte gleich wieder Haken für Haken aus der Karniese und landete auf dem Fußboden.

»Spinnst du!«, rief ich, nach Luft ringend. »Ich wär beinah von der Leiter gekippt!«

»Blödsinn. Ich hätt dich aufgefangen.«

Als ob er mir beweisen wollte, dass er dazu in der Lage wäre, umfasste er meine Taille und hob mich von der Leiter. Die letzte Sprosse ließ er mich sanft zu Boden gleiten. Ich spürte seine harte Brust an meinem Rücken. Seine Nase in meinem Haar. Vorne streiften seine starken Arme meine Brüste. Unabsichtlich oder nicht. Der Effekt war derselbe. Meine Brustwarzen stellten sich auf, ob ich wollte oder nicht. Ich trug hier beim Arbeiten auch keinen BH. Auch bei ihm bewegte sich was. Meine Güte! So schnell?

Verwirrt trat ich zur Seite und hob den Vorhang schützend vor mich. »Jetzt kann ich noch mal von vorne anfangen«, knurrte ich. »Und es heißt Frau, Adam. Nicht Weib. Egal wie alt.«

Adam verdrehte die Augen. »Kümmer dich lieber mal um

die Schnitzel«, sagte er und nahm mir den Vorhang ab. »Ich hab einen Bärenhunger. Ich mach den Rest hier für dich.«

Widerspruch offensichtlich zwecklos. Wenn ich was zwischen die Zähne bekommen wollte, musste ich wohl persönlich Hand an das tote Schwein legen. Und ich brauchte was im Magen. Der knurrte wie ein ganzes Rudel Wölfe.

Ran an den Fleischklopfer, Charlie! Trainiert sicher deine Fledermausärmel. Nach hundert Schnitzeln sind die wieder wie neu!

Eine halbe Stunde später stand Adam in der Küche. Mit nacktem Oberkörper. Der Mann hatte eindeutig kein Muskelschwundproblem. Nirgends haftete überflüssiges Fett. Nichts schlankerte – so wie bei mir. Alles fest. Eventuell gefiel mir doch, was ich da sah?

»Kannst du mir bitte kurz helfen?«

Na, wenn einer so schön Bitte sagt. Ich befreite meine Hände von einer klebrigen Mehl-Ei-Brösel-Panier und folgte ihm nach draußen. Er hatte zwei Holzbänke an die Hausmauer gelehnt.

»Den Tisch kann ich nicht alleine«, sagte er und lief Richtung Schuppen davon wie aufgezogen, ich kam ihm kaum nach.

Wir mussten dreimal absetzen, weil mir die Kraft ausging, obwohl es nur wenige Meter waren bis zum Haus. Der massive Tisch wog gefühlt eine Tonne.

»Karli-Maus, du hast null Kondition!«, schimpfte er. »Du musst mehr auf deinen Körper achten. Ab dreißig verliert man bis zu zehn Prozent Muskelmasse jährlich, wenn man nichts dagegen tut.«

»Dann hab ich sowieso praktisch keine mehr. Ich bin vierzig«, sagte ich.

»Eben!«, sagte er. »Aber es ist noch nicht zu spät. Noch kannst du aufbauen.«

»Indem ich Eichentische durch die Gegend schleppe?«

»Krafttraining. Das muss gezielt«, sagte er und deutete auf meine Oberarme. Ich zuckte zurück.

»Kein Bedarf. Willst du, dass ich wie Helene Fischer daherkomme?« Mit meiner letzten Kraft hievten wir den Tisch an seinen Platz.

»Was hast du gegen Helene Fischer? Mehr Ausdauer hat sie jedenfalls wie du. Und sicher keine …«

»Klappe, Adam!«

Er lachte. Ich ließ es dabei bewenden. Ich fand das Thema Helene Fischer nicht weiter diskussionswürdig. Beim Musikgeschmack hatten wir uns schon früher nicht getroffen. Atemlos war ich trotzdem. Egal.

»Ich mach hier noch sauber«, sagte er. »Dann können wir heraußen unser Abendessen genießen.«

Und genießen konnten wir in der Tat. Die Schnitzel waren mir ausgezeichnet gelungen. In Schmalz herausgebacken und richtig schön kross. Bloß die Erdäpfel hatte ich ein wenig zu heftig gekocht, der Salat war etwas matschig, aber von Adam kam keine Kritik. Er langte mächtig zu. Muskeln mussten schließlich auch erhalten werden, nicht wahr? So viel wusste ich zumindest aus der Theorie.

Ich hielt mir nach dem Essen den Bauch. So viel auf einmal verdrückte ich normalerweise nie. Was körperliche Arbeit doch ausmachte.

»Und frische Luft«, ergänzte Adam. Er machte uns noch zwei Flaschen Bier auf. »Prost, Karli-Maus«, sagte er, setzte die Flasche direkt an und stellte sie mit einem wohligen Seufzer vor sich ab. Ich tat es ihm gleich. Wiewohl ohne Seufzer.

Er streckte seine langen Beine unter den Tisch und lehnte sich an die Hausmauer. Die Arme verschränkte er hinter dem Kopf. »Schau mal, wie schön«, sagte er und deutete Richtung Horizont. Die Sonne war gerade hinter dem Lagerhaus verschwunden. Der Himmel verfärbte sich langsam rosarot.

»Ist dir das nicht abgegangen?«, fragte er.

»Was? Das Lagerhaus?«

Er knuffte mich in den Oberarm. Autsch! Der Kerl hatte

auch in den Fingern zu viel Kraft. Das würde einen herrlich blauen Fleck ergeben. An meinem Fledermaus-Arm.

»Du weißt schon, was ich meine.«

Ich seufzte nun doch. »Sicher ist es mir abgegangen. Die schöne Landschaft. Die Ruhe. Die Möglichkeit, jederzeit einfach vor die Tür zu treten und frische Luft zu tanken. Aber was hab ich davon, wenn das soziale Umfeld nicht passt?«

Adam wiegte den Kopf hin und her. »Heimat ist, wo dein Herz zu Hause ist?«

»So in etwa.«

Ich schloss die Augen und lauschte. Die Vögel machten sich für die Nacht bereit. Aus der Ferne hörte man das kakofone Quaken einer Froschkolonie. Die Abendsonne küsste mein Gesicht. Kitzelte meine Nase.

Doch da war noch etwas anderes in der Luft, was mein empfindliches Riechorgan hochschlich. Prüfend öffnete ich die Augen wieder. Rümpfte mein Näschen gar.

»Was stinkt denn da so?«

Adam grinste. »Kommt von da drüben. Da hat der Bauer sein Feld geadelt, scheint's.«

»Geadelt?«

»Adeln kennst du nicht? Gülle ausbringen. Naturdünger.« Er hob seine Nase in den Wind. »Diese Scheiße kommt eindeutig aus einem Schweinestall.« Seine Expertise.

Ich schnappte meine Bierflasche. »Ich geh ins Haus. Hier geht es mir eindeutig zu aristokratisch zu.«

»Ihr Weiber mit euren empfindlichen Näschen«, sagte Adam und folgte mir nach drinnen.

»Frauen, Adam. Frauen.«

Am nächsten Morgen stand Adam bereits um sieben Uhr im Wohnzimmer, wo ich mich für die nächsten Tage eingerichtet hatte. Die Kammer neben der Stube war immer noch mit den Sachen aus Omas Schlafzimmer vollgestopft, weil ich nicht wusste, was davon wieder in den Kasten rein sollte und was nicht. Die Zimmer meines Bruders oder meiner Eltern waren für mich nach wie vor tabu.

»Adam. Es ist mitten in der Nacht!«

»Es ist schon hell, und wir haben viel vor«, sagte er. »Ich mach das Frühstück.«

Eine halbe Stunde später saß ich frisch geduscht in der Küche, schmierte mir eine Marmeladensemmel und trank duftenden Kaffee mit Milch vom Biobauern. Daneben lief das Radio. Ein Lokalsender.

»Muss das?«, fragte ich dezent. Ich war mehr der Frühstückstyp ohne Nebengeräusche oder Konversation.

»Na ja. Wetterbericht und Verkehrsfunk sind schon wichtig. Und die Nachrichten. Zeitung haben wir ja keine abonniert.«

»Na gut«, seufzte ich. »Werde ich mich halt daran gewöhnen müssen. Und was steht an? Weil du gesagt hast, wir haben viel vor.« Ich räumte Butter und Marmelade in den Kühlschrank und das Geschirr in den Spüler.

»Vorzimmer herrichten. Um zehn kommt der Elektriker und schaut sich das mal an. Ich muss dann in die Arbeit. Du kannst ja einstweilen das Vorhaus putzen, da wird allerhand Dreck zum Vorschein kommen, wenn wir die Kasteln und Regale verschieben. Danach hast du frei.«

»Großzügig«, sagte ich. Da war mir allerdings noch nicht bewusst, wie viel Arbeit tatsächlich auf mich zukam. Die folgenden Tage brachten mir nicht nur jede Menge davon ein, sondern auch die zugehörigen Handwerker ins Haus. Die Handläufe montierten, Löcher bohrten, Wände aufstemmten, Elektrokabel verlegten und einen Tiefkühlschrank aufstellten. Und nicht nur jede Menge Dreck hinterließen, sondern so ganz nebenbei mit Brettljause, Heiß- und Kaltgetränken versorgt werden wollten.

Als ich mich bereits am Ende der Arbeit wähnte und an ein spannendes Buch auf dem Sofa dachte, tauchte das Problem mit dem Tiefkühlobst auf. Weil die alte Gefriertruhe gleich mit den Lieferanten mitging, gab es plötzlich auch jede Menge Gefriergut, das angeblich verwertet werden musste. Oma hatte kiloweise Obst eingefroren, das in dem kleineren Schrank einfach keinen Platz mehr fand. Ich wäre ja für Kompostieren gewesen, aber Adam reagierte völlig entsetzt.

»Bist du verrückt? Alles zu hundert Prozent Bioware. So was schmeißt man doch nicht weg. Hast du gewusst, dass vierzig Prozent aller weltweit produzierten Nahrungsmittel nie gegessen werden? Verdammte Wegwerfgesellschaft!«

»Aber dieses Obst ist ja nicht … produziert worden in dem Sinn«, wagte ich dezent einzuwerfen. »Ist ja praktisch von den Bäumen und Sträuchern gefallen. Und im Kompost, da trägt es ja auch noch zum Kreislauf bei.«

»Gefallen? Bist du schon so Stadtmensch geworden? Auch Obst und Gemüse muss von jemand gehegt und gepflegt, eingesammelt und verarbeitet werden. Und dieses hier hat eine Menge Energie verbraucht in der Gefriertruhe. Das wäre alles für den Hugo gewesen, wenn wir es entsorgen. Da kann man wunderbar noch Marmelade daraus machen.«

»Ich hab noch nie Marmelade gekocht.«

»Geh, Karli-Maus. Das ist doch keine Affäre. Gelierzucker und Weckgläser kriegst du im Lagerhaus, und ich bin sicher, du findest ein YouTube-Video, wo dir irgendeine Kalinka das vorzeigt, wie du das machen sollst.«

»Hast du schon einmal probiert, in diesem Haus ein Video zu streamen?« Jetzt hatte ich endlich ein Argument, das er nicht widerlegen konnte. Mit Omas Zeitlupeninternet konnte ich nicht einmal meine eigenen Fotos hochladen. Selbst herkömmliches Texten auf WhatsApp funktionierte nicht immer einwandfrei.

»Hab ein WLAN-Modem übers Telefon installiert. 5G. Sollte genügen, oder?« Er kritzelte mir das Passwort auf einen Zettel und schob ihn mir hin.

Schachmatt.

Also stand ich am nächsten Morgen wieder um sieben Uhr auf, holte mir das bereits angetaute Tiefkühlobst aus dem Keller. Wog es fein säuberlich ab, damit ich ausrechnen konnte, wie viel Zucker und wie viele Gläser ich brauchen würde.

Videofilme hatte ich mir schon am Vorabend angeguckt. Das Netz war wirklich flott und stabil, und Marmeladekochen schaute super easy aus.

War es in der Praxis auch. Aber es dauerte! Erst die Gläser sterilisieren. Danach das Obst genau abwiegen, Zucker dazu und warten, bis es kocht. Umrühren. Abfüllen in Gläser. Das Beerenobst ging zwar halbwegs schnell, musste aber noch durch ein Sieb. Das blieb mir beim Steinobst wohl erspart, dafür brauchte es länger, bis es gelierte. Gegen Ende zu wurde ich richtig kreativ. Kombinierte Obstsorten, die üblicherweise nicht zusammen eingekocht wurden, und hängte exotische Gewürze in Säckchen dazu. Summa summarum stand ich den ganzen Tag am Herd. Als Adam am Abend nach Hause kam, hatte ich nicht nur dreißig Gläser Marmelade abgefüllt, sondern auch noch Palatschinken gebacken, damit er gleich ein paar Kostproben meiner Fruchtaufstrichkreationen nehmen konnte. Er war mächtig stolz auf mich. Und ich? Ich hatte das Gefühl, innerlich wie äußerlich zu kleben.

Statt des Bieres öffneten wir uns eine gute Flasche Wein.

»So geht Landleben«, sagte Adam zufrieden. Er klebte ja auch nicht.

Familientragödien

Am nächsten Tag hatte Adam Frühdienst, und ich ergriff die Gelegenheit, endlich wieder mit zum Krankenhaus zu fahren. Ich hatte zwar jeden Tag mit Oma telefoniert, aber das ersetzte keine Umarmung. Bevor wir uns beim Eingang verabschiedeten, sagte Adam: »Was gibt's denn heute am Abend?«

»Was meinst du? Was soll es geben?«

»Na, zum Essen. Ich hätte gerne was Warmes zum Beißen. Wenn's geht, was Fleischiges. Gestern war eh süß. Nichts gegen deine Marmeladen. Ich brauch weniger Zucker, mehr Eiweiß. Am besten was von der Pute.«

»Ich bin doch nicht deine Hausfrau, Adam!«

»Leider, ich weiß. Aber es wäre nett. Am Wochenende hab ich frei. Dann kümmere ich mich ums Essen, einverstanden?«

Was genau er jetzt nett finden würde, blieb unbeantwortet. Das große Haus hatte ihn verschluckt, bevor ich nachfragen oder einen weiteren Einwand vorbringen konnte.

Oma freute sich riesig über meinen Besuch. Ich erzählte ihr, was wir schon alles hergerichtet hatten. Dass ihre Speisekammerregale mit Fruchtaufstrichen à la Charlie befüllt waren und in ihrem Schrank gähnende Leere herrschte, weil ich nicht wusste, was sie aufheben wollte. Sie gab mir daraufhin grünes Licht, alles wegzuwerfen, was ich für nicht mehr brauchbar befand.

»Damit ersparst du mir eine Menge Arbeit, Kind. Ich brauch ja fast nichts mehr. Mich hat's einfach nicht gefreut, mich darum zu kümmern. Wenn man so alt ist wie ich, da geht einem die Energie spätestens zu Mittag aus.«

Zum Spazierenfahren im Rollstuhl war sie noch nicht fit genug, also blieb ich noch eine Weile neben ihr am Bett sitzen, bis eine Schwester das Mittagessen brachte.

»Du schaust besser aus als zuletzt«, sagte sie zum Abschied. »Mehr Farbe im Gesicht.«

»Das macht das Landleben«, sagte ich. »Und das Kompliment mit der Gesichtsfarbe kann ich zurückgeben. Du bist jetzt nicht mehr grün, höchstens leicht gelb.«

Wir umarmten uns zärtlich. Beide offenbar froh, dass es der anderen besser ging.

Ich schlenderte noch ein wenig durch die Stadt, setzte mich ins Kaffeehaus und erledigte Einkäufe. Der Bus war bis auf den Fahrer menschenleer. Schulferien, hurra! Ich konnte meine Taschen direkt neben mir auf der Bank platzieren. Das war ja mal ein Luxus. Die Ausstiegsstelle verpasste ich auch nicht, aber meine Hände wurden immer länger, bis ich endlich mitsamt meinen prall gefüllten Taschen bei Omas Häuschen angelangt war. Vielleicht sollte ich mir einen dieser schicken Trolleys besorgen?

Ich verteilte die Einkäufe in Speisekammer und Kühlschrank, machte mir ein Käsebrot mit frischem Schnittlauch und aß ein paar Paradeiser dazu. Danach genehmigte ich mir noch eine Tasse Kaffee. In Wien hätte ich mich jetzt aufs Sofa gefläzt und genüsslich eine Serie auf Netflix gestreamt, aber ich war schließlich nicht auf Urlaub hier. Adam würde sicher fragen, was ich gemacht hatte, während er auf Arbeit gewesen war. Also ran an den Feind.

Die Kästen in Omas Schlafzimmer waren bereits mehrfach gewischt. Jetzt musste ich nur noch entscheiden, womit sie wieder befüllt werden sollten. Wie zu erwarten war der Berg der zu entsorgenden Kleidungsstücke und Utensilien wesentlich größer als der, den ich in kurzer Zeit im Schrank eingeordnet hatte. Das alte Zeug packte ich in Müllsäcke, wobei ich es in noch Brauchbares für die Caritas und Restmüll trennte.

Zuletzt blieb noch ein großer alter Koffer, den Adam mir vom Schrank hatte herunterheben müssen, weil er so schwer war.

Ich blies einmal den ärgsten Staub weg und wischte ihn sauber, bevor ich ihn aufmachte. Kam aus dem Staunen nicht heraus, als ich ihn offen hatte. Fotoalben! Wohlgeordnet in chronologischer Reihenfolge, mit Jahreszahl versehen. Ich konnte mich nicht erinnern, als Kind jemals ein Fotoalbum in der Hand gehabt zu haben. Obwohl. Wenn ich mich sehr konzentrierte, da tauchten im Hinterkopf doch ein paar Bilder aus meiner frühen Kindheit auf. Wie Florian und ich es gehasst hatten, für Familienfotos posieren zu müssen. Stundenlang mussten wir gegen das Licht schauen. Aber später, wenn wir uns im Album verewigt wiederfanden, waren wir begeistert.

Grund des Bruchs war natürlich dieser unsägliche Unfall gewesen. Papa hatte danach alles rigoros verräumt, was an Mama und Florian erinnern könnte. Es gab im ganzen Haus keine Bilder von ihnen. Und so hatte ich mich an ein fotoloses Zuhause gewöhnt.

Ehrfürchtig strich ich mit der Hand über die Alben, bevor ich es wagte, die lang begrabenen Erinnerungen wieder zum Leben zu erwecken.

Die ersten Bilder zeigten meine Urgroßeltern. Hochzeitsfotos. Dann zusammen mit der kleinen Hella und ihren zwei älteren Brüdern. Später die beiden jungen Männer einzeln, in Soldatenuniformen. Unter den Fotos ein Kreuz und die Daten, wann und wo sie gefallen waren. Danach ein größerer Zeitsprung. Oma – eine junge, schöne Frau mit langen Zöpfen – mit ihren Eltern und meinem Vater, der da so ungefähr ein Jahr gewesen sein musste. Ein paar Fotos von Papa als Kind. Hauptsächlich an wichtigen kirchlichen Festtagen. Erstkommunion. Firmung. Papa als Ministrant. Keines, das ihn als Priesterkandidat zeigte. Hatte es davon keine fotografischen Aufzeichnungen gegeben, oder hatte er die aus der Familienchronik verbannt?

Dann erhöhte sich die Fotodichte drastisch. Meine Mutter tauchte auf. Und mit ihr die Farbe im Leben. Sie lachte. Er lächelte. Ein paar Hochzeitsfotos voller Glück. Ein Wonnepropppen von einem Baby. Das war ich! Geherzt und geküsst – vom Vater! Die kleine Charlotte zwischen den stolzen Eltern. Beide halten ihre Hand. Eine fröhliche Charlotte auf den Schultern des Vaters. Er lacht mit dem Kind um die Wette.

Dann das zweite Baby. Papa mit Charlotte auf dem Schoß und Baby Florian auf dem Arm. Die Mama steht dahinter. Alle strahlen. Der Inbegriff einer glücklichen Familie. Charlotte mit Schultüte und Schultasche vor der Volksschule. Ein stolzer Papa daneben. Charlotte zu Hause am Küchentisch, über ein Heft gebeugt. Der Vater die Hand auf ihrer Schulter. Wie er interessiert auf das schaut, was sie tut. War das ein reales Abbild dieser Zeit oder nur fürs Foto gestellt? Mein Vater hatte sich nie dafür interessiert, was ich machte.

Ähnliche Fotos von Florian folgten. Aber auf vielen davon war auch ich abgebildet. Ein Außenstehender hätte niemals vermutet, dass ich ein ungeliebtes, vernachlässigtes Kind gewesen sein könnte. Aber ich konnte mich wiederum an nichts Positives in meiner Kindheit erinnern.

Oder doch?

Wenn ich lange genug auf die Fotos starrte, kam die eine oder andere schöne Erinnerung zurück. Zumindest in Fetzen. Im Jahr 1995 hörte die Chronik abrupt auf. Aus. Ende.

Ich saß noch eine Weile grübelnd vor den Alben. Meine persönliche Familienerinnerung fing genau genommen erst nach dieser Bilddokumentation an. Wie konnte das passieren?

Ich klappte den Koffer zu. Zeit, das Abendessen zuzubereiten. Putengulasch mit Nockerl und grünem Salat.

Bei meinem nächsten Besuch im Krankenhaus war Oma schon viel kräftiger. Ein Krankenpfleger hob sie in einen Rollstuhl, damit wir in den Garten fahren konnten. Eine Weile schob ich sie durch die Gegend, dann setzte ich mich auf eine Parkbank, um endlich meine quälenden Fragen beantwortet zu bekommen.

»Oma. Ich hab die Fotoalben gefunden«, eröffnete ich das Gespräch.

»Meine Güte! Auf die hab ich schon ganz vergessen«, seufzte sie. »Der Pepperl war ganz besessen darauf, dass nirgendwo ein Bild von den Toten auftaucht. Das war halt seine Art, mit der Trauer umzugehen. Ich hab sie dann bei mir versteckt, bevor er sie ganz wegschmeißt. Der war so radikal in seinem Taumel.«

»Das finde ich ja in Ordnung, wenn das für ihn so gepasst hat mit der Trauer. Aber für mich ist das – rückblickend gesehen – eine Katastrophe. Ich kann mich nur mehr an die triste Zeit danach wirklich erinnern. Als ob das Davor nicht existiert hätte.«

»Wir waren alle überfordert, Kind. Heute lassen sich die Leut psychologisch betreuen, aber für uns ist das Leben halt einfach weitergegangen. Wir haben das früher mit Arbeit bewältigt. Da vergisst du viel, wenn du keine Zeit zum Nachdenken hast.«

»Ich würde mich jetzt aber gerne wieder erinnern, Oma. Waren wir eine glückliche Familie? Laut Fotos schaut es so aus. Aber ich hab das Gefühl dafür völlig verloren.«

»Ich müsst jetzt lügen, wenn ich sag, dass alles perfekt war«, sagte Oma. »Aber als ihr zwei noch klein wart, der Florian und du, da wart ihr wirklich eine Bilderbuchfamilie. Vater, Mutter, Kinder.«

»Und später? Was passte nicht?«

»Wie ihr dann alle zwei in der Schule wart, da war vor allem deine Mutter nicht mehr so zufrieden. Sie hätte gerne wieder gearbeitet.«

»Gearbeitet? Was hätte sie denn arbeiten wollen?« Meine Mutter war Hausfrau gewesen, solange ich mich erinnern konnte.

»Na ja. Als Journalistin, nehm ich an.«

»Als was?«

»Hast du das nicht gewusst, dass sie für eine große Tageszeitung gearbeitet hat, bevor sie deinen Vater kennengelernt hat?«

Ich schüttelte erstaunt den Kopf. »Und das hat sie für ihn aufgegeben? Für Papa?«

»Für die Familie. Für euch Kinder. Was man von einer Frau halt so erwartet hat in den achtziger Jahren.«

»Erzähl mir von ihr. Von meiner Mutter, bevor sie Mutter wurde.« Ich war erschüttert, wie wenig ich über sie – oder die Beziehung meiner Eltern zueinander – wusste.

»Da gibt's nicht viel zu erzählen. Auf einer Friedensdemo haben sie sich kennengelernt. Im Stephansdom. Der fesche Pepperl, ein Priesteranwärter, der seine Idole in der Befreiungstheologie gesehen hat. Das war so eine Phase von ihm damals, wo er das erste Mal ein wenig an der Haltung der Kirche hierzulande gezweifelt hat. Und sie, die Volontärin bei der Tageszeitung. Da hat's gefunkt. Sie wollten sogar ein Jahr nach Lateinamerika gehen zusammen.«

»Echt? Und ich hab ihnen einen Strich durch die Rechnung gemacht?«

»Dann ist sie schwanger geworden, Kind. Was beziehst denn immer alles auf dich? Das war ihre Entscheidung. Dein Papa ist Religionslehrer geworden statt Pfaffe, und sie sind dann halt zu mir herausgezogen und nicht nach Chile. Für mich war's schön.«

»Aber für Mama nicht?« Ich versuchte, mir vorzustellen, wie das für sie gewesen sein musste. Aus der pulsierenden Hauptstadt aufs Land. Ihren Vertrag mit der Zeitung lösen, bei der sie Karriere hätte machen können. Ein Jahr Südamerika sausen lassen. Dafür Windeln wechseln und Gartenarbeit. Marmelade einkochen …

Oma zuckte mit den Schultern. »Das Landleben hat sie nicht so gestört, glaub ich. Sie war gerne draußen in der Natur. Und euch Kinder hat sie narrisch lieb gehabt. Aber sie war … wie soll ich sagen … geistig nicht ausgelastet. Weil, sie war ja eine gescheite Frau. Und emanzipiert war sie auch.«

»Für mich widerspricht sich das. Emanzipiert und Hausfrau.«

»Ach Kind. Gerade bei solchen Sachen. Da klaffen Theorie und Praxis halt weit auseinander. Überhaupt, wenn einmal ein Kind da ist. Da fragt dich keiner, ob du das willst oder nicht. Soll sie's verhungern oder verwahrlosen lassen? Plärren, weil's in der Schul nicht mitkommt? Und der Mann, der verdient eben besser und hat damit das stärkere Argument, dass er nicht z' Haus bleiben kann, wenn das Kind speibt. Ist doch heut noch nicht viel anders, oder?«

»Der verdammte Gender-Pay-Gap.«

»Wer?«

»Das heißt, dass Frauen bedeutend weniger bezahlt bekommen als Männer.«

»Ach so. Was müssts heut alles englisch ausdrücken. Das löst eure Probleme nicht. Jedenfalls, um auf deine Mutter zurückzukommen. Sie hat im Hinterkopf einen Plan gehabt. Wenn der Florian auch im Gymnasium gewesen wär, dann hätt sie sich was gesucht in Wien. Halbtags oder so. Ich hab sie einmal am Schreibtisch von deinem Papa sitzen sehen, wie der in der Schule war. Und da hab ich sie gefragt, ob sie wieder arbeiten will. Und sie hat mich nur traurig angeschaut. Wie das gehen soll, hat sie gemeint. Dafür müsst sie ja in die Stadt. Handy, Internet, Homeoffice. So was hat es damals ja nicht gegeben. Ich würd mich schon um euch kümmern, hab ich ihr versprochen. Da hat sie fast geweint vor Glück. Aber dem Pepperl haben wir nix gesagt. Den hätt sie vor vollendete Tatsachen gestellt, wenn sie erst was gefunden hätt.«

Oma ergriff meine Hand und drückte sie fest. »Dazu ist es ja leider nicht mehr gekommen. Aber eins ist klar. Sie hat dir das Schreibtalent vererbt. Sie wär sicher stolz auf dich gewesen, Kind.«

Ich putzte meine Nase. »Im Gegensatz zum Papa«, seufzte ich. »Der fand allein die Idee absurd, dass ich Schriftstellerin werden wollte.«

»Ach, der Pepperl. Der ist nach ihrem Tod wieder ins Konservative gekippt. Eine Zeit lang hat er sogar geglaubt, der Unfall wär die Strafe Gottes, weil er nicht Priester geworden ist. So ein Schwachsinn. Das war wieder der Einfluss von den Herrn Pfarrern. So wie in seiner Jugend. Weißt, die waren so was wie ein Vaterersatz für ihn. Nach der Erstkommunion hat er zum Ministrieren angefangen, und dann ist er dort hängen geblieben. Ich hab mir halt gedacht, bei denen ist er gut aufgehoben. Besser, als wenn er sich irgendwelchen Drogentypen anhängt oder so. Weil, wie er in der Pubertät war, da hat er auf mich fürchterlich gesponnen. Bei jeder Gelegenheit hab ich mir anhören müssen, wie sehr er sich genieren muss, dass er ein lediges Kind ist.«

»War das damals noch so ein Thema?«

»Ja, schon. Die heile Familie, das war hier heraußen ein Muss. Zumindest vor der Tür.« Sie lachte. »Seine Vorwürfe hab ich eh runtergeschluckt. Er hat's ja wirklich schwerer gehabt als andere Kinder. Aber im Priesterseminar, am Anfang, da ist's dann haarsträubend geworden. Da hat er mir plötzlich ›verziehen‹. Das hab ich gar nicht vertragen. Was willst mir denn verzeihen? Dass ich geliebt hab und dadurch ein Kind entstanden ist? Da hat er mich so bedauernd angeschaut. Die arme Sünderin. Furchtbar!« Oma verdrehte die Augen. »Das hat sich erst gelegt, wie deine Mutter aufgetaucht ist.«

»Weil sie auch schon vor der Ehe schwanger geworden ist – und er noch dazu der Verursacher?«

»Genau. Da hat er begriffen, dass manche Dinge eben stärker sind als Gebote. Die Liebe …« Oma seufzte. »Wenn die über einen drüberfährt, da bist du machtlos.«

Ich drückte ihre Hand. Wie zart ihre Haut noch immer war.

»Ich muss dich noch was fragen«, sagte ich, nachdem wir eine Weile schweigend vor uns hin sinniert hatten.

»Warum hat mich der Papa nicht so geliebt wie … den Florian? Was hab ich falsch gemacht?«

»Wie kommst du denn darauf, dass er dich weniger geliebt hat? Weil er mit dem Florian mehr unternommen hat? Deine Mutter hat ihn öfters deswegen gerügt. In den Wald gehen hättest du ja auch können. Oder am Hof mitarbeiten. Aber das war halt seine Ansicht über … wie sagts ihr da heute dazu? Rollenverteilung, glaub ich. Was halt ein Mann oder eine Frau tun soll. Aber das hat ja nix damit zu tun, wie lieb er euch gehabt hat.«

»Vielleicht auch, Oma. Aber es war … Ich hab's aus seinem eigenen Mund gehört.«

Oma setzte sich gerade im Rollstuhl auf. »Was? Dass er den Florian lieber hatte? Das kann ich nicht glauben. Er war doch so ein Gerechtigkeitsfanatiker.«

»Doch.« Ich wischte mir den Schweiß von der Stirn. Mein Trauma presste sich an meinen Brustkorb. Es wollte endlich befreit werden.

»Es war am Abend nach dem Begräbnis. Ich bin in deinem Bett gelegen. Die Tür zur Stube war offen, weil ich mich alleine gefürchtet hab. Ihr habt wahrscheinlich geglaubt, dass ich schon schlafe. Aber ich hab nicht geschlafen und alles mitgehört, was ihr miteinander geredet habt.«

»Und was haben wir geredet? Ich kann mich nur daran erinnern, wie schrecklich er beinand war. Und dass ich ihm gesagt hab, er muss jetzt stark sein, weil du ihn brauchst. Und das hat er auch eingesehen.«

Ich blickte zu Boden. Zog kleine Kreise im Kies mit meinen Schuhspitzen. Die Worte wollten nicht so recht aus mir raus. Aber sie mussten!

»Er hat gesagt, dass … dass die Falschen ums Leben gekommen sind. Und … schrecklich geheult dabei. Ich hab Papa zuvor nie weinen gesehen. Und wenn ich gekonnt hätte, ich hätte in diesem Moment sofort getauscht. Mit Mama und Florian. Sie sollten leben statt mir …«

»Aber Kind!«, rief Oma entsetzt. »Was hast du dir denn da für einen Unsinn eingeredet.«

»Ich hab's mir nicht eingeredet, Oma. Ich hab's gehört. Ganz sicher!«

»Freilich. Jetzt, wo du das sagst, kann ich mich wieder erinnern. Dass die Falschen gestorben sind, so was in der Art hat er wirklich gesagt. Aber er hat doch nicht dich gemeint damit! Die vom anderen Auto. Die waren betrunken und sind mit ein paar Kratzern davongekommen. Das hat er ungerecht gefunden.«

Jetzt packte Oma meine Hand so fest, dass ich jeden Fingerknochen spüren konnte. Dass so eine fragile Hand noch so viel Kraft haben konnte!

»Und du hast diesen Unsinn all die Jahre geglaubt?«

»Er hat mir ja auch nie das Gegenteil bewiesen, Oma. Warum hat er sich nicht um mich gekümmert, als ich ihn am meisten gebraucht hätte? Er hat mich ignoriert. Ist mir ausgewichen. Glaubst du, das hab ich mir auch eingebildet? Ich hab mich um ihn bemüht. Aber ich bin abgeprallt. Egal, was ich angestellt hab. Erst war ich das brave, angepasste Kind. Er hat es nicht bemerkt. Ich hatte das Gefühl, immer mehr zu verschwinden. Dann war ich widerspenstig. Aber auch das hat ihn kalt gelassen. Er hätte mich anschreien können. Mir Hausarrest verpassen. Hat er aber nicht. Ich war ihm egal. Alles, was ich gemacht hab, war ihm egal.«

Ich klappte meine Hände vors Gesicht. Oma strich mir über den Rücken. Ließ mich eine Weile durchatmen. Als ich meine Hände vom Gesicht löste, nahm sie mich beim Ellbogen, damit ich ihr in die Augen sehen musste.

»Er *hat* dich geliebt, Kind«, sagte sie ernst. »Aber er konnte es nicht so zeigen. Da bin schon auch ich schuld. Wir haben damals unsere Kinder nicht so geherzt, wie man das heute macht. War ein Fehler. Aber auch Selbstschutz. Kleinkinder sind ganz oft gestorben. Je weniger Bindung du hast zu so einem Bauxerl, desto eher kannst du damit umgehen, hat mir meine Mutter eingebläut. Ich hab ihn schon geknutscht manchmal. Aber sicher nicht oft genug. Es war halt auch so wenig Zeit dafür.

Wir sind meistens den ganzen Tag im Feld draußen gewesen. Er hat entweder mitmüssen und ist stundenlang in seinem Korb gelegen. Oder später hab ich ihn bei einer Nachbarin gelassen. Das ist das eine. Und das andere ... Dass er dir ausgewichen ist, das stimmt ja leider auch. Es ist eine Schande, dass du es so mitbekommen hast. Du warst halt immer schon ein sensibles Kind. Aber das war nicht, weil er dich nicht lieb gehabt hat. Im Gegenteil. An ein Gespräch erinner ich mich deutlich. Weil ich so entsetzt war. Ich hab ihm vorgeworfen, dass er sich zu wenig um dich kümmert. Und da hat er gesagt, dass er deinen Anblick manchmal nicht erträgt. Weil du ihr so ähnlich schaust. Drauf hab ich nix zu sagen gewusst.«

Ich holte einmal tief Luft. »Ich war bedauerlicherweise kein Foto, das man verstecken hätte können? Das war's? Na super. Und das soll mir jetzt helfen?«

Oma hob die intakte Schulter. »Ob es dir hilft, weiß ich nicht. Aber es erklärt zumindest sein Verhalten. Verständnis ist doch die Voraussetzung für Vergebung, oder? Nur. Was ich wiederum nicht versteh. Warum hast du ihn nie darauf angeredet? Wie du älter warst. Ich glaub, ich hätte ihn zur Rede gestellt. Da hätte er Farbe bekennen müssen.«

»Dafür ist es ja leider jetzt zu spät«, murmelte ich.

Wir fuhren noch ein wenig spazieren, aber selbst die Sonne mit ihrer ganzen Strahlkraft konnte nichts gegen meine Traurigkeit tun. Zum Abschied umarmten wir uns.

»Wenn ich dich nicht gehabt hätte, Oma. Ich hab dich lieb.«

Sie schniefte. »Und du. Ich hoffe, du kommst endlich darüber hinweg, Kind. Du kannst es ja besser machen als er. Wir sind doch zum Lernen auf der Welt, oder?«

Ich war froh, dass Adam Nachtdienst hatte und ich allein meinen Gedanken nachhängen konnte. Oma hatte recht: Ich hätte Papa zur Rede stellen müssen. Die Fragen, die ich ihr heute gestellt hatte, hätte ich an ihn richten müssen. Wir hätten vielleicht ein entspannteres Verhältnis zueinander aufbauen können. Dieser Zug war abgefahren. Aber ich konnte und wollte Fehler wie diesen in Zukunft vermeiden. Da hatte sie auch den Nagel auf den Kopf getroffen. Spontan griff ich zum Handy und wählte Caros Nummer.

»Charlie. Das ist aber eine nette Überraschung«, sagte sie. Allein die Tatsache, dass mich jemand Charlie nannte, machte mich glücklich.

»Tut mir leid, dass ich mich nicht früher gemeldet hab. Ich war … ziemlich beschäftigt. Omas Haus barrierefrei machen und so weiter. Und … irgendwie hab ich noch keine Zeit gefunden, mir Gedanken über meine …«

»Du brauchst dich nicht entschuldigen«, unterbrach mich Caro. »Julika hat mir alles erzählt. Von der Buchpräsentation und dieser seltsamen Lovebox-Scheiße. Ist wohl irgendwie alles schiefgelaufen, was?«

»Kann man so sagen. Ich hätt auf dich hören sollen, Caro. Von allem Anfang an. Die ganze Avatar-Geschichte war kompletter Schwachsinn. Und erst die Liebesgedichte an eine Schachtel. Wer denkt sich so was aus?«

»Bist du … sehr unglücklich?«

»Ja schon. Aber vor allem sauer auf mich selber. Ich hab völlig unreflektiert gehandelt. Nur auf ein windiges Ziel hin. Ohne zu bedenken, was danach kommt. Oder dass ich mit meinem Tun Gefühle verletzen könnte. Das betrifft ja nicht nur Chris, sondern auch Dilo. Du hast mehrmals versucht, es mir zu sagen. Ich wollte es einfach nicht wahrhaben.«

»Na ja. Die Hauptschuld trifft aber schon deinen Zickzack selber. Die Idee war von ihm. Ohne die wär es gar nicht so weit gekommen. Du hättest keinen männlichen Avatar gebraucht, Charlie. Höchstens ein Pseudonym, von mir aus. Aber nicht einmal das. Dein Buch ist eine Sensation.«

»Ich weiß. Julika hat mir ein paar Sachen über WhatsApp geschickt. Amazon-Rankings. Und Bilder von Dilo in der Zeitung. Apropos. Weißt du was von ihm? Er meldet sich gar nicht bei mir. Ist er mir böse?«

»I wo. Er glaubt das Gegenteil. Dass du eingeschnappt bist, wegen Chris. Er fühlt sich für das Lovebox-Fiasko verantwortlich. Schreib ihm einfach. Er freut sich sicher.«

»Mach ich. Danke für die Info, Caro. Ist er denn schon auf Lesereise?«

»Das weißt du noch nicht? Nick begleitet ihn. Ich glaub, da ist was im Busch zwischen den zwei Niedlichen. Ich halte Nick jedenfalls die Daumen.«

Na, das war zur Abwechslung mal eine schöne Nachricht.

»Dann hat die ganze Affäre wenigstens irgendwas Gutes bewirkt«, sagte ich.

»Geh bitte! Da gibt's schon noch mehr Gutes. Dein Buch ist raus und wird ganz viel gekauft. Das ist doch auch was, oder? Du bist die Autorin, egal was auf dem Buchdeckel draufsteht.«

»Weißt du, dass mir das Buch in der Zwischenzeit relativ egal geworden ist? Es ist schon komisch. Die ganze Zeit über, in der Vorbereitungsphase mit Dilo, da hab ich damit gekämpft, dass ich es hergegeben hab. Jetzt, wo es draußen ist, ist die Eifersucht komplett weg. Ich freu mich schon über den Erfolg, klar, aber ich bin nicht euphorisch oder so.«

»Das ist wegen ihm, oder? Weil du ihn verloren hast. Das überschattet alles, stimmt's?«

»Ja, vielleicht«, seufzte ich. »Du. Was ganz anderes ...«

Ich wollte nicht über Chris reden, das tat einfach noch zu weh.

»Ja, was?«

»Wie geht es deinem Vater?«

»Heikles Thema, Charlie. Erstens geht es ihm schlecht. Und mir auch. Ich war bei ihm, Mama hat mir keine Ruhe gelassen. Aber wir haben uns nur angeschwiegen.«

»Ich weiß ja nicht, was genau zwischen euch steht. Nur der Kapitalismus wird es ja nicht sein.«

»Doch. Irgendwie schon. Er war ... ist ein Patriarch. Und ich hab mich als Mädchen seinen Regeln widersetzt. Das geht in dem System nicht. Es sind halt pausenlos die Fetzen geflogen, bis es zum Bruch gekommen ist. Ich erzähl's dir ein anderes Mal. Im Moment muss ich noch ganz andere Sachen verdauen.«

»Vielleicht lohnt sich eine Aussprache ja doch.«

Ich fasste ihr kurz zusammen, was Oma mir heute offenbart hatte. »Da waren so viele Missverständnisse, die ausgeräumt gehört hätten. Das hätte mir in meiner Trauerarbeit später wesentlich geholfen. Vielleicht hilft es dir ja auch, wenn du reinen Tisch machst? Überleg es dir zumindest.«

»Werde ich, Charlie. Danke für dein Mitgefühl. Und melde dich, wenn du wieder mal in der Stadt bist.«

»Mach ich. Ihr geht mir eh schon so ab alle zusammen.«

Ich legte mein Handy mit einem tiefen Seufzer zur Seite. Obwohl es auch ein trauriges Gespräch gewesen war, gab es mir wieder Hoffnung. Und das Gefühl, dass die Tür zu meinem alten Leben vielleicht doch noch nicht komplett zu war.

Fit für die Welt – aber welche?

»Unser letztes Wochenende in der sturmfreien Bude, Karli-Maus«, sagte Adam am Samstagmorgen. Vor mir stand eine imposante Schüssel mit frischem Obst, Joghurt und Müsli. Ich beäugte sie skeptisch. »Muss ich das alles?«

»Von den Kalorien her sicher weniger als eine Marmeladesemmel. Da ist kein raffinierter Zucker drin. Dafür hat das Müsli eine deutlich höhere Nährstoffdichte.«

»Kann schon sein, Adam. Aber auch deutlich mehr Volumen. Das passt doch nicht alles auf einmal in meinen Magen.«

»Das sind wertvolle Vitamine und Ballaststoffe, Karli. Das schiebt sich schon zusammen im Bauch. Und das meiste ist ja eh Wasser. Das scheidest du dann aus.«

Na, das waren ja blendende Aussichten. Ich würde den halben Vormittag am Klo verbringen. Widerwillig grub ich meinen Löffel in den Brei. Dummerweise hatte ich ja das Heft fürs Wochenendessen komplett aus der Hand gegeben. Adam bestand darauf, sich darum zu kümmern, weil ich die Tage davor gekocht hatte. Im Sinne der Gleichberechtigung konnte ich da gar nicht Nein sagen.

Nach dem halben Pott Müsli musste ich w.o. geben, obwohl das Zeug gar nicht so übel schmeckte. Ich schob ihm den Rest hin. »Tut mir leid, Adam. Nichts geht mehr.«

Er schnappte sich die Schüssel und löffelte sie leer. »Wär doch schade um die vielen Vitamine«, sagte er. »Jetzt darfst du zwei Stunden chillen. Danach gibt's Programm.«

»Darf ich wissen, was du vorhast?«

»Nein!«, sagte er. »Aber es wird dir guttun. Glaub mir das.«

Ich holte mir ein Buch aus der umfangreichen Wohnzimmerbibliothek meiner Eltern und kuschelte mich aufs Sofa. Von dem Depot hatte ich schon mehrmals Gebrauch gemacht, seit ich hier war. Es waren viele Klassiker darunter, die ich bereits als junges Mädchen verschlungen hatte. Mich Jahre später, mit Erwachsenenaugen, wieder damit auseinanderzusetzen, machte mir großen Spaß. Mein heutiger Titel war »Wer die Nachtigall stört« von Harper Lee. Das Buch hatte mich schon als Studentin beeindruckt, nicht zuletzt, weil es von einer Frau geschrieben war. Ich kippte auch sofort wieder in die Geschichte hinein. Identifizierte mich mit der Erzählfigur, der kleinen Scout. Verliebte mich fix in ihren Vater Atticus. Gut, vielleicht auch, weil ich Gregory Peck, der ihn im Film verkörperte, schon immer ziemlich attraktiv gefunden hatte, aber hauptsächlich wegen seines edlen Charakters. Und wie er es schaffte, als alleinerziehender Vater seinen Kindern die Welt zu erklären, ohne ihnen den Mut zu nehmen. Denn die Welt um Scout herum, die von der großen amerikanischen Depression der dreißiger Jahre geprägt war, war alles andere als rosig. Ärgster Rassismus. Bittere Armut. Vorurteile und Gewalt.

Man kann einen anderen nur richtig verstehen, wenn man in seine Haut steigt und darin herumläuft, sagt er zu seiner Tochter. Was für ein trefflicher Vergleich. Kindgerecht formuliert und doch so weise. Wie viel Leid würde der Welt erspart bleiben, wenn Menschen mehr Empathie füreinander zeigten! Ich war mächtig sauer, als Adam mich nach zwei Stunden zwang, das Buch zur Seite zu legen.

»Genug für den Geist. Jetzt geht's ans körperliche Wohl«, sagte er, was mich nicht gerade optimistisch stimmte.

Er drückte mir ein Paket in die Hand, das er in Zeitungspapier gewickelt hatte.

»Was ist das?«

»Ein kleines Geschenk«, sagte er. Seine Augen glänzten. »Mach auf!«

Es waren schwarze Leggins mit pinken Seitenstreifen, passend dazu ein grellbuntes Funktionsshirt, Sportsocken in meiner Größe und ein Sport-BH. Mir schwante Übles.

»Wir fahren ins Fitnesscenter«, sagte er freudestrahlend, als ob er mir ein Schloss gebaut hätte – so wie im Märchen – und mich nun dahin bringen wollte.

»Nicht ins Fitnesscenter, bitte!«, bettelte ich.

»Einmal schnuppern, komm. Ist gratis, wenn du mit mir reingehst. Ich zeig dir alles, was du wissen musst, Karli-Maus. Du wirst sehen, es ist nicht schwer, und nach ein paar Trainingseinheiten bist du süchtig danach. Dein Körper wird es dir danken.«

Ich stopfte also hoch motiviert Toilettesachen, Handtücher, meine todschicke neue Funktionswäsche und eine Wasserflasche in meinen Rucksack und folgte Adam zum Auto.

Der versprochene Fitnesstempel glich eher einer charmebefreiten Mehrzweckhalle, vollgestopft mit Foltergeräten. Passend dazu dröhnte im Hintergrund Technomusik aus den Lautsprechern. Ansonsten roch es nicht viel anders als in einem Schulturnsaal. Eine Trainerin zeigte mir die Umkleidekabinen und Duschen für Frauen, da durfte Adam nicht rein.

Ich schlüpfte in meine Sportwäsche und starrte auf mein Spiegelbild. Wer sollte das denn sein? Die Frau sah mir ähnlich. Aber das war ich nicht! Ich schaute aus wie Fitness-Barbie. Obwohl, da hätte ich wahrscheinlich langes Haar gebraucht und keinen struwweligen Pixie Cut. Zugegeben. In Sachen Barbie war ich nicht ganz up to date. Vielleicht gab es ja auch schon Kurzhaarpuppen.

Seufzend begab ich mich in meiner Verkleidung in den Trainingsraum, wo Adam schon auf mich wartete. Er erkannte mich sofort. Na gut, er hatte ja auch das Kostüm besorgt.

Als Erstes musste ich auf einen Heimtrainer. Ergometer hieß das hier. Adam drückte auf dem Bildschirm herum. »Fünfzehn Minuten aufwärmen«, sagte er und setzte sich seinerseits auf ein Gerät. Ich war schon nach wenigen Minuten völlig außer Atem, und mein Puls näherte sich rapide der 130er-Marke, die Adam mir als obere Grenze empfohlen hatte. Hektisch suchte ich auf dem Display nach Abhilfe. Minus, minus, minus, wo immer es möglich war. Tatsächlich trat es sich bald lockerer. Uff! Großglocknerwertung gegen Neusiedler-See-Rundfahrt getauscht. Nach ein paar weiteren, wesentlich relaxteren Minuten hatte ich die Aufwärmphase überstanden. Dennoch schwitzte ich schon ganz tüchtig. Meine Funktionswäsche gab befremdliche Gerüche ab.

Am Rad neben mir hatte sich eine etwas drallere Frau breitgemacht. Sie hatte locker zwanzig Kilo mehr als ich. Unauffällig spähte ich auf ihr Display. Na, so was! Die radelte mit wesentlich höheren Einstellungen als ich, als ging's bergab! Schande über dich, Charlie. Vielleicht hatte Adam ja recht, und ich sollte wirklich ein wenig mehr Bewegung machen? Das nächste Mal aber an der frischen Luft, bitte. Und in einem Baumwollshirt statt dieses Plastikteils, das zwar meinen Oberkörper kühlte, aber roch wie sauer gewordene Milch.

»So. Erst der Bauch. Das ist das Unangenehmste«, sagte Adam und führte mich zu einem schwarz gepolsterten Bänkchen. Es sah eigentlich recht gemütlich aus. Ich musste Sit-ups machen.

»So viele du halt zusammenbringst. Wenn du nimmer kannst, holst du mich«, sagte Adam und lief in die hinterste Ecke des Raums davon, wo er mit Gewichten hantieren wollte.

Ich wusste, dass ich sehr lange können würde. Offiziell.

Tatsächlich war ich nach ein paar Wiederholungen schon ziemlich groggy. Da gönnte ich mir doch glatt ein Päuschen, um mich ein wenig umzuschauen.

Neben mir turnte Nscho-tschi in Pink, wiewohl ohne Feder. Dreiviertelleggins, nabelfreies Top. Tiefschwarze Zöpfe mit Stirnband, selbstredend auch pink. Ganzjähriges Höhensonnenabo. Waschbrettbauch. Bei ihr schauten die Sit-ups um einiges leichter aus als bei mir. Karl May würde wahrscheinlich »Frau Indianer kennt keinen Schmerz« vermuten. Heute müsste es natürlich Frau indigene Amerikanerin heißen. Dann wechselte sie die Übung und streckte mir rhythmisch ihr pinkes Hinterteil entgegen. Aus dieser Perspektive wirkte sie eher wie eine Schwester Kardashian als wie die von Winnetou. Die hatte garantiert keinen String. Und fuhr auch keiner fremden Person ihr Heck ins Gesicht.

Zeit, mich nach Adam umzusehen, damit er mir einen anderen Körperteil optimieren konnte. Die Oberarme, zum Beispiel. Mit meinem Hintern war ich eigentlich im Reinen. Der konnte gerne so bleiben, wie er war. Auch wenn ich nicht mit Jennifer Lopez konkurrieren konnte, zum Sitzen reichte es.

Er stand mit ein paar Burschen vor einem riesigen Spiegel und hob Gewichte. Sein Bizeps pumpte sich entsprechend auf und ab. Im Vergleich zu den anderen Boys erschien er mir richtiggehend niedlich. Auch was die Wahl seiner Kleidung anging. Schwarze Adidas-Hose und graues T-Shirt mit Rundhalsausschnitt. Eher unaufgeregt. Der knackige Junge neben ihm war von etwas ländlicherem Geschmack. Seine festen Oberschenkel steckten in einer Stretch-Kniehose, die wie eine Lederhose aussehen sollte. Mit Latz vorne. Auch sonst erinnerte er mich frappant an Andreas Gabalier. Weißes Tanktop, damit man seine muskulösen Oberarme sehen konnte. Samt Tattoos. Hulapalu!

Der neben ihm war eine haarigere Version. Also, was Bart und sonstige Körperbehaarung betraf. Der Kopf war kahl. Dafür konnte man in seinen Ohren Stecker aus Holz in Euro-Größe bewundern. Er warf sich plötzlich auf das Gestell vor der Spiegelwand, auf dem die Hanteln lagen, machte ein paar Liegestütze, wobei er sich zu jeder Zeit im Blick hatte. Er himmelte sein Spiegelbild an. Ehrlich!

Hinter uns plötzlich lautes Stöhnen. Na hallo? Okay. Ein kurzer Blick beruhigte mich. Es war nicht das, wonach es sich zunächst angehört hatte. Es kam von einem einzelnen Athleten, der liegend und über Kopf unglaublich schwere Gewichte stemmte. Kein Wunder, dass der ächzte.

»Was würdest du gerne trainieren?«, fragte Adam. Er hatte mich schon eine Weile amüsiert betrachtet.

»Nichts mit solchen Gewichten, danke schön!« Ich lachte. »Aber wie wär's mit was Leichtem gegen Fledermausärmel?«

Er grinste. »Hätte ich auch vorgeschlagen.«

Er zeigte mir ein paar Übungen mit Seilzügen, die nicht nur meine Oberarme, sondern auch gleich meine Beine mittrainieren würden. Ich mühte mich redlich. Straffes Gewebe sei ja nicht nur hübscher anzusehen, es schützte meinen Bewegungsapparat und die Organe und leitete Nervenimpulse weiter. Und ich würde mich damit geschmeidiger bewegen. Was Adam alles wusste!

Zum Abschluss musste ich noch einmal eine Viertelstunde auf ein Kardiogerät meiner Wahl. Zum Abtrainieren. Ich wählte eines, auf dem man in liegender Position radeln konnte. Das sah recht bequem aus. Ich stellte alles auf Minimum.

»Faulpelz«, schimpfte Adam, ließ mich aber in Ruhe. Kurz vor Ende stand er wieder neben mir. Er hatte einen riesigen Trinkbecher in der Hand.

»Eiweißshake. Für den Muskelaufbau«, sagte er. »Mit Schokogeschmack.« Ich zog einmal am Röhrchen und reichte ihm den Kelch zurück. »Der geht an mir vorüber, Adam. Das Zeug bring ich nicht runter.« Ich deutete auf die Wasserflasche in meiner Hand. »Das da tut's auch.«

Er probierte es zu meinem Erstaunen gar nicht erst mit Überredungskünsten. Da hatte ich wohl eindeutig geklungen. Den Tonfall musste ich mir merken.

»Dann werd ich mal duschen«, sagte er und saugte hingebungsvoll Schoko-Eiweiß in sich hinein.

Ich kletterte erleichtert von meinem Gerät, trank meine Wasserflasche leer und ging ebenfalls zur Umkleidekabine.

Zu Hause bekam ich – als Ersatz für den verschmähten Eiweißshake – eine Eierspeise mit grünem Salat und zwei Scheiben Knäckebrot. Nachmittags hatte ich frei. Am Abend wollte Adam mich ausführen. Um achtzehn Uhr sollte ich mich bereithalten.

Ich knotzte mich aufs Sofa und nahm mein Buch zur Hand. Nach wenigen Seiten fielen mir die Augen zu. Mein Körper benötigte wohl all meine Energie, um Muskeln aufzubauen.

Die Zeit, die mir noch blieb, als ich wieder aufwachte, verbrachte ich in der freien Natur. Ging ein wenig spazieren. Trank Kaffee vor dem Haus. Jetzt wieder mit Buch, aber ohne dass mich der Schlaf überfiel. Keine Ahnung, wo Adam sich herumtrieb. Punkt sechs war er gestellt.

Er hatte sich schick zurechtgemacht. Dunkle Jeans und ein blaues Seidenhemd, das seine Augen eindrucksvoll zur Geltung brachte. Seine langen Haare hatte er hinten mit einem dezenten Gummi festgebunden. Ich kam mir underdressed vor mit meinen hellen Jeans, einem schlichten T-Shirt und einer Jeansjacke.

»Ich hab leider nichts Edleres hier«, entschuldigte ich mich. Was nicht ganz der Wahrheit entsprach. Mein Cocktailkleidchen hing unter Chris' Jackett weit hinten in Omas Schrank. Aber das konnte ich unmöglich anziehen.

»Du siehst umwerfend aus«, sagte Adam und führte mich zum Auto. Nach einer halbstündigen Fahrt landeten wir vor einem modernen Bau mit grauer Fassade und einer großen Glasfront. Ein Steakhaus. Daneben ein ähnliches Bauwerk, auf dem Harley-Davidson stand.

»Die haben die besten Steaks im ganzen Land hier«, schwärmte Adam. »Und ein phantastisches Craftbeer. Nach unserem heutigen Work-out das ideale Essen.«

Die Speisekarte führte praktisch nur Fleischgerichte an. Steaks, Burger, Ribs. Zu stolzen Preisen. Das Einzige, wofür ich mich halbwegs erwärmen konnte, waren frische Tagliatelle mit Hühnerfilet, Orange, Paradeisern und Pinienkernen.

»Du kommst mir billig, Karli-Maus. Willst wirklich kein Steak?«

Ich verneinte. Zu einem Craftbeer ließ ich mich überreden.

»Und, was hast du so getrieben heute Nachmittag?«, fragte ich, während wir aufs Essen warteten. Hier in dieser kühlen, ungewohnten Umgebung fühlte ich mich bemüßigt, Konversation zu treiben.

»Ich war kurz zu Hause, mir ein paar Sachen holen. Und hab mit meiner Tochter Kathi Kaffee getrunken. Roswitha war nicht da. Sie hat schon wieder einen Neuen.«

»Oje. Schlechtes Thema«, sagte ich. Adam zuckte mit den Achseln. »War ja zu erwarten. Und sollte mir auch egal sein.«

Ich drückte seine Hand über dem Tisch. »Möchtest du darüber reden?«

Er schüttelte den Kopf. »Vielleicht ein anderes Mal. Nicht jetzt. Das ist unser Abend.«

Ich ließ seine Hand wieder los, weil das Essen serviert wurde.

»Einmal den Kavalierspitz für den Herrn«, sagte der Kellner und stellte Adam sein tranchiertes Steak hin. Mit der Fleischration wäre ich eine Woche lang ausgekommen. Dann wandte der Kellner sich an mich. »Orange war leider aus. Der Chef hat stattdessen Zitrone genommen. Ich hoffe, das passt so. Er sagt, Hühnchen und Zitronen harmonieren mindestens genauso gut.«

Hühnchen mit Zitrone? Mein Magen verkrampfte sich. Der Ober schaute mich fragend an. »Soll ich was anderes bringen? Sorry. Hätte wohl vorher fragen müssen.«

»Nein, nein. Passt schon«, sagte ich. »Stellen Sie es ruhig her.«

Trotzdem war mir der Appetit vergangen. Ich schob die Zitronenscheiben an den Tellerrand. Stocherte in den Nudeln und schob mühsam ein paar Bissen in mich hinein. Ich nahm nicht einmal den Geschmack wahr.

Hühnchen mit Zitrone. Der Gedanke daran hatte mich in eine andere Welt katapultiert. Mir gegenüber saß nicht mehr Adam, sondern Chris. Der mir heimlich Blicke zuwarf. Dem die Röte aufstieg, weil ich sein Essen lobte. Der mich danach händchenhaltend vor meiner Wohnung ablieferte. Mich nicht mehr loslassen und wieder mit nach Hause nehmen wollte. An seinen Tisch setzen! Ich konnte seine warmen Hände spüren. Mir war einfach nur zum Heulen.

Mit großer Anstrengung gelang es mir, mich wieder auf die Gegenwart zu konzentrieren. Adam bearbeitete mit Hingebung sein Steak. Gut so. So konnte ich etwas Zeit gewinnen und die aufsteigenden Tränen bekämpfen. Bloß essen konnte ich nichts. Unmöglich.

»Was ist mit dir? Schmeckt es nicht? Hättest es doch zurückschicken sollen.« Adam hatte kurz sein Besteck zur Seite gelegt, um einen Schluck Bier zu nehmen.

»Das ist es nicht. Mir ist plötzlich so … komisch«, sagte ich. »Vielleicht hab ich das Bier zu schnell getrunken. Oder mir waren die Eier zu Mittag zu viel. Ich weiß auch nicht.«

Ich warf meine Serviette auf den Teller, entschuldigte mich und eilte aufs Klo, damit Adam in Ruhe fertig essen konnte und nicht meine Leichenbittermiene ertragen musste.

Der Kellner hatte meinen Teller bereits abgeräumt, als ich an den Tisch zurückkam. Adam schaute besorgt drein. »Alles okay mit dir?«

»Alles in Ordnung. Aber ich würde gerne heimfahren, wenn es dir nichts ausmacht.«

Während der Heimfahrt blickte er ein paarmal forschend zu mir herüber. »Musst es rechtzeitig sagen, wenn dir schlecht wird.«

»Tut mir leid, dass ich dir den Abend verdorben hab«, sagte ich, als wir zu Hause angekommen waren. »Ich muss ins Bett.« Ich schleppte mich ins Wohnzimmer und machte die Tür hinter mir zu. Ich war mir sicher, dass er mir betroffen nachschaute. So hatte er sich »unseren Abend« garantiert nicht vorgestellt. Ich auch nicht. Aber ich konnte mich nicht mehr zu ihm umdrehen. Wie hätte ich ihm meine Tränen erklären sollen?

Wiederbelebungsversuche

Am nächsten Morgen klopfte er sachte an die Tür. »Darf ich reinkommen?«

»Wenn du keine Fotos von mir machst«, sagte ich. Ich fühlte mich gerade wie eine Hundertjährige, die allerdings nicht aus dem Fenster steigen konnte.

Er grinste. »Na, deinen Humor hast du anscheinend wiedergefunden. Ich lass mal Luft rein, wenn es dir recht ist.«

Er öffnete zuerst die Vorhänge, dann die Fenster. Die Sonne hatte schon ordentlich Kraft. Im Gegensatz zu mir. Licht und warme Luft fluteten im Nu den Raum. Tankten meine Zellen mit frischem Sauerstoff auf. Das machte mich zwar munter, brachte aber auch altes Feuer in meinen Muskeln zum Lodern. Sie fingen fürchterlich zu brennen an, sobald ich sie bewegte.

»Wie geht's deinem Magen? Wieder alles gut?«

»Ich denke schon«, sagte ich. »Aber ich bin querschnittgelähmt. Ich kann mich nicht rühren.«

Mühsam versuchte ich, in die Vertikale zu kommen. Der Rücken schmerzte, die Oberarme. Der Brustbereich. Die Beine konnte ich gleich ganz vergessen.

Adam lachte herzlich auf. »Du hast einen Muskelkater, Karli-Maus. Unter die warme Dusche mit dir!«

Ich quälte mich ins Badezimmer. Allein das Treppensteigen bereitete mir Höllenqualen. Ich ließ das warme Wasser lange laufen. Greta Thunberg würde es schon nicht erfahren. Aber es entspannte. Adam hatte recht gehabt, danach war es besser. Die Treppe hinunter ging es beinahe schmerzfrei.

Er wartete schon mit dem Kaffee auf mich.

»Verträgst du schon ein Frühstück? Einen Smoothie vielleicht?« Er hatte ein widerlich grünes Getränk vor sich stehen.

»Kaffee und eine Marmeladesemmel. Ich bin ein Gewohnheitstier.«

»Unbelehrbar«, motzte er, stellte mir aber das Gewünschte vor die Nase.

Nach dem Frühstück kam meine Energie zurück, auch ohne geschütteltes und gerührtes Gemüse. Das war sicher mein hausgemachter Fruchtaufstrich!

»Jetzt schaust du schon besser aus«, stellte Adam erfreut fest. Er zögerte. »Ich hätte für heute Nachmittag einen Heurigenbesuch geplant. Wollt mich mit Freunden treffen. Aber ich kann das jederzeit absagen. Ich dachte nur, weil es ja unser letzter gemeinsamer Tag ...«

Ich überlegte kurz, ob ich ihn allein hinschicken sollte.

»Drinnen oder draußen?«

»Die haben einen wunderschönen Garten. Der ist auch teilweise überdacht. Und der Wetterbericht ist super.«

»Na dann! Ich gehör sowieso endlich wieder unter die Leute«, sagte ich entschlossen. Adam strahlte mit der Sonne um die Wette.

Er hatte nicht zu viel versprochen. Der Innenhof des Heurigenbetriebs war bezaubernd. Die Blumenrabatten in ihrer ganzen Farbpracht preisverdächtig. Oleanderstauden in riesigen Kübeln vor einer Mauer, an der sich Wein hochrankte.

»In einem Monat siehst du gar keine Mauer mehr«, sagte Adam.

Seine Freunde waren schon da. Es waren zwei Pärchen in unserem Alter mit insgesamt drei Kleinkindern, einem Mädchen und zwei Buben, alle im Vorschulalter. Adam stellte mich als alte Freundin vor. Ich schüttelte allen die Hand. Sie musterten mich dezent, aber das tat ich ja schließlich auch. Ich fand, sie schauten allesamt recht nett aus. Leger gekleidet, weder übertrieben aufgemotzt noch geschmacksbefreit angedirndelt. Die Buben hängten sich sofort an Adams Beine. Die Kleine blieb sitzen. Sie malte ein Bild. Ihre Zunge bewegte sich wie ein Pendel hin und her. Sie war völlig in ihrem Tun versunken.

»Darf ich mich zu dir setzen«, fragte ich. Sie nickte, ohne von ihrem Blatt aufzuschauen. Ich interessierte mich trotzdem sehr dafür. Sie zeichnete Phantasietiere. Ich durfte den Tieren Namen geben. Von Schlangenhund bis Zebrakatze. Sie kicherte. Dann drehten wir den Spieß um. Sie schaffte mir an, welche Tiere ich zeichnen sollte. Ich versagte kläglich. Das Kind, es hieß Anna, wie ich in der Zwischenzeit erfahren hatte, durfte mich zu Recht auslachen.

»Was machst du eigentlich beruflich?«, fragte mich Sandra, ihre Mutter.

»Ich bin … Autorin.« Ich glaube, das war das erste Mal, dass ich das zu einer fremden Person sagte. Offiziell war ich immer Lehrerin auf Bildungskarenz.

»Wow! Was schreibst du denn so?«

»Alles Mögliche«, sagte ich. »Zuletzt hab ich einen Roman geschrieben.«

»Kann man den auch wo kaufen?« Sandra war schwer beeindruckt.

»Oh ja«, sagte ich. »Der verkauft sich sogar sehr gut, was ich so höre. Liegt in den meisten Buchhandlungen auf. Aber ich kann dir leider den Titel nicht verraten.«

»Versteh ich jetzt nicht. Warum?«

»Ich bin Ghostwriterin. Ich schreib für andere Leute. Und bin zu absoluter Verschwiegenheit verpflichtet.«

»Geh. So was gibt's wirklich? Ich hab geglaubt, nur die Amis sind so deppert. Ist das nicht hirnrissig? Ich mein. Wenn du so gut schreiben kannst. Warum veröffentlichst du nicht selber?«

Ich lachte. »Gute Frage. Ich hab davor eher Sachbücher geschrieben. Aber du hast im Prinzip recht. Jetzt, wo mein Roman sich so gut verkauft, hab ich tatsächlich einen Verlagsvertrag in Aussicht. Mein nächster Roman wird unter meinem richtigen Namen erscheinen.«

»Toll. Und worum wird's gehen?«

»Hm. Zunächst um die Frage, ob wir Frauen Männer brauchen, um glücklich zu sein. Oder ob wir ohne besser dran wären.«

Sandra lachte. Auch ihre Freundin Monika grinste.

»Und? Braucht ihr uns?«, fragte einer der Männer. Es war nicht der, der Thomas hieß.

»Da bin ich noch am Recherchieren«, sagte ich nach einer kurzen Nachdenkpause. »Ich überprüfe die Auswirkungen althergebrachter Familienkonstellationen auf Frauenschicksale. Und dann schauen wir mal.«

»Was ist falsch an Familie?«, fragte der Mann. Richtig. Er hieß Peter. Oder doch Paul? Er war jedenfalls Monikas Anhang.

Was alles ist richtig an Familie?, hätte ich zurückfragen können. Aber ich wollte hier beim gemütlichen Familienheurigen keine Grundsatzdiskussion vom Zaun brechen. Womöglich die Stimmung versauen.

»Es ist nichts falsch an intakter Familie. Aber es ist nicht die einzige Alternative für ein glückliches Frauenleben. Es gibt schließlich eine breite Palette von Lebensentwürfen. Und ich finde, jede Möglichkeit sollte ihre gerechte Chance kriegen. Solange …«

»Solange was?«

»Solange niemand unter die Räder kommt. Jeder selbstbestimmt bleibt. Und die Liebe passt.«

»Das klingt schön«, sagte Sandra. »Darauf trinken wir.«

Erleichtert schnappte ich mein Glas. Da war ich prima diplomatisch rausgekommen. Wir ließen unsere Gläser klingen und prosteten uns zu. Ich schaute mich nach Adam um. Er tollte gerade mit den beiden Buben durch den Garten. Ob er die Diskussion mitgehört hatte? Vielleicht spürte er meinen Blick, er richtete sich auf und strahlte mich an. Auf seinen Schultern thronte der kleinere der beiden Buben.

Ich schluckte. Wie das Foto von meinem Vater und mir.

Fragen zuckten blitzgewitterartig durch mein Hirn. Das Kind auf seinen Schultern. Es hätte … Unsere Blicke blieben viel zu lange ineinander hängen. Endlich schnallte ich, was ich damit anrichten konnte, und vertiefte mich in die Speisekarte vor mir. Bestellte mir ein Liptauerbrot bei der Kellnerin, obwohl ich nicht hungrig war. Aber es war immerhin kein Fleischbrocken, und ich schaffte fast das ganze Brot.

Es dauerte nicht lange, bis ich Adam neben mir spürte. Er war komplett verschwitzt vom Herumtollen und musste seine Hemdsärmel aufkrempeln. Er bestellte sich eine riesige Heurigenplatte. Verdrückte sie, als hätte er tagelang nichts zu futtern bekommen. Zu guter Letzt aß er auch noch die Reste von meinem Liptauerbrot.

Weil Adam sich nicht mehr um die Buben kümmerte, sondern um seine Begleitung, wurden sie langsam lästig. Der Größere wollte sein Schinkenbrot nicht mit dem Kleinen teilen, ließ dann aber die Hälfte stehen. Da gab es den ersten Zoff. Später musste der Kleine dringend aufs Klo, und die Eltern stritten sich, wer mitgehen sollte. Das Problem war, dass der Knirps nur aufs Damenklo wollte, und da wollte der Papa wiederum nicht hin. Also stand Monika letztlich zornig auf und trug den plärrenden Sohnemann aufs Klo. Nicht ohne ihrem Angetrauten einen bösen Blick zuzuwerfen.

Als sie ein paar Minuten später zurück an den Tisch kam, hatte der Große gerade ein volles Weinglas zu Fall gebracht. Es ging dabei nicht nur zu Bruch, der Wein ergoss sich zu allem Überdruss auch noch über das Kleidchen der kleinen Anna. Die fing natürlich auch zu weinen an.

Monika schimpfte mit Peter Paul. »Kannst du nicht aufpassen? Einmal geh ich kurz raus, und schon herrscht hier Chaos.«

Der Hubby reagierte beleidigt und rief die Kellnerin. »Wir zahlen«, sagte er.

Thomas hatte Anna seine Jacke umgelegt. Sie hatte sich

schnell wieder beruhigt, aber er machte sich Sorgen, dass das Kind krank werden könnte, und wollte ebenso heim. Sandra gab klein bei. Ich glaube, sie wäre gerne noch etwas geblieben.

»Das ist halt auch Familie«, sagte sie. Ich versprach, ihr zu schreiben, sobald das Buch fertig war. Was allerdings noch ein wenig dauern konnte …

»Ich hab zu Hause auch noch was eingekühlt«, flüsterte Adam mir ins Ohr und verhinderte damit, dass sich meine Gedanken in eine unerfreuliche Richtung bewegten.

Apropos bewegen. Ich wollte meine Beine elegant über die Heurigenbank heben und scheiterte kläglich. Also bei der Eleganz. Hoch bekam ich sie schon, bloß bar jeglicher Anmut. Ich hatte komplett auf meinen Muskelkater vergessen. Der heilende Effekt der morgendlichen Warmdusche war längst verflogen.

»Wie eine Gazelle, Karli-Maus«, ätzte Adam.

»Du hast behauptet, dass meine Bewegungen geschmeidiger würden«, sagte ich lachend. Aber auch das Lachen tat weh. Nur wegen ein paar Sit-ups?

»Er hat mich gestern ins Fitnesscenter genötigt«, erklärte ich den anderen, damit sie nicht glaubten, ich wäre Spastikerin oder so.

»Das klingt ja, als ob ich dich vergewaltigt hätte. Es war einvernehmlich«, entrüstete sich Adam.

»Jaja, der Adam und die Fitness. Daran wirst du dich gewöhnen müssen«, sagte Peter Paul. Er war fix der Ansicht, dass wir zwei ein Paar wären, das konnte man sehen. Für ihn gab es gar keine andere Möglichkeit. Was für eine schlichte, patriarchalische Ansicht!

Zu Hause warf ich mich kraftlos aufs Sofa. Adam stellte mir ein Glas Wein hin und lud Netflix hoch. »Wie wär's mit ›Burn after Reading‹?«, fragte er. »Das ist was mit Büchern und spielt unter anderem in einem Fitnesscenter. Also was für beide von uns.«

»Solange ich mich nicht bewegen muss.«

Ich mühte mich nach vorne zum Couchtisch, um mein Glas zu erreichen.

»Sehr guter Wein«, lobte ich. Ließ mich vorsichtig wieder ins Sofa zurückfallen, was nicht ohne Ächzen vonstattenging.

»Wo tut's denn weh?«, fragte Adam und stellte seinerseits sein Glas ab.

»Überall«, keuchte ich. »Ganz besonders hier oben. Schulterpartie.«

»Warte einen Moment«, sagte er und rannte davon. Kurz darauf kam er mit einem kleinen Fläschchen zurück.

»Massageöl gegen verspannte Muskeln. Mit Magnesium. Auf den Bauch mit dir und oben frei machen.«

Ich legte mich hin, zog mein T-Shirt über den Kopf. Mit einem Kniff hatte er meinen BH geöffnet. Oh-oh! Das war Routine!

Ich wusste, dass seine Hände geschickt waren. Aber es war offensichtlich, dass er nicht zum ersten Mal massierte. Nach wenigen Minuten schnurrte ich wie eine Katze. Das Öl duftete nach Urlaub. Sonne und Meer. Keine Ahnung, welche Essenzen ihm zugrunde lagen. Das Aroma betörte meine Sinne. Meine Muskeln entspannten sich, aber nicht nur die. Die paar negativen Gedanken, die noch zuvor meinen Kopf kontaminiert hatten, lösten sich auf und flogen davon. Ich war so tiefenentspannt, dass ich erst nach und nach bemerkte, wie Adam plötzlich mehr massierte als nur meinen Rücken. Von links und rechts glitten seine Hände immer mehr zu meiner Vorderseite. Erst unauffällig über den Bauch. Dann höher. Mein Körper schnurrte noch immer wohlig. Aber der Kopf! Als meine Brüste auf Adams Streicheln reagierten, meldete sich der lästige Wachtmeister zu Wort. Charlie Schwarz, weißt du, was du da tust?

Halt die Klappe, sagte ich zu ihm, sei nicht so kopflastig und lass unsere Neuronen weiter werken.

Adam machte sich in der Zwischenzeit wieder etwas tiefer

unten zu schaffen. Mein Jeansknopf war plötzlich offen. Mit einer geschickten Handbewegung wendete er mich, ohne dass sich mein Muskelkater oder sonst etwas dagegen aufbäumte. Streifte mir gekonnt mit einer Hand die Hose runter, während die andere ihre Feinmassage fortsetzte. Mir fiel plötzlich auf, dass sein Hemd vorne offen war. Wer hatte ihm das denn aufgeknöpft? Doch nicht etwa ich? Jetzt war wohl seine Hose dran. Ich fummelte – weit weniger geübt als er – an seinem Jeansknopf herum. Er lachte. Unterstützte mein Bemühen aber gerne. Plötzlich knallte sein Sixpack mit voller Wucht auf meinen Bauch. Seine Lippen pressten sich auf meine. Das machte mich kurzfristig atemlos. Bald darauf forderte seine Zunge Einlass. Mein Körper begann sich an frühere Zeiten zu erinnern. Mein Kopf auch. Er hatte noch nicht völlig aufgegeben.

»Adam«, stöhnte ich. »Warte mal … Hast du ein Kondom zur Hand? Ich hab die Pille in Wien vergessen.« Das entsprach nicht ganz der Wahrheit. Ich hatte sie nach Bernd abgesetzt, weil ich nie wieder eine Beziehung eingehen wollte. War wohl etwas zu voreilig gewesen.

»Brauchen wir nicht«, flüsterte er und küsste meinen Nacken.

»Was heißt, brauchen wir nicht? Ich sag dir doch, ich … Hör mal. Für Kinder ist es wirklich noch ein wenig zu früh«, versuchte ich zu scherzen.

Adam stoppte kurz seine Handarbeit. »Es ist, wie ich sage. Wir brauchen das nicht. Ich werde dir kein Kind machen, keine Angst.« Es wirkte gequält. Gar nicht wie Adam.

Weil ich ihn fragend anschaute, hob er mich hoch und setzte mich – noch züchtig – auf seinen Schoß. Streichelte meinen Nacken, während er mir in die Augen sah.

»Ich bin unfruchtbar, Karli-Maus«, flüsterte er. »Wenn du Kinder von mir erwartest, das kann ich dir nicht bieten.«

»Ich will doch jetzt kein Kind von dir, Adam.«

»Ich dachte nur, ich sag's dir gleich – weil du heute so … Beim Heurigen …«

»Was redest du da? Und überhaupt. Warum bist du unfruchtbar? Du hast doch eine Tochter. Deswegen …«

Adam seufzte. »Sie ist nicht von mir«, sagte er.

Ich kletterte von ihm runter. Das musste ich erst einmal sickern lassen.

In mir drinnen brach gerade eine Hormonwelt zusammen. Das löste ein ganzkörperliches Zittern in mir aus. Adam stand auf und drückte mich fest an sich. Aber mein Kopf hatte im Hintergrund unermüdlich weitergearbeitet und entschieden. Ich musste aus dieser Umarmung raus.

Ich wand mich frei. Fischte nach meinem T-Shirt und meiner Hose. Auch er zog sich wortlos wieder an. Als er aufstand, um zu gehen, fasste ich seine Hand. »Warte. Geh jetzt nicht, bitte. Lass uns reden.«

Eine Weile hielten wir uns an unseren Weingläsern fest. Schließlich nahm sich Adam ein Herz.

»Ich hab's dir ja zu erklären versucht, damals, dass sie mich verführt hat. Ich war so … voll Sehnsucht nach dir. Nach deinen Berührungen. Sie hatte ein leichtes Spiel. Ein paar Rüscherl, und schon war ich bereit. Aber du … Du hast mich nicht ausreden lassen. Warst einfach nur …«

»Traurig. Enttäuscht. Verletzt.«

»Wütend«, ergänzte er.

»Aber es war wirklich nur dieses eine Mal. Auch das hast du mir nicht geglaubt. Und dass ich mich maßlos geniert hab danach. Und dann ist Roswitha mit der Hiobsbotschaft dahergekommen, dass sie schwanger ist. Und ich dachte noch: Von einem Mal? Ich muss wohl sehr potent sein!« Er lachte heiser. Adam! So kenn ich dich gar nicht!

»Sie hatte alles geplant, und sie ist ja auch lange damit durchgekommen. Ich hab mir halt damals eingebildet, dass ich ihr das schuldig bin, sie zu heiraten. Die Eltern haben das auch unterstützt. Das war eben Ehrensache. Geliebt hab ich sie nie, wenn dir das ein Trost ist, aber wir hatten Kathi. Und so sind wir halt eben als Familie zusammengewachsen.«

Ich strich ihm tröstend über den Arm. »Wie bist du denn dahintergekommen?«

Adam fuhr sich über die Augen. »Als meine Freunde nach und nach auch Kinder gekriegt haben, da hab ich plötzlich Lust auf ein zweites bekommen. Ich hab gewusst, dass sie keine Pille nimmt oder so, und mich gewundert, warum nichts weiterging. Deshalb bin ich dann einmal zu einem Urologen, hab mich untersuchen lassen. Ob ich als Kind vielleicht die Masern gehabt hab, wollte er wissen. Meine Mutter hat es sofort zugegeben. Stell dir vor. Mama hat es gewusst, dass ich keine Kinder kriegen würde.«

»Und nichts gesagt? Hat sie sich nicht gewundert, dass du Vater wirst?«

»Ich hab sie natürlich darauf angesprochen. Gewundert hätte sie sich schon, aber halt auch gefreut. Die Ärzte können ja auch irren. Die Tatsache, ein Enkelkind zu kriegen, hat offenbar mehr gezählt, als der Wahrheit auf den Grund zu gehen.«

»Und deshalb hast du Roswitha auch verlassen, stimmt's?«

»Nicht gleich. Aber ich habe angefangen, sie zu betrügen. Auch nicht gerade ruhmreich, ich weiß, aber ich hab das irgendwie gebraucht. Es hat mir das Gefühl gegeben, dass ich mir was zurückhole. Dass es mir zusteht.«

»Rache?«

»Sicher, das auch.«

»Und Kathi. Weiß sie es?«

Adam schüttelte den Kopf. »Dafür hab ich sie zu lieb. Sie ist ja trotzdem meine Tochter, auch wenn sie nicht von mir ist. Kurzfristig hab ich mir ja überlegt, dass ich den Vater in die Pflicht nehm. Der sollte gefälligst zahlen für die ganzen Jahre. Aber dann hab ich wieder befürchtet, dass sich die Kathi dann womöglich von mir abwendet. Das war es mir nicht wert.«

»Du weißt, wer der Vater ist?«

»Ja. Ein Oberarzt aus der Abteilung, wo Roswitha gearbeitet hat. Richtig schönes klassisches Klischee. Verheirateter Arzt und die Krankenschwester. Er wollte, dass sie abtreibt – und nichts mehr wissen von ihr, eh klar. Grauenhaft, aber wahr.«

Plötzlich zog sich wieder ein spitzbübisches Grinsen über sein Gesicht. »Wie sie mir das gebeichtet hat, da bin ich sofort ins Krankenhaus und hab dem Herrn Doktor eine aufgelegt. Er hat genau gewusst, wofür der Haken war. Drum hat er mich auch nicht angezeigt. Aber sie haben mich dann ins Pflegeheim versetzt. Mir war es egal. Und heute sag ich Danke. Weil, dort gefällt es mir eh viel besser.«

»Ich schätze, wir sollten die Zelte hier abbrechen«, sagte ich nach ein paar Schweigeminuten, in denen wir beide nicht wussten, was wir sagen sollten. »Morgen müssen wir fit sein, wenn Oma kommt.«

»Schade«, seufzte er. »Nicht mein Wochenende.«

»Es tut mir leid, Adam!« Ich bereute es schon bitter, dass ich nicht eher auf meinen Kopf gehört hatte. »Wir können nicht dort weitermachen, wo wir aufgehört haben. Wir haben uns verändert.«

»Ich könnte schon«, sagte er. »Hemd und Hose müsstest du mir halt noch mal aufmachen.«

»Adam! Lass gut sein.« Man sah es ihm ja an, dass ihm eigentlich nicht zum Scherzen zumute war.

Wir räumten noch zusammen die Gläser in die Küche. Er drückte mich noch einmal fest an sich und küsste mich auf die Stirn.

»Schlaf gut, Karli-Maus.«

Von wegen gut schlafen. Niemals! Wie sollte das jetzt klappen? Ich war soeben von einem Bulldozer überfahren worden.

Ich öffnete den Kühlschrank. Die Weinflasche war noch halb voll. Ich füllte mein Glas und setzte mich an den Tisch. Begann zu rekapitulieren, was ich soeben erfahren hatte. Und zu analysieren, was das konkret für mich bedeutete.

Wie sehr ich die Tatsachen auch drehte und wendete, es kam stets auf dieselbe Scheiße hinaus. Schlimm genug, dass Roswitha uns durch einen fiesen Trick auseinandergebracht hatte. Noch schlimmer, dass Adam sich nicht hatte beherrschen können.

Aber auch ich hatte mein Scherflein zu unserer hässlichen Trennung beigetragen. Warum hatte ich ihn nicht angehört? Wenigstens versucht, mich in seine Lage zu versetzen? Mit ein wenig Abstand hätte ich ihm vielleicht verzeihen können. Er hatte mich nicht monatelang hintergangen, so wie ich ihm das angedichtet hatte. *Ein* Fehltritt. Ein einziges Mal. Er hätte Roswitha nicht heiraten müssen, um sich um sein Kind zu kümmern. Gemeinsam hätten wir schon eine Lösung finden können, nicht nur finanziell. Aber ich hatte ein Gemeinsam kategorisch ausgeschlossen. All die Jahre hatte ich die gesamte Schuld ihm zugeschoben. Ich, Charlie, die Unfehlbare. Der man nur unrecht tut.

Jetzt erinnerte ich mich wieder, was damals in meinem Bett abgegangen war. Ich hatte ihm mein Kopfkissen entgegengeschleudert, als er versuchte, sich zu rechtfertigen. Er hätte eine fortwährende, brennende, körperliche Sehnsucht nach mir empfunden, als ich weg war, hatte er gesagt. Ich hatte hysterisch geschrien, ob er mich auch noch verhöhnen wolle. Schließlich hätte *ich* mich auch zurückhalten können. Er sei eben wie alle Männer. Hormongesteuert und egoistisch. Dann hatte ich ihn rausgeworfen.

Und was hatte ich gerade eben getan? Ich hormongesteuerte, frustrierte Singlefrau? Vor lauter Sehnsucht nach dem Mann, der mich verschmähte, hatte ich mich dem Mann in die Arme geworfen, den ich einst verschmäht hatte. Ich hatte genau so reagiert wie Adam seinerzeit. Es war Liebeshunger. Die körperliche Sehnsucht nach Chris' Umarmung, die mich seit Wochen ungetrübt umgab. Und doch war ich drauf und dran gewesen, ihn zu betrügen.

Okay. Ich war ihm nicht verpflichtet. Wir waren kein Paar.

Na ja. Vielleicht zehn Minuten lang. Aber sehr intensive zehn Minuten. Was, wenn er es sich doch noch anders überlegte? Was würde ich ihm sagen? Ach, Krisskross, ich hab mir meine Jugendliebe aufgewärmt, das verstehst du doch. Er war halt da. Du nicht. Wer zuerst kommt, mahlt zuerst. Oder wie?

Ich stürzte meinen Wein hinunter und schenkte mir noch den Rest der Flasche ein. Und weil ich schon beim Einschenken war, ging es mir jetzt persönlich an den Kragen. Charlie Schwarz hielt Gericht über sich selbst.

Du und die Männer. Was ist bloß los mit dir?

Erst der Vater. Ja. Er hat dich als Kind im Stich gelassen, als du ihn dringend gebraucht hättest. Aber später, als Erwachsene, hättest du ihm die Chance geben können, zumindest seine Sicht der Dinge darzustellen. Dann Adam, den du auch nicht angehört und dem du keine Möglichkeit einer Wiedergutmachung eingeräumt hast. Selbst Bernd war ein Opfer deines beschränkten Blickwinkels gewesen. Du hattest dich einsam gefühlt, nachdem du dich wochenlang auf eine alle Grenzen sprengende Liebe eingelassen hattest. Zumindest fiktiv, in deinem Roman. Du wolltest in jemandes Armen liegen! Ist ja keine Schande. Aber warum hast du dir ausgerechnet so einen belanglosen Typ dafür ausgesucht wie Bernd, ha? Genau! Um bloß nicht wieder verletzt zu werden. Auf seine Vorstellungen von Partnerschaft hast du keine Sekunde Rücksicht genommen. Nicht einmal danach gefragt. Er hatte es rechtzeitig erkannt. Die Beziehung war für dich reine Kopfsache gewesen, die ihn – als Menschen – gar nicht mit einbezogen hatte. WhatsApp-Man hat dir den Weisel gegeben, den du verdient hast, meine gute Charlotte. Wenn auch auf ungehörige Weise.

Und als Gipfel deiner Selbstbetrügereien: Chris. Dein letzter Fußabtreter. Es war dir ein spielerisch Leichtes gewesen, einer unpersönlichen Box deine Liebe zu gestehen. Unverbindlich. Unverfänglich. Ungefährlich. Das Resultat kennst du ja. Ein Eigentor, bei dem der unschuldige Tormann schwer verletzt wurde.

»Sonst noch jemand?«, fragte ich meinen Kopf. »Wenn du schon so schön in Fahrt bist.«

»Was ist mit Schröder?«

»Jetzt mach mal halblang. Der ist wirklich ein Arschloch. Wie dieser Roderich Reich. Oder Rasmus Weber und …«

»Und?«

»Es reicht!«, befahl ich meinem Kopf. »Genug ist genug.« Ich stellte mein leeres Glas in den Geschirrspüler, torkelte direttissimo ins Wohnzimmer und warf mich in voller Montur aufs Sofa. Tilt.

Stadt-Land-Flucht

Eine gute Woche, nachdem wir Oma nach Hause geholt hatten, rief Caro mich an. Ihr Vater war gestorben, sie würde sich freuen, wenn ich zum Begräbnis käme.

Trotz des traurigen Anlasses beglückte mich die Aussicht auf ein paar Stunden in der Großstadt. Bei der Gelegenheit wollte ich mir auch einige Sachen aus der Wohnung holen, allem voran den Laptop, der mir am meisten fehlte.

Caro drückte mich fest an sich, als ich ihr kondolierte. Sie habe meinen Rat befolgt und mit ihrem Vater gesprochen. Es sei tränenreich abgegangen, auf beiden Seiten, erzählte sie. Beide hätten sie Fehler eingeräumt. Man könne einen anderen Menschen eben nicht nach seinem Willen formen, ihr Fazit. Nun sei sie befreiter, und der Abschied falle ihr wesentlich leichter. Ich freute mich für sie. Diese nagenden Gewissensbisse, eine Annäherung nicht zumindest versucht zu haben, blieben ihr nun erspart.

Nach der Beerdigung ging ich mit Julika in ein Kaffeehaus in der Nähe des Friedhofs. Während wir köstlichen Milchrahmstrudel mit Vanillesauce verdrückten, schwärmte sie mir von der süßen Beziehung zwischen Nick und Dilo vor. Sie waren jetzt auch hochoffiziell ein Paar. Wenn die Presseleute Orlando fragten, ob Nick der namenlose Geliebte in seinem Roman sei, dann lächelte er geheimnisvoll, und Nick stellte sich ahnungslos. Ein Konzept, das wunderbar aufging.

»Ich glaub, dein Krisskross hatte dabei seine Finger im Spiel«, sagte sie und schaute mich prüfend an. »Tut sich da was bei euch?«

Ich schüttelte traurig den Kopf. Julika war fassungslos, als ich ihr von unserem Telefonat erzählte.

»Genau so hat er das gesagt? Dass du dich aus seinem Privatleben heraushalten sollst? Das ist doch echt übel. Dass der so beleidigt reagieren würde, das hätte ich nicht gedacht. So wie ich den persönlich kennengelernt hab auf der Party. Ich hab echt geglaubt, das ist ein Netter. Und dass du dich eben getäuscht hast in ihm. Weil, so wie du ihn am Anfang dargestellt hast. Da hätt ich mir den schleimigen Obermacker-Manager erwartet. Aber so hat der nicht auf mich gewirkt. Und Nick spricht ja auch in allerhöchsten Tönen von ihm.«

»Ach, Julika«, seufzte ich. »Das waren meine Vorurteile.«

Die vielen Stunden des Grübelns hatten mir erhellende Einsichten gebracht.

»Es ist dieses falsche Bild, das ich mir von ihm gemacht hab. Weil, Dilo hat mir damals so plastisch beschrieben, wie ihn ›der Chef‹ beäugt hat. Den schönen Jüngling. Wie ein Sklavenhändler, ehrlich. Beim Kinn genommen und taxiert. Dabei ist das gar nicht Chris gewesen, sondern dieser Rasmus. Und von da an hab ich alles, was er gesagt oder getan hat, in diesem Licht betrachtet. Hab den Sklavenhändlerhintergrund hineininterpretiert, wenn du weißt, was ich meine. Dass er selbstlos, mitfühlend oder gar hilfsbereit sein könnte, das hab ich kategorisch ausgeschlossen. War alles angeblich nur Berechnung.«

»Trotzdem versteh ich nicht, dass er dich einfach so … so fallen lässt. Wenn er angeblich so verliebt ist in dich.«

»War, Julika, war. Der ist von mir geheilt. Ich hab mich über ihn lustig gemacht. Ihn komplett verarscht. Ich kann das nicht einmal bestreiten. Er war in K.I.M. verliebt. Nicht in mich.«

Ich zupfte mir ein Taschentuch aus der Hose und putzte mir die Nase. »Ich bring ihn nicht aus meinem Kopf, Julika. Und schon gar nicht aus meinem Herzen. Das besetzt er nach wie vor, da kann ich machen, was ich will.«

Wie hatte Oma es formuliert? Wenn die Liebe über dich drüberfährt, dann bist du machtlos. So war es nun mal.

»Und es gibt gar keine Hoffnung, dass er …?«

»Ich mach sie mir nicht, Julika. Ich glaub, eine neuerliche Enttäuschung, das könnte ich nicht ertragen.«

»Du Arme. Und jetzt versauerst du auch noch einsam und verlassen auf dem Land. Was machst du denn den ganzen Tag – außer grübeln?«

Julika lachte, als ich ihr meine hausfraulichen Ausflüge ins Land des Schnitzelklopfens und Marmeladeeinkochens schilderte. Und natürlich erzählte ich ihr auch von Adam. Alles. Ohne Beschönigung.

»Und der kommt gar nicht in Frage? Könnte er nicht deine verletzte Seele wieder aufpäppeln?«

»Ganz kurzfristig hab ich den Gedanken ins Auge gefasst. Aber gleich wieder verworfen. Ich mag ihn wirklich. Sehr sogar. Aber ich hab mich zu sehr verändert. Dieses häusliche Landleben, das ist nicht mehr mein Ziel. Und als Notnagel – das wäre unfair. Er weiß ja nichts von Chris.«

»Freundschaft plus vielleicht? Ist gerade ziemlich in, was man so hört.«

»Du meinst, ab und zu Sex nach Vereinbarung und sonst nichts?«

»Funktioniert angeblich.« Julika neigte ihren Kopf. »Man kennt sich. Mag sich. Kann kuscheln und schmusen und setzt keine Erwartungen in den andern. Das kann klappen, schätze ich.«

»Und wenn ein Part doch mehr will als der andere? Adam zum Beispiel?«

Julika zuckte mit den Schultern. »Täte der Freundschaft wahrscheinlich auch nicht gut, oder? Aber in Sachen Liebe bin ich wirklich keine Expertin, Charlie.«

»Wer ist das schon?« Ich starrte eine Weile in meine leere Kaffeetasse. »Dadrin steht auch nicht, wie's geht. Zumindest kann ich es nicht lesen.«

Julika lachte. »Hör auf deinen Bauch«, sagte sie. »Der ist meistens ehrlicher als der Kopf.«

Auch wenn sie mir die Entscheidung nicht abnehmen konnte, so war es mir doch eine große Erleichterung, mit jemandem darüber geredet zu haben. Ich versprach, wieder regelmäßig in Wien vorbeizuschauen, sobald Omas Zustand es erlaubte. Aber nun musste ich in mein Landleben zurück.

Zu meiner großen Überraschung saß ein blondes Mädchen bei Oma am Tisch, als ich die Stube betrat. Sie spielten Karten.

»Hallo, Charlie!«, sagte die Kleine schüchtern.

»Leni!« Ich hatte sie wegen der blonden Haare nicht sofort erkannt. »Das ist aber eine Überraschung!«

»Sie wartet schon lange«, sagte Oma. »Ist bald, nachdem du weg bist, hier aufgetaucht. Jetzt hab ich ihr gezeigt, wie man schnapst. Die heutige Jugend kann ja nicht mal mehr richtig Karten spielen.«

Ich stellte meinen Rucksack ab und setzte mich zu Leni. Es war ihr eindeutig anzusehen, dass sie etwas auf dem Herzen hatte.

»Was ist los?«

»Kann ich ein paar Tage bei dir bleiben?«

»Ja sicher. Sagst du mir trotzdem, was Sache ist?«

Lenis Gesicht bekam rote Flecken.

»Meine Mom kommt. Aber ich will sie nicht sehen! Sie hat sich noch nie um mich gekümmert. Was soll ich jetzt noch mit ihr?« Sie starrte trotzig auf ihre Hände.

»Was sagt denn dein Papa dazu?« Beim Gedanken an ihn zog sich mein gesamtes Inneres zusammen.

»Er will mich zwingen, mit ihr zu reden. Er sagt, sie hat ein Recht darauf. Ich hab nur gestritten mit ihm. Ich finde, ich hätte ein Recht darauf gehabt, dass sie sich um mich kümmert. Das hat sie aber nicht getan. Daher hat sie auch kein Recht, mich jetzt plötzlich kennenzulernen. Sie kommt ja nicht einmal extra für mich her. Sie ist auf Konzerttournee durch Europa. Was denkt sich die Frau? Dann schau ich halt schnell mal bei meinem Kind vorbei, wenn ich schon da bin. Vielleicht ein paar Fotos für die Presse? Die kann mich mal!« Leni schnaufte.

Puh! Das war wirklich Hardcore. »Seit wann weißt du denn, dass sie kommt?«

»Das ist ja das Nächste, was mich so wahnsinnig macht. Der Papa weiß es schon seit ewigen Zeiten. Aber er hat sich nicht getraut, es mir zu sagen. Der wollte mich vor vollendete Tatsachen stellen. Wenn sie gestern nicht angerufen hätte – und ich nicht zufällig mitgehört –, die … die hätten mich einfach überrumpelt. Verstehst du? Die wär vor der Tür gestanden. Hallo, Mäuschen, ich bin deine Mutter. Geht's noch?«

»Das schaut ihm ähnlich«, entfuhr es mir. Ja. So war Chris. Er entschied für andere Menschen, was gut für sie war, ohne viel nachzufragen. War wohl auch Teil seines Jobprofils, aber im Privatleben war das keine gute Idee.

»Das heißt aber im Klartext, dass du ausgebüxt bist, stimmt's? Er hat keine Ahnung, dass du bei mir bist.«

Sie grinste. »Ich glaube nicht. Mein Handy hab ich abgeschaltet. Wenn er bis jetzt nicht bei dir angerufen hat, dann hat er keinen Dunst. War doch keine so schlechte Idee, dich zu suchen, was?«

»Wie hast du mich überhaupt gefunden? Ich steh ja nicht im Telefonbuch oder so. Bin außerdem in Wien gemeldet.«

»Wetzelsdorf, Ketzelsdorf, Charlie. So was bleibt. Ich hab im Wirtshaus gefragt, wo die Frau Schwarz wohnt.«

»Da hast du aber Glück gehabt, dass ich gleich heiß wie meine Oma.«

»Stimmt«, räumte Leni ein und kratzte sich am Kopf.

»Na ja. Fünfzig-fünfzig«, warf Oma ein. »Da waren die Chancen nicht so schlecht. Bringst du mich dann ins Bett?«

»Wir reden nachher weiter, Leni. Okay?«

»Du musst dem Vater Bescheid geben, Kind«, sagte Oma, sobald wir bei der Tür draußen waren. »Der wird schon komplett aus dem Häuschen sein.«

»Ja sicher, ist mir schon klar. Ein wenig Zeit muss ich ihr noch geben. Sie vertraut mir.«

»Aber wart nicht zu lang, Kind. Es pressiert.«

Zurück in der Küche setzte ich mich wieder zu Leni, die gelangweilt in der Lokalzeitung blätterte. Tja. Instagram oder TikTok war das nicht.

»Du kannst so lange bei mir bleiben, wie du willst«, eröffnete ich das Gespräch. »Unter der Voraussetzung, dass du jetzt deinen Papa anrufst.«

»Wieso sollte ich?«, fragte sie patzig. »Wenn er nicht so blöd gewesen wäre, hätte ich nicht weglaufen müssen.«

»Du weißt genau, warum, Leni. Du bist kein kleines Kind mehr. Er macht sich seit Stunden schreckliche Sorgen um dich. Wahrscheinlich war er auch schon bei der Polizei. Du könntest ja auch … einem Verbrechen zum Opfer gefallen sein. Der Phantasie sind da keine Grenzen gesetzt. Überleg einmal, wie es dir ginge, wenn dein Papa plötzlich nicht mehr auftauchen würde. Du sitzt daheim und wartest und kannst nichts tun und …«

Ich hatte mich tatsächlich ein wenig in Rage geredet. Mich in den armen, alleinerziehenden Vater hineinversetzt.

»Hör schon auf«, jammerte Leni. »Aber ich will sie nicht sehen.«

»Die Bedingungen kannst du ja ausverhandeln, Leni. Aber jetzt schaltest du dein Handy ein und rufst ihn an. Oder ich tu's.«

»Mach bitte du«, sagte sie kleinlaut. »Ich glaub, ich bring kein Wort raus, wenn er abhebt.«

Na prima. Das Kind wusste ja nicht, dass es mir ganz genauso gehen würde. Aber jetzt hieß es, tapfer sein.

Seufzend nahm ich mein Telefon zur Hand und wählte seine Nummer. Er drückte mich weg. Scheiße.

Es war ja nicht verwunderlich, dass er in seiner Situation kein Gespräch mit mir führen wollte. Bei all den Problemen, die er gerade am Hut hatte, brauchte er nicht noch zusätzlich eins. Er hatte ja keine Ahnung, dass ausgerechnet ich die Lösung seines Problems war.

Ich wählte erneut seine Nummer. Erschrak, als er im selben Moment abhob.

»Charlie. Es tut mir leid. Es ist gerade sehr ungünstig. Ich ruf dich zurück.«

»Warte, Chris.«

Er hatte bereits aufgelegt.

Einmal wollte ich es noch probieren. Ich drückte erneut auf die Wähltaste.

»Sie ist hier, Chris«, sagte ich, bevor er mich wieder abwürgte. »Leni ist bei mir. Im Weinviertel.«

»Oh …« Ein Knacken in der Leitung. »Mein Gott. Bin ich froh! Ich komm sofort …«

»Nein, Chris. Ich hab ihr versprochen, dass sie hierbleiben kann, solange sie will. Du musst ihr Zeit geben.«

»Ist sie in deiner Nähe? Gibst du sie mir bitte?«

Leni wehrte ab.

»Sie will nicht«, sagte ich. »Hör mir zu, Chris. Ich bin selber gerade erst nach Hause gekommen, sonst hätte ich dich früher angerufen. Es ist besser, wenn ihr euch erst mal beruhigt, bevor ihr miteinander sprecht. Wir werden uns morgen Vormittag melden. Dann können wir – oder könnt ihr – ja den Rest besprechen.«

»Na gut«, sagte er nach längerer Überlegung. »Vielleicht wäre es eh nicht so klug, wenn ich jetzt noch ins Auto steig. Und … Danke, Charlie.«

Puh! Das tat aber gut. Krisskross sagte Danke zu mir. Das fühlte sich ja beinahe an wie eine Liebeserklärung.

»So. Und ich mach dir einmal dein Bett zurecht«, sagte ich energisch, um meine sentimentale Gefühlsanwandlung zu kaschieren.

Wir gingen zusammen in den Zubau hinüber. Für heute würde auf jeden Fall einmal das Sofa reichen müssen. Ich warnte Leni vor, dass Adam in der Früh heimkommen würde, damit sie nicht erschrak, wenn plötzlich ein fremder Mann im Badezimmer oder in der Küche stand.

»Ich schreib ihm eine WhatsApp, dass du im Wohnzimmer bist.«

»Ach der! Den hab ich eh schon kennengelernt«, sagte Leni. »Das ist vielleicht ein lustiger Typ. Er hat behauptet, dass er der Lebensgefährte von deiner Oma ist. Ich hätt ihm das fast abgenommen, wenn deine Oma nicht so gelacht hätte.«

»Ein Scherzkeks, ja das ist er, der Adam.«

»Und der ist der Pfleger von deiner Oma?«

»Nicht offiziell. Sie kennt ihn von früher. Er wohnt hier, dafür kümmert er sich um sie. Das war schon vor ihrem Sturz so arrangiert. Normal arbeitet er im Pflegeheim. Darum bin ich jetzt zusätzlich da, weil Oma derzeit nicht so lange allein sein kann. Du findest mich drüben im Kammerl neben ihrem Schlafzimmer, wenn du was brauchst.«

»Sie ist nett, deine Oma. Hast du auch noch Eltern?«

Ich schüttelte den Kopf. »Das da war mein Elternhaus. Bis ich zwölf war, war alles okay. Dann gab es einen schrecklichen Unfall, bei dem meine Mutter und mein Bruder getötet wurden. Mein Vater ist vor fünfzehn Jahren gestorben. Seitdem hab ich nur mehr meine Oma.«

»Oh. Das ist ja schrecklich.«

»So ist das Leben nun mal. Deshalb, Leni, solltest du dir wirklich überlegen, ob du deine Mama nicht doch sehen willst. Du hast wenigstens eine, verstehst du? Und du hast doch selber gesagt, du würdest gerne wissen, warum sie dich verlassen hat. Jetzt kannst du sie direkt fragen.«

Leni saß auf dem Sofa mit angezogenen Beinen, die sie mit ihren Armen umfasste. Wippte ein paarmal vor und zurück. Sie dachte nach. Ich ließ ihr Zeit.

Auf dem Couchtisch fiel mir das Buch ins Auge. »Wer die Nachtigall stört«. Ich schlug es auf der Stelle auf, wo Atticus Scout diesen tollen Satz sagt: *Man kann einen anderen nur richtig verstehen, wenn man in seine Haut steigt und darin herumläuft*, und zeigte ihn Leni.

»Du bist ein Mensch, der sich sehr gut in andere hineinversetzen kann, Leni. Das hast du zuvor eindrucksvoll bewiesen. Du hast dich in deinen Papa hineinversetzt und sofort eingesehen, dass er sich wahnsinnig ängstigt um dich. Obwohl er dir unrecht getan hat, hast du nachgegeben. Das nennt man menschliche Größe. Hör dir einfach erst an, was deine Mutter zu sagen hat. Danach kannst du immer noch entscheiden, ob du den Kontakt zu ihr willst oder nicht. Das muss sie dann aber auch akzeptieren.«

»Ja. So was Ähnliches hab ich mir eh schon gedacht. Aber ich hab einfach Angst.«

»Kann ich mir gut vorstellen. Dass sie Sachen sagt, die du nicht hören willst? Das Risiko gehst du ein damit. Aber sie im Übrigen genauso. Hast du dir das auch schon überlegt? Dass sie wahrscheinlich mindestens gleich viel Angst hat vor der Begegnung wie du?«

»Nein. Hab ich nicht, ehrlich gesagt.«

»Denk darüber nach. Die Entscheidung kann ich dir nicht abnehmen, aber ich kann dir aus eigener Erfahrung sagen, dass eine unliebsame Wahrheit manchmal besser ist als eine lähmende Ungewissheit. Dann weißt du zumindest, was los ist, und kannst dich danach richten. So grübelst du ewig nach und bist erst recht nicht glücklich.«

»Klingt irgendwie logisch, Charlie. Wenn du das sagst, dann versteh ich das besser als beim Papa. Da ist immer alles so … fix. Da gibt es kein Wenn und Aber.«

Ja. Im Erklären von anderer Leute Leben war ich eins a. Bloß mit dem eigenen kam ich nicht klar. Kurz bevor ich das Zimmer verließ, drehte ich mich noch einmal um.

»Schreib ihm eine kurze Nachricht. Ich glaube, das würde ihn freuen.«

Familienzusammenführung

Einen Tag Auszeit gewährte Chris seiner Tochter, länger konnte er nicht warten, weil Hayley – so hieß Lenis Mutter – die Zeit davonlief. Sie würde mitkommen, wenn er Leni abholte.

Den freien Tag genossen wir beide zusammen. Am Vormittag chillten wir mit je einem Buch vor dem Haus, dann halfen wir Oma beim Kochen. Das bedeutete konkret, dass Oma die Aufgaben verteilte, die Ergebnisse kontrollierte und gegebenenfalls nachjustierte. Sie saß zwar nicht mehr im Rollstuhl, aber mit einem Stock in der Hand geht natürlich vieles nicht.

Eigentlich hatte sie ein ungarisches Reisfleisch geplant. Wir ersetzten das Schweinefleisch durch Bohnen und das Schmalz durch Öl, und schon hatten wir ein wunderbar sättigendes veganes Gericht gezaubert. Dazu gab es Salat mit frischen Gurken aus ihrem Garten. Am Nachmittag, als Oma ihr Schläfchen hielt, zeigte ich Leni die Lieblingsplätze meiner Jugend. Sie war entzückt über das leuchtende Sonnenblumenfeld hinter unserem Schuppen. Weingärten kannte sie ja auch von Wien, allerdings nicht in den Dimensionen, wie man sie im Weinviertel erleben konnte. Leider waren die Trauben noch nicht reif genug zum Kosten, aber die Weinstöcke lieferten schon genug Schatten, um uns darunter niederzulassen, die schöne Aussicht zu genießen und ein wenig zu plaudern.

Leni stellte sehr kluge Fragen. Ich erkannte Chris in ihren Formulierungen und manchen Gesten. Aber ihr Geist funktionierte anders. Analytischer. Sie hatte »Wer die Nachtigall stört« ausgelesen und vieles auf sich und Chris übertragen. Das war erstaunlich. Nicht einmal mir war das aufgefallen. Ich fand es daher angebracht, ihr – trotz ihrer Jugend – eine ehrliche, erwachsene Antwort zu geben, als sie wissen wollte, was zwischen mir und Chris vorgefallen war.

»Als du bei uns auf Besuch warst, da war ich mir sicher, dass es da gefunkt hat zwischen euch«, sagte sie. »Der Papa hat dich die ganze Zeit so … dings … angeschaut. Das war direkt peinlich. Und bis zu dieser Buchpräsentation hat er ja wirklich andauernd von dir geredet. Dann plötzlich Funkstille. Gar nichts mehr. Als ich ihn gefragt hab, ob du wieder mal kommst, da hat er was dahergefaselt, dass du jetzt im Weinviertel bist. Und er glaubt nicht, dass du Interesse dran hast. Die Homepage ist ja fertig, und die Lesereise macht Orlando. Da hab ich mir gedacht, da stimmt doch was nicht.«

»Ich hab's verbockt«, bekannte ich. »Ich hab ihn zutiefst gekränkt. Es war nicht absichtlich, aber sehr, sehr dumm von mir. Ich hab mich bei ihm entschuldigt, mehr kann ich nicht tun.«

»Oje«, sagte sie. »Das hört sich nicht gut an. Eine Entschuldigung akzeptiert er normal schon.«

»Tja. Von mir anscheinend nicht. Und ungeschehen kann ich's leider nicht machen. Die Reue kommt wohl zu spät.« Ich erschrak selbst, wie final sich das aus meinem Munde anhörte.

»Das ist sehr schade«, seufzte Leni. »Ich glaube, wir hätten uns gut vertragen, wir drei. Mit dir an meiner Seite hätte ich auch nicht so viel Angst vor meiner Mutter.«

»Aber du hast mich an deiner Seite, Leni. Ich werde morgen da sein. Du wirst sehen. Es wird nicht so schlimm werden, wie du befürchtest.«

»Ich hab sie gegoogelt.« Sie zeigte mir ein paar Fotos von ihr und ein kurzes YouTube-Video von einem Livekonzert-Ausschnitt aus Wellington.

»Die sieht auch gar nicht zum Fürchten aus«, sagte ich. Meine Stimme zitterte. Hoffentlich bemerkte Leni das nicht. Weil: Mir flößte diese Frau sehr wohl Angst ein. Sie schaute aus wie ein Engel. Okay. Sie war Profi. Maskenbildner, Bildtechnik und so weiter. Die konnten schon was kaschieren, aber nicht in dem Ausmaß. Die Frau verfügte über eine natürliche Ausstrahlung. Schlank und fit. Langes blondes Haar. Blaue Augen. Sie war nicht nur schön, sie hatte auch eine großartige Stimme. Wer konnte so einer Traumfrau widerstehen? Ein Chris, der vielleicht gerade im Liebeshungermodus dahinvegetierte? Sich plötzlich mit seiner Jugendliebe konfrontiert sah? Was konnte da nicht alles passieren … Seufz!

Den Rest des Tages verbrachten wir mit Oma. Sie holte alte Brettspiele hervor, an die ich mich selbst kaum erinnern konnte. Im Gegenzug zeigte ihr Leni, wie viel schneller man auf dem Laptop Patiencen legen konnte. Der Umgang mit der Maus war für Oma dabei das Schwierigste, aber grundsätzlich stellte sie sich geschickt an. Die beiden hatten jedenfalls mächtig Spaß zusammen.

Vor dem Schlafengehen umarmte Leni mich. »Ihr wärt mir hervorragende Stiefmutter und Oma gewesen«, sagte sie. Ich strich ihr über den Kopf. »Freundinnen sind wir in jedem Fall.«

Am späten Vormittag war es dann so weit. Ich hörte das Auto in den Hof fahren. Sie waren ein wenig zu früh dran. Leni und Adam waren noch dabei, unter Omas Anleitung Marillenknödel zu drehen. Oma hatte darauf bestanden, dass alle zum Essen blieben, und Adam verzichtete ausnahmsweise auf seine Fleischration. »Obstknödel sind ja auch tierisch gut«, hatte er gemeint. Ich war die Einzige ohne bemehlte Finger, also musste ich die Begrüßung übernehmen.

Sie war in natura etwas älter als auf den Fotos und dem Video, was ihrer Ausstrahlung keinen Abbruch tat. Allerdings war sie nervös. Genau wie Chris. Er nahm sie bei der Hand und zog sie in Richtung Haus. Bis er mich sah. Da ließ er sie wieder los.

Ich hatte mich vorsichtshalber schon an den Türrahmen gelehnt. Nur ja keinen Schwindelanfall jetzt. Plötzlich spürte ich eine beruhigende Hand auf meiner Schulter. Adam, meine Stütze!

Er trat einen Schritt vor und schüttelte den beiden die Hand. »Ich bin Adam. Der Mann für alles hier im Haus.« Er lachte. »Ihr sollt reinkommen, sagt Leni. Sie muss noch ein paar Knödel fertig drehen.«

Er ging voran, und Chris hastete ihm hinterher. Immerhin nickte er mir kurz zu. Na ja. Und was war mit Hayley? Die ließ er einfach so stehen. Wie Trump seine Melania beim Antrittsbesuch im Weißen Haus. Dafür ging ich einen Schritt auf Hayley zu und begrüßte sie mit Handschlag.

»Hi. Ich bin Charlie. Haben Sie keine Angst. Sie ist ein tolles Mädchen. Man muss ihr ein wenig Zeit lassen. Und sie wird Fragen haben. Aber sie hat ein großes Herz.«

»Hayley. Keine Sie«, sagte sie. »Danke für deine Hilfe, Charlie. Christopher war ... *completely freaked out*. Er wollte gerade zur Polizei. Du hast angerufen im richtigen Moment. *Thank god!*«

Ich lächelte ihr aufmunternd zu und führte auch sie in die Küche. Leni hing gerade an Chris' Hals. Na, wenigstens das war erledigt. Ich hätte mich liebend gerne dazugehängt.

Dann standen sich Chris' Frauen gegenüber. Schauten einander an. Und gleich darauf zu Boden. Fast synchron. Wie einstudiert. Dadurch, dass Leni jetzt auch blonde Haare hatte, war die Ähnlichkeit noch verblüffender. Bis auf die dunklen Augen, die eindeutig von Chris waren. Was für eine Kombi. Gut gewählt, wer immer für die genetische Aufteilung zuständig gewesen war!

»Was hältst du denn davon, wenn ihr einen kleinen Spaziergang macht, bis die Knödel fertig sind«, schlug ich vor.

»Gute Idee/*Good idea*«, sagten die zwei wie aus einem Mund. Zum ersten Mal huschte ihnen – auch gleichzeitig – ein Lächeln übers Gesicht.

»Leni, du kennst dich ja schon aus in der Gegend. Oder soll ich mitkommen?« Mein Versprechen, für sie da zu sein, stand natürlich immer noch.

»Wenn Leni sich eh auskennt«, sagte Chris.

Danke, Herr Kross, ich hab verstanden, dass du mich nicht dabeihaben willst, aber ich hab dein Kind gefragt.

»Leni?«

»Passt schon, Charlie. Ich glaube, wir schaffen das alleine.«

Mit ihnen wich auch die dicke Luft nach draußen. Damit dem so blieb, schlug ich vor, im Freien zu decken. Wir mussten zwar ein paar Stühle von drinnen holen, aber wir hatten ja Adam.

»Schön habt ihr es hier«, sagte Chris, als sie von ihrer Wanderung zurück waren. »Unendliche Weiten.« Er hatte mich tatsächlich angesprochen! Ich nickte. Sprechen war noch nicht. Da war so eine Schnur in meinem Hals, die das blockierte.

Die Unterhaltung bei Tisch gestaltete sich ähnlich zäh. Wären Adam und Oma nicht mit dabei gewesen, wir hätten uns allesamt angeschwiegen. Leni und Hayley warfen einander verstohlen Blicke zu, konnten sich aber zu keinem Wort entschließen. Ich saß neben Chris. Hatte das Gefühl, dass unsere Körper sehr wohl kommunizierten. Über eine Art tierische Bluetooth-Verbindung. Bloß der Draht zum Kopf versagte. Es gab zwischen uns einfach kein unverfängliches Thema. Das Wetter hatten wir schnell durch und Omas Verletzung auch. Zukunftspläne? Um Gottes willen. Buchverträge? Bitte nicht! Verkaufszahlen? Schwierig. Dilo? No-Go – Lovebox lässt grüßen. Marillenknödel waren auch keine sehr ergiebige Materie. Außer dass Oma unzufrieden war, weil wir zu wenige davon aßen. Adam bemühte sich ja redlich, aber es war eben kein Fleisch. Chris und ich hatten ganz offenbar keinen Hunger, und seine Frauen schafften aus anatomischen Gründen nicht viele.

»Einen Kaffee müssts noch trinken, wenns schon keinen Wein wollts«, sagte Oma. Widerrede ausgeschlossen.

Leni half mir beim Abräumen und trug die Teller in die Küche. »Und?«, fragte ich kurz. Sie lächelte. »Gar nicht so übel. Aber sie wird mir noch Fragen beantworten müssen. Zu Hause.«

»Prima«, sagte ich. »Und lass nicht locker, bis du alles weißt, was du wissen musst.«

»Ganz sicher, Charlie. Besser eine unliebsame Wahrheit als eine lähmende Ungewissheit. Hat eine berühmte Autorin mal gesagt.« Sie zwinkerte mir zu.

Ich musste sie einfach kurz an mich drücken. Wenn sie mal vierzig war, sie würde bestimmt süße Lachfalten haben.

Adam servierte uns den Kaffee, wollte selbst aber keinen. »Im Nachtdienst krieg ich sowieso jede Menge«, sagte er. »Ich geh mich duschen.«

Noch während er auf das Nebengebäude zuschritt wie ein Cowboy, zog er sein T-Shirt über den Kopf und wirbelte es kurz in der Hand wie ein Lasso. Adam? Wem willst du damit imponieren? Oma und ich grinsten einander an. Chris hob die Augenbraue. War das Arroganz? Oder Eifersucht? Weil Hayley Adam einen wohlwollenden Blick nachschickte?

Kurz darauf wurde endgültig zur Abfahrt geblasen. Leni umarmte mich. Chris nicht. Hayley schüttelte mir kräftig die Hand. »Alles Gute«, wünschte ich ihr. Dann brachte Chris seine Frauen zum Auto. Es gab eine kurze Diskussion, wer nun vorne sitzen durfte beziehungsweise hinten sitzen musste. Leni gewann.

Kurz bevor auch er einstieg, überlegte es sich Chris doch noch einmal, und er kam auf mich zu. Räusperte sich. Drückte mir die Hand und hielt sie mit der anderen fest. »Danke für alles, Charlie. Du hast Leni großartig vorbereitet. Ich hätte das schon viel früher tun sollen. Ich bin eben doch keine Mutter.«

»Du bist ein großartiger Vater, Chris. Das weißt du auch.«

Er ließ meine Hand wieder los. Und schon hatten wir den Faden verloren. Starrten einander nervös an.

»Es … Es war doch das Mindeste, was ich für dich tun konnte«, kam mir doch noch über die Lippen. Wenigstens was halbwegs Vernünftiges. Chris wischte das mit einer Handbewegung weg.

»Chris, ich …«

»Nicht …«, sagte er. Er klang gestresst. »Ich bin im Moment ein wenig überfordert mit der Situation. Vielleicht ein anderes Mal.«

»Ich halte es einfach nicht aus, wenn du böse auf mich bist«, flüsterte ich trotzdem. Ich war mir nicht einmal sicher, ob er es hörte, so leise war das. »Wenn es irgendwas gibt, was ich tun kann … Ich wünschte, wir könnten wieder Freunde sein.«

Sein Adamsapfel hüpfte aufgeregt auf und ab.

»Ich muss dann«, sagte er und ging zum Auto.

Wusch. Fort war er. Aus den Augen. Aber nicht aus dem Sinn. Dafür stiegen mir die Tränen auf, die ich nur mit Mühe unterdrückte, weil Adam auf mich zukam.

»Ich bring die Hella ins Bett, dann setzen wir uns noch ein bisserl zusammen, bevor ich in den Dienst fahr. Okay?«

Ich nickte. Er hatte ein Recht darauf. In der Zwischenzeit ließ ich mein Gesicht von der Sonne wärmen. Bis ins Herz drangen die Strahlen leider nicht.

»Rutsch rüber«, sagte Adam ein paar Minuten später und schubste mich zur Seite. »Das war der, wegen dem du manchmal so traurig bist, stimmt's?«

»War das so offensichtlich?«

»Ich kenn dich halt, Maus. Ist es irreparabel?«

»Was meinst du?«

»Na, was zwischen euch steht. Hat er dich auch betrogen?«

»Nein, überhaupt nicht. Ich bin schuld. Ich kann's dir nicht erklären. Es hat was mit meinem Job zu tun. Aber ich hab ihn ziemlich gekränkt. Und jetzt ist er halt – berechtigterweise – nicht mehr auf mich neugierig.«

Adam wiegte ein paarmal den Kopf hin und her. »Da wär ich mir nicht so sicher. So wie mich der angeschaut hat. Ein scharfes Messer hätte ich ihm nicht freiwillig in die Hand gegeben.«

»Das meinst du doch nicht ernst?«

Adam lachte. »Sorry«, sagte er, als er merkte, dass mir nicht zum Lachen war. Er strich mir über den Arm. »Ich glaub, dir geht's gerade genauso wie mir damals. Als du mir den Laufpass gegeben hast. Du warst zwar völlig im Recht, aber ...«

»War ich nicht. Ich hätte dir zumindest zuhören müssen. Ich hätte dir vergeben können.«

»Vielleicht. Was ich sagen will: Ich hab ja auch nichts weiter getan, um unsere Liebe zu retten. Ich hätt viel hartnäckiger dranbleiben müssen. Egal, wie sehr du mich auch getögelt hättest. Und das hättest du!« Er grinste. Ich auch.

»Du meinst, ich soll ihn stalken?«

»Genau das. Hör zu. Das neulich. Das muss nicht zwischen uns stehen. Nachdem ich dich heute so ... leiden gesehen hab, bin ich froh, dass nichts passiert ist. Weißt du auch, warum?«

Ich schüttelte den Kopf. »Wir waren kein Paar, Chris und ich, wenn du das meinst. Noch nicht. Leider ...«

»Das ist es nicht. Schau. Warum ich dich so geliebt hab, Charlie. Du warst so anders als die Mädchen, die ich vor dir gekannt hab. Nicht so oberflächlich. Die wollten mich mit allen möglichen Tricks umgarnen. Ich war ziemlich beliebt, musst du wissen.« Er stieß mir den Ellbogen in die Seite und schmunzelte. »Sie haben auch bekommen, was sie wollten, und ich hab geglaubt, ich auch. Aber bei dir, da war das immer was Besonderes. Wenn wir zusammen waren, dann war es immer ich, Adam Cermak, um den es dir ging. Das war so ein schönes Gefühl. Du hast *mich* geliebt, nicht eine Situation. Oder weil du mit mir angeben wolltest. Oder eine Familie gründen wolltest. Du hast mich einfach geliebt, weil ich war, wie ich war. Ohne Bedingungen oder Vorstellungen, die ich vielleicht nicht erfüllen hätte können. Und wenn ich dich zurückhaben will, Maus, dann wieder so. Ganz oder gar nicht. Solange du ihn im Kopf hast, wird das nicht möglich sein. Ich werde aber warten.«

Mir schnürte es die Kehle zu. So lieb! Hatte ich das denn verdient?

»Das könnte aber dauern«, sagte ich nach einer Weile. »Bei dir hab ich immerhin fast achtzehn Jahre gebraucht, bis ich darüber hinweg war. Sagen wir mal, wenn es bei ihm schneller geht, vielleicht in zehn Jahren?«

»Wunderbar«, sagte er. »Wenn du zu deinem Fünfziger noch Single bist, dann frag ich dich wieder.«

Wir schenkten einander ein Lächeln, aber es war noch nicht alles gesagt.

»Und falls er, was nicht sehr wahrscheinlich ist … Falls er mir doch verzeihen sollte?«

Adam drehte mich zu sich, nahm meinen Kopf in seine Hände und legte seine Stirn an meine. »Karli-Maus. Ich will, dass du glücklich bist. Klär das mit ihm. Ich werde das Resultat respektieren. Egal, wie es ausgeht. Ich möchte nur eines nicht: dass du mir weiterhin aus dem Weg gehst. Ich verspreche dir hoch und heilig, dich in Ruhe zu lassen. Aber du musst wissen, dass du jederzeit zu mir kommen kannst, wenn du mich brauchst. Ich bin dein Freund.«

»Danke«, flüsterte ich.

Genau in dem Moment fuhr das Auto in den Hof. Leni hüpfte heraus.

»Sorry«, sagte sie. »Ich hab vor lauter Aufregung mein Handy im Wohnzimmer liegen lassen.« Sie flitzte hinein und kam lachend damit zurück. Winkte mir noch einmal zu, bevor sie einstieg. Chris starrte auf seine Hände, die auf dem Lenkrad ruhten. Ich hatte das mulmige Gefühl, dass meine ohnehin geringen Chancen auf ein *Falls* gerade auf ein Minimum geschrumpft waren.

Perspektivenwechsel

Es ist eine anerkannte feministische Wahrheit, dass eine Frau im Vollbesitz ihrer geistigen Kräfte nichts weniger dringend braucht als einen Mann. Eine Grundwahrheit, die sich auf alle Lebensbereiche ausdehnen lässt – auch jenseits der Verpartnerung. Eine Wahrheit, die sich durch mein vierzigjähriges Leben zieht wie geschmolzener Käse in einem Tasty-Kochvideo.

Wie elektrisiert starrte ich auf die Zeilen, die mich vor wenigen Monaten noch mit Stolz und Freude erfüllt hatten.

Da stand sie, meine ultimative Lebensweisheit. Schwarz auf weiß. Von mir persönlich verfasst. Okay. Vom Wortlaut her ein wenig an Jane Austen angelehnt, aber von mir großartig fürs 21. Jahrhundert adaptiert.

Frauen! Ihr braucht keinen Mann zu eurem Glück.

Und ich?

Ich hatte meine eigene Empfehlung mehrfach in den Wind geschlagen. Wie in einem Nahtoderlebnis schossen die Erinnerungen der letzten Monate an meinem inneren Auge vorbei. Erst war eine süße Zahnspalte maßgeblich an meiner Entscheidung beteiligt gewesen, mir einen Avatar aufschwatzen zu lassen. Der notorische Mangel an Geld war das eine gewesen. Aber wenn mir Chris einen Typ wie Roderich Reich vorgeschlagen hätte? Der Deal wäre niemals zustande gekommen. War ja wirklich eine bescheuerte Idee! Und ausgerechnet dem Urheber dieses Hirngespinsts musste ich mein Herz schenken? Weil er beim Lächeln … Egal. Weil der mich in die Wüste schickte, hatte ich mich meiner Jugendliebe in die Arme geworfen. Der ich mein verkorkstes Männerbild überhaupt erst zu verdanken hatte. Charlie Schwarz! Handelt so eine Frau im Vollbesitz ihrer geistigen Kräfte?

Ein kehliger Laut entfuhr mir. Sollte wohl ein Lachen sein.

»Was ist?« Oma blickte erstaunt von ihrem Rätselheft auf.

»Nichts. Ich bin gerade über ein paar Zeilen gestolpert, die ich mal geschrieben habe.«

»Lass hören!«

Ich las ihr die Passage vor, worauf sie lauthals auflachte. »So was schreibst du? Ich weiß zwar nicht, was ein Tasty-Kochvideo ist, aber es klingt sehr lustig.«

Ihr Amüsement machte mich verlegen. »Das hätte mein nächster Roman werden sollen«, stotterte ich.

»Na dann«, sagte sie. »Worauf wartest du noch? Fängt doch gut an. Ich bin jetzt schon gespannt, wie das weitergeht.«

Ich schüttelte den Kopf. »Ich hab mittlerweile so meine Zweifel, ob ich die richtige Autorin für dieses Buch bin«, sagte ich.

»Weil du verliebt bist?« Sie fixierte mich wie ein Habicht seine Beute.

»Wieso … ich … Adam und ich sind nicht …«

»Blödsinn. Den mein ich doch nicht. Der Vater von der Leni, der ist dir doch nicht egal, oder?«

War ich eigentlich für alle ein offenes Buch?

»Okay, ja. Durchschaut«, gab ich zu. Leugnen hatte ohnehin keinen Zweck. »Aber er will mich nicht … mehr.« Ich blickte beschämt auf den Laptop. Klappte ihn zu. Ich konnte ihn einfach nicht mehr sehen, diesen Satz.

»Habt ihr gestritten?«

»Wie? Ach so. Ja. Mehr oder weniger.«

»Und deswegen glaubst du, dass du das Buch nicht schreiben kannst? Das macht doch keinen Sinn. Nur weil du ihn wollen tätst – das heißt ja noch lange nicht, dass du ihn brauchst. Wollen und Brauchen, das sind doch zwei verschiedene Paar Schuh.«

»Was?« Ich fuhr hoch. Mein Herz klopfte schneller. »Oma! Du bist ein Genie! Und … Du bist doch das beste Beispiel dafür. Dass es geht. Ein Frauenleben ohne Mann.«

Sie nickte. »Natürlich geht es. Du hast ja bis jetzt auch alleine gewurschtelt, schon vergessen? Obwohl es manchmal leichter gewesen wäre mit, das muss ich schon zugeben. Vor allem wegen dem Pepperl. Der hätte einen Vater gebrauchen können. Aber ich hab mich trotzdem dagegen entschieden. Weil, haben können hätt ich genug.« Jetzt lächelte sie verschmitzt. »Meine Mutter hat nicht lockergelassen, mir passende Kandidaten vorzustellen.«

»Aber es war keiner dabei, der dich in Versuchung gebracht hätte?«

»Nicht ernsthaft. Weißt du, mit einem ledigen Kind, da war die Auswahl nicht gerade sensationell. Die Mannsbilder haben sich außerdem eingebildet, ich müsst ihnen dankbar sein, wenn sie mich nehmen. Und die waren auch alle mordsbeleidigt, wie ich sie abgelehnt hab. Überlegt hab ich mir's konkret einmal. Ein Witwer mit zwei Kindern. Er wär mir dankbar gewesen wegen der Kinder, nicht umgekehrt. Er hat auch nicht so zuwider ausgeschaut. Und sein Hof war recht passabel. Aber dann hab ich mir vorgestellt, der Kerl würd mich küssen. Und … du weißt schon was. Damit war auch die Sach erledigt. Der Gustl – dein Großvater. Der war die Liebe meines Lebens. Und die wollt ich mir nicht besudeln lassen.«

»Obwohl er dich sitzen lassen hat?«

Oma zuckte mit den Achseln. »Ich bin mir da gar nicht sicher. Seine Mutter, die hat von allem Anfang an gegen mich intrigiert. Eine schlichte Magd für ihren Sohn. Ich war ihr zu minder. Sie hätte mich niemals akzeptiert.«

»Nicht einmal, als du ihr Enkelkind unter dem Herzen getragen hast?«

»Da erst recht nicht. Ein Kind der Liebe! Die Schande! Ich war eine Hure. Und bei einer Hure konnte das Kind gut auch von einem anderen sein. Das hat sie mir so ins Gesicht gesagt. Und ihm wahrscheinlich eingeredet.«

»Und das hat er geglaubt?«

»Keine Ahnung. Sie hat mich bei Nacht und Nebel hinausgeworfen. Das Geld fürs Zugticket hat sie mir immerhin noch gegeben. Ich hab ihn nie wieder gesehen. Dafür hat sie sicher auch gesorgt.«

»Und er hat dich nicht gesucht? Nicht geschrieben. Gar nichts?«

»Ich war am Anfang auch enttäuscht, ja. Aber ich hab nicht so viel Zeit zum Nachdenken gehabt wie du. Er war in der Steiermark. Ich im Weinviertel. Damals war das eine Weltreise.« Sie lachte. »Nicht so wie heute. Wie lange brauchst du nach Wien?«

»Von Mistelbach eine Stunde.«

»Siehst du. Und du tust es trotzdem nicht.«

»Was tu ich nicht?«

»Du weißt genau, was ich meine. Hilfst du mir beim Ausziehen?«

Omas Geschichte hatte mich gepackt. Sowie ich in der Stube zurück war, klappte ich den Laptop hoch. Ich musste sie unbedingt festhalten. Überlegte noch kurz, wie. Entschied mich, es in Interviewform zu tun. Ich holte mir das Fotoalbum aus dem Kammerl und betrachtete die älteren Bilder von Oma und ihrer Familie. Googelte auch ein paar Bilder aus den Fünfzigerjahren. Stellte mir den Gustl vor. Er schaute ein wenig aus wie Adam in Schwarz-Weiß mit Schnauzer, aber ohne Tattoos. Gustls Mutter. Für sie fand ich eine garstige Vorlage: das Bild einer schmallippigen Bäuerin mit Kropf und bösem, katholischem Blick. Uh, Oma. Sei froh, dass du die nicht zur Schwiegermutter gekriegt hast. So bist du wenigstens selbstbestimmt geblieben. So halbwegs zumindest. Soweit es die Lebensumstände eben erlaubten.

Ich hielt zwei Gespräche zwischen Mutter und Sohn fest. Eines, bevor Oma weg war, und eines danach. Hämmerte eine Beichte von Mutter Kropf-Schmallippe in den Computer, die mit einer Buße von zwölf Vaterunsern endete. Unglaublich, was da alles zutage trat. Dabei war es egal, dass das mit Omas ursprünglicher Erzählung wahrscheinlich nur wenig zu tun hatte. Hoffentlich. Schließlich war die böse Alte in echt meine Urgroßmutter!

Was das eigentlich Faszinierende war: Ich hatte lebendige Figuren vor Augen. Eine Geschichte entstand unter meinen Fingern. Als ich das erste Mal wieder vom Laptop aufblickte und auf die Küchenuhr schaute, war es zwei Uhr morgens.

Die nächsten Tage nützte ich jede freie Stunde zum Schreiben. Ich »befragte« fiktiv Frauen, die auch real existierten, wie zum Beispiel Adams Mutter (warum sie ihrem Sohn die Masernsache verschwiegen hatte) oder Schröders Frau (wie sie ihn aushielt). Alle gaben sie mir bereitwillig Auskunft. Aber ihre Angaben waren mir unterm Strich zu spekulativ. Ich brauchte mehr konkreten Stoff, solchen wie Omas Schicksal. Ich bat Adam, bei der Leitung des Pflegeheims für mich zu intervenieren, ob ich mit Bewohnerinnen Interviews über ihr Leben führen durfte. Auf rein freiwilliger Basis. Fast alle meldeten sich. Ich würde Unmengen von Material zusammenkriegen. Endlich wusste ich, wie ich meinen Frauenroman anlegen musste. Nicht männerlos oder -hassend. Kritisch ja, vor allem was deren Umgang mit Frauen betraf. Aber nicht ungerecht. Im Kontext der Zeit, in der sie lebten. Die Figuren würden mir schon sagen, wo es langging. Es war, als wäre ein Knoten in meinem Kopf geplatzt. Schluss mit Selbstmitleid und Schreibblockade.

Trotz der Euphorie, endlich wieder ein Ziel vor Augen zu haben, wusste ich, dass ich noch eine Sache erledigen musste, um mit mir ins Reine zu kommen. Dafür bedurfte es noch eines kleinen Anstupsers von außen. Er kam von Leni.

Sie rief mich an, um sich bei mir zu bedanken.

»Meine Mom ist gestern wieder nach Neuseeland abgereist. Sie hat nach der Tournee noch ein paar Tage in Wien angehängt. Extra wegen mir. Sie hat sogar ein Konzert in ihrer

Heimat verschoben! Drum hab ich mich noch nicht früher gemeldet. Ich bin so froh, dass du mich überzeugt hast, mit ihr zu reden, Charlie. Es war genau so, wie der Papa mir immer erzählt hat. Er hat sie weggeschickt.«

»Warum?«

»Lass dir erzählen«, sagte sie altklug. »Meine Mom hat in Wien ein Auslandsjahr gemacht. Auf der Musikakademie. Der Papa war damals Songwriter. Hast du das gewusst? Er hat ihr einen Song geschrieben. Echt romantisch, was? Aber sie wollte fix wieder zurück nach Neuseeland. Und er, er wäre auch mit. Na ja. Und dann ist sie schwanger geworden. Wegmachen war für beide kein Thema, weil Kind der Liebe und bla, bla. Sie hat gemeint, sie nimmt mich halt mit auf Tournee. Aber der Papa hat gewusst, dass das nicht klappt. Weil, bei meiner Oma war das so. Die war ja auch Sängerin. Genau wie der Opa. Also Opernsänger waren die, nicht Pop. Beide. Und dann hat sie ein Kind nach dem anderen gekriegt, und aus war's mit der Solokarriere. Die war dem Opa vorbehalten. Und die Oma hat manchmal im Chor mitgesungen, obwohl sie – laut Papa – das größere Talent war. Und genau das wollt der Papa nicht, dass so ein Jahrhunderttalent wie meine Mom vergeudet wird, wenn sie die Karriere hintanstellt. So ähnlich hat er das zumindest gesagt. Und dem Kind – also mir – wollte er das Vagabundenleben ersparen. Ständig sind seine Eltern in der Weltgeschichte herumgegondelt, und er musste mit, wie er noch klein war. Und er hat es so gehasst. Gastschüler in fremden Schulen und so. Nirgends wirkliche Freunde. Ich red wie ein Wasserfall, was?«

Ich lachte. »Aber ich hör dir gerne zu, Leni.«

»Dann spitz mal die Ohren. Mom hat für mich gespart. Der Papa wollte ja kein Geld von ihr, weil, damals hat sie ja noch nichts verdient mit ihrer Musik. Aber sie hat regelmäßig zurückgelegt für mich. Sie hat mir auch jedes Jahr eine Geburtstagskarte geschrieben und ein kleines Packerl gemacht. Sie hätt's mir eigentlich lieber gleich geschickt. Jedes Jahr.

Aber das wollt wieder der Papa nicht. Weil es mich angeblich zu sehr aufgeregt hätte. Deswegen sind kurzfristig ganz schön die Fetzen geflogen zwischen uns.« Sie lachte. »Egal. Mit achtzehn hätt ich das alles gesammelt kriegen sollen. Jetzt krieg ich's halt schon mit fünfzehn. Und auch das Geld. Sie bezahlt mir die Computerschule. Der Papa will das natürlich nicht. Aber wir ignorieren ihn einfach. Cool, was?«

»Sehr cool, Leni. Hat deine Mom dir auch deine schwierigen Fragen beantwortet?«

»Ja«, sagte Leni und seufzte. »Sie hat gesagt, das war der schlimmste Tag in ihrem Leben, als sie uns beide zurücklassen musste. Und sie hat jahrelang Alpträume gehabt deswegen.«

Sie atmete einmal tief durch. »Und weißt du, was sie noch gesagt hat, meine Mom? Jetzt, wo sie mich kennengelernt hat, weiß sie, dass zumindest die Entscheidung, mich beim Papa zu lassen, die richtige war. Dass der sich gut um mich gekümmert hat. Und dass es sie wahnsinnig freut und beruhigt, dass ich mich so gut entwickelt hab.«

»Das ist schön, Leni. Und … Wie geht's deinem Papa?«

»Furchtbar«, sagte sie und stöhnte. »Der ist total am Sand. Ständig glaubt er, dass er Fieber hat. Misst sich den Puls. Und was ich am schrecklichsten find. Man kann nicht einmal mehr mit ihm streiten. Er seufzt dann. Streicht mir übers Haar. Eine Katastrophe!«

Ich seufzte auch. »Na ja. Kein Wunder. Jetzt, wo sie wieder weg ist.«

»Wieso sie?«

»Deine Mom. Da hat er sie wieder, nach so vielen Jahren. Und jetzt ist sie wieder weg.«

»Ach so, nein. Das ist es nicht. Wir fahren ja sowieso hinüber im Winter. Das hab ich dir ja noch gar nicht erzählt. Ich hab zwei Brüder, Charlie. Mom ist ja seit ein paar Jahren verheiratet. Sie heißen Billy und Bobby. Zwillinge. Fünf werden sie demnächst. Du, die sind so süß. Ist das nicht phantastisch?«

Oh ja, das war es. Um ehrlich zu sein. Die Kinder waren

mir in dem Fall herzlich egal. Die Tatsache, dass ein Gatte auf Hayley wartete, entzückte mich wesentlich mehr.

»Darf ich dich was fragen?«, sagte Leni. Plötzlich war ihr Ton ernst.

»Ja sicher. Was möchtest du wissen?«

»Hast du ihn mit Adam betrogen? Weil du gesagt hast, du hast ihn verletzt. Ist es das?«

»Nein, hab ich nicht. Glaubt er das?«

»Ich könnt's mir vorstellen. Weil ... Wie ich mein Handy geholt hab. Da seid ihr schon recht eng ... Auf der Bank vor dem Haus.«

»Leni. Ich hatte mal was mit Adam«, gab ich zu. Warum auch nicht. »Aber das ist Jahre her. Länger als die Affäre zwischen deinen Eltern. Wir sind einfach gute Freunde. Und ... Weil du darauf angespielt hast, da auf unserer Hausbank. Adam hat mich getröstet. Ich war ziemlich fertig, als ihr wieder weggefahren seid.«

Leni seufzte erleichtert auf. »Na, immerhin etwas. Aber was ich nicht versteh, Charlie. Du bist fertig. Der Papa ist depressiv. Liebst du ihn denn?«

»Ja.« Mehr brachte ich nicht heraus. Auch Leni musste die klare Ansage erst verdauen.

»Du musst noch einmal mit ihm reden«, sagte sie schließlich. »Was hast du gemeint? Besser eine unangenehme Wahrheit ...«

»... als eine quälende Ungewissheit. Ich weiß. Du bist eine sehr gelehrige Schülerin, Leni.«

»Aber du musst zuerst. Er bringt das nicht. Da kannst du warten, bis du schwarz wirst. Gehst halt ein bisserl in seiner Haut herum. Vielleicht fällt dir dann ja ein, was du ihm sagen sollst.«

»Danke für den Tipp, Leni.«

»Tschüss, Charlie. Ich würd mich wirklich freuen, wenn wir uns mal wieder sehen könnten.«

»Schauen wir mal«, sagte ich und drückte sie weg.

Dann musste ich mich wohl endlich der Herausforderung stellen, bevor es zu spät war. Ich scrollte meine Adressliste durch und wählte die Nummer von WortWeber. Machte mit Rosi einen Termin aus. »In drei Wochen frühestens«, sagte sie. »Chris hat sich Urlaub genommen. Leni übersiedelt ins Internat.«

Drei Wochen Schonfrist. Die wollte ich zum Schreiben nutzen.

Return to Sender

Ich habe mal wo gelesen, dass ein Blatt Klopapier circa fünf Gramm wiegt. Die paar Seiten Druckerpapier von dem Vertrag in meiner Tasche wogen mindestens eine Tonne. Scheinbar war das Gewicht von Papier relativ. Ob Einstein dafür auch eine Formel hatte?

Ich merkte dieses zusätzliche Gewicht beim Treppensteigen. So mussten sich die Verurteilten im Mittelalter gefühlt haben, wenn sie zum Schafott wankten. Die Last mit jedem Schritt schwerer. Das unabwendbare Ende vor Augen. Und dennoch. Wie unwahrscheinlich es für sie auch gewesen sein mochte, mit dem Leben davonzukommen, innerlich hatten die meisten bis zur letzten Minute auf ein Wunder gehofft. Bis das Fallbeil endgültig auf sie herabsauste. Eine menschliche Schutzfunktion, die auch mir innewohnte. Wie schwer die Last auch war, die ich diese Stiegen hinaufschleppte. Der eine Funke Hoffnung trieb mich weiter nach oben. Und so stand ich am Ende schnaufend vor Rosi.

Sie lächelte freundlich. »Hallo, Charlie, schön, dich wieder einmal hier bei uns zu sehen.«

»Ist er da?«

Sie nickte. »Sei nicht zu streng mit ihm. Er leidet.« Sie hob den Kopf. Ich folgte ihrem Blick. Er wartete bereits auf mich. Hielt mir von Weitem die Tür auf.

»An mir soll's nicht liegen«, murmelte ich und ging tapfer auf ihn zu. Als ich bei der Sitzgruppe vorbei war, fiel mein Blick auf die Wand der Autorengalerie, die mich bei meinem ersten Besuch in der Agentur so schwer beeindruckt hatte. Ganz am Ende stach ein neues, sehr buntes Foto hervor. Es war Orlando. Ganz in Rot.

Wehmütig fuhr ich mit dem Finger über den Rahmen, bevor ich meinen Blick wieder auf Chris richtete. Er hatte abgenommen. Ringe unter den Augen, denen das Lächeln fehlte.

»Bitte«, sagte er und ließ mich an sich vorbei ins Zimmer treten. Dann umrundete er mich und brachte sich hinter dem Schreibtisch in Sicherheit. Kein Händedruck, schon gar kein Küsschen.

»Du wolltest mich sehen?«

Verdammt! Das war mein Anfangssatz.

»Ja, ich wollte dich sehen.« Ich räusperte mich. »Wir sollten über unsere ... ähm, gemeinsame ... Zukunft sprechen.«

»Ja?«

Sah ich da so was wie Hoffnung in seinen Augen?

Er räusperte sich ebenso. »Du hast da das letzte Mal ja schon so was angedeutet«, sagte er. »Ob du was für mich tun kannst.«

»Ja. Sicher. Ich würd mich freuen.« Das Fallbeil hing immerhin noch stabil in seiner Verankerung.

»Na ja«, sagte er. Blickte zu Boden. Dann doch mir in die Augen. »Es gäbe da schon etwas.«

»Ja? Schieß los!« Mein Herz klopfte. Ein Freundschaftsdienst? Was würde ich nicht alles tun, nur damit er begriff, wie wichtig mir seine Freundschaft war. Wenigstens.

»Ich hätte dich in den nächsten Tagen sowieso einmal angerufen. Wahrscheinlich.«

Langsam wurde ich unruhig. Lange Gesprächspausen waren selten ein gutes Zeichen.

»Der Verlag hat sich bei mir gemeldet«, sagte er schließlich. »Ob Orlando denn eine Fortsetzung plant. Unsere Verhandlungsbasis wäre phantastisch.«

Ich schaute ihn bestürzt an. In meinem Bauch begann es zu brodeln wie lange nicht mehr.

Er musste meine Unruhe falsch interpretiert haben.

»Es muss auch keine Fortsetzung sein. Irgendein Roman. Egal was. Alles, was aus deiner Feder kommt, würde phantastisch sein, sagt der Verleger.«

»Aus Orlandos Feder, meinst du wohl.«

»Charlie. Jetzt keine Erbsenklauberei, bitte. Du weißt, wie es gemeint war.«

»Schlägst du mir tatsächlich vor, dieses unwürdige Schauspiel zu wiederholen? Nach allem, was es mit uns gemacht hat?«

»Es hat uns in erster Linie eine Menge Geld eingebracht, Charlie. Auch dir. Was hat deine Oma gesagt? Ein neues Badezimmer hast du ihr bezahlt? Ein Krankenbett mit allem Schnickschnack. War da nicht auch noch eine Tiefkühl…?«

»Hör auf!«, schrie ich und hielt mir die Ohren zu. Er fuhr erschrocken mit seinem Stuhl zurück. Er kannte ja meine Ausbrüche, aber hysterisch geschrien hatte ich bislang noch nie. Ich war über mich selbst entsetzt.

»Du hast überhaupt nichts begriffen«, flüsterte ich.

»War ja nur eine Frage. Ich hab's schon verstanden, dass du nicht willst. Erledigt.«

»Tut mir leid«, sagte ich matt. »Das ist wahrscheinlich so ziemlich das Einzige, was ich nicht für dich tun kann.«

»Gut. Kommen wir zur Sache. Was führt dich also her?«

Alles klar. Er hatte den Agententon angeschlagen. Wir waren wieder – wie hatte er es formuliert? – auf rein geschäftlicher Basis. Ich hätte am liebsten sofort losgeheult, ganz ehrlich, aber mein Stolz half mir, die Tränen zurückzuhalten. Ich kniete hier vor ihm nieder. Zumindest symbolisch. Reichte ihm die Hand zur Versöhnung. Und was fiel ihm dazu ein? Mich um eine Verlängerung der unsäglichen Farce zu bitten, die letztendlich unsere Liebe im Keim erstickt hatte.

Der Mann liebte mich nicht. Zumindest nicht so, wie ich mir das vorstellte. Punkt. Mit dieser Bitte hatte er sich endgültig geoutet. War ich also doch nicht so danebengelegen mit meiner ersten Einschätzung seines Charakters. Liebe machte augenscheinlich blind. Das Geld. Es war ihm wichtiger als unsere Beziehung.

Gut und Geld gibt es viel auf der Welt …

Was machte dieser uralte Schlager plötzlich in meinem Hirn?

Aber mich gibt's jetzt nicht mehr für dich, änderte ich die nächste Zeile.

Ich kramte das Papier aus der Tasche und warf es auf den Schreibtisch. »Ich möchte den Vertrag für meinen Frauenroman wieder auflösen.«

Seine Lippen wurden schmal. »Darf ich auch wissen, warum? Schreibst du nicht mehr daran?«

»Doch, doch. Ich hab ein wunderbares Konzept. Ich bin zuversichtlich, dass das gut wird«, sagte ich.

»Also willst du es jemand anders verkaufen?«

»Wenn es geht, sicher.«

»Und du glaubst, das ist so einfach? Ja? Kommst da hereingeschneit und löst einen Vertrag auf, bloß weil es dir so passt?« Sein Brustkorb hob und senkte sich auf beunruhigende Weise. Auch ich holte tief Luft.

»Jetzt hörst du mir mal genau zu, Herr Kross. Diesen Vertrag hab ich dir abgerungen, damit mir irgendeine Perspektive bleibt, wenn ich mein Buch aus den Händen gebe. Ich entbinde dich hiermit gnädig davon. Nicht umgekehrt. Außerdem ist noch kein Geld geflossen, in welche Richtung auch immer. Das hier ist ein Scheißpapier und sonst gar nichts!«

Ich nahm den Vertrag und zerriss ihn vor seinen Augen. Er beobachtete mich dabei mit stoischer Miene.

»Bist du jetzt fertig?«, fragte er, nachdem ich ihm nur noch einen Schnipselhaufen auf dem Schreibtisch hinterlassen hatte.

»Ja«, fauchte ich. Die zerstörerische Tätigkeit hatte immerhin den Knödel in meinem Hals aufgelöst.

»Apropos Geldfluss. Interessiert es dich gar nicht, wie dein Buch läuft in den Buchhandlungen?«

»Nein … Na ja. Höchstens ein bisschen.«

Kurz huschte etwas Licht in seine Augen. Ganz kurz. Gerade lang genug, um erneut ein Hoffnungsflämmchen in meinem Herzen zu entzünden.

»Wir haben bereits die siebte Auflage«, sagte er stolz. »Und dein Vorschuss ist zur Gänze abbezahlt. Es wird bald noch mehr Geld für dich geben.« Er fixierte mich eine Weile stumm, bevor er weitersprach. »Mehrere ausländische Verlage verhandeln schon um Übersetzungsrechte und Lizenzen. Ist es da ein Wunder, wenn wir eine Fortsetzung ins Auge gefasst hätten? Und wie es aussieht ... So schlecht hat die Agentur nicht gearbeitet.«

»Das hab ich auch nie behauptet, Chris«, sagte ich. »Aber ich kann unter diesen Voraussetzungen nicht mehr mit dir zusammenarbeiten.« Jetzt war er wieder da, der Knödel in meinem Hals, daher war es mir nur recht, dass Chris aufstand, ans Fenster trat und hinausstarrte.

Eine Weile verharrte er in dieser Stellung. Dann drehte er sich schwerfällig um.

»Das muss ich dann wohl so akzeptieren, wenn du kein Vertrauen mehr in mich hast. Aber verstehen tu ich es nicht.«

»Wirklich nicht?« Ich versuchte, ihn zu fixieren, aber er spielte mit einem Gummiringerl. Und sagte nichts.

Lange nichts. Zu lange!

So sag doch was, verdammt!

Ich konnte doch jetzt nicht einfach so gehen. Und aus seinem Leben verschwinden!

»Wie geht es Leni?«, fragte ich, um meinen Abschied hinauszuzögern.

Er blickte kurz auf. Die Wärme war in seine Augen zurückgekehrt. Auch wenn sie nicht mir galt.

»Gut. Mit ihrer Mutter hat sie sich ausgesöhnt. Danke für deine Vermittlung.« Er räusperte sich. »Und im Internat gefällt es ihr auch gut. Mir unverständlich, dass sie sich dort so wohlfühlt. Unter all diesen Nerds.«

Ein Schatten huschte über sein Gesicht. Ja, Herr Kross, so war das mit der Einsamkeit. Zu zweit ist man weniger allein. Aber eines Tages wirst du sie ganz loslassen müssen. Und dann ...

Plötzlich erhob er sich und ging zu seinem Schrank. Oh nein! Cointreau!

»Lass uns zum Abschied noch ein Stamperl trinken«, sagte er und stellte die leeren Gläser vor uns auf den Tisch. Der Gedanke an seine Tochter hatte ihn milde gestimmt. Trotzdem konnte ich jetzt nicht zu business as usual übergehen. Nach ein paar Gläschen würde er mich wieder genau dort haben, wo ich nicht hinwollte.

»Sorry, Chris. Ich hasse Cointreau. Nichts für ungut.«

»Aber … Wir haben doch …«

»Ja. Das ist ja auch so was, mit dem ich nicht klarkomme. Du entscheidest für andere nach deinem Gutdünken. Du stellst mir dieses Stamperl hin und sagst Prost. Weil du den Scheiß magst, nimmst du automatisch an, dass jeder Mensch das tut.«

Zorn flammte in seinen Augen auf. »Ich hab dich nie zu etwas gezwungen. Du tust ja gerade so, als ob ich dir Gift eingeflößt hätte.«

»Blödsinn. Du hast mich … einfach überrumpelt. Und ich konnte dann nicht mehr Nein sagen. Der Cointreau ist doch nur ein klitzekleines Beispiel dafür. Das war ganz oft so. ›Du fährst mit Dilo auf Lesereise. Als seine Assistentin. Ist das nicht toll?‹ Du hast mich nicht einmal gefragt, ob ich will.«

»Aber du wärst doch mitgefahren, wenn deine Oma nicht gestürzt wäre.«

»Wahrscheinlich, ja. Trotzdem hättest du mich vorher fragen müssen.«

Chris schenkte sich einen Cointreau ein und trank ihn auf ex. Dann noch einen zweiten.

»Na gut«, sagte er. »Du hast recht. Mit unserer Zusammenarbeit, das läuft so nicht.«

Er stand auf, nahm den Papierkorb unter dem Schreibtisch hervor und kehrte die Vertragsschnipsel mit der Hand hinein.

»Ich bring dich raus«, sagte er.

Das war's dann wohl, dachte ich. Aber es kam noch schlimmer.

Er zog eine Lade seines Rollwagens auf und nahm eine Schachtel heraus.

»Ach ja. Das sollte ich dir auch noch zurückgeben.«

Meine Knie wurden weich wie Butter. Keine Ahnung, wie ich unfallfrei nach draußen gelangte. Ich konnte Rosi nur noch von Weitem mit einer Hand zuwinken. In der anderen brannte die Lovebox und trieb mir die Tränen des Schmerzes in die Augen.

Entsorgung von Altlasten

Ich hatte mir ein Taxi geleistet. Nicht weil ich jetzt unter die Krösusse gegangen wäre, bloß weil Chris mir weitere Geldflüsse in Aussicht gestellt hatte. Auch nicht, weil es gerade zu regnen begann. Es war mein Zustand, der mich dazu zwang. Ich war einfach nicht öffentlichkeitstauglich.

Zurück in der Wohnung, die ich ab jetzt nicht mehr mein Zuhause nennen wollte, riss ich die Fenster auf. Den ganzen Sommer lang hatte hier niemand gelüftet. Doch heute war der ideale Tag dafür. Der Himmel weinte und klärte die Luft, selbst in diesem dunklen Innenhof. Ein Omen!

Als Nächstes tankte ich mich mit Wasser voll, damit ich auch physisch genug zu weinen hatte. Nicht dass mir der Saft ausging, bevor alles rausgeheult war. *Cry a river. Build a bridge. Get over it.* Für die sinnliche Umrahmung kramte ich in meinem CD-Fundus für starke Gefühle und legte Herbert Grönemeyer auf: »Flugzeuge im Bauch«. Lautstärke auf Anschlag. Bei der Stelle: *Gib mir mein Herz zurück, du brauchst meine Liebe nicht*, ging's dann endgültig ab. Ich ließ es laufen. Bis wirklich. Wirklich. Nichts. Mehr. Kam.

Eine Weile blieb ich noch auf dem Bett liegen. Kopf leer. Wasserreserven erschöpft. Ich auch. Als ich mich körperlich wieder dazu imstande fühlte, richtete ich mich auf, befreite mein Bett von den vielen vollgeschnäuzten Taschentüchern und schmiss sie in den Papierkorb. Warf die CD aus und kippte sie ebenso in den Müll. Sorry, Herbert. Nichts Persönliches.

Dann nahm ich mein Telefon zur Hand und rief die Hausverwaltung an, dass ich die Wohnung kündigen wolle. Drei Monatsmieten hätte ich noch zu bezahlen, hieß es. Es sei denn, ich fände jemanden, der die Miete übernahm. Wer wollte hier schon freiwillig wohnen?

Ich konnte ja gleich einmal mit Ausräumen beginnen. Und zwar bei den Dingen, die ich am wenigsten vermissen würde. An der Spitze eindeutig meine immer noch beachtlichen Cointreaureserven.

Genüsslich verfolgte ich die Spur des klebrigen Zeugs, wie es sich in den Abfluss schlängelte. Für die Fische. Die leeren Flaschen wollte ich gleich zum Container tragen. Weg ist weg. Zuvor läutete ich aber noch bei meiner Nachbarin.

»Hallo, Charlie!«, sagte sie.

»Es tut mir leid, dass ich grad wieder einmal ein bisserl laut gewesen bin. Aber du wirst mich eh bald los.« Ich drückte ihr eine Schachtel Mon Chéri in die Hand. *Die* Schachtel. Sie lächelte unverbindlich und schloss die Tür. So geht Recycling!

Nachdem ich meine Leerflaschen zum Container gebracht und eine nach der anderen lustvoll zerschmettert hatte, lief ich wieder einmal ziellos durch die Gegend, bis mir das Bein wehtat und ich mich in die Bim setzte. Diesmal fuhr ich aber nicht zum Heurigen, sondern – einer inneren Eingebung folgend – in meine ehemalige Schule.

Es roch noch immer vertraut. Nach so einer Mischung aus Turnschuhen, Putzmittel, Schulmilch und Angstschweiß. Ich hatte gerade das Ende der Pause erwischt. Stimmengewirr drang aus den offenen Klassen, gepaart mit hektischem Papierrascheln und Sesselrücken. Die letzten Schüler hasteten, die ersten Lehrer schlenderten gemütlich in die Klassen. Einige nickten mir zu.

Ich klopfte an die Tür des Sekretariats.

»Herein!«

Julika war erstaunt, mich in dieser Umgebung zu sehen. Nach so langer Zeit.

»Ganz wer Fremder«, sagte sie. Dann musterte sie mich besorgt. »Du siehst furchtbar aus!«

»Ich hab mich soeben hochoffiziell von Chris getrennt, keine weiteren Verträge mit seiner Agentur. Ich bin ein Auslaufmodell«, sagte ich und kramte ein Taschentuch hervor.

Eines genügte. Es ging ohne weiteren Nervenzusammenbruch.

»Und er hat dich einfach so gehen lassen?«

Okay. Doch noch ein Taschentuch.

»Männer!«, schimpfte Julika. Weiter kam sie nicht, denn die Tür zum Direktorenzimmer ging auf und Schröder trat heraus.

»Frau Schwarz!«, rief er erstaunt. Ich steckte das Taschentuch weg und lächelte süß.

»Grüß Sie, Herr Direktor. Wie geht's? Alles im grünen Bereich?«

»Danke der Nachfrage«, erwiderte er. Plötzlich zwickte sich eine Sorgenfalte in seine Stirn.

»Wollen Sie sich etwa für die ausgeschriebene Stelle als Deutschlehrerin bewerben?«

»Hätten Sie denn noch einen Platz für mich in Ihrem Team?«

Er wippte mit dem Oberkörper. Rang um eine Antwort. Lügen konnte er neben Julika nicht. Seine Sekretärin wusste bestens Bescheid, wie es um die Bewerbungen stand. Allem Anschein nach schlecht.

»Tja. Der akute Lehrer:innenmangel«, sagte ich. »Was man so hört, werden jetzt ja nicht nur Studierende, sondern auch Quereinsteiger:innen mit Handkuss genommen. Klasse Job. Wenn Sie da der Bildungsdirektion eine gelernte Pädagogin – noch dazu vom Fach – aus dem Hut zauberten. Da wäre Ihnen ein riesiger Bonuspunkt bei den Verantwortlichen gewiss.«

Schröder wurde immer bleicher. Ich hatte Erbarmen mit ihm.

»Haben Sie keine Angst, Herr Direktor. Nichts läge mir ferner, als hier wieder anzufangen. Unter Ihrer Fuchtel.«

Schröder gab interessante Atemgeräusche von sich.

»Ich müsste mir für den Rest des Tages freinehmen«, sagte Julika. »Private Angelegenheit.« Sie packte ihre Tasche und schob mich zur Tür hinaus, ohne die Antwort ihres Chefs abzuwarten.

Prustend liefen wir die Stiegen hinunter. Kurz vor der Eingangstür bremste Julika ab. »Scheiße. Jetzt hab ich meinen Schirm im Sekretariat stehen lassen. Da kann ich jetzt unmöglich zurück.«

»Bekommst du jetzt eh keine Schwierigkeiten, Julika?«, fragte ich besorgt, während ich zum zweiten Mal an diesem Tag ein Taxi rief.

»Für eine Kündigung reicht es nicht«, sagte sie lachend. »Manchmal muss man eben Prioritäten setzen.«

Unser Ziel war unausgesprochen klar: das NaUnd.

Nick umarmte mich stürmisch. »So schön, dich zu sehen, Charlie. Wir haben dich vermisst!«

»Du siehst blendend aus«, machte ich ihm ein Kompliment.

»Das macht die Liebe«, sagte er und strahlte gleich noch ein bisschen heller.

»Schön, dass ihr glücklich seid«, sagte ich. Und meinte es aus meiner tiefsten Seele.

»Dilan kommt so in einer Stunde … wenn du warten möchtest?«

»Dilan?«

»Er möchte wieder mit seinem richtigen Namen angesprochen werden. Mir gefällt er auch besser. Klingt erwachsener.«

Nicht nur das, dachte ich bei mir. Seine Metamorphose vom Dummerl in einen selbstbewussten jungen Mann war vollzogen. Und selbstverständlich wollte ich auf ihn warten.

»Dann bring ich euch erst mal Kaffee und Kuchen«, sagte er. »Feiern können wir später gemeinsam.«

»Wie geht es eigentlich Caro?«, fragte ich Julika, nachdem wir es uns im hinteren Teil des Cafés gemütlich gemacht hatten.

»Der geht es blendend. Sie engagiert sich jetzt bei Greenpeace. Macht sogar eine Ausbildung. Irgendwas mit Umwelt. Schaut so aus, als ob sie ihr Erbe sinnvoll verprassen will.«

Plötzlich winkte sie heftig. »Wie man von der Sonne spricht«, sagte sie.

Caro kam wohlgelaunt hereingesegelt. Sie hatte eine neue Punkfrisur. Kahl geschoren auf einer Seite, grüne Strähnen im behaarten Teil. Und ein neues Tattoo am Hals. Ein kleines Schweinchen mit dem Schriftzug *vegan* darunter. Sie bestellte sofort eine Flasche Prosecco. Aus all ihren Poren sprudelte die Begeisterung für ihren neuen Job. Kleiner Wermutstropfen: Ich musste erneut in meiner offenen Wunde wühlen lassen. Caro wollte alles wissen, bis ins kleinste Detail.

»So ein Dillo!«, schimpfte sie, als ich bei der Rückgabe der Lovebox angelangt war. »Mr. Right ist also doch eine Illusion. Wie du so treffend gesagt hast.«

»Schaut so aus. Dabei hab ich wirklich eine Zeit lang geglaubt, er wäre der Richtige. Er ist so … Wir haben so vieles gemeinsam. Die Liebe zu Büchern. Den Humor. Wir konnten über dieselben Dinge lachen. Und wir sind uns auch in anderen Belangen ähnlich. Ich mein. Ein wenig aufbrausend. Aber nicht nachtragend … Hab ich zumindest bis jetzt geglaubt. Oder gehofft.«

»Oje! Du liebst ihn immer noch«, stellte Caro mitleidig fest. »Aber du musst ihn vergessen.«

Ich nickte. »Ich weiß. Deswegen ziehe ich auch für eine Weile ganz aufs Land«, sagte ich. »Die Wohnung hab ich schon gekündigt.«

Sofort boten mir beide an, jederzeit bei ihnen übernachten zu können, wenn es mich doch mal wieder in die Stadt zog.

»Klar. Bevor mir die Idylle auf den Kopf fällt.« Ich lachte und stieß mit ihnen an. Trotzdem hatte ich das böse Gefühl, soeben eine Tür hinter mir zugeschlagen zu haben.

Als Nick und Dilo – Pardon: Dilan – später zu uns stießen, wurde es trotz des Abschiedsschmerzes wieder so richtig nett.

Ich wollte mich erst bei ihm entschuldigen, dass ich eine Fortsetzung des Orlando-Deals abgelehnt hatte.

»Ach Scharlie«, sagte mein süßer Ex-Avatar. »Isch hätte

sowieso auch nüscht zugestimmt. Das Lesen und Signieren und so, das hat ja noch Spaß gemacht. Aber die Journalisten und die vielen Fragen. Das war sooo anstrengend. Misch interessieren Büscher doch überhaupt nüscht. Das war ja nur, weil isch diesem Arschloch Rasmus imponieren wollte. Isch war so dämlisch, ischwöre. Bloß weil misch der körperlisch so angemacht hat. Gut, dass der nüscht die Lovebox gekriegt hat.«

Nick wuschelte seine Lockenpracht und gab ihm ein Küsschen auf die Stirn.

»›Men's Health‹ hat ein Fotoshooting mit ihm gemacht. Für die Printausgabe«, erzählte er stolz. »Die bringen eine ganze Doppelseite über ihn, stell dir vor! Und der Fotograf hat gemeint, dass Orlando ein Naturtalent ist. Und ob er noch nie über eine Modelkarriere nachgedacht hat.«

»Isch mach das, Scharlie. Und Nick passt auf misch auf.« Er griff sich an seine goldene Halskette und drehte sie in der Hand. Als er sie wieder losließ, registrierte ich ein herzförmig geformtes Medaillon. Es war eins von diesen Dingern, die man aufklappen konnte. Ich hatte keinerlei Zweifel daran, was sich darin verbarg.

Am Ende wurde es eine richtig fröhliche Feier. Keine Abschiedsfeier für mich, wie alle betonten. Eine Neubeginnfeier. Die Zukunft lag in unseren Händen, scheiß auf alle, die uns Klötze vor die Füße werfen wollten.

Neubeginn

Es war spät geworden. Sehr spät. Die Neubeginnparty war ihrem Namen gerecht geworden und hatte bis in die frühen Morgenstunden gedauert. Ein neuer Morgen. Ein neuer Tag. Ein neuer Lebensabschnitt. Völlig ausgelaugt war ich um vier Uhr früh ins Bett gefallen.

Erst dachte ich ja, ich hätte wieder so einen fürchterlichen Hangover wie nach meiner Cointreau-Nacht, als ich das Klopfen registrierte. Aber als es nicht aufhörte, richtete ich mich vorsichtig im Bett auf. Nichts drehte sich. Mein Kopf schickte mir keine Warnzeichen. Auch mein Magen blieb ruhig. Einzig meine Blase verlangte nach einer dringlichen Entleerung.

Es klopfte erneut.

»Komm ja schon!«, rief ich. Hatte ich so laut geschnarcht, dass es die Chinesen aus dem Bett gehoben hatte? Wollten sie mir womöglich die Mon-Chéri-Packung zurückbringen?

Die Wohnungstür war weder mit einem Türspäher noch einer Kette versehen, also öffnete ich sie einen Spalt.

»Chris! Wie kommst du hier rein?«

»Eine Chi… eine Frau mit asiatischem Migrationshintergrund und einem knöchelhohen Hund hat mir geöffnet. Sie meinte, du seist zu Hause.«

»Und was willst du hier?« Er war doch gestern aus meinem Leben verschwunden, verdammt. Hatte er das schon vergessen?

»Darf ich in deine Kammer eintreten?« Chris blickte sich verlegen um. Dabei hätte ich eindeutig mehr Grund zur Verlegenheit gehabt. Mein Aufzug war hochnotpeinlich. Ich lehnte hier zwischen Tür und Angel in meinem absolut unsexy graugewaschenen, ausgeleierten Sleepshirt mit Rolling-Stones-Motiv – die rausgestreckte Zunge. Meine Haare standen wirr zu Berge und meine Beine barfüßig auf kalten Fliesen.

»Öffnest du immer so?« Er musterte mich von oben bis unten und verzog unsicher seinen Mund. Das schicke Mäntelchen, das er trug, bildete auf jeden Fall einen krassen Kontrast zu meinem zerknitterten Erscheinungsbild.

»Ich nehme an, du kommst nicht, um zu kontrollieren, in welchem Aufzug ich die Tür öffne?« Bubenhafter Charme hin und her. So schnell ließ sich eine wiederbekehrte, eingefleischte Feministin wie ich nicht um den Finger wickeln. Ich trat einen Schritt zur Seite und ließ ihn ins Vorzimmer. Meine Zehen waren bereits gefühllos. Die kalte Luft vom Stiegenhaus kroch mir die nackten Beine hoch. Er schob sich an mir vorbei. Ich spürte seine Nähe bis unters Shirt.

»Charlie. Ich ... Ich bin so ein Idiot!«, entfuhr es ihm, kaum dass ich die Tür zu hatte. Über diese harsche Selbsterkenntnis war ich nun doch verblüfft. Sein Blick verriet ehrliche Zerknirschung.

»Erwartest du, dass ich dir widerspreche?«

»Gehofft hätte ich es zumindest. Du bist doch sonst recht schlagfertig mit Widerworten.« Er verzog seinen Mund erneut. Das sollte ein Lächeln sein? Jämmerlich!

»Aber doch nur, wenn sie berechtigt sind, Herr Kross.« Ich schaffte ein überzeugendes Lächeln. Ha! Ich war souveräner als er! Meine Augen suchten die seinen. Heute waren sie so, wie ich es gestern erhofft hatte, auch wenn sich Unsicherheit darin spiegelte. Es kostete ihn sichtlich Mühe, nicht wegzuschauen, aber er hielt meiner Prüfung stand. Vorsichtig versuchte ich, darin zu lesen. *Ich schäme mich. Ich hab dich falsch behandelt, von allem Anfang an. Kannst du mir verzeihen?*, stand da geschrieben. Oder? Wäre zumindest schön gewesen.

Auch er bemühte sich, meinen Blick zu deuten. Konnte er sehen, wie sehr ich alles an ihm vermisst hatte? Seine ironischen Bemerkungen genauso wie seine Fürsorge? Seine vielfältigen Arten zu lächeln, die Fältchen um seine Augen, wenn er es tat.

Keiner traute sich, seine Gedanken in Worte zu fassen, aus Scheu, wir könnten es verbal wieder verbocken.

Schließlich trat er einen Schritt auf mich zu und nahm meine Hände in seine, ohne dabei seinen Blick von meinem zu lösen.

»*Your hands are cold*«, flüsterte er und drückte sie an seine Lippen.

Jetzt ging ich in die Knie. Ich war völlig geflasht. Augenblicklich hatte ich diese einmalige Liebesszene vor Augen: Keira Knightley und Matthew Macfadyen im Morgengrauen. Als Elizabeth Bennet und Fitzwilliam Darcy am Ende ihrer langen Liebes-Odyssee.

»Du hast ›Stolz und Vorurteil‹ geschaut?«

»So oft, dass ich schon mitsprechen konnte. Wir sind denen gar nicht so unähnlich. Zwei verdammte Dickschädel.« Seine Lippen streiften meine Fingerknöchel. »Ich, der arrogante Kerl, der stets besser weiß, was für andere richtig ist. Überheblicher Pimpf.«

»Dann bin ich wohl die mit den Vorurteilen«, gab ich meinerseits zu.

»Charlie.« Seine Stimme klang rau. »Könnten … könnten wir es nicht doch miteinander versuchen? Komplett neu anfangen. Ganz von vorne?« In seinen schwarzen Augen ein Flackern. Er hatte Angst. Fürchtete sich, dass ich ihn wegschicken könnte.

Brachte ich ohnehin nicht übers Herz. Bei diesem Tonfall wären hartgesottenere Menschen als ich weich geworden.

»Ganz von vorne, sagst du?« Ich trat einen Schritt zurück und betrachtete ihn grübelnd, achtete aber sorgsam darauf, dass er meine Hände nicht ausließ.

Er zuckte hilflos mit den Schultern. Großes Betteln in seinen Augen.

»Dann müsstest du jetzt ausrufen: Aber Sie sind ja eine Frau!«

»Und du würdest daraufhin fragen, ob ich ein Problem

damit hätte.« Er lächelte. Diese lieben Fältchen um die Augen poppten verlässlich auf. Ich war einfach nur gerührt. Er erinnerte sich wörtlich an unsere erste Begegnung!

»Und ab jetzt sollten wir das Drehbuch neu schreiben«, sagte er. Seine Stimme zitterte noch immer ein wenig. Ein kleines Nachbeben. Pure Angst hörte ich keine mehr heraus.

»Ich hab kein Problem damit, dass du eine Frau bist, würde ich sagen. Ganz im Gegenteil. Auch wenn ich auf manche Menschen einen schwulen Eindruck mache.«

»Och. Das Geschlechtliche liegt im Auge des Betrachters«, stotterte ich. Das Abgehackte in meiner Stimme rührte natürlich nur daher, dass meine Zähne vor Kälte klapperten. Mein Gegenüber bemerkte es eh nicht. Er war ja auch noch in voller Montur.

»Mein Auge betrachtet eine schöne Frau«, hörte ich von dort.

Ich errötete huldvoll. »Aha. Und woran machst du das fest?«

»Dass du schön bist? Oder eine Frau?«

Chris löste seine Hände aus meinen, um sie frecherweise prüfend an meinen Busen zu legen. Die Zähne stellten ihr Klappern postwendend ein.

»Was ...?«

»Was was?«

Ich verzichtete auf eine Erklärung. »Was erlaubst du dir« fühlte sich urplötzlich nicht mehr richtig an.

»Meine Expertise als Mann bestätigt mir, dass ich es zumindest biologisch mit einer Frau zu tun habe«, hauchte er mir ins Ohr. Seine Hände forschten trotz der eindeutigen Feststellung weiter. Jetzt zitterte ich wieder. Die Kälte gab jedoch nicht mehr den Ausschlag dafür. In meinem Körper liefen eindeutig komplexere Prozesse ab als reine Temperaturregulierung.

»Gibt es in diesem Palast auch ein Schlafzimmer?« Ohne seine Hände von mir zu lassen, drehte er suchend den Kopf.

»Im Westflügel«, verriet ich ihm. Mit sanftem Druck und äußerst ungern löste ich seine Hände von meinem Körper.

»Ich muss noch wohin. Du könntest dich ja in der Zwischenzeit auf die Suche machen. Nach meinem Himmelbett.«

»Gefunden!«, rief er, noch bevor ich die Klotür hinter mir zugemacht hatte.

Im Badezimmer putzte ich mir die Zähne. Den Sekt vom Vorabend musste er ja nicht sofort bemerken. Wer weiß, wie er das wieder auslegen würde, dass ich gestern gefeiert hatte. Eilig machte ich mir das Haar ein wenig zurecht. Wer wollte schon mit einer Hexe ins Bett? Warf das Sleepshirt in den Wäschekorb und mir stattdessen meinen Morgenmantel über. War zwar nicht aus Seide, aber besser als eine rausgestreckte Zunge allemal. Noch einen Hauch Parfüm hinter die Ohren. Einmal fest durchgeatmet.

»Wer sind Sie!«, rief er entsetzt, als ich das Schlafzimmer betrat. Er stand mit dem Rücken zu mir, zwischen Schreibtisch und Bett, hatte nur den Kopf in meine Richtung gedreht. Das Mäntelchen hatte er immer noch an, seine Beine waren nackig. Die Jeans und sein T-Shirt hingen sorgfältig über meinen Arbeitsstuhl drapiert.

»Ach, du warst beim Friseur«, sagte er. »Schade eigentlich. Die Stachelfrisur ist dir gut gestanden. Irgendwie elektrisierend.« Ohne eine Gegenspitze von mir abzuwarten, wandte er sich der Stereoanlage zu und legte eine CD ein. »Toller Musikgeschmack übrigens«, bemerkte er mit einem spöttischen Unterton.

»Wise men say, only fools rush in …«, ertönte es synchron aus dem Lautsprecher und aus seinem Mund, *»… but I can't help falling in love with you.«*

»Nein!«, rief ich entsetzt. Elvis allein wäre schon peinlich genug gewesen! Obwohl Chris' Singstimme gar nicht so übel war. Ich schob ihn zur Seite, um die CD auszuwerfen, aber er ließ es nicht zu. Versperrte mir den Weg und umfasste mich kichernd. Dann hob er mich auf und warf mich auf mein ungemachtes Bett.

»Madame sind dran mit Betrachterauge!« Mit einer eleganten Handbewegung ließ er sein Mäntelchen zu Boden gleiten.

»Biologisch eindeutig!«, bemerkte ich sachlich.

Plötzlich war er über mir. Unter mir. Die Hände auf mir. In mir. Für gehobene Konversation hatten wir wenig Gelegenheit. Gerade mal Zeit zum Luftholen zwischen den Küssen.

Irgendwann blieben wir erschöpft und ineinander verknäuelt liegen.

»Ich liebe dich, Charlie Schwarz. Du schreckliches, kratzbürstiges, bezauberndes, geniales, selbstloses Frauenzimmer«, flüsterte er mir ins Ohr.

»Halt die Klappe«, zischte ich zurück. »Du gemeiner, völlig entbehrlicher … fürsorglicher, umwerfender Mensch! Lass lieber deinen hohlen Worten Taten folgen, anstatt mir was von Liebe zu säuseln.«

»Was? Jetzt gleich?«

»Oh my darling, I love you«, nahm Elvis mir die Worte aus dem Mund. *»And I always will.«*

Epilog: Das Beste aus zwei Welten

Ob ich denn meinen Feminismus über Bord geworfen habe, werden sich manche vielleicht fragen. Ganz gewiss nicht. Solange wir Frauen nicht in allen Belangen des Lebens gleichberechtigt sind, gilt es, dafür zu kämpfen. Was ich ein wenig revidieren muss, ist meine schiefe Sicht auf Männer. Sie war meiner Historie misslicher Beziehungen, ob väterlicher oder partnerschaftlicher Natur, und vor allem meiner daraus resultierenden Vorurteile geschuldet. Zwar bin ich immer noch der Ansicht, dass wir Frauen tadellos ohne männlichen Konterpart auskommen können. Viele wären eindeutig besser dran ohne. Aber das schließt ja nicht aus, dass man nicht auch mit einem Mann an seiner Seite glücklich werden kann. Ich bin es im Moment. Sehr sogar. Mal sehen, wohin das Abenteuer führt. Ich mach mir keinen Kopf darüber. Genieße dieses Glück einfach als das, was es ist. Ein Geschenk.

Dieses Geschenk verdanke ich – rückblickend gesehen – zu einem Gutteil erst recht wieder Frauen. Ich glaube nicht, dass Chris es von allein geschafft hätte, den letzten Schritt zu tun.

Nachdem wir uns emotional ein wenig gesammelt hatten, fragte ich ihn, was denn seinen plötzlichen Sinneswandel ausgelöst hätte. Er war recht zerknirscht, schonte sich nicht und erzählte mir von seiner schmerzhaften Läuterung.

Die heftigsten Prügel hatte er ausgerechnet von seiner allzeit loyalen Sekretärin Rosi bezogen. Kaum, dass ich an ihr vorbeigerauscht war, stellte sie ihn zur Rede. Das habe er ja großartig hingekriegt, meinte sie. Woraufhin Chris sich wehleidig verteidigen wollte, weil ja ich es gewesen wäre, die alles hingeworfen hätte. Da blaffte sie zu seiner großen Verblüffung zurück, dass ich das schon viel früher hätte tun sollen. Und er sei doch hoffentlich nicht so dämlich gewesen, mir die vom Verlag angefragte Fortsetzung von Orlando anzubieten.

»Also doch«, sagte sie, als Chris nichts erwiderte. »Dir ist nicht zu helfen.«

Auch seine Vorwürfe bezüglich der Lovebox, unter denen ich so schwer gelitten hatte, ließ sie nicht gelten. Selbst wenn ich anfänglich dabei Rachegefühle empfunden hätte (was sie nicht glaube), hätte er sich die mehr als verdient gehabt. Und verliebt hätte er sich nicht in meine Liebesgedichte – so ein Schmarren! –, sondern in mich. Chris erinnerte sich an jedes ihrer Worte – so behauptete er zumindest.

»Du hast dich in Charlie verliebt, weil sie eine kluge und entzückende Frau ist.« Darauf beharrte sie mit Vehemenz. »Die Lovebox hatte damit nur am Rande was zu tun. Du hast dir in der Folge gewünscht, dass diese Liebesbotschaften von ihr kämen. Weil du schon mächtig verknallt warst in sie. Damit hättest du nämlich die Gewissheit gehabt, dass sie deine Gefühle erwidert. Und Charlie hat sich in den Chris verliebt, den ich von früher kenne. Den charmanten, humorvollen Bücherwurm. Bevor dieser elende Rasmus hier aufgekreuzt ist und das Klima vergiftet hat.«

Woher sie denn die Gewissheit nehme, dass ich in ihn verliebt sei, fuhr er sie an. Davon hätte er wenig bemerkt.

»Ach, Chris«, lachte sie. »Ihr beide habt mir in den letzten Wochen eurer Zusammenarbeit jeden Tag phantastisches Livekino geboten. Am Morgen habe ich mit mir selber gewettet, ob ihr euch heute eher zanken oder heimlich schmachtende Blicke zuwerfen würdet. Selbst mein Onkel Ferdinand – Gott hab ihn selig – mit seinen zwölf Dioptrien hätte ohne seine grässliche Krankenkassenbrille gesehen, wie verliebt ihr wart. Und als ich euch dann bei der Party da unten im Park erwischt hab, hab ich mir nur gedacht: Na endlich!«

Die Erinnerung daran habe ihn schon halb zur Strecke gebracht, gab Chris zu.

Aber Rosi hätte ohne Rücksicht auf Verluste noch kräftig weiter auf ihn eingedroschen. Ob er sich denn schon einmal gefragt hätte, was er mir angetan hatte, anstatt sich wehklagend die Wunden seines verletzten männlichen Stolzes zu lecken.

»Du hast ihr nicht nur ihr schönes Buch weggenommen, sondern sie darüber hinaus schamlos ausgenutzt. Sie hat sich für das Projekt – also indirekt auch für dich – aufgeopfert und diesen minderbemittelten Lockenkopf zu einem literarischen Idol erzogen. Weiß Gott, wie viel Schweiß sie das gekostet hat … und dich nichts. Du hast sie geistig missbraucht. Aus Geldgier.«

»Du weißt, dass das nicht wahr ist … und dass ich nicht anders konnte, Rosi«, hatte er eingeworfen, woraufhin sie noch böser geworden war.

»Man hat immer eine Wahl, Chris. War das nicht lange dein Motto? Wenn du dich Rasmus widersetzt hättest, vielleicht hättest du ihr Projekt dann doch durchgebracht. Vielleicht wäre es tatsächlich nicht so gehypt worden. Aber du hättest ihr eine fundierte Karriere als Schriftstellerin aufbauen können. Ohne diesen Avatar-Wahnsinn – und der ist alleine auf deinem Mist gewachsen, das kannst du nicht leugnen – da hätte sie die Lovebox gar nicht gebraucht. Hast du dir das auch schon mal überlegt? Ihr wärt euch in unbestritten angenehmerer Atmosphäre nähergekommen. Candle-Light-Dinner nach erfolgreichem Vertragsabschluss zum Beispiel. Oder Fernsehinterview. Und du lägst jetzt jeden Tag neben ihr im Bett. Und was hast du jetzt? Zwei Menschen gleichzeitig unglücklich gemacht.«

Er wollte schon zurück in sein Büro, erzählte Chris, aber sie war immer noch nicht fertig. Eröffnete ihm, dass sie ihr Pensionsgesuch einreichen werde. Jahrelang habe sie diesen Moment gefürchtet, sie habe den Job geliebt, aber seit in der Firma Verkaufszahlen regierten und das frühere Bestreben, einfach gute Bücher zu machen, abgelöst hätten, mache es ihr keinen Spaß mehr. Sie packte ihre Sachen zusammen und ließ ihren verdutzten Chef stehen. Um elf Uhr vormittags. Einfach so. Das saß.

Danke, Rosi!

Nur eine kurze Zwischenbemerkung. Auch Chris reichte seine Kündigung ein, nachdem er endlich geschnallt hatte, dass Rasmus' Weg nicht der seine war. Er wollte sich als freier Lektor selbstständig machen. Kontakte zu Verlagen hatte er ja genügend. Doch da hatte er nicht mit dem alten Weber gerechnet, dem die Agentur gottlob immer noch gehörte. Was denn der Grund sei, wollte der wissen. Also rückte Chris mit der Avatar-Geschichte heraus. Woraufhin der Alte seinem Sohn die Leviten las, ihm die österreichische Schwesternagentur entzog und Chris anbot. Er hat sie mit Freuden übernommen. Alle Geschäfte, die über ihn gegangen waren, bleiben auch in Österreich. Ich bin also derzeit seine Cashcow.

Mein Frauenroman entwickelt sich übrigens ganz nach meinen Vorstellungen. Er wird so schön werden! Ich weiß es.

Auch Chris kann es gar nicht erwarten, dass er in Druck geht. Aber nicht wegen des Geldes. Er hat mir sogar angeboten, eine andere Agentur für mich aufzutreiben. Damit wir Privates und Geschäftliches nicht zu sehr vermischten. Ich hab abgelehnt. Er ist einfach der beste Agent für mich. Aber er musste mir versprechen, nichts mehr über meinen Kopf hinweg zu bestimmen und mich in alle Entscheidungen einzubinden. Bis jetzt klappt das wunderbar. Wir sind mit drei Verlagen in Verhandlung. Und nein. Es wird nicht der Knaller wie bei »Orlandos Welt«, aber doch ein sehr guter Vertrag werden. Ich werde vom literarischen Schreiben leben können. Die Tage des Ghostwritings sind endgültig vorbei.

Apropos vorbei. Rosi ist bei ihrem Entschluss geblieben, in Pension zu gehen. Sie macht aber so lange weiter, bis Chris einen Ersatz für sie gefunden hat. Ich wüsste da schon eine Person, die dafür geeignet und mit Chris als Chef besser bedient wäre als mit ihrem derzeitigen. Aber das müssen die Betroffenen selbst entscheiden.

Zurück zu den Frauen, die mein Schicksal mitprägten.

Wahrscheinlich hätte Rosis Moralpredigt schon genügt, dass sich Chris eines Besseren besonnen hätte, ob er allerdings gleich am nächsten Morgen bei mir aufgetaucht wäre, das bezweifle ich. Schließlich gab es noch ein Missverständnis zu klären. Es war die kluge Leni, die das bewerkstelligt hat. Ich kann ihrem Vater nur bestätigen, dass sie das Beste war, was er in seinem Leben zustande gebracht hat.

Sie hatte sich schon am Bahnhof gewundert, dass er sie nicht abholte wie die Freitage zuvor, an denen sie fürs Wochenende nach Hause gekommen war. Als er auch nicht in der Wohnung auf sie wartete – mit einer ihrer Lieblingsspeisen – und auch kein Zettel von ihm auf dem Küchentisch lag, wusste sie, dass etwas passiert sein musste. Panisch wurde sie erst, als er ihre WhatsApp-Anfragen unbeantwortet ließ und ihre Anrufe ignorierte. Er ging weder an sein Handy, noch nahm im Büro jemand ab.

»Charlie«, sagte sie später zu mir. »Das war genau so, wie du es mir damals gesagt hast. Als ich abgehauen bin von zu Hause. Wie schrecklich diese Warterei ist! Ich hab ja nicht gewusst, was los ist.«

Rosi, bei der Leni in ihrer Sorge schließlich angerufen hatte, fand ihn schnarchend in seinem Büro. Neben sich eine leere Flasche Cointreau. Er musste unter ihrer Aufsicht den Kopf unters laufende Kaltwasser halten, bis sie ihn als nüchtern genug befand, in ein Taxi zu steigen und seiner minderjährigen Tochter gegenüberzutreten. Das hätte es wahrscheinlich gar nicht gebraucht, er hatte schon ein paar Stunden geschlafen. Und die Tatsache, dass er Leni versetzt hatte, ernüchterte ihn zusätzlich. Ich glaube, das war Rosis ganz persönliche Abreibung.

Wie auch immer. An die Standpauke, die Leni ihm dann hielt, konnte Chris sich nicht mehr wörtlich erinnern. Sein Kopf drohte zu zerspringen, gestand er. Er könne nie wieder Cointreau trinken. Es gibt schlimmere Langzeitschäden, sag ich mal.

Er hörte sich die Vorwürfe seiner Tochter zwar an wie ein geprügelter Hund, ohne sie jedoch vollinhaltlich aufzunehmen. Vage erinnerte er sich daran, dass sie Harper Lee zitierte, aber nicht mehr, in welchem Zusammenhang. Ich klärte ihn auf und erntete prompt einen Kuss, bevor er weitererzählte. (Es könnten auch mehrere gewesen sein, wenn ich es recht überlege … Egal.)

Erst die Frage »Liebst du sie, Papa?« rüttelte ihn endgültig wach. Und dieses Gespräch konnte er wieder einigermaßen rekonstruieren.

»Was?«

»Ob du Charlie liebst, hab ich dich gefragt.«

»Was tut das jetzt noch zur Sache? Es ist zu spät.«

»Du hast meine Frage nicht beantwortet.«

»Ja, verdammt. Ich liebe sie. Aber sie will mich nicht. Zufrieden?«

»Das hat sie gesagt?«

»Was?«

»Dass sie dich nicht will?«

»Sie hat mir den Vertrag hingeworfen. Sie will mit mir nichts mehr zu tun haben.«

»Vertrag ist Agentur, Papa. Du hast sie gar nicht gefragt, stimmt's?«

»Was hätte ich sie denn fragen sollen?«

»Na, ob sie dich liebt. Bist du wirklich so begriffsstutzig?«

»Nein. Das war auch nicht mehr notwendig. War ja auch so klar.«

»Aha. Zu mir hat sie neulich was anderes gesagt, nämlich, dass sie dich liebt.«

»Was? Wann?«

»Vor … drei, vier Wochen? Am Tag, nachdem Mom zurück ist. Wir haben telefoniert.«

»Und … das hat sie …?«

»Ja. Hat sie. Die Verbindung war gut. Hab jedes Wort verstanden. Und bevor du weiter herumzweifelst. Der Adam.

Mit dem hatte sie was vor hundert Jahren. Sie sind nur gut befreundet. Und auf der Hausbank, da hat er sie getröstet. Weil du so scheiße warst zu ihr.«

»Und wieso erzählt sie dir das und nicht mir?«

»Weil *ich* sie gefragt habe. Und *du* nicht. Weil nicht fragen nämlich keine Probleme löst, Papa. Du kannst vielleicht Antworten kriegen, die du nicht hören willst. Aber besser eine unangenehme Wahrheit als eine quälende Ungewissheit. Dann weißt du wenigstens Bescheid und kannst den Blick wieder nach vorne richten.«

Teenage-daughter teaches father a lesson! Thumbs up, Leni!

Woraufhin Chris erstmals deutlich hörbar artikulierte, dass er wirklich ein Trottel sei, und seine Tochter umarmte.

»Du weißt ja, wo sie wohnt«, hatte sie noch gemeint. »Wenn sie nicht in ihrer Wiener Wohnung ist, dann musst du halt ins Weinviertel fahren. Ich komm morgen ganz gut allein zurecht. Bloß gib mir bitte Bescheid, wo du dich rumtreibst – und ob es geklappt hat.«

Danke, Leni!

Und danke, Harper Lee, für diesen wunderbaren Roman. Vor allem für diesen Satz mit dem In-die-Haut-anderer-Leute-schlüpfen-und-darin-Herumgehen. Meinem Leben hat er nicht nur einmal eine positive Kehrtwende gebracht.

Worauf wir gewissermaßen wieder am Beginn angelangt wären: dem Wert von Literatur aus Frauenhand.

Ja, lieber Roderich Reich, auch menstruierende Menschen haben was zu sagen und können Literatur, ob es dir passt oder nicht.

Einen klitzekleinen Nachtrag bin ich wohl noch schuldig, obwohl es mir ein wenig peinlich ist. Trotzdem muss ich es der Vollständigkeit halber noch loswerden. Allerdings nicht ohne Triggerwarnung: Vorsicht! Die nächste Passage könnte KITSCH enthalten.

Wenn es Ihnen vor Kitsch graut, Sie darauf allergisch oder

anderswie abartig reagieren, bitte lesen Sie einfach nicht mehr weiter.

Für die restlichen zwei Leser:innen: die Lovebox!

Sie steht jetzt bei mir im Weinviertel auf dem Nachttisch. Ich pendle in der Woche mehrmals zwischen Oma und Chris, wann, das hängt auch viel von Adams Dienstzeiten ab. Manchmal, wenn er es gar nicht ohne mich aushält, kommt Chris am Abend noch raus zu mir. Oder wenn ihn die Sorge plagt, Adam könnte mir doch mehr bedeuten, als ihm lieb ist. Ich sag mal so: Ein bisschen Wettbewerb kann ja nicht schaden, oder? Obwohl ich meinem Adam nichts mehr wünsche, als dass er auch noch eine Partnerin finden möge, die ihn verdient. Die mit ihm turnt, gerne Schnitzel klopft oder Marmelade einkocht, zum Beispiel. Er wird es schätzen und sie auf Händen tragen.

Ansonsten warte ich jede Nacht auswärts auf Chris' Gute-Nacht-Botschaft. Wenn das rote Herzchen an der Box sich dreht, dann heb ich den Deckel, lächle und dreh meinerseits daran. Jetzt weiß ich, dass der Herzchenschauer über sein Handydisplay fällt. Er küsst es dann. Und ich spüre seine Lippen auf meinen. Ischwöre!

Danksagung

Mein allererster Dank gilt meiner Agentin Simone Sammer von der Verlagsagentur Lianne Kolf, die für mich schon seit Jahren mit diplomatischem Geschick und Einfühlungsvermögen im Hintergrund die Strippen zieht, die für einen guten Verlagsvertrag unabdingbar sind. Allerherzlichsten Dank dafür. Hätte meine Protagonistin so eine Agentin an ihrer Seite gehabt, dann hätte sie sich mächtig Ärger erspart. Einen Roman hätte ich dann natürlich nicht über sie schreiben können, in Ermangelung veritabler Konflikte …

Und dann ist da dieses wunderbare Team vom Emons Verlag, insbesondere die Cheflektorinnen Dr. Christel Steinmetz und Stefanie Rahnfeld, die mir immer wieder ihr Vertrauen schenken und mir diesmal sogar die Möglichkeit eröffnet haben, mich einmal in einem anderen Genre – dem Liebesroman – zu versuchen. Damit haben sie mir quasi eine zweite Schreibidentität – als Laura Dorn – verschafft. Das Schreiben hat mir unheimlichen Spaß gemacht – und ich hoffe, dass es Ihnen beim Lesen ähnlich ergangen ist.

Apropos Lesen. Meine Testleserinnen haben mich diesmal ganz schön gefordert. Das hat (genauso wie das Testlesen selbst) ordentlich Arbeit gemacht. Arbeit, die der Qualität dieses Buches ganz sicher zugutegekommen ist.

Danke, liebe Anita, Dorli, Elisabeth, Irmi, Julia, Lisa, Lisi und Mitzi für diesen konstruktiven Freundschaftsdienst!

Einen weiteren Qualitätsschub bekommt ein Text durch sorgfältiges, professionelles Lektorat. Anders als es vielleicht in diesem Roman herüberkommen mag (aus dramaturgischen Gründen habe ich diese Tätigkeit kaum thematisiert), bedeutet das penible Feilen am Text eine Menge Arbeit und verlangt viel Geschick von den Lektor:innen. Es braucht nicht nur enorme Sprachkenntnis, sondern auch Fingerspitzengefühl, einer Autorin/einem Autor Verbesserungsvorschläge zu machen. Wir Autor:innen sind ein sensibles Völkchen! Mein besonderer Dank gilt daher meiner hochgeschätzten Lektorin Uta Rupprecht, die dieses Kunststück bravourös zuwege bringt. Ich könnte mir ein Lektorat nicht angenehmer vorstellen.

Last, but not least: mein Werner. Keiner meiner bisherigen Romane wäre ohne deine Unterstützung möglich gewesen. Dieser hier schon gar nicht. Ich weiß es zu schätzen.

Liebe Leserinnen und Leser, Buchhändlerinnen und Buchhändler, Bibliothekare und Bibliothekarinnen, liebe buchaffine Menschen! Ich bedanke mich für Ihre/eure Treue und Unterstützung. Ich hoffe, mein Liebesroman (der ja irgendwie auch die Liebe zum Buch beinhaltet) hat Ihnen/euch Spaß gemacht und Sie/ihr alle bleibt mir (auch weiterhin) treu. Egal, in welchem Genre.

Beate Ferchländer/Laura Dorn

Alle Bücher von Laura Dorn unter ihrem Klarnamen Beate Ferchländer

Auch als eBook erhältlich

Das Nussstrudelkomplott
ISBN 978-3-95451-802-9

Das Zimtschneckenfiasko
ISBN 978-3-7408-0172-4

Sterbenstörtchen
ISBN 978-3-7408-0504-3

Die Apfelstrudelmisere
ISBN 978-3-7408-1117-4

Das Teigtascherldebakel
ISBN 978-3-7408-1401-4